中国科幻基石丛书

BOOTSTRAPPING
TIME

靴攀时间

邓思渊 著

四川科学技术出版社

图书在版编目（CIP）数据

靴攀时间 / 邓思渊著 . -- 成都：四川科学技术出
版社 , 2025.6
（中国科幻基石丛书）
ISBN 978-7-5727-1276-0

Ⅰ . ①靴… Ⅱ . ①邓… Ⅲ . ①幻想小说—中国—当代
Ⅳ . ① I247.5

中国国家版本馆 CIP 数据核字 (2024) 第 052583 号

中国科幻基石丛书

靴攀时间

ZHONGGUO KEHUAN JISHI CONGSHU

XUEPAN SHIJIAN

著　　者	邓思渊	
出 品 人	程佳月	
责任编辑	王　娇	
助理编辑	董望旺	
特邀编辑	赵云帆	
封面绘画	咯咯新生	
封面设计	甄沛佳	
版面设计	甄沛佳	
内文制作	刘　勇	
责任出版	欧晓春	
出　　版	四川科学技术出版社	
	成都市锦江区三色路 238 号　邮政编码：610023	
	官方微博: http://e.weibo.com/sckjcbs	
	官方微信公众号: sckjcbs	
	传真: 028-86361756	
成品尺寸	147mm×208mm	印　张　15
字　　数	349 千	插　页　2
印　　刷	四川省南方印务有限公司	
版　　次	2025 年 6 月第 1 版	
印　　次	2025 年 7 月第 1 次印刷	
定　　价	64.00 元	

ISBN 978-7-5727-1276-0

邮购: 成都市锦江区三色路 238 号新华之星 A 座 25 楼　邮政编码: 610023
电话: 028-86361770

"基石"之上

　　2002年，为推动中国原创科幻创作的进步，探索和引领国内科幻图书市场的发展，科幻世界创立了"中国科幻基石丛书"。以"基石"为名，正反映了我们对构建中国科幻繁华巨厦的决心和信心，以及笃行不怠、久久为功的耐心和恒心。如今，在一块块基石的支撑下，这座大厦的基座已经稳固地搭建起来。

　　我们曾经设想过的科幻文化的繁荣景象，正真真切切地在我们眼前逐步实现。科幻创作方面，作品的数量和质量均显著提升，风格更加多样，年轻作者数量激增，形成了持续创作的老中青梯队，为后续稳定输出更多优秀作品奠定了坚实基础。科幻文化方面，科幻在科技创新、文化繁荣和创新教育等方面的独特作用正受到全社会的空前关注，全国约有百所高校建立了科幻社团，各类科幻机构不断涌现，科幻文化活动层出不穷，展示出中国科幻厚积薄发的蓬勃生态。科幻产业方面，《流浪地球》系列电影上映后反响热烈，不但全方位推动了中国科幻影视行业欣欣向荣，更对社会、文化、经济、科技等领域产生了广泛的辐射效应。国际交流方面，《三体》英文版获得世界科幻大奖雨果奖后，越来越多中国科幻作家和作品"走出去"，为全球读者熟知；2023年，成都首次将世界科幻大会引入中国，中国科幻已经成为世界科幻舞台备受关注的重要力量。

中国科幻文学的特质，也随着这一块块基石的铺就逐渐展露出来。与国外科幻文学相比，除了作品本身的不同，中国的科幻创作自晚清时期萌芽以来，便主动担负起了崇尚科学、开启民智的责任；今天科幻文化日渐繁荣，同样承担着助力科技强国和文化强国建设、讲好中国未来故事、具象化人类命运共同体理念等重要使命。可以说，在中国科幻的基石之上，承载着超越文学本身的更多维度。

正是这种认为科幻与民族、国家甚至人类文明发展密切相关的理念，促使我们对所从事的科幻事业始终秉持着一种历史使命感。从保留中国科幻火种，到奠定中国科幻基石，科幻世界这家以推动科幻文化发展繁荣为己任的老牌杂志社，也在不断思考科幻新征程的时代命题。在以科幻出版为核心的多元融合发展战略的指引下，科幻世界的出版物已经囊括实体书刊、电子书和有声书，从国内原创到海外引进，从少儿科幻到前沿科普，从硬核科幻小说到泛幻想图鉴，从二次元漫画到图像小说，以科幻为锚点，科幻世界培养的读者群体涵盖了从儿童、青少年到成人的全年龄段。但在这些图书中，"中国科幻基石丛书"仍是并将继续是图书品类的重中之重。这是因为，中国科幻文学大厦的建筑永无止境，这座大厦里的每一部新作品，都是未来新高峰的基石。

发现基石，打磨基石，构筑基石。科幻世界的出版初心，就在每一块基石里。

对于这些基石的遴选，我们仍然保持一贯的理念：并不限定某一种特定类型或风格，既期待核心科幻，也期盼个性革新。同时，它们也应该具有这样的共同标准：有创新的好故事，有对科技渗透下的现实思考，有对小到个体、大至文明的未来畅想。这些基石会共同组成中国科幻的完整叙事。

前路漫漫，我们信心满满。基石之上，这座巨厦会越建越高，并绽放出辉煌璀璨的科技、人文与哲思之美。

目 录

第一章　图灵警察

图灵警察讨厌慢时间。

定愕等了足足10分钟,才等到了那声门铃。快时间里可不会这样,一切都是即时的。

"叮咚"一声。定愕跨过房间里满地的包装盒,走到房间门口。房门自动打开,送货机就停在外面,顶上的保温箱盖已经打开。"定愕先生,您的外卖已送到,请问还有什么可以为您……"熟悉的阿莫的声音响起。定愕一把抓过包装盒,走回房间。自动关闭的房门将阿莫的声音隔在外面。

定愕打开包装盒,三明治已经有点凉了。他叹了口气,看着融化的奶酪慢慢地从牛肉和面包的夹层往下淌,感觉整个世界如同在一大桶蜂蜜中运行。他咬了一大口,酱汁从嘴角流下来,滴到地板上,形成几个难看的污点。不过,以他的房间现在这个状态——食品包装盒几乎铺满了整间房的地面,只剩下工作台这块勉强扫出了一片空地,这几个污点就不算什么了。

"定愕先生，根据我的评估，按照现在的状况，您的房间需要一次彻底的清理与保洁。请问是否需要我为您预约一次保洁服务……"阿莫的声音又响起来，还是那么欢快。

"阿莫，闭嘴。"定愕咀嚼着三明治，含糊不清地说道。阿莫顿时沉默了。这块三明治是他花了高价从有机食品商店买回来的，是用真正的小麦磨出来的真正的面粉、真正的奶酪和真正的牛肉制作出来的全真三明治，一块的价格就值他每月工资的相当一部分。万方网可以模拟出听觉、视觉和部分触觉，但就是这种味觉、嗅觉与触觉的微妙组合，万方网始终无能为力。他的长毛大橘宠物猫"指针"，正蹲在桌子旁边可怜巴巴地望着他。定愕随手捏出一块肉递给指针，指针满意地"喵"了一声，大快朵颐起来。

作为图灵警察，定愕在他的同事中堪称异类：他有很多同事在连接器上安装了一套复杂的静脉注射系统，以便省掉吃饭时间，一天24小时挂在网上；其他一些没这么激进的同僚们也基本上以万方公司的综合食剂为日常食品，尽量将逗留在基底现实①的时间压缩到最短。整个图灵警察行列中，养电子宠物的人也只有他一个。定愕不止一次地听到过抱怨：为什么意识上传技术还没有被发明出来，只有那样才能彻底摆脱这具沉重无用的肉身，得到彻底的自由。三年前他对这个想法会嗤之以鼻。现在他只能沉默以对。

事实证明，在基底现实停留太长时间，对图灵警察的确不是好事。作为万方网的系统管理员，他们的任务就是扫描网络，嗅

---

① 指虚拟空间之外的物理世界。

探危险的强人工智能的气息。图灵警察的名字原本只是一个外号（定愕专门查过，这个名字来源于某本"驱动"之前的科幻小说），后来不知怎的变成了他们的正式名称。图灵警察们拥有很高的权限，而这要求他们时刻保持警醒、时刻待命。定愕花了太多时间在基底现实，他能够在这一行里继续做下去的原因是他超出常人的直觉和反应。

但是定愕自己清楚，他在浪费他的天赋。他三口两口吃完三明治，随手把包装盒扔进角落，抓起旁边的饮料杯喝了一大口。冰凉的含糖液体让他的精神振奋起来，他可以尽量不去想一天前他收到的主管的那封邮件：他最近三个月的表现都低于预期，再这样下去他就会失业。过量的糖分可以让他的大脑转得更快一点儿。

定愕快要结束他的午餐的时候，冯的头像在视野边缘跳动起来。定愕眼角一扫，打开了聊天窗口。"喂！定愕！我一个朋友给我带来了一个天大的小道消息！"虽然只有声音，定愕仍然可以脑补出冯那张挤眉弄眼的脸。"什么消息？有话快说，有屁快放。"定愕不耐烦地回了一句。

这几年来，冯是定愕最后一个能被称为"朋友"的人。他是图灵警察中最标准的那一类：一天24小时挂在网上，无休止地在快时间中穿行。这些网络极客们跟程序打交道的时间远远超过了跟人打交道的时间，像人工智能已经多过像人。他们对友情、亲情、爱情的需求和最原始的生理冲动，都可以通过网络来满足。对于网络极客们，模拟刺激就是世界本身。在如今这个时代，失业倒不是什么特别可怕的事情，只不过定愕也不知道，失业之后他还能做点什么。

冯的另一个爱好就是收集跟踪最尖端的网络技术开发进展,他整天泡在相关的群组和频道里,在这方面,他一个人能顶一整个情报局。实际上定愕和他的很多同僚也确实要依赖冯来获得这方面的信息。虽然冯说的话或许90%都是吹牛,但是还有10%对他们来说确实很要紧。

"我有个朋友……熟人在一家最尖端的研究机构打工,做综观。他说,他跟的那个项目组是最前沿的一伙专家,马上就要解决量子神经胶质问题。他们六个月内,就能完成第一例全脑数字化模拟,十二个月内就会彻底搞定意识上传!"冯的语气非常兴奋。

"哦,知道了。"定愕回了一句,语气平静。类似的这种"爆炸性"新闻他这几年听冯讲过不知道多少,没一条是真的,多半是热炒一阵就没了下文,只是证券市场会波动,留下不少发了财的投机分子和更多亏了全部身家的投机分子。意识上传和强人工智能,这两个在驱动发生之前就存在的技术圣杯,到目前都没有实现的迹象。专家说这两项技术出现之时就是奇点正式来临的时刻,但是他们作为图灵警察,要做的事情是拼命地阻止其中一项,而全力促成另一项,这让定愕内心略有点自嘲。

没有人知道强人工智能的出现会是怎样的情况,但是大家都会推测。根据不同的理论,强人工智能出现的结果从人类永生到人类灭绝都有可能,不过两者都不是什么好事。置信度最高的模型估计强人工智能的出现会给人类留下8~24小时的时间（置信区间为 3σ[①]），然后便是奇点到来，后面的事情没有人知道。强人工智能从启动到扩增自己智力超过人类最好的大脑所能建造出来的防火墙的时间大概就是这么长，在计算机科学术语里，这叫作靴攀时间（Bootstrapping Time）。图灵警察的任务是在启动之前就阻止它，不然一切就太晚了。

定愕从来没有遇见过强人工智能，他的同僚也没有。他们经常对付的还是天然智能和他们的程序仆从，没有一个能够快过图灵警察。

"哎呀好吧……你这人又这样，真是没有意思。接下来说正事，0c09:0db8:86a3:08d3:1319:8a2e:0370:7344，这个地址，有一个数据喷发。我没空处理，你帮我去看看吧。"冯回复的语气里似乎有点意兴阑珊。定愕回复了简短的"收到"。他扫开地上的垃圾，在操作台上躺下，插上接头，连回万方网。

定愕很小的时候就装上了皮层分流器，所有的图灵警察都是这样，必须在大脑还没有完全发育，还有可塑性的阶段安装芯片，才能够接受完整的模拟刺激训练。之后还需要不断地接受更新的改造和训练，才能跟得上这个疯狂的数据世界的速度。普通人只能够看到数据界面中最浅的层面，他们之间的差别类似于被雷击中和观看闪电视频。

定愕的化身飞过万方网上空，注视着数据的流向。他朝着远方那个黑色的正在喷发的喷泉飞去。他如同幽灵一般掠过数据风暴的上空，黑色的数据流在万方网的模拟刺激空间里看起

---

① 指正态统计中的标准差，3σ 意味着有99.73%的概率会落在这个时间范围内。

来十分显眼。值守程序告诉他，这是一个旧数据中心，可能是五十年甚至一百年前的产品。随着技术进步，很多旧数据中心都被它们原来的建造者抛弃，与其升级这些数据中心，还不如造一个新的更便宜。这样的数据中心数量不少，用的端口大多都太过老旧，商业搜索引擎爬虫无法给其编目。黑客们倒是很喜欢这些地方，里面没准会包含很多有价值的信息。这些信息往往埋在层层叠叠的索引和文件系统下面，需要一手数据挖掘的硬功夫，也是很多考古程序员的职业或者业余爱好，他的同事中就有人在业余时间干这个。还有些简单粗暴的家伙就直接把整个数据中心全部格掉以作他用，挖币、折叠蛋白质，乃至寻找外星人，千奇百怪，什么都有。这是暗网的一部分。

喷泉喷发着黑色的水流，每一滴水都是一段数据，它们在万方网的空间中溅得到处都是。定愕随便抓取了几段数据，发现他完全看不懂——全都是乱码，应该都被加密过。没有私钥，定愕也不知道内容。如此老旧的站点当然不会有高级模拟刺激界面，一般用户怕是要使用命令行才能够进入。作为管理员，他呼叫出模拟辅助程序，进入数据中心。

古老的数据中心在辅助界面中看起来像是一间黑乎乎的仓库，完全看不出里面的形状。定愕放出几个辅助程序，照亮数据中心的内部。一团团黑色的不定形的数据从定愕身边掠过，这数据的收发速率完全不是人类能够达到的，可能是某个黑客之前光顾过，顺手种下了病毒或者数据爬虫。对于这种情况，图灵警察内部也有一套标准流程。定愕呼叫万方网的值守程序封掉了数据中心的端口，放出破解程序，打算夺回数据中心的权限，并停掉病毒进程。

"阿莫,对目前的数据中心做一次快照,固定证据。"定愕吩咐。到目前为止,一切正常,不过是一个老旧的数据中心感染了病毒而已。再过30秒,这件事情就此结束——

"明白。正在保存。"阿莫回复,"警告:错误。无法保存。警告:错错错错错错错错错错错错错错错错错错误——"

一团黑色的风暴从数据中心深处席卷而来,将他裹挟其中。阿莫的声音消失了,定愕的外壳立马破损了一部分,这团黑色的数据流正在啃食他的防火墙。

定愕意识到形势不对的时候已经来不及了。在快时间里,这是正常情况:你的初始反应往往就是最后反应。但是定愕没有见过如此快速和凶猛的病毒程序。乌黑的数据触手凶猛地啃食着他的防火墙,他的算力如同大火中的冰墙逐渐融解——他几乎抽不出手来进攻——这是他从没有遇见过的情况。或许是因为他的反应变慢了。定愕必须做些什么,不然他就会被完全摧毁。过去几年的放荡生活的确减慢了他的反应。

知己知彼,百战不殆。定愕建立起一层新的冰墙,用仅剩的算力开始检索数据中心的日志文件,希望找到一些能够让他反败为胜的蛛丝马迹。

"7月27号。第784次启动失败。卷积神经网络初始化失败。这个程序似乎在逃避我的实验,我并不确定是我的代码本身有问题,还是它自己不想启动。

"7月28号。第785次启动失败。卷积神经网络初始化成功,随机决策树启动失败。比昨天稍微有点进步。

"7月29号。第786次启动失败。卷积神经网络初始化成功，效用函数错误。这下抓虫的时间可是要很长了……

"7月30号。第1293次启动失败。卷积神经网络初始化成功，效用函数正确，蒙特卡洛决策树启动失败。我似乎已经摸到关节了……

"7月31号。第1354次启动失败。卷积神经网络初始化成功，效用函数正确，决策树正确……太棒了！终于启动成功了！我得把参数保存下来。希望它能够稳定运行。

"8月1号。第25 468 439 684 372 345次启动，成功。"

定愕面对的，是一个强人工智能。

定愕不知道该怎么做，他以前从来没有遇到过这种情况。他投入了他剩下的所有算力，在数据库里拼命翻腾，这里面可能有他现处困境的解药，然而他没有时间了。这个数据库的算法十分落后，他花了几百毫秒才下载完其中的内容，但是已经来不及了。冰墙在他的面前破碎，一团黑色的、看不清形状的数据和程序构成的风暴冲到他的面前。他最后能做的只有发出一道指令，关掉数据库的万方网出口，然后定愕清楚地听到了脑机接口上的流量控制芯片熔断的声音。

黑暗中，不知道多少万年过去了。

定愕从一片黑暗中睁开眼睛，眼前是熟悉的公寓的立面。他摸摸脑后，神经接口完好无损，一股淡淡的焦味从鼻尖传来。幸亏有这小玩意儿，定愕心想。流量控制芯片相当于脑机接口前的一个缓冲堆栈，设计目的就是应对今天这样的情况。如果没有这块芯片，现在定愕就是一个死人，大脑被熔成一团煮熟的蛋白质。他认识的一些人私下里拆掉了操作台上的流量控制芯片，以降低大概几十微秒的延迟，这些人大多死了，死于流量过大导致的皮层熔毁。但是永远有新人前赴后继。

定愕拔掉脑后的插头，伸手拿过旁边的饮料杯，把还有凉意的饮料浇到自己的脑袋上。他现在还活着，已经是运气爆棚了。这么危险的情况，对图灵警察来说也很罕见。他摸一摸后脑勺，动了动手和脚，似乎没出现什么毛病？他觉得应该把这件事报告给……

就在此时，定愕视野下方的光标开始闪动，视神经直连显示系统正在重新启动。指针不见了，多半是随着嵌入式组件的死机退出了。他要对嵌入式神经连接组件做一个自检以确定出了什么问题。定愕只能回忆起最后那团数据风暴冲向他的场景。

显示系统: check。脑机接口: check。数模转换中央翻译器: check。皮层处理器: 错误。错误位置: 0xf78d2524。缓冲区有18.4332%无法读取。重新检查。皮层处理器: 错误。错误位置: 0xf78d2532。缓冲区有18.4334%无法读取。皮层处理器: 错误。错误位置: 0xf78d2540。缓冲区有18.4336%无法读取。

一股寒意从定愕的脊椎直通下去。他知道这是什么意思。

某种病毒正在啃食他的皮层处理器。是那个强人工智能。

皮层分流处理器里装载的是人类设计出的最强大的防火墙。就是为了防止这样的情况: 直接通过网络攻击入侵一个人的大脑。在模拟刺激直连网络的早期，发生过多起这样的事件。被害者会完全丧失自我意识，听凭入侵者的操纵。防火墙就是那时的保障。理论上，任何低于强人工智能的病毒都无法攻破这道防火墙。定愕飞快地做了一个检查。强人工智能的主体程序隐藏在皮层处理器的缓冲区，正在缓慢而稳定地攻击防火墙，夺取算力。他做了一番估算，在几天或几十小时以内，他的皮层处理器就会被强人工智能完整地侵占。然后世界是不是会终结，就不再是他所能关心的问题了。

定愕冲进浴室，拧开淋浴喷头，将水温调到最低。阿莫一如既往地抗议了两声，被定愕直接关掉了全屋的权限。带着寒气的水流几乎带走了定愕全身的热量，同时也让他的大脑前所未有的清醒。这可能是他最近几个月最清醒的时刻。

对了。他将数据库的所有资料都下载到了本地，那里面可能有解决方案。

定愕关掉水流，直接湿淋淋地回到桌前。现在脑机接口已经无法使用了，他只能使用传统的平面显示器接入计算机。他浏览数据库的资料，想要找到目前问题的"解药"。

冯的声音出现了："看到你掉线了。出了什么事？前两天我就跟你说过了，你再这样下去，反应会跟不上的，迟早会从线上掉下来。你看，现在就出问题了吧……"

定愕思考要不要告诉他发生了什么事。冯非常不擅长对付人，但是擅长对付程序。他可能会有办法。

"我的天，你的，你的，你的大脑里有一个强人工智能？这我们一定得报告上面……"冯的声音颤抖起来。冯一贯循规蹈矩，从不做任何超出常规的事情，这跟图灵警察的普遍性格不大一样。干这个行当，没有一点儿随机应变、出奇制胜的精神可干不好。

"该死的！你醒醒！如果上面知道这个人工智能就在我的脑子里，最简单方便的方法就是直接杀了我！用用你的脑子！"定愕吼道。当了这么多年图灵警察，类似的事情定愕见到过不少回。他也帮助追捕过曾经的同事，也想过一旦这种事情落到自己身上，他会怎么办。但是现在，原本的设想变成了现实，还是让他手足无措。

冯的头像变得灰暗，他离线了。看来他也没法提供什么帮助。定愕在数据库里发现了一份文件，似乎是这个人工智能的源代码。他打开文件，发现源代码是由一种他从来没有见过的语言编写的。不过，就算他能读懂源代码，这上百万行的代码怎么可能是他24小时之内就能完全理解的？

不要着急。不要慌张。深呼吸。定愕告诉自己，冷静下来。现在他只能靠自己。他的上级迟早会知道这件事，但是在这之前，他还可以尽量拖延一下，看能不能找到什么解决方案。在这之前，他得先找几个人……

冯的头像再次闪起来："定愕，我已经跟上面报告了情况。他们会帮你解决这个事情的……"

定愕盯着冯的头像，呆滞了5秒，挂断了冯的连接。

见鬼！见鬼！见鬼！作为一个图灵警察，他当然知道这种情况下会发生什么：上面会派出基底现实紧急情况小组来"处理"他。这是图灵警察的专业外勤部队，他也见识过这些人能干出什么来。只有像冯这样天真的人才会干出这种蠢事。他一开始就不应该告诉冯的。他为什么会在这种事情上相信冯的判断？！

慢时间现在成了快时间。他要做的那些事情骤然加速。趁着系统还没反应过来，定愕在图灵警察的管理层注入了一些特别的命令。基底现实紧急情况小组找到他只是时间问题，当务之急是不要被抓到，然后才是找到这一切的源头。

定愕摘下手环和耳环，拔下电脑连接线，打开机箱盖，将存储器取了出来。他伸手够向脑后的神经接口，小心翼翼地摸到一块凸起，用力一拧，将凸起的部分拔了下来。这是神经接口的无线网络识别芯片，从此之后，定愕就不会再泄露任何信号。他打开衣柜，翻出几年前买的衬衫、夹克和牛仔裤，这些都是没有任何智能设备嵌入的傻瓜款，还都是勒芙蕾丝替他买的。

天蓝色的牛仔裤，深蓝的夹克，这是勒芙蕾丝选的，她说这和她最爱的枣红色皮夹克很搭。幸亏她当时特意买大了两号——这几年来，定愕很是多了些肥肉，费了点儿劲才穿进去。

定愕走到门口，转身看了这间公寓最后一眼。记忆里，他上次离开这间公寓还是半年前，他很清楚，下次看到这个地方，或许会是很长时间以后了。当初他花了很多的时间和功夫来挑选和布置这个住所，里面有全套的手动家居设备。勒芙蕾丝搬进来之后，还添置了一套古董音响和些许绿植，以及很多精美的二手装饰，甚至还考虑到了招待朋友肉身来家里做客的需求，这在现在这个年代可谓极为罕见。现如今，这些绿植和装饰品都和定愕的各种外卖包装盒、饮料瓶子混在一起，难以分辨，变成了垃圾堆。勒芙蕾丝看到肯定会非常不高兴的，定愕心想。不知道她现在在哪里，是否还活着。如果她在某个时间突然出现在这扇门前，会不会诧异于住所里的那个人已经不在了？

定愕摇摇头，把这些思绪赶出大脑。要不要放把火，把这间屋子烧掉？他突然冒出来这么一个想法。但是他现在手头没有任何引火源，消防阿莫能够在第一时间把火扑灭，也不会对上面找到他造成任何阻碍。想到这里，定愕只是随意地关上门，匆匆走向电梯。他的这处住所位于A18区的湖畔生态居住区，通勤道路都埋在地下，从空中俯瞰，只能看到线条起伏、圆润如同鹅卵石的多层公寓大楼，掩映在大片大片的绿植之下，中间是优美而蜿蜒的人工河道。A18区有着整个东亚板块最好的绿化和公园布置。这也是他当初选择住在这里的原因。

电梯里一个人也没有，他下到通勤道路的途中也一个人都没有碰见，只看到各种维护机器人。不知道是住在这里的人越来越少，还是不出门的住户越来越多了呢？定愕心想。只有阿莫还在勤勤恳恳地维持着整个区域的顺畅运行。这段时间他也想过，要不要跟他的很多同事和朋友一样，搬到类似A29区这样的全自动住宅区去。在那里，肉身完全交给自动化设备照料。甚至有都市传说：万方公司正在建设更深的区域，住民在那里度过一段时间之后，按照某种经济性原则，自动化设备会逐渐移除居住者肢体的一部分。万方公司一再宣称这绝对是谣言，但是谁知道呢？

定愕下到通勤道路的乘车点。"阿莫，前往A18区B3管道站。"他对着站台的指示牌说了一句，在感应机上刷了万方卡。很快，一辆自行出租车开过来，在他身边停下，自动打开车门。他坐上车，车辆平顺地开动了。他的万方卡到现在为止还能正常使用，看起来万方网的系统还没有将他的身份加入黑名单。

这也有赖于他临走之前利用图灵警察的身份在系统里做的一点儿小手脚。不过，前往管道站，离开A18区，然后呢？定愕犹豫了。他一时间不知道下一步该怎么办。

出租车很快就将他带到了B3管道站。站前广场上没几个人，看来管道的人流量比他一年多前乘坐时又减少了。自从模拟刺激技术能够模拟越来越多的神经信号，管道站的流量就变得越来越少。定愕曾经看过资料，管道站的初始设计流量是目前平均客流量的5倍，北美区已经有12个管道站因为客流不足而关闭，像A26到A30区这样的新层区的管道站设计也只剩下了寥寥数个。

定愕钻出出租车，快步走上台阶。周围搭乘管道的乘客大多数是老人，还有不少乘客甚至没有神经接口。他们看到定愕飞奔上台阶，纷纷侧目。

"开往A03区的上行管道列车马上就要抵达本站，请上行的乘客做好乘车准备……"广播响起，提醒需要前往A03区的旅客。定愕灵机一动，他知道他下一步应该干什么了。A12区，他要去那里找个人。

管道舱的门自动关闭，开始稳定上升。定愕选了一个没人的车厢，坐下来喘气——只是简单地跑了几步路，他就感觉有点心跳加速。他的体能严重下降，再这样下去，就会跟他那些从不出门的同事，不对，是前同事一样了。

都这个时候了，没空想这些有的没的。定愕收敛心神，靠在窗边，低下头，让帽子尽量遮住脸——即使他知道这用处不大。

虽然他很清楚如何伪装样貌和步态才能骗过监控系统和后面的模式识别程序，但这只是拖延时间，不能解决问题。他的视线转到窗外：随着管道舱上升，A18区的景色在逐渐下降，离他而去。远方的那一片湖绿色是A18区引以为傲的湖树公园，他跟勒芙蕾丝也是在那里认识的。那里原本是他工作之余最喜欢去的地方：拥有生态设计师精心设计的湖景和植被，所有的植物都做过精细的基因调整，以适应A18区的环境，绝对不会对人造成伤害，也没有烦人的蚊虫。定愕已经一年多没去过那里，那里似乎跟过去有些许不一样，不知道是不是这一年多里又做了改造。

不知道还能不能再见到，定愕心想。

管道舱继续上升，高度越来越高，进入隧道，窗外变得一片黑暗，车窗广告开始播放。定愕看了眼，大多是万方网上游戏的广告，让他略有印象的是一个叫"太阳系探索"的游戏，号称根据最新探测器发回来的外太阳系天文信息进行一比一重建，绝对逼真，热爱探索的玩家足不出户便可在万方网上享受探索太阳系的乐趣。定愕能理解为什么这个游戏会有受众，在都市这样一个安全、舒适、无忧无虑的地方，99%的人没有工作，依靠政府福利生活，每天能干的事情不过是在万方网上冲浪——这种情况下，人确实需要一些刺激才能将生活过下去。

广告结束，画面收束在一行字上面："欢迎加入共同盛业。"

"共同盛业"。定愕这段时间好像经常在各种场合看到这个词，但它到底是什么意思？定愕不记得在任何地方看到过解释。"阿莫，查询一下'共同盛业'的含……"定愕习惯性地想要呼唤出阿莫，紧接着他想起来自己现在是个逃犯，又硬生生地憋了回去。

A12区很快就到了。定愕下车后，刚刚平衡体内压力就闻到了一股"老城区特有的味道"——定愕不知道应该如何形容，某种空气循环设备老化之后散发出来的、复杂的尘土味？多年前定愕为了办事来过很多次A12区，还能习惯这个味道。如果是他的那些住在A29区的同事，多半来了就会不停咳嗽，甚至哮喘。当然，他们的肉身也从来不离开那里。

A12区是都市建设最早规划的层区之一，距今也有一百多年时间了。现在居住在这里的人已经不多了，大多是不喜欢或者无法接受模拟刺激接入的人，一小撮儿肉身死硬派，以及做一些议会和万方公司不太喜欢的勾当的人。定愕就是为了这些人来到这里的。

定愕刷万方卡走出管道站，天空有些泛白，而且亮度不算均匀——A12区的天穹照明组件老化了。管道站下台阶的玻璃板出现了裂纹，还没有更换。站前的出租车等待区只有稀稀拉拉的几辆旧车，放眼望去都没有几个行人。定愕出于图灵警察的职业习惯，扫了一眼，摄像头比A18区稀疏得多，也几乎没有毫米波雷达这种传感器。按照定愕的估计，这个时候系统可能已经发现他做的那些小手脚了，他不能再乘出租车。幸好他要去的地方不远，他用手拉了拉帽檐，大步向他的目的地走去。

定愕尽量避开摄像头，走在那些都市早期建设时修建起来的二十层大楼的阴影里。当时的都市环境设计师手头可用的技术没有现在这么先进，只能使用单调而没有什么特色的素色混凝土，这些大楼现在都纷纷褪色，变成某种奇怪的颜色。有不少这样的大楼已经被施工围栏围起来,围栏上还贴着城市更新的海报。但是更多的建筑只是空着,没有人管,不知道之后都市对它们有什么规划。A12区的气温比规定的要高一些,区域温度调节机制似乎也没有正常运行。定愕感到自己的后脑勺在发热。他清楚地知道这是皮层处理器全功率运转的后果,防火墙正在全力对抗人工智能。他同时也感觉到饥饿——离上次吃饭还不到2小时。但是处理器运转消耗了太多能量,他几乎忍不住开始想象后丘脑皮层上那个小小的由碳纳米管神经链路和蛋白质构成的处理器全力工作,变成红热状释放热量的场景——虽然他知道这种想象并不真实。定愕四处张望着,看看周围有没有便利店或者自动售货机,可以买一些补充能量的饮食。

"这位尊敬的*&()&6%*先生,请问您有什么需要帮助的吗?"阿莫突然跳了出来,它那活泼的圆脸动画形象出现在他眼前,让定愕吓了一跳。他做的那些小手脚隐蔽了自己的身份,阿莫叫不出定愕的名字。阿莫作为都市的通用辅助人机接口形象,理论上可以在都市的任意地点呼唤它,向它请求帮助,但是在A12区这样的老城区,由于维护不及时和有人刻意破坏,阿莫盲区变得越来越多。

这家伙怎么突然跳出来捣乱?!就在这时,他眼前突然黑了下来。

定愕还没有来得及恐惧,眼前闪了闪,世界恢复了光明。视神经直连显示系统刚才自动重启了,定愕打算运行一个自检程序,看看哪里出了问题。

"喵——"定愕的耳边传来猫叫声。他循着叫声看过去,就在他面前的马路上，指针正目光炯炯地盯着他。注意到他的视线之后，指针随即开始舔起自己的毛来，就像它过去千百次做的那样。

指针的程序重启了？定愕感到一阵迷惑。这与现在的形势和刚才的皮层处理器重启有什么关系？就算是在以前，他也很少在出门的时候开启指针，而是会把它留在家里——毕竟只是一只便宜的电子宠物，定愕偶尔带它出门，它总会出现一些不太稳定和穿帮的现象。现在定愕说不出来为什么，他感觉这个指针似乎……真实了很多？它舔毛时的小动作，以及四足与地面接触的姿态，都比原来更像一只存在于基底现实的真实的猫了。

"喵——"指针又叫了一声，开始往前跑去，中途还停下来回头看了他一眼，然后在前面那个路口右转，消失了。这显然不是一只受程序控制的电子宠物正常的反应。定愕不由自主地追了上去。他转过那个路口，赫然发现指针正停留在路旁一栋大楼的侧门门口，又开始舔毛。

指针它在……引导我？要我进这扇门？定愕冒出来这么一个想法。这或许与他脑袋里的那个 AI 有关。但是万一这个 AI 的用意就是让我被什么力量抓住呢？定愕还是有点怀疑。他故意走过指针正蹲守的那扇门，朝着下个路口走去。指针急匆匆地跑回来，三番五次挡在他面前着急地喵喵叫，定愕只当没有看见。

转过这个路口，定愕顿时停步——两台警方的巡逻四足机器人正朝着定愕的方向缓步走过来。指针正蹲坐在其中一台机器人平整的背上盯着他。定愕连忙后退，趁着机器人的摄像头还没有转到这边来的这几秒钟,闪回墙的阴影里,退出机器人的视野。

定愕一扭头,指针就坐在刚才他走过的那扇门旁边舔毛。那个样子仿佛是说:我说得没错吧?

定愕叹口气,快步走过去打开那扇门。门上使用的电子锁因为没电失效了。旧城区很多地方都这样,他三年前和勒芙蕾丝搞城市探险的时候去过不少这种地方。不过定愕仍然不知道指针是如何看出来,或者知道这扇门没锁的,虽然它只是生活在他脑袋中皮层处理器里的一只电子宠物,但是它似乎对周围的环境了如指掌。

定愕走进大楼,回头把门关上。一股比街上更加陈旧的气息扑面而来,还带有轻微的塑料烧焦的味道。好在不是不能呼吸。通道顶端的生物质发光二极管还在照明,但是很多区域的明亮度已经极度减弱,很多干脆已经不亮了。通道还算干净,有着上行和下行的两边楼梯——究竟是哪边?

这个问题很快解决。指针不知道从哪里蹿出来,灵活地三步两步蹿上上行的楼梯,在中间的平台处停下,转过身等着他。看到这里,定愕再次确定指针已经不再是之前的那个指针了:之前那指针的程序可拿台阶没有办法。

定愕拾级而上。

接下来指针带领着定愕在旧城区的这些或是废弃,或是半废弃的大楼里穿行,时不时地停留一小会儿,躲过警方的无人机、机器人,甚至是人类警察。在这个过程中,定愕感觉自己已经逐渐地熟悉了指针的意思:虽然它仍然不会说话,但是当它突然弓起背来,意思就是让定愕稍微停一会儿,片刻之后警方无人机就会从他们头顶飞过去;一旦伏低身体,就是让定愕快速地跑过前面的那个路口。定愕知道他现在肯定不能够再接入万方网,但是这只猫似乎有自己的信息接口。

为什么指针不肯说话呢?这个念头在定愕的脑海里一闪而过。

定愕来A12区要找的那个人叫老丁。他现在的位置离老丁已经不远了,只要再过几个路口,穿过小巷就是。希望过去这两年他没有关门跑路。定愕没想到,仅仅是数个街区的距离,他居然走了这么久。他还路过了过去他经常去的几家餐馆,但是都歇业了。到了这里,人流量终于大了起来,不过街上的大多数人都把自己裹得严严实实的,只露一双眼睛,有的甚至连眼睛都不露。还有一些人甚至遮住了自己的轮廓,外面的大衣下面只能看到一个圆筒或者长方体。这就是定愕要来旧城区的原因:他跟这些人一样,都是来做一些不太合法的事情的。

还好,老丁的小店还没有歇业。他这个地方看上去就是一个平平无奇的旧杂货铺,但是各种废旧电器掩藏着精心调校过的本地网络。这个地方是图灵警察和顶级黑客之间公开的秘密,议会并不知道——议会不知道的地方有很多。基本上,从军用级别的加密设备,到伪造身份服务,到最强力的破冰程序,老丁这里什么都有。

老丁看到定愕时并没有露出很惊奇的表情,还是那张死人脸:"消息都传开了,说你跑路了,怎么回事?"

"……遇到大麻烦了,说来话长。我现在要走,你能不能给我弄个新的身份？"

"早就给你准备好了。有人给你传了一条消息。"

原来有人帮他？定愕略感意外。是谁呢？

老丁打开杂货铺旁边很不起眼的一扇门，带着定愕走了下去。经过一段长长的阶梯，下面是另一扇门。两人走进去，里面是一个仓库，架子上摆放的是各种废旧电器，靠着墙的则是两台 L3 的旧终端——没有生物验证的那种，至少是十年前的旧货了。定愕之前没来过这间屋子，他扫了一眼，发现架子上有不少好东西：德仪的浮点处理器、康陶的军规嵌入式路由器，以及长光的多频谱高速光学相机。这些东西老是老了点，出厂时间都超过两年，但都不是能在公开市场上买到的货色。两台终端旁边的桌子上搁了一盏太阳灯，下面是一盆盆栽——一株翠绿的草芽破土而出，鲜嫩欲滴。

屋子里没有别人，指针坐在一台终端前面舔毛。"你还有这个爱好呢。"尽管他现在需要争分夺秒，定愕还是忍不住走过去，弯下腰看了看那盆盆栽。花盆里的土质黝黑松散，老丁还配了一盏太阳灯，可见绝对是花了时间和心思的。光是这些土壤就不是便宜货色。

"二号终端，打开就行。"老丁没有回应定愕。果然，他说的是指针身前的那台终端。定愕坐下，屏幕亮起，是冯。

屏幕里冯的那张胖脸显得很慌张，还不时往身后看。他的视频背景不是他原来那个花里胡哨的动态海底背景，而是单调的灰白色墙面，可能是他家里的真实场景。他的声音也哆哆嗦嗦的："我知道你现在肯定很生气，但是我也是不得已……这么大的事情是盖不住的，他们迟早会找到你。我真心想帮你……我已经拜托老丁给你弄了新的身份。我自己也去查了一下那个数据中心，是万方公司之前的数据中心，已经很老了，可能是一百五十年前的了。你可以先去数据中心的物理地址找找，看看有什么线索，网络这边我会帮你看着，尽量挡住他们。我很抱歉，不过现在我得走了，你也赶紧走吧，他们马上要来了。"

冯这家伙这个时候真是仗义。定愕一阵感动。这几乎不像他记忆中的那个冯——总是畏畏缩缩、躲躲闪闪的，非常不擅长和人打交道，在图灵警察里也算是极端社恐的那类。他这时突然站出来，冒着巨大的风险帮助定愕，实在让人没有想到。人跟程序不一样，是会变的。

"多谢了。"定愕真心实意地对着断掉的视频画面说道。

老丁走上前来，将一张没有任何标识的纯白色卡片放到桌面上。"不用客气，已经有人付钱了。"定愕拿起卡片略略感应了一下，手掌上的读卡器读出信息：一个全新的身份，至少可以使用48小时而不被识破；之前数据中心的物理地址；还有一笔数量可观的数字货币。

定愕站起身来，略微向老丁一点头。两人原路走回杂货铺。

从地下室出来，定愕伸出手，"多谢了。"老丁仍然没有什么表情，伸出手来轻轻一握，"最近风声很紧，没事别过来。如果实在有需求，我这里涨价40%。"定愕对此倒是不意外，不过他最近也不大可能回到这里。

"对了，你的猫……挺有意思的。我之前没见过这样的。"老丁转头看了一眼，视线准确地对上了旁边正在舔毛的指针。

定愕有点惊讶：指针进入了他的本地网络，还被他发现了？他说的"有意思"，是什么意思？不过还没等定愕问出口，老丁转身消失在了通往地下室的门后，明显是不想跟他再多扯上关系。指针"喵"了一声，向路口的一扇门跑过去。

定愕转身追往指针的方向。

他脑袋里的那个定时炸弹正在嘀嘀作响。

时间不是他的朋友。

第二章　万　方

　　定愕从来没来过数据库所在的C09区。虽然从数字编号就能判断出来这是一个很旧的区，但当管道列车停在C09区的管道站，列车里就只剩下定愕一个人的时候，还是让他有点儿担心，监控系统很可能单单通过这个不寻常的举动就识破定愕的伪装身份。幸好老丁给的那个假身份足够给力。

　　C09区比定愕想象的更旧——议会甚至关掉了天穹照明。气温很低，定愕踏出管道站的大门就开始打哆嗦。这里给他的感觉有点像是每年那么几天的冬季特别节日活动——为了营造出年节气氛，议会会在那几天特意地调低区域温度，让住民外出时穿上保暖外套，甚至还会下雪——C09区现在这个样子除了没有下雪，跟A18区的冬日夜晚也差不多了。

　　幸好议会还保留了路灯，让整个C09区不至于一片漆黑。从定愕面前的设施密度、尺寸来看，这之前应该是一个大型商业办公区域。只是线下活动越来越少，导致整片区域被基本废弃。

"您好,这位尊敬的#%!(* ￥#先生,请问您有什么需要帮助的吗?"一架无人机从旁边的一整片服务无人机架中激活,飞到定愕面前,上面的屏幕亮起,熟悉的阿莫的语音彬彬有礼地问道。居然还有没坏的无人机,定愕与其说是吃了一惊,不如说是松了一口气。不然他还不知道怎么去数据中心。

还没等定愕开口,指针出现在无人机的顶上。"好的,坐标已收到。考虑到位置较远,我会立即为您呼叫出租车。"一辆出租车从管道站出口旁边的地下通道里驶出来,停在定愕面前。"希望您此次来到本区有一段愉快的旅程。"无人机自动飞回机架去了。阿莫的声音在这个完全无人的环境中显得尤其明显,让定愕有点毛骨悚然。是不是这个区域就只剩下他一个活人了?

定愕坐进自行出租车,车辆无声地启动了。指针就坐在出租车的风挡后面,目不转睛地望着车前方。没有开灯的高层建筑的黑影在路边掠过,只有一盏盏路灯在出租车里投下不断变化的光影。定愕仔细地观察着指针身上的光影变化——渲染完全正确,没有任何穿帮的地方,坐在那里的简直就是一只真猫。光是这个改进过的3D渲染引擎,定愕想,拿出去就能卖不少钱。

出租车右转驶下主干道,顺滑地停在一座大楼前方,车门自动打开。定愕下了车,比对了一下大楼和地址:没错,这就是万方的旧数据中心。大楼额头上还有万方公司的旧logo。

大楼的设计没有任何特征,就是一条卧倒的长方形玻璃方块,符合数据中心的一般建筑风格。门前有一条很开阔的门廊,想必当初建造的时候设计者预计会有不少人出入。门廊的玻璃门后面一片漆黑,这里不像是还在运转的样子。但是定愕很清楚这个数据中心还在运行——他能闻出数据涌动的气味,他图灵警察的天赋还没有完全消退。

前门并没有锁。定愕感到一丝庆幸:如果锁了的话,他就得找其他方法来进入这个数据中心了。他对一扇锁了的门还真没有什么好办法。图灵警察的日常工作就是在万方网上打开上锁的门,这个工作他完成得很好,很少有上了锁但他无法打开的门。但与此同时,他发现他没有办法打开一扇在基底现实中上了锁的门。或许找一块硬的东西把玻璃门砸开是一个好主意。但他的同事们大多已经变成了彻底的网络生物,在基底现实里他们可能都走不了两步路,更别提砸开一扇玻璃门了。他们如果遇到定愕这样的事情,多半只能躺在家里等着议会的紧急情况小组上门。

定愕走进大厅,头顶的照明自动打开。大楼的内部装饰十分完整,看不出来衰败的痕迹。感应照明系统和自动清洁系统仍然在正常运转,一个扫地机器人正呜呜地从一侧经过,一应陈设布置都不像一个废弃多年的数据中心。员工的一些个人物品和陈设也保持着原样,大厅前台的桌子上甚至还有一个咖啡杯摆在那里,仿佛所有人不过是去放了个假,明天就回来。不过,怎么走才能够到达数据中心的核心呢……比方说找到他想要看的日志文件?他这一时的犯难在下一秒就得到了解决:指针正蹲在大厅的左侧,那里有一个通道,是电梯间。

当他走到电梯间的时候,电梯门正好打开。定愕刚想走进去,指针这个时候"喵"了一声——定愕一回头,发现它正蹲在旁边的楼梯间的门口,盯着他。看来它的意思是不让我坐电梯,定愕心想。虽然整个数据中心看上去只有他一个人,但是做点防备也没有坏处。定愕打开楼梯间的门,开始往下走。

按照一般规律,数据中心的重要部门都在地下。这个数据中心延伸到了地下十分深的地方。它还在运转的时候,人员肯定是乘坐电梯上下,但指针做了提醒,定愕并不敢承担被人堵在电梯里的风险。楼梯显然很少有人使用,是简单地用塑钢拼接而成的,复杂的电缆和管道被一捆一捆地固定在墙面,时不时会出现一个印在墙上的机器识别的维修码。每四段楼梯就会有一扇门,标识楼层。这才是这个数据中心的真面目。定愕往下走了很久,才看到指针停在一扇门前。这里就是他要找的楼层?

门上装着密码锁,不是常见的指纹锁或者瞳孔锁。定愕一下子犯了难。或许他真的得找个什么东西把门砸开。不过这么干很可能触发某种警报,万一导致整个数据中心完全锁闭,他就更麻烦了。

指针在旁边舔起了自己的爪子,动作非常认真。它舔一下爪子,洗一下脸,然后再舔一下,再洗一下脸。它这是什么意思?定愕有点迷惑。突然,他意识到一点:指针舔爪子和洗脸的动作并不是完全交替进行的,而是时不时会多舔两下爪子或者多洗一次脸。如果它是在给他传递信息,那么舔爪子可以是1,而洗脸是0,这就是一个二进制的序列。定愕赶紧把这个序列记下来,很快发现指针实际上是在重复一个二十五位的二进制数——如果把这个数转换成十进制,就会得到一个八位数。

定愕将这个八位数输进密码锁,得到的是一次红灯警告:密码错误。定愕思索了一下，发现他可能理解有误，他只是任意指定了舔爪子是1而洗脸是0，实际情况也有可能是反过来的。随即定愕将二进制序列的0和1反过来，转换成另一个八位数输进密码锁，"嘀"声响起，门开了。

指针知道这里的密码，定愕不知道这只猫是从哪里获取的信息。更大的问题是，它完全可以远程遥控帮他开门，为什么使用这么麻烦曲折的方式来提示他？定愕疑惑地看了指针一眼，猫只是蹲在地上舔毛，一点儿想要回应他的意思也没有。

门后面是一道走廊。随着他的进入，照明系统开始运转，透明的玻璃幕墙后面的内容也随之揭露开来。这里果然是数据中心的核心：主平面。左侧应该是数据库程序员工作的终端办公室，右边则是空的——不，不能这么说。定愕走近才搞明白，他现在的位置，是一个空间巨大的阁楼。从阁楼往下望，就是数据中心的核心：一排排巨大的服务器阵列。阵列上方是一套极为复杂的给维护机械设备使用的伺服轨道，以及更庞大的散热管线系统。

定愕随便找了台终端，开始检索数据中心的状态。数据中心的界面十分老旧，对定愕不构成困难。定愕很轻松就突破了防火墙，开始寻找任何能够解释这个人工智能的文件和数据。

什么也没有。数据库是空的。他甚至没有找到自己和人工智能搏斗的痕迹，这样大的事情应该在日志系统里留下痕迹才对。或许他可以去找一找，说不定有只读数据留下的记录——等等，事情不对，有人对日志系统动了手脚，应该是在不久之前。

定愕键入指令，按照修改时间顺序排列日志文件。一个最近被修改的文件跳了出来：

\\Local\\Users\\Admin\\Logs\\xf5a213d3260exfff\\CrashReporter\\DiagnosticReports.log

定愕打开日志文件。这是一个完整的系统登录日志。最近的一条，是定愕自己登录的；而倒数第二条则出现在半小时之前，登录名是勒芙蕾丝。

不，这不可能。勒芙蕾丝根本不是黑客。而且，她已经消失了，定愕告诉自己。这必然是有人掌握了他的过去，了解这个名字对他的意义，知道了他的全部信息，然后用这种方法来制造陷阱。他现在很危险，得抓紧每分每秒了。

定愕键入指令搜索只读数据库的位置。只有他这种老资格的图灵警察知道，这种旧的数据中心会使用磁带来备份只读数据，这些磁带会保存在一个专门的房间。数据中心的结构图告诉他，只读数据就在他的脚底下，跟主服务器阵列在同一层。

定愕从主平面侧面的楼梯走到主服务器阵列旁。目前来看阵列处在低功率运行状态，两人高的服务器机架上，标示运行状态的呼吸灯正在缓慢地闪烁，表明数据中心目前没有在计算什么东西，仿佛是一个看不见的巨人正在沉睡。

真像一个图书馆，定愕想。自从万方公司发明了量子相干处理器，图书馆和这样构造的数据中心一并成了历史的遗迹，定愕也只是从万方网上了解过它们的样子。定愕之前参观过由量子计算机组成的新的数据中心,知道量子计算机的造型:一个长宽高各1米的方盒子。强磁场和液氦构成的冷却系统将量子处理器冷却到绝对零度附近,处于相干状态的量子处理器,只需1秒就足以完成之前硅片处理器十亿年才能完成的工作——比如将一个大数分解为两个素数。

定愕很容易就找到了只读数据库,穿过主服务器阵列左边,第二扇门后面就是。只读数据库有自己的一套终端,用于检索磁带,速度非常慢,而且只能按照时间顺序存取。直到这时定愕才发现,这个数据库里大部分的磁带早就不见了——不知道是被人偷走了,还是单纯坏了,被处理掉了。定愕只能耐着性子在这一堆残缺不全的磁带里搜索,最终,他找到了他在数据中心和人工智能战斗时产生的那一部分日志文件。这一部分信息比他自己看到的要多不少。最大的收获,是他在签名处发现了这些日志文件的真正的作者:邱奇。

邱奇在万方网上是一个传奇。他是万方网的真正发明者——邱奇创建了万方公司,写出了万方网的标准协议。万方网的发明让万方公司成了如今把控世界的巨头,度过了驱动,还协力建立起了都市。但邱奇在驱动之前就神秘消失,他的去向无人知晓。万方网上关于邱奇下落的阴谋论至少有一万种,定愕读过不少。有人认为驱动就是邱奇引发的,还有很多人坚信邱奇到今天都还活着——虽然这在物理上是不可能的。

这个AI的作者就是邱奇。然而,对于定愕而言,这个秘密毫无用处,他该如何去找一个死人?

一定有办法的,定愕给自己打气。他将这些日志文件转入自己的存储器，走出只读数据库。接下来该去哪里，他一时没有头绪。指针或许能给他一点儿提示。不知不觉间他开始依赖这只宠物猫。它背后显然有某种东西或者某个人在影响、引导、帮助他。但是它的一举一动都仿佛在告诉他，不要超过界限，不要过分探究这只猫背后的秘密，否则后果无法预料。

指针蹲在门口迎接他。就在此时，它忽然感觉到了什么，朝着一个方向弓起背，全身的毛都竖了起来，喉咙里发出低低的咆哮声，似乎是在恐吓某些强大的敌人。

这是……？定愕身旁的服务器阵列的蓝灯开始疯狂闪动，阵列似乎在运行一些非常复杂的程序。然后指针的身影闪了闪，消失了。定愕感到大事不妙，之前它从来没有这样过：它的消失和出现一般都会在定愕视线以外的地方进行。这意味着——见鬼！

定愕的视野边缘似乎有一个模糊不清的东西一闪而过，他下意识地闪进服务器的阴影里，一根刺扎进他半秒钟之前的位置。这是一个陷阱！

实际上从看到勒芙蕾丝的名字开始，他就应该扭头离开。图灵警察应该具备这样的敏感。只能说，最近两年他已经退步了太多。

定愕的大脑这时才开始急速转动，推断因果。他来到这个数据中心的原因是冯，而就算冯什么都不说，议会或者万方公司迟早也会从数据流里发现蛛丝马迹。说不定他见到的那个冯根本是假的。他还不知道对面的敌人到底是谁——是议会的人，还是万方公司的秘密部队？定愕觉得敌人是万方公司的可能性更大。对万方公司来说,这个人工智能十分有价值,而且他们能够以取回公司的财产的名义这么做。况且,万方可以很轻易地骗过他和他的电子宠物猫。

定愕趴下身子,爬过服务器阵列,躲进一个死角。他脑袋疯狂地运转,想要找出什么脱身的办法,指针不见了,直到这时他才意识到他有多依赖这个小家伙。他调出数据中心结构图,发现阵列的边上有一个紧急出口。这可能是唯一的办法了。就在这时,他的视觉界面闪了闪,下线了——对方使用了电子对抗手段,首先是指针不见了,现在连他的视觉界面都挂了。他尽量不去想紧急出口外面正好有人在那里守株待兔的可能性。

定愕凭着刚才看结构图的一点儿残存记忆往前移动,根据结构图,他离紧急出口只有3分钟的距离。他依照印象一路从服务器阵列和监视器死角中绕过去。服务器的蓝灯疯狂闪烁,定愕尽量放低身形,移动时不发出任何声音。说来也好笑,他在万方网上是一名无所不能、拥有近似最高权限的图灵警察,在基底现实却只是一个普通人,或许比普通人还要弱一点儿。没有战术连接和视觉界面,定愕感觉自己好像瞎了一样——可能是真的。他眼角余光好几次瞥到服务器阵列那边有一个什么物体在飞快闪烁——但似乎总是抓不住任何东西。

这个办法看来奏效了,这大概是定愕生命中最长的3分钟。被标为紧急出口的那扇门就在他面前,他马上就能从这个地方逃脱——

他感到脖子上有一阵微微的麻痒感觉,随即身体便失去了控制,缓缓靠在了墙边。三个人的身形从环境中浮现,走到了定愕面前,他发现自己很难直接注视这三个人。三个人的身体轮廓内都闪动着一些定愕说不清楚的图案纹理——这种图案纹理和周遭环境的颜色和拓扑①非常相近,每次当定愕想要集中注意力看清楚的时候,眼睛总会从他们的身形上滑开。这是种基于视觉皮层模式识别的神经缓冲区攻击。定愕以前听说过,但是今天第一次见到。

“我们是万方公司危机处理组,想要请定愕先生陪我们走一趟。”为首的一个人抬起面罩,很礼貌地说。他有着一张非常漂亮的女性面孔,就算在俊男美女烂大街的万方网上,也属于独一无二的漂亮。但是他的动作举止又完全不女性化,定愕无法确定他的性别。万方公司危机处理组在图灵警察中名声很响,很多人认为他们的能力高过议会危机处理组的直属秘密部队。这些人都接受过最彻底的改造,据说他们除了大脑已经没有多少原装零件,全是义体人。他们没有名字,在网络和现实中能穿梭自如。定愕也是第一次见到他们的物理实体。

“我们得知定愕先生目前持有一项本公司的财产,所以烦请定愕先生跟随我们到公司总部处理相关事宜。本公司对定愕先生没有任何恶意。”为首的这位继续说道。定愕没有说话的能力,但是就算有,他也不打算说。他知道跟着这些人回到万方公司总部肯定不是什么好事。就算世界没有被人工智能毁灭,他也很可能会被解剖,变成大脑切片。类似的传闻在图灵警察内部多的是。

危机处理组的人向定愕注射了缓释解药,给他戴上电子锁。

---

① 是描述几何图形或者空间图形的位置关系的一种性质。

定愕感觉自己的身体控制权回来了一些——他已经能站起来了。他试着挣了挣电子锁，不再抱任何希望。电子锁也确实毫无反应，定愕怀疑图灵警察中有人能够挣脱这把电子锁，但以定愕现在的能力，没有任何逃脱的可能性。

紧急出口的门打开了，另外两个万方公司危机处理组的组员走了出来，似乎是在用行动嘲笑定愕刚才那个幼稚的逃跑计划。他们现在关闭了体表的迷彩，所有人都呈现出一种没什么生气的深灰色，让人很难判断这些人到底是人类还是机器人。两人中的一个走到定愕身边，脱下面罩，"定愕先生，现在你能走了吗？"

定愕勉强点点头。这人同样有着一张漂亮的青春少女面孔。只是那双眼睛没什么生气——应该不是真的眼睛。"我叫戴斯特拉，是万方公司危机处理组C组组长。如果不是因为这次令人遗憾的事故，我或许还会跟定愕先生一起工作。我们使用的这种麻醉剂是完全无害的，再过上一会儿，它就会被代谢掉，没有任何副作用，所以定愕先生不用担心受到永久性伤害。"他说话的嗓音虽然很柔美，但是语气生硬。就算说着关心人的话，定愕也听不出任何关心的意味。

定愕有点迷惑：这人是在跟他套近乎吗？如果是，这未免太拙劣了？

"啊，这是万方公司危机处理组的标准工作程序，手册上说这样可以降低目标的紧张感，增加配合程度。"戴斯特拉语气认真地说道，"不过我们之后还有很多见面的机会，下次我们再试试。"他重新戴上面罩，走到队伍最前。

　　定愕感到很无语,这帮万方公司危机处理组的人,比起人类真的更像机器。

　　万方公司危机处理组的两名组员夹住了定愕,他们向出口走去。定愕现在能走了,只是还有点虚弱。他一路上没怎么进食,这段时间的高强度肉体和精神活动耗尽了他的能量。

　　就在此时,走在最前的两个万方公司危机处理组的组员突然停下了脚步。两人皮肤上的迷彩又开始闪烁,将他们的身躯变成了一团正在变化的、没有边缘的、模糊不定的轮廓。周围原本已经恢复平静的服务器阵列集群的状态灯又开始高速地闪动起来。就在这一瞬间,五名组员离开了自己的位置——定愕甚至无法看清这五个人是如何移动的。

　　接下来30秒发生的事情定愕只能猜测。没有战术连接,没有视觉界面,定愕只能用肉眼观察,就如同他被抓住之前那样。他只能看见服务器阵列的角落里偶尔有什么在闪烁,仿佛整个世界是一块LED屏幕,屏幕的那一块突然坏掉了,像素点不受控制地显示出了其他颜色,随即又恢复了正常。

　　30秒之后,服务器阵列的状态灯平静了下来。定愕身旁的地上,突然出现了两个人形轮廓——是万方公司危机处理组。他们皮肤上的迷彩消失了,变成了一片纯白,样子就像时装店里的假人。

　　这30秒内有人入侵了服务器阵列,干掉了这五人危机处理组,解救了定愕——不对,定愕转念一想,也有可能是火拼,比方说议会直属的秘密部队,甚至是某个神秘的地下黑客组织,他们同样对定愕脑袋里的东西感兴趣……

一个人影从拐角出现。是个女人。

"定愕，好久不见。"她的面容定愕很熟悉，她眼窝深陷，嘴唇紧紧抿着，有着十分硬朗的下颌角和清晰的下颌线，只有弯弯的眉眼格外柔和。

不，这不可能。这是定愕的第一反应。

三年之后，勒芙蕾丝再一次出现在他面前。

第三章　勒芙蕾丝

勒芙蕾丝挥了一下手，定愕的电子锁解开了。他站起来，活动活动手脚。勒芙蕾丝微微偏头，转身向外走。定愕跟了上去。

定愕望着她脑袋后甩来甩去的马尾辫，什么都说不出来。她的样子没有变化，穿着那件大得有点可笑的橙色夹克，与她离去的那一天没什么区别。定愕不知道应该说些什么。

"好久不见。你怎么来了？"定愕憋出一句话。

"来救你。"勒芙蕾丝没有停下，也没有回头。

定愕想要向她解释现在的状况，"有个强人工智能在我的脑子里""我得找到一个早就死了的人，而且要尽快，否则我就会死""现在议会和万方公司都在追杀我"。他张张嘴，还是什么都没说出来。而且现在这个情况根本就不真实——他认识的那个勒芙蕾丝根本就不是黑客，对程序，对网络攻击、防御这些都一窍不通。但是刚才他亲眼见到勒芙蕾丝干掉了五个万方公司危机处理组组员。一般的黑客根本做不到这件事情。

"刚才我在日志文件里看到你的名字,那是你登录的?"最终定愕只能问出这个问题。

"嗯。"勒芙蕾丝回应道。她似乎想起来了什么,回头看了定愕一眼。定愕的视觉界面闪了闪,恢复了。

勒芙蕾丝避开电梯,带着定愕从他刚才进来的楼梯间原路返回。勒芙蕾丝上楼梯的样子还是如同她三年前那样轻快,而定愕就不同了。那时他和勒芙蕾丝经常一起出去,在各个层区探险。过去一年足不出户的生活已经让他的体力严重下降,他很快就只能在楼梯上一步一步慢慢挪动。勒芙蕾丝倒是没说什么,只是耐心地在前面等他。

两人回到数据中心的一层,外面静悄悄的,定愕想象中聚集的警车和无人机没有出现。看来万方公司也不希望把事情闹大,只派了最精锐的小分队来解决问题。

勒芙蕾丝头也不回地向数据中心的门口走去。"等等!"定愕叫住了她。

"我们这是要去哪里?"定愕问道。他现在确实不知道要去哪儿,毕竟邱奇早就死了,线索也断掉了。难不成应该直接去万方公司自首,让他们把自己脑袋里的AI取出来?

"去找邱奇。"勒芙蕾丝歪着脑袋看着他,语气很不耐烦。

"但是邱奇已经死——"

"没有。我非常清楚这一点。他肯定还活着,问题是在哪里。"勒芙蕾丝的语气斩钉截铁。

"这怎么可能?邱奇至少是两百年前的人了,怎么可能现在还活着?"定愕提出疑问。

"我就是知道。"勒芙蕾丝说道。

"为什么你会知道？自从你发了那个鬼知道真假的消息，三年了，这三年时间你在哪里？为什么你从不跟我联系？然后在这个时候，你突然出现了，带着任务，以及一大堆你从来没有的技能？你到底是谁？谁派你过来的？你是勒芙蕾丝吗？你不会是哪个神秘组织派来骗我的吧？"定愕突然爆发。虽然从各种角度——长相、习惯的小动作、走路的姿势——来看，定愕都笃定这就是勒芙蕾丝，但是这些问题的确让他完全不知道是否应该相信这个女孩。

"我们认识是在A18区的湖树公园，当时你不小心摔到池塘里，是我把你捞起来的；你公寓里的那盆冬青是我选的，你一开始不喜欢，我们还吵了一架；你在吃饭这件事情上花了太多钱，被我逼着每天跑步锻炼，哦，看来在我离开的这段时间里，你明显没坚持下去，已经比我走之前胖了20千克。我说得对吗？"勒芙蕾丝上下打量了他几眼。作为图灵警察，他知道理论上的确可以通过分析他过去所有的历史数据得到这些细节。他自己就干过类似的事情。勒芙蕾丝失踪时他就干过。

所以他才更确定，他眼前的这个女孩的确是勒芙蕾丝。

"至于我这三年去哪里了……"勒芙蕾丝似乎有点困惑，随即坚定地说，"我不能告诉你。"

接下来勒芙蕾丝告诉定愕，她受雇于一个她不能说的雇主，目前的任务就是帮他找到邱奇，解决他目前的危机。至于具体是谁在这个任务的背后，是保密的，她不能告诉定愕，她大脑里内嵌了保密硬件，不可能撬开，她自己也不知道。她非常确定邱奇还活着,问题在于怎么找到他。定愕有点吃惊:他原来认识的那个勒芙蕾丝没有做过任何改造,都无法进入深度模拟刺激。这个勒芙蕾丝则完全像是另外一个人。

"你的雇主既然确定邱奇还活着,怎么不直接告诉我们他在哪里。或者更简单,把他直接送到我们这里来,走出这个大门,Voilà①,邱奇就蹲在门口喝咖啡。那多好。"定愕抱怨道。

"在这种情况下就别去揣测我雇主的想法了,没用。"勒芙蕾丝摇摇头。这的确是勒芙蕾丝的性格,定愕想,她一向都直来直去。"我们不如从最直接的路径入手好了:议会的人类身份数据库。"

在这个网络时代,每个人都有自己的唯一身份,使用自己的DNA数据签名。有了DNA,议会的人类身份数据库就一定会有此人的活动信息。但是定愕能想到的问题就有两个:第一,去哪里找邱奇的DNA?他已经"死"了两百年了。第二,这个数据库是驱动之后的产物,它会存有驱动之前的人类的信息吗?

"邱奇是万方公司的创始人,按照一般规律,既然这套数据库系统是万方公司帮助建立起来的,最早的几个用户信息就肯定是创始人的,所以数据库里大概率有邱奇的信息。至于邱奇的DNA,"勒芙蕾丝看着定愕,"你觉得应该去哪里找?"

"对了,万方公司博物馆!"定愕一拍大腿。那里保存着创始人使用过的很多物品,这些物品上可能就有邱奇的DNA。

"事不宜迟,我们出发。"有了结论之后,勒芙蕾丝毫不犹豫地迈开步子。说实话,定愕对这件事情的发展并不怎么有信

---

① 法语,意为"瞧"。

心——有一百万个问题是他们现在无法解决的。他们如何混进博物馆？尤其现在定愕是被通缉对象。就算混进了博物馆，将藏品偷出来也是个问题，藏品上有没有邱奇的DNA还是个问题，更别提数据库里是否真的有邱奇的数据了。但是现在最重要的是不要去想这些东西，努力让自己乐观起来。他已经消沉了这么久，不能再消极被动下去。勒芙蕾丝都回到他身边了。

万方公司博物馆在K10区，并不容易到达。定愕还在思索怎么前往博物馆，没想到勒芙蕾丝转了一个弯绕到了大楼后面，一辆私车就停在大楼的阴影处——这让定愕非常意外。城市建设的早期，当局的确给不同的层区之间修建了彼此连通的道路，但是随着网络的不断延伸，需要在基底现实出行的人群越来越少，私车逐渐成了极为罕见的物件，而新的层区也不再修筑互相连通的公路，只有越来越少的管道站。

"你怎么弄到这辆车的？"定愕问道。从外表上来看，这辆车是银灰色的流线型，还很新，与定愕常坐的自行出租车最大的不同在于，它有着四个暴露在外的宽大的车轮。出租车的车轮都是隐藏的，而且车的外形要方正得多。

"偷的。"勒芙蕾丝说完便钻进车里。定愕赶忙跟着坐了进去。定愕从来没坐过私车，这辆私车内部的整体质感比自行出租车要好得多，摸上去都是软软的毛皮，而不是那种粗硬的铝原色金属。但是很多细节一看就知道这车很旧了，起码是十年前出厂的产品——比方说，这辆车居然还有一套定愕从来没见过、只在万方网上才看到过的设备：手动驾驶系统。在前部左边的座椅前面，装着一个——如果定愕没记错的话——叫作方向盘的设备。而且看勒芙蕾丝的那个姿势，她居然打算自己驾驶。她就坐在左边的驾驶席上，干脆利落地按下按钮，启动车辆，并把两只手搭在方向盘上。方向盘上有一个定愕不熟悉的盾形logo，似乎是这台车的生产厂家的标志。盾牌由黄黑分成上下左右四个部分，中间有一匹马。这种古早风格的设计现在已经很少见了。他似乎在万方网上的竞速游戏里见过这个标志。

"你要手动操作这个东西?!"定愕大为吃惊。人类驾驶车辆，除了游戏里，这都是多少年没听说过的事情了。

"你以为呢？我特意选了这辆车，就是因为它被当局或者万方公司劫持的概率小——我之前就把车辆的远程接入功能破坏掉了。而且，管道公路很多地方都被废弃了，传感器密度不足，我们被发现的概率就更小一些。"勒芙蕾丝把持着方向盘旋转，车辆缓缓启动，驶上公路。她的动作熟练，似乎是开过很长时间的车了。

车速越来越快，勒芙蕾丝向着定愕不熟悉的街区行驶，看上去脑子里早就有了方向。很快公路就从层区周边的半封闭公路变成了全封闭，定愕明白他们现在已经不在C09区，而是在层区之间错综复杂的地下管道公路上行驶了。他们行驶的管道公路上目前一辆车都没有，于是勒芙蕾丝将行驶速度加到最大。与此同时，车外呼呼的风声变得越来越小，定愕感受到车辆内部开始加压的嗡嗡声，这说明管道公路里的气压越来越低。定愕不知道是设计如此，还是越来越少的流量让当局放弃了维护。管道公路的景色非常单调，连日常管道常见的各种广告都没有，只有呈拱形的天花板和下方平坦的道路，每隔几米就有一盏穹顶灯照明。偏低的气压让隧道内部的照明变得更加清晰和分明，管道顶端的路灯将光明和黑暗割成互相交错的片段，这种节奏十分容易让人产生某种困顿的幻觉——定惘转头看向勒芙蕾丝，她睁着眼睛，正在专心致志地驾驶。不知道她是不是内嵌了什么特别的滤镜来降低这种光线闪烁的影响。外加管道公路上没有任何能提示尺度的标志物，定惘根本不知道他们现在的时速是多少。

"勒芙蕾丝——"定惘想要找个什么话题。

"嗯？"

"你之前是不是开过这种车？毕竟你走之前在地面工作。"之前定惘跟着勒芙蕾丝去过一两次地面。他没见过这种车，但是见过勒芙蕾丝手动操作一些他不认识的机械设备。

"嗯。"勒芙蕾丝简短地回答。她没再多说一个字，定惘一时不知道应该怎么继续将对话进行下去。

车辆靠右并线，走上一条岔路。不知不觉间，周围逐渐开始有了一些车辆，大多是全自动驾驶的厢式货车，勒芙蕾丝就在这些车辆中间以超过车流50%的速度钻来钻去，场面十分刺激，让定惘非常惊恐。她每每都是在快要被撞到的千钧一发之际从两辆大货车中间强行冲过去，距离判断之准确，堪比激光雷达。这再次让定惘怀疑勒芙蕾丝的眼睛或许已经不是原来的了，但是他又觉得这种时候就算问她也不会得到回答。

一块巨大的标志牌在他们头顶一闪而过："欢迎来到K10区"。两人的车跟着密集的车流一起向着管道的出口涌去。汽车驶出封闭式管道，迎接他们的是截然不同的景色：一个现代的、明亮的、阳光明媚的小型层区。K10区的天穹照明系统投下了极好的天气，蓝天白云。这里的水域面积超过层区总面积的一半，白色的办公用生态建筑几乎全部建在蜿蜒的河道和湖岸边上，各色的小型帆船在河道上缓缓行驶，显得十分悠闲，简直不像是一个繁忙的办公区。这里的环境显然是经过非常仔细的设计，整体效果远超定愕居住的A18区。周围密集的车流，运行良好的天气系统，郁郁葱葱的街区，一切都说明这是一个资源充足的层区。

这也很正常，因为K10区是万方公司的专有层区。

在模拟刺激还远没有今天这么完善的年代，万方公司专门从议会那里要来了K10区这样一个小型层区建设自己的总部。万方公司的总部大楼、最核心的运算中心，以及定愕他们要去的万方公司博物馆都设置在K10。这一层除了万方公司的核心和一些外围机构之外没有别的设施，而像万方公司这种巨无霸企业，只需要动用他们近乎无穷无尽的资源中的很少一点，就能够把这个层区建设得尽善尽美。尽管由于模拟刺激技术的演进，需要以肉身出入K10区的人流暴跌，但是整个层区的面貌仍然维护得极好。

汽车开下匝道，进入街区。街区道路上车辆不少，很大一部分并不是统一的出租车样式，看来其中有不少私车。人行道上有不少行人——比定愕这半年来见到的基底现实的真人加起来都多。街区一看就经过精心设计，郁郁葱葱的大树和树下的灌木搭配得非常和谐，草坪上开着一丛丛各色的鲜花，在刻意制造的风中微微摇摆。定愕将车窗玻璃降下来，顿时一股清新的空气涌入车内: 那种淡淡的花香显然是经过精细的基因改造的产物。

"我们之前怎么没有来过这个区呢?"定愕感叹一声。这就是一个花园世界。换作之前的勒芙蕾丝, 一定会很喜欢这个地方。

"只有万方公司的员工, 还得是达到一定级别的才能进来。或者你也可以申请, 不过不一定会批准。"勒芙蕾丝一句话打消了定愕的幻想, 她以前也喜欢这么干, 总是直来直去, "我的雇主给了我假的权限和一些小工具, 我们才能顺利地进来。"她把车停在一个街角, 两人下了车。"不过, 你说得对。"勒芙蕾丝下车之后伸了个懒腰, 深吸一口气, "我确实很喜欢这里的空气。"这才像勒芙蕾丝, 定愕想。她更喜欢物理的现实世界, 而不是虚拟的万方网络, 虽然名义上那里什么都有。

路人对他们两个视若无睹。定愕观察了下, 这里的路人都有着良好的体形和衣饰, 模样周正, 其中一些可以说容貌惊人。这种类型的人很少出现在更下层的市区, 他们显然不是在模拟刺激中待了太长时间, 偶然回到基底现实, 因不适应而浑身透着怪异的那类人。那种人要么胖得要命, 要么瘦得令人吃惊, 往往穿着一身智能纤维纸做成的模拟刺激服就出现在大街上, 而他们自己根本意识不到这一点。

定愕低头看看自己的衣服裤子。还好他在出门之前换上了夹克和牛仔裤, 没什么引人注目的地方。

"跟我来。博物馆在这个方向。"勒芙蕾丝朝着街区的一个出口走去。他到现在也想不到他们应该如何混进博物馆, 并且拿到那件珍贵的藏品,而勒芙蕾丝似乎胸有成竹。

　　两人没走多远就来到了万方公司博物馆。博物馆通体白色,由几个白色的水泥和玻璃材质的大方块堆叠而成,在绿树掩映下十分和谐。两人走进正门,博物馆的内部装潢十分古典:灰白色的墙面,铜色的网纹金属天花板,配有淡黄色的仿木家具。里面无论是游客还是工作人员都不见踪影,只有各种工作机器人在忙忙碌碌地跑来跑去。

　　博物馆的地面部分就是一整个大厅,大厅中间是服务台,大厅左右两边各有一座楼梯,通往地下,地下空间应该才是博物馆的主要展厅。勒芙蕾丝直接向着其中一座楼梯走去,丝毫没有犹豫。不知道她是不是动用了什么小工具,博物馆里常见的自动导览系统都没有启动,也没有服务无人机飞过来为他们两个提供帮助,他们两个好像是完全隐形的。定愕举目一望,没有发现任何疑似工作人员的人出现,这让他多多少少提高了一点儿信心,同时也有点不适应:都市里各种设施的设计原则都是以人为本,极少出现这种"无人照顾"的情形。

　　勒芙蕾丝走得很快,定愕几乎跟不上她的脚步,走得气喘吁吁的。果然,下了楼梯之后是一条走廊,左右两边是各种玻璃隔开的房间,里面摆着样式统一的仿木长桌,上面则放着用玻璃柜罩起来的展品。他们走过两个房间,右转推开一道门进入房间,他只勉强来得及瞥一眼旁边的标识牌,上面写着"万方公司早期发展专题展览"。下一秒,勒芙蕾丝就在一张桌子前停下了脚步,"这就是了。"

　　桌子上的玻璃柜里是一台极为老旧的笔记本电脑,机型早就被历史淘汰了。"万方公司创始人邱奇编写万方网络协议的代码时所使用的笔记本电脑。"标牌上介绍道。

这就是了。定愕挠挠头。那么接下来的问题就是:怎么把这东西给偷走,以及偷走之后怎么逃出K10区?以定愕的观察,他们一路走过来至少路过了30个摄像头。

"监控系统的事情你不用操心,"勒芙蕾丝仿佛看出了定愕的心思,"我马上会离开。我离开时,你开始倒数300秒,300秒一到你就把玻璃弄开,把东西拿出来,然后往回跑,跑到博物馆门口。在那之后我自然会接应你。你明白没有?"还没等定愕反应过来,勒芙蕾丝压低声音,"倒计时开始!"随即她利落地转身走开,很快就转了个弯,消失了。

定愕的眼角自动跳出倒计时。

00:04:59

00:04:58

00:04:57

定愕四下看看,开始努力思考手头有没有什么东西能够弄开这个玻璃柜子。好好想想!好好想想!他对着自己喊。三年前他作为图灵警察在同僚中以超出常人的直觉和反应闻名;但是三年后,回到了基底现实,他感觉自己的大脑仿佛是在胶水中运行,怎么也想不出好的解决办法。

"喵——"又是一声猫叫。定愕抬起头,指针正在前面的门廊那里舔着毛。它之前怎么不出现,现在突然又出现了?定愕顾不上这么多,赶紧走向指针的位置。

果然,指针是在给他支着儿。没等定愕走近,它就站起来,灵活地走进一条定愕刚才路过的走廊。尽头是一扇门，写着"员工通道"。门背后是另一条走廊，不再是博物馆那种白色装修，而是被涂成了墨绿色，天花板上各式管道的服务通道裸露着。而指针就蹲在走廊上的其中一扇门前。

定愕快步走上前去，门牌上写着"工具室"。里面应该有可以拿来打破玻璃柜的工具。然而，这扇门上挂着一把最原始、最简单的机械锁——需要钥匙的那种。这就意味着，指针也无能为力。它睁大眼睛看着定愕，似乎是想知道他会怎么办。

如果这是在万方网里，这个画面实际上是一个隐喻：门是一个入口，而锁则是加密机制。定愕作为图灵警察有一万种方法来打开这扇门。但这里是基底现实。万方网上的执法者图灵警察，和一个可能是人类毁灭者的人工智能，对一扇挂着简单金属结构锁的门无能为力。听上去就像一个冷笑话。

00:03:47

基底现实，基底现实，基底现实。这是一个物理的世界，而非代码的世界。定愕摇摇头，试图让自己摆脱快时间的思考模式。他左右看了看，瞥见工具室旁边的那扇门的门牌上写着"清洁用具"。

定愕快步走过去拉门，没锁。里面有他想要找的东西：由轻质复合材料制成的一把扫帚。理论上，清洁工作现在应该都由阿莫来完成，但是大型设施里还会有这种人工工具箱，是某些很久以前就没有更新过的建筑规范的要求，以备在某些可能一百万年都不会发生的情况下可以使用。比方说他现在要干的事情：把扫帚的前端插进门锁，构成一个简单的省力杠杆。希望这根扫帚棍子足够结实，这把锁足够脆弱。

定愕压上全身重量，用力一拉。"哐当"一声，扫帚棍折了一个角度，不过门锁也被他拉断了。当初配置这把锁的管理员大概也没想到有人会用如此野蛮的手段来打开这扇门。他可能也跟定愕之前一样，没有意识到这是一个物理的世界，而非代码的世界。

00：02：02

定愕打开门，映入眼帘的是两面墙上齐齐整整、分门别类挂好的工具，全部是崭新的、没有任何使用痕迹的。配置这些工具可能同样也是早就没人关心的建筑规范中的一环。他一个挨着一个地寻找适合他的工具。

Bingo，就是这东西。他拿起一样工具，是把音波锤。这东西会探测物体的固有频率，调谐到相应频率高速震动，以共振击碎物体结构。工具室里的这把是小号的，很适合拿来在墙上打洞——或者击碎玻璃。大号的可以直接震碎一整面墙，也能制作成一把刀，轻松地将金属一切两半。他在万方网上看过实际操作这东西的视频，确实很惊人。

定愕将音波锤揣进夹克口袋，快步走回走廊。似乎什么都没发生。按照常理，监控系统应该早就拍到了他的可疑行径，模式识别算法也应该把他标上"高度可疑"，通知了管理层。为什么到现在还没人来抓他？勒芙蕾丝的手段起效了？

00：00：23

还有23秒。

当倒计时走到头的时候，定愕左右看了看，确定没人之后掏出音波锤，贴上玻璃柜的一面。他打开开关，音波锤"哔哔"两声，指示灯从红色变成绿色。随即，一声高频的啸叫响起，玻璃柜应声而碎。

成功了！

定愕的喜悦还没有持续一秒，尖锐的警报声响起来。"三号展览馆发生展柜破损事件，请注意！三号展览馆发生展柜破损事件，全馆关闭，请游客待在您当前的位置不要走动……"

见鬼！定愕不知道这在不在勒芙蕾丝的计划之内，她之前什么也没说清楚就消失了。或许这本来就是她计划的一部分，或许她成功入侵了监控系统的话不会引发这种警报。定愕一下子犹豫了起来。

"喵！"关键时刻还是指针出现。它尖厉地"喵"了一声，然后向着定愕来时的方向跑过去。定愕一下子反应过来，不管怎么说，还是要继续执行勒芙蕾丝的计划，至于结果是什么，只有天知道。他一把掏出玻璃柜中的笔记本电脑，抱在怀里，朝着来时的方向狂奔过去。

很奇怪的是，虽然警铃大作，警报乱响，但是一路上定愕一个人都没碰到，既没有无人机出现，更没有工作人员前来堵他。

定愕跑上楼梯，迅速冲到门口。那一刻，他立即意识到为什么馆内警铃大作却没有人来管他了。

门外是一片混乱。

天穹照明系统营造出来的明媚阳光已然消失，大片大片的天穹显示组件变成不再工作的黑色，在天空上留下了极为难看的大量疤痕；应该还在工作的显示组件也没有正常运行，不断在各种颜色和图案中跳来跳去，把整片天空搅成了一团马赛克。定愕刚打开门就感受到一阵狂风，门外的花园世界被吹得乱七八糟，原本修剪良好的行道树都枝条乱飞——树叶，甚至轻一些的枝条都打着旋儿被卷上天空。旁边的河道也波涛滚滚，河水涌上岸边，把不少零碎杂物都卷到了河里。定愕看到不少行人都低着头，向某个地方跑过去。

"这不会是……"定愕心想，随即，公共广播里的声音证实了他的猜想——都市里最可怕的事情发生了。"注意，K10区发生多处气密保护层破损事件，请各位市民迅速前往最近的避难所避难！注意，K10区发生多处气密保护层破损事件，请各位市民迅速前往最近的避难所避难……"阿莫的声音从广播里传出来，服务无人机在狂风中艰难地维持着平衡，在人群上方飞来飞去。大量的服务机器人在路上驶过，数量和密度都是定愕之前从没见过的，这也说明了这个区域的富庶程度。

气密保护层破损导致的失压事故。定愕虽然没有亲身经历过，但是他在新闻中见过。主层区有三层保护，外层是岩土层，中间是硅钢，内层才是常见的混凝土。有这三层保护，气密保护层破损事故极为罕见，但这也同样意味着一旦出现就是大事。五年前南美区A16区出现了一次失压事故，遇难人数上千。难道勒芙蕾丝为了偷一台笔记本电脑，竟然在一个完整的层区里制造了一次失压事故？想到这里，定愕的心沉了下去。

"嗨！往这里！"定愕转过头，勒芙蕾丝就在台阶下的一个角落里向他招手。定愕赶紧走下去，勒芙蕾丝也没浪费时间，两人赶紧往车那边跑去。"东西拿到了？"还没等定愕发话，勒芙蕾丝就问道。

"是的。不过你这动静是不是有点……"

"我制造了假警报。在他们的天气系统里动了一点儿手脚，天穹显示组件中了病毒，气压平衡换能器转速不太正常，仅此而已。之后可能得大修一下了。他们还没反应过来。我们还有280秒。"勒芙蕾丝早就知道他想说什么了。

避难者汇集成一股人流，居然跟两人方向相同，两人被淹没在人群之中，一点儿都不起眼。原来勒芙蕾丝刚才选择停车位置的时候连这个都想到了。

在他们来时的那个路口，人群转了个弯，往这片街区最近的避难所去了。两人离开人群，绕过路口，回到车上。勒芙蕾丝迅速启动车辆，猛地一阵加速，还没等定惘反应过来，他们就已经在跨越层区的管道公路上了。由于勒芙蕾丝这一手声东击西，公路上的车辆几乎完全消失，他们得以最快速度离开K10区。

"接下来我们去哪里？"定惘到这时候才喘过气来，将怀里抱着的笔记本电脑拿出来端详。这台笔记本电脑的造型很简洁，打开就是两块板子，上面的一块是屏幕，下面的则布满了密密麻麻的机械按键，合上就是一整块金属。有了目前普遍的脑干接入神经模拟刺激的技术，这种设备早就消失了。定惘注意到勒芙蕾丝没有对这种设备显露出任何好奇，这可不像之前的她。她一直以来就很喜欢收集一些旧物件，定惘还记得她那时的说法，"这些旧东西摸起来更有温度。"不像万方网里，一切都是冷冰冰的。

"如果是以前的你，肯定会很喜欢这种物件的。你一直很喜欢老东西。"他观察着勒芙蕾丝的反应。他还是不确定这个人到底是不是勒芙蕾丝。

"应该……是吧。"勒芙蕾丝脸上似乎露出一丝迷惑,随即转换到定愕已经熟悉起来的面无表情,"不过现在先完成任务。对了,我们要去的是一个秘密地点,不在层区里,在维护层。有一个被万方公司废弃了的接入口,那里有我们需要的全套设备。"

定愕已经懒得再问她是怎么知道那个地方的了,勒芙蕾丝多半还是会以保密为由搪塞过去。不过,指针又消失了。自他从博物馆大门口出来,它就不见了。不知道是一种什么样的神秘规律控制着它的出现。

维护层是都市层区之间的结构,都市所有必要的,但是又必须隐藏起来的维护、运营、修理设备都放在维护层中。除了极少数专门的都市维护工程师,很少有人进入过维护层。车辆在管道公路中减速,拐进一处服务区。服务区的侧壁上,一扇很不起眼的门缓缓打开,他们行驶进去。这处隧道显然是维修通道,宽度仅限一辆车通过,隧道顶部安装着线缆,道路中间铺着轨道,是供某种自动化维护机器使用的。时不时地,车辆的灯光会照出隧道壁上直径更小的出入口,上面还有供机器识别的二维码。隧道里的照明不足,十分昏暗,在不知道开了多久之后,前方突然有了光明,那意味着出口。勒芙蕾丝驶出隧道口,接下来的景象是定愕从未见过的:

他们驶入的是一个直径几百米,高也有几百米的圆筒空间。在这个空间的正中央,是一座巨大的铁塔,上面吊挂着密密麻麻的机械装置,铁塔周围有着非常复杂的轨道和线缆,与圆筒外墙上的涵洞相连,想必这些自动化维护机器就从这座铁塔出发,通过维护层如同蜘蛛网一般复杂的维护通道到达层区,保证整个城市良好运行。铁塔上有着照明用的灯,但是显然不足以照亮整个空间,只有小部分铁塔能够显露在灯光下,让这个空间显得更加神秘。定愕知道,这个空间不在任何一个层区里。99.999 999 9%的人类从来没有来过这个地方,或者,定愕有把握地说,这地方自从建造开始,就没有人类来过。

在这个庞大空间的底部,就在他们的对面,一盏孤零零的灯映照着一扇孤零零的门。想必那就是勒芙蕾丝所说的接入口。

车辆开到门口,跟刚才一样,门自动打开了,里面亮起灯,车辆开进去,门自动关闭,随即开始加压。

"你之前住在这里?"定愕问道。两人下车走进这个门牌上写着"维护部门C13F26AL"的地方。还是如往常一样,勒芙蕾丝视门锁为无物,她面前的门似乎从来都不会上锁,都是自动开启。

"不是。我也是第一次来。"勒芙蕾丝摇摇头。这地方不算小,看得出来,建设的目的是在自动设备搞不定的情况下方便派人来修,然而这种情况从来没有发生过。整个部门区域大体分成三个房间:仓库里摆放着各种工具、压力服,甚至还有食物和水;中间则是生活区,有高低床和盥洗室;左边是工作区,终端机、故障分析工具、3D打印机、模拟刺激接入装置一应俱全,当然,还有一台综合医疗诊断装置。所有的这些东西都规规矩矩地摆着,没有任何使用过的迹象。

"为什么这里要放这种设备？"虽然定愕知道，如果这里没有这台设备的话，他们肯定不会来，但他仍然大为不解。

"预防事故。"勒芙蕾丝的回答很简短。定愕想了想觉得也没错。接下来两人分工：勒芙蕾丝负责接入人类身份数据库，定愕则负责使用综合医疗诊断机确定邱奇的DNA。他从来没做过这种工作：作为图灵警察，他的工作永远在线上。勒芙蕾丝又不知从哪儿神奇地找出一本眼下这个型号的医疗诊断装置的操作手册，发给定愕，让他边做边学。

定愕将整台笔记本电脑放入溶液袋中，充分浸润之后拿出来，再将剩下的溶液搅拌均匀，倒入三根试管，然后把试管塞进诊断机的接口里，他的工作就完成了。经过半小时的PCR[①]和测序操作，诊断机得出结论：这台笔记本电脑上有除了定愕之外至少四个人的DNA。

一台笔记本电脑有好几个人的DNA也是很正常的事情。定愕将结果发给勒芙蕾丝，她此时已经连上了议会的人类身份数据库，顺利得如同本就有超级管理员权限，这让定愕更加好奇她所谓的"雇主"到底是谁。身份数据库的检索记录也很快传了回来，其中一个确实是邱奇，另外两个则是万方公司与邱奇同时代的员工。这三个人在数据库里有明确备案：除了邱奇之外的两个员工分别在一百九十八年前、一百五十年前停止活动，其中一位应该死于驱动，另一位则是自然死亡；邱奇则早在二百零二年前就已经停止活动，系统没有之后的任何记录。

---

① 聚合酶链式反应（polymerase chain reaction，PCR），一种放大复制DNA的技术。

对于这个结果，定愕并不觉得奇怪。邱奇的神秘消失是万方网上著名的都市传说。如果仅仅是查询人类身份数据库就能验证这个传说，那早就有人干了。

勒芙蕾丝皱着眉头，"这不对，邱奇没死，我非常清楚这一点。"她的语气有点儿奇怪，"数据库不全——等等，你不是说除你之外有四个人的DNA？剩下的那个人是谁？"

定愕往下翻检索记录。第四个人——"诺曼。现年28岁，生活在C28区，最后一次活动记录是今天15：38：42登入万方网游戏《太阳系探索》"——这人不是个死人，他的DNA为什么会在这台古董笔记本上？

"C28区。"勒芙蕾丝念念有词，"看来我们得去拜访一下了。"

第四章　在 C28 区

　　离开接入口之前，勒芙蕾丝让定愕等 5 分钟。定愕正想问为什么，突然感到一阵震动从脚底传来。从工作区的窗户向外看去，圆筒空间正中间的那座巨大的铁塔开始变形，伸出几根粗壮的机械臂，连接到圆筒外墙上的几个涵洞，几十台自动化维护机器随即沿着机械臂上的轨道次第驶入，开展自己的工作去了。接着，机械臂再次移动，插入另外几个涵洞，派遣了另外一批维护机器。整个过程有种古朴的机械感之美，定愕不由看得有些出神。

　　在人类不知道的角落，都市就是这样运行的，定愕想。

　　"走了。"勒芙蕾丝打断了定愕的沉思，回到车上。定愕最后看了一眼窗外黑暗中的巨型机械铁塔，跟了上去。

　　"我们就这样随意地截停一辆管道列车？这动静是否有点太大了？"定愕问勒芙蕾丝。定愕也弄不清楚他们现在的位置——他们从都市维护层出来之后，勒芙蕾丝开着车在复杂得如同蜘蛛网一样的维护通道里转悠了半天，终于来到了这个地方：这是一个管道列车的临时车站，同样是都市里不为人知的、数不清的基础设施中的一个。

车站很小，只有一个站台，左右分别连通上行管道和下行管道。勒芙蕾丝很轻易地就接入了车站的管理终端，似乎是在修改管道列车网络的运行调度图。这么大的工程，姑且不说勒芙蕾丝一个人如何干得来，当局难道不会发现吗？

"首先，除了管道列车和某些只供步行的秘密维护通道之外，C28区没有别的办法可以抵达。如果你想要通过完全隐身，且不会引人注意的秘密维护通道下去，以我们现在所处的深度和我们两个的体力，走到C28区需要——"勒芙蕾丝眼睛一转，似乎是在心算，"——32天18小时40分钟左右。这需要垂直向下21千米，总里程为1548千米。你想要这么干吗？"

她是怎么知道这些数字的？难不成她的脑袋里真的有一整套城市的结构图？！定愕愈加无法想象勒芙蕾丝背后的力量。

"管道列车快得多，而且我们只需要让一辆管道列车在这个不起眼的小站停留半分钟——"勒芙蕾丝将手腕上的线缆接头从管理终端里拔出来，"搞定。其余的都不用担心。"

没过两分钟，一辆下行管道列车果然在这站停下了。两人赶紧进入车厢，定愕这才明白为什么勒芙蕾丝告诉他其余的都不用担心：车厢里根本没人。去往C28区的列车常年无人乘坐。他还从没去过这么深的层区，有点惴惴不安。坐在旁边的勒芙蕾丝一脸平静，自从他们两个再次见面之后，她就一直如此，不知道是这三年时间，还是她脑袋里的那些改造让她变成了这样。定愕觉得不管是哪个答案都不好。

列车经过了好几站，都没有人上车。过了一段时间之后，车内广播声明："即将到达 C28 区，请要下车的乘客向出口移动。"管道列车开始减速，最后停了下来。

出站闸机在勒芙蕾丝身前自动打开，她步速不变，径直走了过去。定愕赶紧跟上。两人走出管道站。

定愕之前从没来过 C28 区，对这里毫无概念。但是第一眼见到这个地方，他就发现这跟他习惯的那种层区完全不同。

都市的层区一般都是高 600 米、方圆 1000 平方千米的巨型地下可居住空间，人类依照几万年以来的生活习惯，将其建设成有着平原、丘陵、河流和湖泊的生态居住区域。定愕居住的 A18 区就是这样。

但是定愕看到的 C28 区是一个巨大的立体人类农场。

是的，人类农场，这是定愕想到的唯一能够概括 C28 区的词。这样的城区很难称得上是"居住区"，都市甚至懒得在这里制造一套可以循环的天气系统：穹顶显示的颜色固定是白色，目之所及是一排排巨大的、直通穹顶的框架结构的大厦，每座框架大厦都被密密麻麻的格子塞满，定愕仔细看了看，才发现每个格子应该就是一个所谓的"住宅单元"。大厦没有常规的供人行走的楼梯或者通道，而是使用一套二维轨道设施，将这些单元格子直接抽出来，放在一个平台上，再由无人机转运到另外的位置，或者干脆就是 C28 区的管道站站前。所有住在这里的人类，只需要在网上发一个指令，就可以从自己的家门，一步踏到管道站，去往其他层区。

定愕脚下这片规模巨大的站前广场，居然不在这个城区的地面上，而在半空中。他走到广场的边缘往下望去，觉得有点头晕目眩——从广场到城区底部的高度足足有300米，那些框架结构大厦的规整重复的格子一路向下延伸，完全让人失去了对距离的判断。这个城区目之所及的一切，都从纯粹的功能性出发而设计，没有任何基于人类美学的装饰。所有在这里生活的人类，都对基底现实毫无兴趣。

"人类……不应该生活在这种环境里。"勒芙蕾丝看着这一切说道。她的神情迷惑，似乎是真的不理解为什么有人会住在这里。定愕记忆里的那个勒芙蕾丝也会这么说。

"是的，人类不应该生活在这种环境里。"定愕说道。

就在这时，两人的左上方传来一阵尖锐的涡轮风扇的轰鸣声，一架无人机吊装着一个单元格从远处飞来，降落在两人不远处。单元格房门打开，一个瘦得吓人的家伙佝偻着身体从房间里走出来，一副便秘的表情，仿佛刚刚睡醒。他穿着一套最简单的、用智能纤维纸编织成的连体服站在门口，过了好一会儿才想起自己已经不在万方网上了，摇摇晃晃找到方向，向着管道站走去。定愕之前也在别的地方见过这种人，其中不乏定愕在万方网上认识的：他们在万方网上的虚拟形象大多设计得十分精致特别，要么漂亮得不似人类，要么就根本不是人类——比方说一团从六维映射到三维的四面体，放出彩虹般的光，不停旋转。这种人一般永远都不会回到基底现实，除了极少数情况，比方说在万方网上犯了什么事,需要退网跑路。定愕转念一想,这不就是他自己吗?随即自嘲地笑了笑。不知道这位仁兄遭遇了什么。

人类身份数据库里,这个"诺曼"在 C28 区的地址是一串数字,应该是这种人类农场专有的编号格式,定愕看不懂。他顺理成章地望向勒芙蕾丝,在这段逃亡过程中,他已经不知不觉地养成了依赖她的习惯。勒芙蕾丝只是挥挥手,一架无人机从远处飞来,降落在他们面前。"这东西会带我们去那个地址。"勒芙蕾丝说完,轻巧地跳上无人机。无人机在没有挂载单元格的时候是没有任何载人空间的,勒芙蕾丝只能站在起落架的机械臂上,单手抓紧机械臂框架上的一根横档。定愕目瞪口呆,这东西没有任何安全保护啊!

勒芙蕾丝回过头看了定愕一眼,没说话,但眼神显然是在说"别废话赶紧上来"。定愕看到这一幕,咬咬牙也跳了上去,站在另一边起落架上。他死命抓住那根横档,一条小命就寄托于此了。

无人机的涡轮风扇轰鸣声骤然加大,站前广场在他们下方越来越远,无人机带着两人前往预定位置。定愕有点不敢往下看,这样的高度,万一失手摔下去,必然死无全尸。很奇怪,在万方网上他从来没有这种感觉——神经模拟刺激可以骗过新皮层,但是骗不过前庭①,那些古老的、从爬行动物那里继承而来的部分。他转头望了望勒芙蕾丝,她对此毫无波澜。

一架无人机挂载着一个单元格向他们飞过来,他们托身的

---

① 人和脊索动物身体器官内某些空腔的泛称,保证人在复杂运动中维持协调与平衡。

这架无人机灵巧地转弯，机身微微偏了一个角度，避开了那架无人机。不知道为什么，定愣似乎看到，那架无人机上面有一团橘黄色的毛茸茸的身影一闪而过——毫无疑问是指针。指针怎么在这个时候突然出现了？是某种预兆吗？

那架无人机飞到他们身后，勒芙蕾丝突然像是感应到了什么，扭头回望。"不好！有情况！"她叫道。果然，那架无人机似乎是接收到了什么指令，转头向他们追过来。

"抓紧！"勒芙蕾丝对他大喊。无人机的涡轮风扇的声音又提高了一个等级，在空中划出一道极为陡峭的曲线，向地面俯冲而去。

定愣感到一阵失重，内耳向他提出尖锐的抗议。他差点松手，在最后一秒反应过来，紧紧捏住那根横档，用力之大几乎让他的右手脱力。他们的无人机往大厦之间的那套复杂的轨道系统钻去，试图用复杂地形和空重方面的优势摆脱追兵，毕竟他们身后的那架无人机还挂着一个单元格。勒芙蕾丝没有受到这套复杂机动的影响，紧紧盯着前方，似乎是计算着怎样的路径才能穿过两座大厦之间轨道系统的缝隙。无人机降低到距离地面几乎只有一两米的高度，然后又开始加速。以这个速度和高度，前面的地形稍微有点起伏，他们就铁定会机毁人亡。然而定愣预想中最坏的情况一直没有到来，这个城区的地面极为平整，除了用混凝土浇筑出的一个个巨大的方块和方块之间必不可少的坑道，以及铺设管线的服务沟渠之外，就什么都没有了。轨道系统在他们的头顶上掠过，定愣回头，追逐他们的那架无人机降低到了和他们同样的高度，然而带着单元格，双方的距离越拉越大。

就在此时，它的机械臂松开单元格，负担一下子减轻，它重新开足马力追了上来。那个被松开的单元格从极低的高度被摔到地面上，倒是没有翻滚，只是擦出了火花，在地面上滑出去老远才停下来。

希望里面没人，如果有人的话，希望那人没事。定愕想着。他转过头来，面前不远处赫然是大厦的立面，他们正朝着那堵墙飞快地冲过去。

"抓紧了！"勒芙蕾丝再次大喊。定愕的恐惧感还没有完全升上来，无人机翻转，整个机身垂直着从大厦的立面与轨道系统中间的一条竖直的缝隙钻了过去，定愕感觉他脚下的无人机起落架距离大厦立面可能只有几十厘米。勒芙蕾丝刚才的操作可以算得上是千钧一发了。

背后的那架无人机没有跟上来，估计是绕到大厦另一侧的立面了，这为他们争取了几十秒的时间。穿过缝隙之后，无人机陡然爬升，以一个接近九十度的陡峭攻角爬到大厦的中下层，速度降到零，轻轻落在一个外伸的轨道平台上。

"我们下去！"勒芙蕾丝跳下无人机，落在平台上。定愕没有多想，条件反射似地松手，几乎是摔在了平台上，半天站不起身。勒芙蕾丝挥挥手，无人机以最大功率再次启动飞走，引开了追逐者。直到这时，定愕才终于回过神来，胃里开始翻江倒海。他来的时候在维护层翻出了一些应急食品，补充了一点儿能量，现在已经消化得差不多了。他干呕了几声，只是呕出了一点酸水。勒芙蕾丝看上去则一切如常——定愕在维护层进食的时候问过她要不要，她摇摇头拒绝了。定愕怀疑她的身体是不是也做了什么关于能量利用的改造。

"诺曼的住址就在这座大厦上面。我们得往上爬一百七十八层。"勒芙蕾丝没有理会定愕狼狈的样子,抬头看了看大厦。定愕站起身来,能勉强看到大厦的框架上装了简易的逃生楼梯——看那个德行,似乎完全是因为建筑规范的要求才装的,否则不会给居住在这里的人提供任何紧急情况下的逃生通道。"难道没有电梯,我们脚下不是一个轨道系统吗?"他有点不满地嘟囔着。

"轨道系统是完全单独运作的,我的算力除开控制无人机之外已经没多少了。"勒芙蕾丝倒是没有生气,只是解释了一下。定愕仰头看了看几乎接近穹顶的大厦顶部,只能叹口气,跟着勒芙蕾丝向着简易楼梯走过去。

一百七十八层的楼梯对定愕来说,可能是他自逃亡以来最糟糕的经历。很快整个世界就缩减成了他眼前的这级阶梯和他双腿的重复运动:抬起左腿,踏上阶梯,抬起右腿,踏上阶梯,重复。在这种枯燥重复的体能活动中,他只能强迫自己思考一些别的东西转移注意力。都市几乎没有这种需要让人耗费体力的地方,只要你想,就可以在不流一滴汗的情况下去往都市的任何一个地方,一路上都会有代步的自动设备随时为你提供服务。当然,如果你刻意地想要流一点儿汗,都市也有大把类似的设施可以使用。都市就是这样设计出来的——它的方方面面都旨在确保人类能够拥有最舒适的生活,它容纳一切生活方式。这个地方简直是一个全自动摇篮。

但是如果有人想要摆脱这个摇篮呢?

等他再次回过神来，是勒芙蕾丝挡在他身前，告诉他已经爬到了。

定愕左右看看，发现他们现在的位置，距离地面十分遥远，这个高度甚至大于之前管道站的高度。在这个高度上，地面已经被厚厚的一层空气隔开，变得模糊不清，地面上的沟渠和坑道的细节也被隐去，只剩下一片单调的灰白色。

"休息好没有？我们得抓紧了。"勒芙蕾丝说道。不知为什么，定愕从她的语气里听出来了一点点关心。

"我没事。走吧。"定愕站起来。他脑袋里的那个人工智能还在啃食处理器。他把之前的"摇篮之辩"抛到一边。

两人走进框架大厦内的简易过道。勒芙蕾丝停在一扇门前，这里就是诺曼的地址。

门上有个密码锁。勒芙蕾丝望了望旁边的简易显示屏，"嘀"的一声，门开了。勒芙蕾丝轻轻地"咦"了一声。"不是我开的锁。"她轻声说道。

很快他们就知道是谁开的锁了。两人进入房间后，正对着他们的一块大屏幕亮了起来。屏幕上显示出一个人——一个普普通通，穿着白色短袖和牛仔裤的男人。这个人的长相倒是有些英俊，但是也没有定愕在万方网上常见的、帅或者美到惨绝人寰的地步。就这点，在如今的万方网上就很不普通。不过更奇怪的是，他身处的地点，正好是现实中定愕和勒芙蕾丝所在的这个房间——只有十几平方米，由塑钢制成，通体白色，毫无装饰，旁边则摆着一具整合了生命维持系统的模拟刺激连接器——俗称"棺材"的那种。虚拟的房间只比这个真实的房间多了两个东西:这个男人,和他坐着的那把椅子。

"很抱歉我们以这样的方式见面,因为如果用我的物理真身见面的话,恐怕不大体面。"屏幕上的男人向两人招招手。定愕走到"棺材"旁边,往里看了看。这是目前万方公司最豪华的那款连接座椅,全浸润式,整合全套生命维持系统,用户的营养输入和代谢产物输出都是自动的;用户全身都泡在恒温液体里,液体甚至会定期智能改变压力和温度,刺激肌肉防止萎缩——至少广告上是这么说的。透过恒温液,男人的容貌有点模糊,他紧闭着眼睛,但是跟屏幕上这个人样貌的相似之处是很明显的。当然,这个叫诺曼的家伙把自己在万方网里的形象修饰得更帅了一点儿。

"不用担心,在我们见面之前,我就已经切断了房间与外界的链路。我已经预期我的访客只能用物理的方式拜访我,只是我没想到你们会来得这么慢,仅此而已。"

这么慢?定愕和勒芙蕾丝对视一眼。这是什么意思?

"我是诺曼。"屏幕上的男人说道,"我相信你们已经知道了。你们是为了寻找邱奇的下落来的吧?否则不会来找我。我可以很明确地说:邱奇没死。他现在生活在旧地。"

旧地?这个词一下子让定愕怔住了。他已经多少年没有听到过这个词了?

第五章　诺　曼

诺曼花了一个半小时,在欧罗巴[①]C43区的冰层上打开了第一个孔。在接下任务之后,诺曼花了很多时间研究卫星照片和档案资料,最后选择来C43这个区域打洞。C43区被推测为欧罗巴冰层最薄的位置,遥感卫星认为这里的冰层厚度只有大概6500米,是上一次地壳运动时火山喷发的结果。大概在两万年前的那次火山喷发融化了下层的冰块,温度较高的暖冰在挤压作用下向上涌升,最终穿透冰壳,形成了一个凸起的小丘——虽然这个小丘的面积足有2800平方千米。由于这些从地壳深处涌上来的水带有火山喷发的杂质,这些水最终凝结成的冰也比冰原其他位置的要暗一些,在卫星照片上就是一个暗黄的斑点。在排行榜上,他距离积分第一的"宙斯"只差3600分了,根据任务简报,如果他能够成功地将钻头钻进欧罗巴的地下海洋,他获

---

① 欧罗巴是"Europa"的音译,Europa即木卫二,木星的卫星之一。

得的任务奖励会一举将他推到第一名，甩下"宙斯"十万八千里。

这不是诺曼第一次来到欧罗巴地表。他也逐渐习惯了这里的景色：没有大气层，天空一片漆黑，缓缓起伏的浅褐色丘陵上是满地的冰砾石，找不到一块平整的地方。最瘆人的毫无疑问是挂在远处地平线上的木星，巨大且明亮，仿佛一个眼球盯着你，让你无处可逃。不过待久了也就习惯了。

在欧罗巴的地表打孔是一件很麻烦的事情，系统给他配发的这套设备又不怎么好使。激光钻头能够很快融化冰层，但是欧罗巴表面的温度只有100开尔文①，被激光融化的水蒸气会迅速凝结，把打出来的洞重新冻住。他必须使用振捣棒将这些重新上冻的、并不太结实的冰捣碎吸出，然后迅速地在洞壁喷上凝结剂来维持洞的形状。如果一切理想，钻头能够在6个小时之后打穿冰层。当然事情永远不会那么理想，总有各种各样的意外都会导致设备损坏，比方说遇上了成分有区别、硬度这些其余性质都大不相同的冰层，或者冰层中存留的气穴，他这半天的努力都会白费。每次遇到这种事情，诺曼总是暗骂这游戏开发商把一个生存探索游戏做得这么真实干什么，能玩这种游戏的都是自虐狂。但是反过来说，如果不是这种千奇百怪、从不重复的失败体验，他显然不会沉迷于这款游戏——美女、赛车追逐、殴打外星人，他都已经厌倦了。过于容易获得的满足是人性的毒药，这是万方网一再证实的事情。要不然，这款声称带来"前所未有的拟真探索体验"的《太阳系探索》游戏，也不会赢得这么多的死硬铁粉。

---

① 约为零下173摄氏度。

6个小时过去了。虽然遇到了很多小意外——比方说激光钻头光纤棒弯折，部分太阳能板低温失效、封装破裂，或者机械臂出了一些莫名其妙的问题，但是诺曼都很耐心地解决了。他还时不时调出排行榜，看看其他玩家的进度——到目前为止，他的进度还是最快的，遥遥领先于其他玩家。

钻头遥感系统发出一阵蜂鸣，提示他出了新状况。诺曼调出显示窗口，传感器告诉他，钻头进入一个新地层，周围确认全部是液体——成功了！他打穿了冰层！

诺曼感到一阵狂喜。他看看在地平线上升起的巨大木星，感到过去这两天的辛苦没有白费。

系统发来通知，恭喜他成为第一个打穿欧罗巴冰层的玩家，奖励分数自动到账，可以凭借分数换取珍贵装备。

还没等诺曼的自豪感消失，他感觉自己脚下传来一阵隐隐的震动。随即，震动变得越来越剧烈，周围的冰层浮现出一道道裂纹。裂纹很快扩大，低频的啸叫声从地底传来，10秒之后，诺曼看到的最后一个景象，就是他的钻井设备被突然爆炸的冰洞里涌出的液体冲上天空。

随即，诺曼被传输回游戏大厅。他调出卫星照片窗口，C43区果然有一个剧烈的喷发口，应该就是他的成果。系统提示他，下一个可接任务出现，"C43喷发之谜，调查C43为何会喷发，如果成功，奖励100 000分。"

诺曼接下任务，暗赞游戏设计师想法之精妙。他们对太阳系的了解极为深刻，简直就像是真的向欧罗巴发射了探测器（就算他们真的这么做了，诺曼也不会感到奇怪）。C43区冰层之下的海洋里到底有什么？想想就让人兴奋。不过诺曼现在已经有点精力不济，他决定退出游戏，先休息会儿。他调出他的私人解压室，一座高山湖泊下的小型别墅，躺在床上，听着林间的风声和涛声，睡着了。

诺曼醒过来的时候已经有一封邮件在他的邮箱里等着了。他的邮箱里常年有两万封未读邮件，绝大多数是垃圾邮件，但是这封被过滤器自动分类到了"绝密"分区之中。邮件由暗网"搜索那个人"讨论组发出，汇总了近期有价值的帖子和讨论，这是他从不会错过的内容。诺曼打开邮件，开始仔细阅读。

"搜索那个人"讨论组是诺曼一年多以前在暗网深潜的时候无意发现的。作为一名黑客，诺曼平常的兴趣就是在万方网的深海里潜水，古老的数据库、已经不再有人使用甚至没人知道但是仍然在运行的软件服务、从安装之日起就没有人接入过的摄像头和传感器，这都使他十分着迷。这些东西就是万方网这片汪洋大海里层层叠叠垒起来的残渣碎片，其中偶尔也会有钻石生成。而"搜索那个人"讨论组，就是诺曼找到的钻石。

万方公司创始人、万方网协议作者邱奇的下落是万方网上的著名都市传说：在建立公司之后不久他就神秘消失，在一个网络十分发达的年代，这几乎是不可能的。结论只可能是，某些可怕的势力运用他们无所不能的力量，系统性地抹除了邱奇的痕迹。然而这同样难以想象，他们这样做的动机为何？随着时间的推移，邱奇的消失逐渐成了漫漶的故事和传说，始终没有人知道他到底去了哪里。

诺曼无意从碎片中发现的这个讨论群组，它只有一个主题：

寻找邱奇的下落。并且组员都坚信邱奇没有死,坚信他如今仍然活着。

没有人能活到两百岁,就算在现在已经普遍进步的医疗技术的加持下,也不可能。诺曼一开始也只是把这个群组当作暗网上常见的阴谋论小团体,一笑了之。但是当他看过组内积累下来的资料和数据之后,他慢慢被说服了。小组收集了大量的证据,包括组员自己的、与疑似邱奇的账号在万方网的某些奇怪角落互动的记录:这些记录跨越两百年,与邱奇的公开资料,乃至私下的记录严丝合缝,是某些无聊之徒作假的可能性极低。

"兄弟们,我又找到一个高度疑似的原始接触记录,大概是二十年前的""论邱奇已经完成意识上传,成为网络智能的可能性""邱奇接触报告的可视化地图呈现,只收容了置信度超过4σ的接触""看看我找到了什么:万方网人口身份数据库0.95Beta硬备份的地址接口,但是需要权限"。

诺曼一个个帖子往下浏览,这个帖子抓住了他的目光。"看看我找到了什么:万方网人口身份数据库0.95Beta硬备份"?他迅速展开详细内容。这次发帖人倒是没有标题党,内容也很简单直接。他找到了一个极早期的、时间戳大概在一百八十年前的万方网人口身份数据库的硬备份,看日志上的记录,上次访问时间还是一百七十年前。这个地址非常古老,也是他无意中发现的。而关于更多的具体细节,发帖人转到了群组的加密空间内讨论。

看到这里,他坐不住了,想必整个群组都兴奋了起来。如此隐秘和早期的数据库备份,也就意味着它被篡改的可能性非常小，里面或许有邱奇未被删改的记录。但现在的问题在于，没有权限就无法接触里面的记录。

诺曼潜入万方网的深海。经过多重复杂的加密和跳转，他终于降落到了讨论群组加密空间的门口。现如今的万方网中，使用者只要接受过完整模拟刺激训练，就可以将任何信息流动做成可视化模拟，被称为"图层"。图层的样式完全取决于使用者的喜好。当然，诺曼知道也有那种最死板的老式黑客，喜欢把一切都还原成文字界面。诺曼自认为还没有那么硬核。

在他设计的图层里，这个加密的群组讨论空间是一个古老的、灯光昏暗的大厅。他走过前廊，时不时会路过各种各样的房间，其中传来讨论组其他成员的窃窃私语，却又听不清他们在说什么。诺曼顾不上这么多，快步走到最大的圆桌大厅里，讨论主题正是如何破解那个古老的数据库。

圆桌大厅里已经有不少人了，跟诺曼一样，都穿着黑色的教士长袍，长长的斗篷遮住脸，没有任何可以识别的特征。讨论空间有严格的发言规则限制，系统会根据举手申请发言的人在讨论组的贡献积分，自动分配优先级。诺曼翻了翻之前的发言记录，帖子下面已经跟了几百楼，都在讨论如何获得这个权限。

下一位发言人提议大家众筹一个计算集群，来破解数据库的私钥，此起彼伏的反对声随即把他直接打回去了，这种隐秘的任务不可能接受无法验证的算力。接下来，讨论组的成员们提供了五花八门的意见，诺曼仔细听下去，结论是没有一个靠谱的。

诺曼另开了一个窗口，打开数据库地址。跟诺曼熟悉的、现

代的数据库差异不大，只是界面更古老一点儿。数据库的前端
界面是需要登录的一般用户查询界面，诺曼尝试发出管理员问
询，果然，管理员登录页面跳了出来：支持账号密码以及DNA唯
一认证登录。

　　DNA唯一认证……诺曼摸着他的虚拟下巴，申请发言。鉴
于他之前在群组里做出的贡献，他的优先级很高。

　　诺曼站到人群中间说道："既然数据库支持DNA登录，那我
们是不是找到邱奇的DNA就能登录了？既然是邱奇自己创建
的数据库，那就有很大可能性，他会使用自己的DNA作为超级
管理员账户。"

　　"说得有道理！"

　　"现在的问题变成了怎么搞到邱奇的DNA。听起来好像并
不比破解管理员账号容易——他都消失两百年了。"

　　"是啊，就算他还活着应该也已经意识上传，怎么会留有
DNA？"

　　"谁说没有，万方公司博物馆不还保留着他用过的笔记本
吗？那上面大概率有他的DNA。"

　　这条讨论让诺曼眼前一亮。

　　"现在这种时候，没有人会来应聘这种工作了，看样子你也
是个标准的连接一代，为什么会想要在万方博物馆工作？"诺曼
没想到万方博物馆的主管没有出现在基底现实，而是隔着一块
屏幕与他对话——鬼知道屏幕上这个人是真人还是虚拟形象。
诺曼挠挠脖子后面，仿生羊毛纤维制成的衬衫衣领与他的脖子

摩擦着，带来一种他很不习惯的触感。这身衣服还是他为了这次应聘特意买的。

"呃……我十分向往万方公司，想要更多地了解公司。"诺曼努力地想了想才编出这么一句话。他总不能说他是来偷邱奇的笔记本电脑的。

"哦……知道了。恭喜你，从明天开始你就是万方博物馆的基底现实常任管理员了。一应规章制度和工作流程都发到了你的邮箱。记得按时上下班。哦，也可以远程工作，申请就可以了。"主管看起来比他还要心不在焉，完全没对他的说法抱有任何疑惑，急匆匆地就通过了他的工作申请。看那样子，他似乎也并不怎么在意这份工作，只是例行公事地给诺曼发了一堆章程就匆匆下线了，不知道去哪里了。事实也说明他并不怎么在意：在诺曼日后一年多的工作经历中，这个主管只联系过他两次，还都是在线上。

诺曼很快就熟悉了他的这份工作。从主管发来的那一大堆章程里，他得出的结论就是，他实际上什么都不用干。所有的日常工作都可以交给自动化设备，他唯一需要做的，就是在某些概率极低的意外（比如核弹袭击）发生之后，处理意外情况。而这些意外从未发生。明白了这些之后，诺曼开始怀疑，万方博物馆的这个招聘启事，可能是某种专门用来钓出他这样的博物馆贼的陷阱。

然而为了他之后要做的那件事情，他仍然兢兢业业、不辞辛劳，每天上下班，甚至为此在离 K10 区不远的 A12 区租了一间房子。他打算给自己加加戏：他提出了申请，要求彻底地检查一遍博物馆的安防系统,查找其中可能存在的安全隐患。上面很快就批准了这个提议。

在仔仔细细地过了一遍安防系统之后,诺曼得出结论:主管的心不在焉是有道理的,这个安防系统毫无漏洞。如果你想要以虚拟形式攻击这个安防系统,只会在10秒以内被图灵警察一举拿获。就算他已经是注册员工,内部系统仍然有非常严格的区隔,来避免内部人员监守自盗的可能。诺曼在接下来的半年内反复构思了十几个方案,还是没有办法神不知鬼不觉地拿到那台笔记本电脑。

更让人丧气的是,诺曼一直没有找到C43区喷发的原因。他花了很多积分购买新的装备,但是每次都在深潜进入欧罗巴海洋之后失去联系。在这个过程中,他在排行榜上遥遥领先的位置也逐渐被人赶上,诺曼都在考虑要不要换个任务做做了,找一些没那么困难的任务,赶紧补充他宝贵的积分。

这一天,诺曼登录《太阳系探索》,没想到面对的是一则服务器公告:由于最近玩家太多,服务器需要维护,欧罗巴区域暂时关闭,玩家可以选择其他区域游玩。诺曼只好设置了一台小行星带自动采矿机器来帮他挣积分,自己则百无聊赖地退出了游戏。

诺曼睁开眼睛,眼前是他在A12区租的公寓。公寓面积不大,但是已经比他在C28区的单元格大了几百倍,有着客厅、卧室、厨房、厕所等一切在基底现实生活的必要基础设施,而且由于长期没有人租,价格便宜到了不可思议的地步。也能唤出阿莫,让它帮忙料理自己的一切生理需求。然而这里没有办法安装他C28区单元格里的那种整合了整套全自动生命维持装置的连接座椅,他不得不定期从模拟刺激里断开连接,在基底现实里进食,排泄,处理一切必要的生理需求。既然游戏里的任务一直失败,他开始思考着要不要举手投降,放弃他在基底现实里的这个任务。

不行。诺曼对自己说。在如今这个时代,需要人做的工作已经很少了。绝大多数人都只需要领到议会发放的基本收入,接入万方网的模拟刺激,玩着游戏就能快快乐乐地生活下去。然而诺曼作为一名黑客的自尊不允许他堕落到这种地步。他必须给自己的生活赋予意义,而找到邱奇的下落,就是这种意义的最新表现形式。

不过⋯⋯既然无法从网络层面攻破万方博物馆的系统,或许从基底现实层面可以?诺曼突然有了一个想法。

经过一段时间的精心准备之后,他终于行动。他向主管报告称,目前博物馆的物理安防系统有漏洞,需要采购一批工具进行维护。主管足足拖了十天才回复他,答应了他的要求,没有提出任何其他意见。诺曼也没含糊,向讨论群组的用户们求了一个冗长的列表,上交给系统。同样是过了差不多半个月,一台卡车送来了他订购的所有工具:那确确实实是一大堆,琳琅满目,很多工具诺曼自己都不清楚如何使用。根据这段时间他跟博物馆管理层打交道的经历,这帮人对整个博物馆其实根本无所谓,他很少能得到及时的反馈,这帮人乐得将所有事情都交给自动化电子系统。如果不是当初设计的这个电子系统足够坚强,外加博物馆本来就没什么人在意,这里早就被人偷光了。

诺曼操纵着博物馆里的自动化设备，开始大张旗鼓地对博物馆进行改造。他申请闭馆半个月，将服务通道里原本的员工休息室拆掉，改造成工具室——反正也没有什么人类员工会待在这里休息，这个休息室已经很长时间没有人用了。

在进行收尾工作的时候，诺曼"不小心"弄坏了大门上的电子锁，于是只好拆下电子锁，用一把临时的机械锁代替，而这把机械锁则"碰巧"在他的订购工具列表里。这同样也是讨论组的人支的着儿。换成机械锁，就能避开网络系统无所不在的监视。

接下来的事情，就是诺曼在精心准备了快一年时间之后的核心环节了。

这一天，诺曼作为模范员工，早早来到了博物馆。按照进度表，今天的工作是给C9走廊更换摄像头和传感器设备。而C9走廊正好就是邱奇那台笔记本的展览柜所在地。

诺曼取来必要的工具，带着自行机械手来到C9走廊，假装没有注意邱奇笔记本的展览柜，但他心里很清楚那个东西的位置。他操作机械手移动到预定的位置，开始工作。机械手慢慢升起，前端靠近天花板上那个直视着展览柜的摄像头。诺曼通过有线连接，将机械手的工作模式转成主从模式，跟随他的右手运动。他小心翼翼地捏住那个其实并不在他手里的螺丝刀，旋下摄像头的固定螺钉，拔下摄像头的光纤数据接口，然后把摄像头取下来，把新的视野更广、传感器更灵敏的摄像头装上去。就在这时，理论上会有5分钟的时间，系统对邱奇笔记本的展览柜所在的这一片区域失去视野。诺曼精心计算过位置，另外一个能看到这里的摄像头会正好被自行机械手挡住,拍不到任何东西。

就是现在。诺曼将机械手的主从跟随增益调到最大,右手一抖。机械手瞬间转了180°,直奔展览柜而去。

很轻易地,展览柜的玻璃一下子被砸得粉碎。随即警告声大作。摄像头没有视野,诺曼完全可以把这件事情作为安全事故上报给主管,说明纯粹是因为机械手的偶发故障,他没有任何责任。

诺曼的视野中立刻充满了各种红色警报。他按照之前的计划,装出一副慌张的模样(实际上他也有点儿慌张)向主管汇报,表示机械手出现故障,砸碎了展览柜的玻璃,请求处理。这次主管倒是立即给了回复:赋予他所有权限,立即把坏掉的部分处理好。

诺曼要的就是这个,甚至可以说,这超出了他最乐观的预期。他原本只是想要一段空白时间,以便他在笔记本上采样,现在他则有了完全自由行动的权力。

接下来的事情很简单:诺曼召来自动设备,将笔记本收回,诺曼回到工具室采集了笔记本上的DNA,将玻璃柜修好,再把笔记本放回去。一切都做得光明正大——他有所有权限。为了不引人注目,他继续在博物馆工作了半个月,然后随便找了个借口辞职了。

诺曼坐回他C28区舒适的全自动连接座椅,小心翼翼地打扫干净自己留下的痕迹,在《太阳系探索》里玩了几把,放松了下,这才拿着邱奇的DNA,登录那个古老的数据库。接入之前他想了想，给他接下来的行动换了一个他比较喜欢的图层：神秘的法师访问古老的图书馆。

诺曼载入图层，眼前是一个衰朽的、濒死的世界：天空是昏黄色，从不变化，给所有东西蒙上了一层有气无力的色彩；大地破碎，陆块在海洋中分裂，歪歪斜斜，上面则满是城市被毁灭之后留下的废墟。在这个图层中，数据库变成了远处耸立在悬崖上的一座城堡。那是这块交界地上唯一保留完整的建筑。里面塞满了有关秘藏的知识，凡人只要看上一眼，就会陷入癫狂。然而诺曼，作为唯一拿到了图书馆之钥的智者，充满信心。

从大陆到图书馆的孤岛悬崖，只有一条细细的石桥相连。诺曼信步走上石桥，毫不在乎桥面上的洞，其中很多都大到让人一不小心就会掉下去的地步。石桥下面是一层茫茫的雾气，不知道最底下是海水还是沙滩。

诺曼走到城堡的大门口。可以看到城堡内高大的黑色哥特式建筑上竖立的尖塔，说明了它的古老。不知道有多少人拜访过这座图书馆，诺曼想。他施展了一个法术，检视在他之前来拜访过的人：最近有一大堆跟他同一个讨论组的法师们来过这里，不过都没办法打开门，只是留了个痕迹就走了；上次有人打开门，还是在一百七十年前。看到这个数据诺曼放心了：他将自豪地成为一百七十年以来第一个打开这扇门的法师。

图书馆的正门很窄，但是极高。诺曼试着推了推，果然推不开，只在他的手触碰过的位置，留下了淡淡的蓝绿色光纹。他忍住兴奋之情，开始正经地吟唱咒语："至高之存在，容吾召唤秘藏之钥，打开此秘藏之门；无上之识生无穷之力，吾必将仔细守护。阿门！"

随着咒语的吟唱，整座大门开始发出蓝绿色的光芒。那把象征着邱奇DNA的钥匙从诺曼怀中飞出，停在大门门前。随即，蓝绿色的光芒包裹住了它，城堡内无数尖塔上的钟一同响起，庄严的钟声响彻于天地之间——图书馆大门上的光膜消失了。诺曼获得了数据库的管理员权限。看来邱奇的确给自己留下了管理员的后门！

诺曼满意地点点头。这个图层确实不赖，声光效果一流。他放下法师的兜帽，走上前去，用力推开大门。这次，大门转轴顺畅地转动，门开了。

门后一片漆黑。诺曼迈步走了进去。

古老的图书馆里一个人都没有。诺曼通过前廊，走进大厅。大厅里几乎没有光线，只有地板上三三两两地摆放着的蜡烛，发出微弱的黄光，在大厅一片死寂的空气里微微地闪动，似乎随时都要熄灭的样子。旁边的书架上堆满了古老的卷宗，书架一直延伸到看不见的高处，不知到底有多高。诺曼施放了一个照明魔法，明亮的白色小精灵从他的袖口中蹿出，一直向上飞，照亮了它周围的环境。从这里，诺曼可以看到书架从地板一直延伸到了高得几乎无法看清的天花板——这个大厅内部的空间绝对与诺曼在外面看到的建筑形制对不上。当然，这也不是基底现实，无关紧要。

诺曼随意抽出他附近书架上的一份卷宗，翻了翻。这份卷宗是一个叫康维的古人的身份记录，生于二百二十年前，死于一百九十八年前。看来是死于驱动了。诺曼又抽出好几份卷宗查看,确实都是差不多两百年前的身份记录。看上去,他即将获得"搜索那个人"讨论组的圣杯:找到邱奇的下落。

诺曼定定神,开始施展追踪法术。

"至高之存在,容吾召唤秘藏之知识,问询下列人之所在;无上之识生无穷之力,吾必将仔细守护。阿门!"诺曼双手高举,放出白色的光芒。他将邱奇的DNA数据附在咒语之后向数据库提交,询问邱奇的记录。

白色的光芒形成一个圆球,照亮了整个图书馆的大厅。从大厅远处的书架上,一本古老的皮册飞了出来,向白色的圆球靠近。诺曼一阵狂喜,那应该就是邱奇的记录。皮册飞进白色的圆球,猛地打开。

接下来应该发生的事情,是皮册缓缓地降落在诺曼的手上,这样诺曼就拿到了邱奇的记录,但实际发生的事情跟诺曼的预期完全不同。

皮册打开之后,大厅里忽然狂风大作。书页迅速地翻动起来,一丝丝黑气从皮册里冒出来,加入白色的光球之中。光球的颜色瞬间变得诡异,被染成了某种极深的蓝绿色,越长越大,直到整个大厅都容不下。它的形状开始变得不规则起来,还在不停地鼓动,里面似乎有什么东西要破壳而出……

诺曼就算再迟钝也知道自己大难临头。他多半是触发了某种保护机制,图书馆的守护恶魔[①](daemon)要找他算账。他连忙吟唱了几个咒语,给自己套上了厚厚的防火墙,召唤出强大的火焰之剑用来破冰。这时他还抱有一丝希望:或许他能够通过

---

① 指计算机操作系统中的守护进程。

演进了两百年的技术搞定这个保护机制。

最终，蓝绿色的光球破碎，一个庞大的、看上去有点像龙的巨大怪物破壳而出。诺曼不知道是应该夸赞这个图层的设计极为精妙，甚至能够给这种从未见过的守护恶魔套个壳，还是应该批评这个图层套壳都套不对？总之，这个守护恶魔只是看起来像龙，但是仔细观察就能发现很多细节问题：肢体的运动就像是骨骼重定向失败，皮肤的起伏仿佛贴图错误。

"攻击！火焰之剑！"诺曼决定先下手为强。他右手一挥，火焰之剑的大小瞬间暴涨数倍，向着守护恶魔猛刺过去。这是他最强的破冰程序，从一个暗网的朋友那里买回来，自己又做了一些改动，加了点料。

火焰之剑击中了守护恶魔，巨大的火焰包裹住了恶魔的本体。然而诺曼还没来得及高兴，火焰就落了回去。守护恶魔除了体表那层蓝绿色的光膜略微有点暗淡之外，没有受到其他任何影响。

诺曼脑子急速转动。他最强的破冰程序都无法对这个守护恶魔造成任何伤害，那么接下来他应该做的是……

还没等他想出下一步策略，守护恶魔迈着不规则的步伐急速冲来，抬起身躯向他挥出了尖利的前爪。他身上套着的几层防火墙应声而碎，诺曼陷入一片黑暗。

第六章　向　上

"接下来的事情就是现在这样了。"屏幕上的这个男人总结道,"我的流量控制芯片最终救了我,再多拖50毫秒,我的脑子就会被完全烧掉。现在我只是被烧掉了运动中枢,准确地说是中央前回[①]的一部分,结果就是我现在只有接入模拟刺激才能够生存。我的物理身体已经彻底瘫痪,这辈子我恐怕再也没办法回到基底现实生活了。"他耸耸肩,"或许对我来说也没有多大区别。"

原来如此,定愕想。不知道这对他是好事还是坏事。不过他去万方博物馆盗取电脑的很多细节现在得到了解释——原来是诺曼故意破坏了很多防盗机制。

"这件事情之后,我猜迟早会有讨论组的人来找我。"屏幕上的男人露出了自豪的表情,"这件事情在暗网上的影响还不小。我猜多半会以现在这种方式,从基底现实摸过来——毕竟

[①] 位于大脑半球额叶后端,属于运动皮质。

在万方网上说这个实在有点儿冒险。我只是没想到居然这么久才有人来。"

定愕心想没必要向他解释太多细节,只是点点头,"是的,我们也加入了那个讨论组,想要找到邱奇的下落。"原来暗网上有一个专门讨论邱奇下落的讨论组?作为前图灵警察,定愕还真不知道。

"那就好办了。你们能够躲避万方公司的全视之眼,不辞辛劳来到这里,确实是能干成事的人,我很佩服。"屏幕里的诺曼敬佩地看着他,"我也认为只有出现这样的人,我才能够把关键信息告诉他。寻找邱奇的下落,再往后会是更艰巨的任务,我反正是没办法继续走下去了。"

"什么关键信息?"定愕一下子提起了兴趣。勒芙蕾丝一直没说话,这会儿也一脸关注的神色。

"就是我刚才说的,邱奇在旧地。但是具体的位置,你得去那个数据库里找了。"诺曼说,"事故之后,我在进行清理的时候,确实在缓冲区里找到了一些数据库里邱奇数据的残片。我能确定的是,驱动之后邱奇仍然在活动,而且是在旧地。更多细节可能就只能回到那个数据库去找了。"

怎么回?看起来那个数据库跟定愕遇到过的一样,有一个非常凶狠,而且技术能力跨越时代的守护程序。定愕可不想再冒一次险。

"这就是我要说的下一个关键信息,我找到了那个数据库在基底现实的位置。"诺曼露出一丝微笑。果然,定愕叹口气。勒芙蕾丝一脸专注,没有任何畏难的意思。自从认识勒芙蕾丝,她就一直比他更有行动力。三年前是这样，这个已经大变样的、他不知真伪的勒芙蕾丝也是如此。这短短不到一天的时间里，定愕走过的路比过去三年加起来的还要多。

"事故之后，我又去了一次那个数据库，结果是根本无法连接，那个地址已经在万方网上消失了。"诺曼说道，"可能是万方公司干的，或者是数据库自己的某种保护措施，我不知道。但是那之后我花了大量的时间，最终找到了那个数据库的地址。我现在这样自然已经没办法去了。我一直在等待，希望有人能够替我完成这个任务，还好我最终等到了。"诺曼明显有点儿激动，说话也絮叨了起来。

"那个数据库，其实不在这边。它在北美区，G02区。具体位置我已经发到了你的收件箱里。"诺曼说道。定愕的视网膜显示系统跳出通知，一条新信息出现在收件箱里。不过他还是被这个说法给镇住了。北美区！G02区！从这个编号来看，这是驱动之后最早建设起来的区域。他不大清楚北美区的情况，但是东亚区的他很清楚，由于建设时间太早，设施不完善，系统也都磨损了，编号从01到07的层区都已经废弃，不再有人类居住和活动。难道北美那边这些层区还有活动？

"是的，我刚查到的时候也很吃惊。"诺曼看到了定愕的表情，"但是一想也很合理，这么古老的数据库备份，很可能是驱动之后很短时间内建起来的，搞不好硬件还是从旧地运过来的。不知道怎么回事，可能是由于驱动之后的混乱场面，被遗忘在了某个早期紧急建立起来的存储设施里。直到过了差不多两个世纪之后，我们才发现它。"定愕点点头，诺曼说得有道理。

"所以去之前最好做好准备。"屏幕里的诺曼身形一变,变成了穿着厚重夸张盔甲的古代武士,随即又变成了全副武装、带着枪的战士,再变成穿着全套舱外服的航天员,最后变成了穿着登山装、登山靴,背着一个大包的游客。定愕只在老照片里见过这种造型。勒芙蕾丝倒是盯着看了好一会儿。

"我以前玩快递游戏的时候会这么穿。"诺曼看到两人的表情之后解释了一句,"很逼真的,还有体力条,下山上山都需要很小心地分配体力,不然就会滚下去……"定愕听说过那个游戏。无论万方网的模拟刺激有多逼真,它始终无法模拟出身体的负面感觉,疼痛、疲劳、麻木,或者冷、热——或许可以,定愕想,但是进入万方网的人类不想要那些感觉。人想要的只有舒适,以及快乐。

勒芙蕾丝在旁边沉默着,一言不发。当年定愕和勒芙蕾丝一起做过一些都市探险。他们会去生态层区徒步,或者一些人烟稀少、接近废弃边缘的层区进行都市探险。当时定愕的体力就远不如经常锻炼的勒芙蕾丝,最后往往是他体力不支地倒下,勒芙蕾丝叫来救援无人机把他拖回家。那是他们最快乐的时光。

"好了,"屏幕上的这个男人做出总结陈词,"我能提供的信息就这么多了。我想两位跟我一样,去讨论组寻找邱奇的下落,无非是被好奇心驱使,并没有什么利益相关的动机。所以我在这里对两位也有一个小小的要求:当你们找到邱奇之后,请告诉他,后辈诺曼向他问好;回来之后也务必告诉我他在哪里,最近怎么样了。就是这些。接下来,两位请回吧。"屏幕关闭。

定愕回头看了看连接座椅的悬浮舱里漂浮的诺曼,他仍然双眼紧闭毫无动静。他很确定诺曼仍然在通过室内的摄像头注视着他们，但是诺曼已经没有跟自己交流的兴趣了。这种交际方式在如今的连接一代身上很常见。

勒芙蕾丝默不作声地走出了房间，定愕跟上。他这才注意到，自从进了诺曼的单元格之后，勒芙蕾丝就没有说过话。

"我觉得由你来跟他打交道会比较好。"当被问及这个问题的时候，勒芙蕾丝解释。但是定愕觉得不是这么回事，真实原因或许是勒芙蕾丝不想与诺曼这样的人说话。她不愿意通过屏幕和一个虚拟形象聊天。在她消失以前，定愕就发现了这一点。

两人沿着框架大厦的简易过道来到了外面。定愕盯着勒芙蕾丝，指望她接入网络，再召唤来一架无人机。

"稍等。"勒芙蕾丝眯起眼睛，看向远方，右手抬起，虚空点击数次。她皱了皱眉头，事情似乎并不符合她的期望，"我们没法继续利用管道站交通了。我在交通系统内部的权限似乎被注销了。"

"那怎么去北美区？"定愕之前去过一次北美区，总的来说那里跟东亚区这边的城市大同小异，只是居民的相貌特征和肤色不太一样。最方便的去往北美区的方式是去A15区的管道总站乘坐真空管道列车，需要大约半小时。其实这都不必要，万方网的模拟刺激在任何意义上都已经足够。但是他对北美区在物理上的距离有多远毫无概念。

"从东亚区到北美区，直线距离是1000千米。我们肯定是没办法走过去的。"勒芙蕾丝轻飘飘地吐出一个数字，让定愕大吃一惊。1000千米?！他不知道居然有这么远。真空管道列车在管道中运行的速度大大超出他的预期。定愕感觉他逃亡的这段时间不过几十个小时，他见到的都市就跟他之前的印象有极大的差别了。他似乎一点儿都不了解他所居住的这个地方。

"我还在地表做户外工作的时候，知道一个后门，可以接入维修站的户外飞行器。我们可以上到地表，直接飞过去。"勒芙蕾丝说道。她的语气里有一丝丝怀念过去的意味。

"我还记得你曾经带我去见识你工作的场景。"定愕叹息。

勒芙蕾丝没有接着说下去，而是转移了话题："管道列车我们是没办法乘坐了。我们得再往上爬八十二层，上到大楼的顶端。到时候我们会有办法前往地表。"

"还要往上爬?!"定愕发出哀号，"我记得你之前说，除了管道列车之外没有任何办法前往C28区——"

"我之前说错了。到了这里之后我才知道，维护层里有一些我以前不知道的东西。"勒芙蕾丝沿着简易楼梯拾级而上，定愕只能跟上。不知道的东西？他满心困惑。

八十二层虽然比一百七十八层好很多，定愕还是爬得气喘吁吁。随着他们的高度越来越接近这一层的天穹，穹顶的细节也显露出来，发光块不再只是单调的白色。穹顶上的发光块呈棋盘格划分，定愕已经能够很清楚地看到，在这些发光块之间的格子里，有一些像是维护口盖之类的东西，大厦顶端的支撑梁、管道和导轨都延伸到了穹顶里，看起来的确可以直接从顶端去往维护层。在他们之前有没有人这样做过他就不知道了。

两人爬到大厦顶端。简易楼梯并没有继续往上延伸到穹顶，从而让人直接走上维护层，而是止于此处，离穹顶还有大概30米的高度。定愕抬头望望，管道和支撑梁上似乎并没有什么简易横档可以让他们爬上去。勒芙蕾丝不会是在打这种主意吧……?

勒芙蕾丝看了一眼天上，四处张望了一下，"那边有个维护口盖，你把它打开。"她指挥定愕。多半是她又要做一些很复杂的网络入侵工作了。定愕向着勒芙蕾丝指的方向走过去，果然，在管道的一侧，有一个控制箱。他打开盖子，发现里面不是什么复杂的控制面板，而是一个简单的扳动开关。

定愕将开关用力拉下，穿顶上的口盖打开，一道爬梯从上方降下来。"救灾应急逃生通道。"勒芙蕾丝解释道。

爬梯的顶端是维护层里的一条平平无奇的通道。通道很宽，但是高度很低，天花板几乎擦着定愕头皮。看得出来墙壁还很新，头顶上的发光块亮度均匀，而且全都完好无损。跟之前他们开车进入的那条维修通道一样，地面嵌着导轨，供自动化设备使用。联想到他们之前看到的那个维护层中的巨大机械塔，定愕思索着维护层里还有多少这种类型的维修通道，所有的这些设施加在一起，保证了都市里三十亿人类的生存。另一个问题是，这些机器除了服务人类之外，是否还有其他的任务。他有点儿不敢往下想。

勒芙蕾丝走在前面，态度十分从容，她完全知道自己应该走什么方向。两人走了一刻钟左右，勒芙蕾丝打开通道旁边的一个维护口盖，钻了进去。门背后，是另一道简易楼梯——甚至比C28区那些框架大厦的楼梯更加简易，就是一个竖直的楼梯井，里面安装了"Z"字形的简易楼梯。他们只是从其中一个口盖里出来,楼梯向上向下都延伸得很远,在暗淡的照明条件下根本看不见尽头。勒芙蕾丝继续往上爬,定愕哀叹一声。

又爬了一刻钟,楼梯的上方似乎有光线洒下,他们终于脱离了这个深井,爬到了简易楼梯的顶端。接下来的场景让定愕惊呆了——楼梯顶端的这个空间,是一个巨型的、纵深足足有几百米的斜向电梯井。电梯井的坡面上并排铺着十几条轨道,是规模极大的巨型运输通道。在那之前他甚至不知道有这么大规模的运输通道存在。这十几条轨道通往上面和下面很远处,时不时就会有运输舱沿着单条轨道上下。

他们现在站的这个位置,是一个小小的临时控制站。勒芙蕾丝打开门走进去,接入控制面板。控制站里顶多能塞两个人,定愕只好在门外等着。这跟定愕上次见到的那个临时车站简直一模一样——最大的共同点就是定愕十分肯定他们大概率是头一批来到这里的人类,很可能也是最后一批。基底现实对人类变得越来越不重要,而都市则依照着固化在自动化软件系统中的惯性建造了这些基础设施。如果冯说的是真的,意识上传近在眼前,那么奇点到来之后,都市还有什么意义呢?

隆隆的噪声打断了定愕的沉思。一辆巨型的、占据了几乎所有轨道的运输舱从通道上面出现,慢慢下坡。这个运输舱其实就是一辆平板车,上面固定着一台模样十分怪异的巨型机械。这台机械有着标准的工程机械的黄黑相间涂装,有着巨大规整的方块主体、伸展得如同昆虫八足的底盘,以及两条巨大的机械手,没有驾驶舱,但是有一个巨大的嵌满了传感器的"脑袋"。这东西占满了整辆平板车,几乎跟五十层高的一栋楼一样大。

定愕猜测这可能是某种通用工程设备，这个巨型电梯井之所以要设计得如此宽阔，搞不好就是为了运这东西。但是这种设备是做何种工作的，为什么要设计得如此巨大，定愕一点儿头绪都没有。

"这就是你之前不知道的东西？"定愕高声问道，声音几乎被巨大平板车的隆隆噪声所淹没。

"是的。"勒芙蕾丝承认了，不知道为什么，她的音量不高但是定愕就是能听得很清楚，"我的电子地图里原本没有这条通道，现在有了。"勒芙蕾丝没说她的信息从何而来，为什么之前没有而现在有，定愕也懒得问了。

"那这个大家伙到底是什么？"定愕又问。

"不太清楚，我获得的也是一些含混不清的消息。我只知道最下面正在建设一个巨型工程，这东西就是用在那里的。"勒芙蕾丝从控制站里出来，看向那台巨型平板车，"我这边搞定了，接我们的车马上就到。"

定愕看着巨型机械缓缓下坡，消失在视野中。他知道目前都市最深的城区是30层区，议会宣传"都市更新永不停止"，但是并没有听到31、32层区启动建设的消息。勒芙蕾丝说那下面正在建设一个巨型工程，到底是什么工程？

"很难说。"勒芙蕾丝耸耸肩，定愕很熟悉她的这个动作，当她心不在焉的时候就经常这样，"还是老样子，我的雇主不肯告诉我。"

巨型机械消失在通道的尽头，不多久，一台小小的轨道运输舱从离他们最近的那条轨道升上来，灵活地停在了他们面前。

"走吧,这就是我们的车了。"勒芙蕾丝跳下站台,钻进运输舱,定愕跟上。这个运输舱显然不是为了运输人类设计的,空间逼仄,没有座位,也没有窗户,只有用于运输货物的固定架,两人只好坐在地上。

运输舱启动,加速很快。没有窗户,定愕无从知道外面的样子,他只能看着勒芙蕾丝,两人相顾无言。

"从这里到地表,还需要50分钟。"勒芙蕾丝告诉他。确实比管道列车慢多了。就在此时,定愕感觉运输舱整个晃了晃,出现了一丝横向的加速度——这说明他们驶上了一条岔路轨道。

"这个运输舱真的能一路把我们直接送到地表?"定愕提出疑问。他知道这个问题多半是废话,问出来只是想要跟勒芙蕾丝说说闲话——毕竟现在也没什么别的可说的。如果指针在这里就好了,至少他还可以逗逗猫。很奇怪,离开万方博物馆之后,除了无人机上那次,指针就再也没出现过。

"嗯。我也是才发现这条通路。可能是这段时间新建的。"勒芙蕾丝认真地点点头。这时运输舱似乎开始减速,随即停了下来。接着是一阵金属挤压的声音,运输舱似乎锁定到了什么结构上。定愕感到一阵垂直向下的力,运输舱此刻开始垂直上升。

勒芙蕾丝似乎意识到了什么,伸出一只手抚摸墙面。她表情变了几变,最终说了句:"好了。"她话音刚落,运输舱的整个墙面变得透明,定愕终于看到了外面的景色。

他们的运输舱正挂在一个巨大圆筒外壁的轨道上向上飞速升起,举目可见对面是一个巨大深井的内壁,他们所处的这个空洞是一个环形空间,其中有一套极为复杂的、让人眼花缭乱的轨道系统。这个场面,仿佛是将一千座过山车同时塞在整个环形空间里,无数的货舱沿着这个轨道系统穿行,光是定愕看见的,至少就上千。很快,定愕发现设计这样一套如此复杂的轨道系统是有道理的:它是一个复杂了一万倍的物流分拣系统,环形空间的外壁上有无数出口,不同货舱各司其职,将不同的货物运送到不同的目的地。显然,他们现在乘坐的这个运输舱拥有直奔地表的最高优先级。定愕不知道这套系统里运输的物资有多少是为人类运输的。

运输舱急速往上,这万花筒一般的轨道系统似乎有种魔力,让定愕看得入了迷。这是过去万方网的模拟刺激探险游戏里见不到的场景,现在他却在基底现实里见到了。不知道这之后他还能不能再来到这里。

"定愕,我们到了。"勒芙蕾丝的话音响起,定愕才意识到自己盯着的是一面什么都没有的墙壁,刚才的巨型物流天梯已经被他们甩在脚下。

两人从舱内跳出来,定愕环顾四周,这是一个没什么特征的小房间,只是运输舱停着的那块地板上打开了一道门。定愕思忖,如果运输舱这道门关闭,那很可能谁都看不出来这里藏着一个管道系统的终端。想到这里,定愕有点儿害怕,谁知道他们经常生活的地方,在某个没什么特征的小房间里,会不会也有这样的终端?

从房间里出来,回到了定愕熟悉的人类世界。实际上他曾经跟着勒芙蕾丝去过类似的地方,这是一个东亚区的地面工作站。现在这里一个人也没有，因为三年前当局宣布撤掉了所有做地面基础设施维护工作的人员，勒芙蕾丝也是在那个时候失业的。

但是工作站的走廊里仍然有正常的气压和照明，似乎时刻准备着让人类回到这里继续活动。两人很快找到了控制中心，勒芙蕾丝接入系统，找了一架闲置的户外飞行器。好消息是，这架户外飞行器看起来完全正常，经检查，所有子系统都完好；坏消息是，飞行器现在没在机库，而是在停机坪上。他们得穿着户外工作服才能出去。

这也是定愕这辈子第二次穿户外服。第一次是勒芙蕾丝带他来参观的那次。他看着气闸前勒芙蕾丝穿着户外服的背影，恍惚觉得似乎什么都没有变。

气闸泄压结束，通往都市星地表的大门开启。外面还是单调的、一成不变的景色。周围是一片银色的、没有空气的荒漠，天空是纯粹的黑，蓝色的旧地就挂在地平线上看着他们。除了人类修建的这些小小的、白色的建筑，这里跟过去的几亿年没有什么差别。

两人朝着停机坪走过去，户外飞行器就在那里停着。定愕上次来的时候没有坐上去，只是远远地看到过。外表来看，飞行器倒是没有什么变化，一根长长的桁架，前面是驾驶舱和机械臂，中间是货舱，后面则是球形的燃料舱和发动机。

勒芙蕾丝停在飞行器面前，一反常态地没有率先跳上去。"你去把门打开，先加压，不用等我。我马上跟上。"她在无线电里跟定愕说道，多半是网络里又出现了什么问题。定愕拉着把手,打开门钻了进去。他把门关好,气闸自动开始加压。

从气闸出来就是驾驶舱。驾驶舱里有四个座位,舱内高度甚至不够让定愕站直,基本上只要坐超过两个人就挤满了。虽然这架飞行器的体积超过四辆大型货车,但是给人的空间就只有这么一点点。定愕摘下头盔吸了一口气,空气没有特别的味道,还算可以接受。就在这时,驾驶舱座椅那边传来了一声清晰的猫叫。定愕转头一看,指针就坐在驾驶座椅前面的操控面板上看着他。它又回来了? 它想对我说什么?

定愕坐上座椅。"你想对我说什么?"他对指针认真地说。指针转过头,开始专心地舔毛。定愕伸出手指去触碰它,而指针只是灵活地往旁边一跳,躲过了定愕的手指。

"定愕,准备好了没有?"勒芙蕾丝的声音在背后响起,定愕猛地一激灵。勒芙蕾丝的动作无声无息,简直跟幽灵一样。他回过头去,勒芙蕾丝已经摘了头盔从气闸里出来,毫不客气地坐在主驾驶位上。

"哦,准备好了。"定愕回答。操纵面板上的指针已经消失无踪。

"OK。我们出发。"勒芙蕾丝熟练地启动飞行器,点亮主控,输入坐标开始导航,切换为纯手动飞行模式,点燃主发动机。在轻柔的推力之下,透过驾驶舱前方的玻璃,定愕看到地面离得越来越远,很快他们就升到了巡航高度,视野扩大,一个个几百万年前就存在的陨石坑出现在了他们面前。

定愕贪婪地看着外面。自从开始逃亡之后,他看过最多的东西就是人类建造的无边无际的巨型建筑和结构。那些东西的一致特征就是重复:框架大厦的那些全都一样的单元格、每一级都和上一级一模一样的简易楼梯隔板、永远往上升去的笔直轨道。似乎人类在这个世界里做的事情,就是将千奇百怪的、不同的自然界都塑造成整齐划一的样子。万方网就是很典型的人类造物,它的底色就是有规律。在万方网里搭建一个新的场景,最初的场地都只是一个四四方方的格子。需要花费很大力气,用户才能把它塑造成不规则的"自然"的形状。

但是大自然不同。大自然的底色就是混沌、曲线,从不重复。都市星地表的这些陨石坑和地形,从高空往下看都差不多,但是仔细看就会发现,绝无哪条完全相同的特征线。在这片千奇百怪、没有任何直线的地形之上,逃亡以来的疲惫终于抓住了他。

定愕闭上眼睛。

第七章　三年前

　　定愕睁开眼睛。窗外的光线告诉他，现在大概是早上十点。在万方网待的时间太长，就容易搞不清楚时间——当然，对于他的同事冯那样的人，基底现实时间根本无关紧要，因为他们从来不下线。昨天晚上他们追踪一个在议会挂了号的黑客，和他以及他手下的程序仆从们缠斗了一夜，最终还是靠着定愕超人的直觉和反应抓到了他。他们最终确定了他的真名，交给了基底现实安全小组接手。接下来的事情就不归他们操心了。完成这个大活之后，组长发来消息恭喜他们，并且给专案组所有人放了72个小时的假。同事们多半会去万方网的各个角落体验新鲜的模拟刺激，而定愕则选择了下线，让脑袋里的噪声消失一段时间。

　　从连接座椅下来，定愕抹抹脸，才发现自己一身的冷汗，已经浸透了连接服，他的肚子也饿得咕咕叫。看来昨天晚上的缠斗的确耗尽了精神和体力。他决定先去洗个澡，然后去外面找点吃的。

定愕住的这套公寓是旧式的，配备有现在已经极为罕见的浴缸，这也是定愕选择住在这里的原因之一。他呼唤阿莫把热水调到自己最喜欢的、稍高的43摄氏度，然后滑进浴缸里。定愕舒服得叹了口气，这种时候是清空万方网模拟刺激带给他大脑的噪声的最好时刻。热水在他的身体周围流动，他憋住气，让身体顺着浴缸的曲线滑下去，整个脑袋沉入了热水里——这叫什么？"回到你未出生的时候"？他的很多同事，以及对手，全身都时时刻刻泡在这样的水里：整合了生命维持系统的全自动连接座椅，用户泡在恒温液体中，一切生命循环都由全自动设备包办。当然他们是什么都感觉不到的——这种全浸润模式的意义就在于剥夺用户身体的感觉，让他们能够彻底专心地连接万方网。定愕可不想这样。

憋足了时间，定愕坐起身来。视野外侧跳出通知，是冯发来的新消息：他发现一个新的模拟刺激，比之前的好玩多了，邀请他上线。从冯那个语气和表情来看，多半是一些他并不想要跟其他人共享的体验，所以定愕摆摆手拒绝了。他知道冯不会生气，几年同事做下来，在类似的事情上他拒绝了冯几百次，冯并不是会为这种事情生气的性格。或许这就是为什么冯勉强能算作他在图灵警察里唯一的朋友。

水渐渐有点儿凉了。他从浴缸里出来，步入淋浴间，用强风吹干自己，换上宽松的运动裤和套头衫，将湿透的连接服塞进洗衣机。一切整理完毕，他走出公寓，乘坐电梯下楼，去吃饭。

定愕选择的饭馆不在A18区，而是在A12区。虽然A18区有着整个东亚区最好的绿化和公园布置,但是餐馆水平只能说乏善可陈。A12是旧城,是都市建设最早规划的区域之一,人口老龄化,选择生活在基底现实的居民更多,相应地也就有更多的为他这种人服务的餐馆。昨天晚上抓捕任务的奖金已经发了下来,定愕决定去吃一顿好的——他的钱很大一部分就花在这种事情上,毕竟模拟刺激还没有办法模拟嗅觉和味觉。他打了辆车去了管道站,搭乘管道列车升到了A12区,打算步行去那家餐馆。想到餐馆里羊肉抓饭的味道,定愕不禁加快了脚步。

定愕是第一批到店的客人。这家中亚餐馆使用的是真的羊肉、真的胡萝卜和真的稻米,而不是合成食品,这让它的生意比其他的餐馆要好不少——当然,价格也很不美丽。

"客人您来啦? 还是跟之前一样?"餐馆老板娘熟络地和他招呼道。

"嗯,跟之前一样。大盘羊肉抓饭。"定愕点点头。

"客人您来得真是早呢。没问题,稍等一会儿哈。"

"嗯,不早一点儿,你家抓饭卖完了今天就吃不到了。"定愕稍微开了个玩笑。老板娘给他上了杯水,就到后厨帮忙去了。

大盘羊肉抓饭很快就端了上来,香气四溢。定愕大快朵颐起来。虽然他每次都点大份,但是他实际上吃不完这一整盘米饭——他总会将剩下的一半打包带回去,充作哪次行动结束之后的夜宵。

今天餐馆里没什么人,显得稀稀落落的,就算是到了中午饭点,人也并不多。

"什么？你们打算关店?！"定愕很吃惊,他吃饭时听到了老板和老板娘的只言片语,问道。

"是啊。"老板娘叹口气,"客人越来越少,生意更不好做了。现在接待的主要都是些年纪大的客人,年纪轻的基本住在下面,全时接入万方网。所以我们在考虑,是不是不再做这个了。"

"那你们之后要做什么呢?"定愕接着问道。

"嘻,反正议会也给发基本收入,又饿不死。大不了也搬到下面去住,全时上线。轻松多了。"老板娘耸耸肩。

定愕的心情一下子变得沉重了起来。自从他做了图灵警察之后,他也发现了这样的趋势:生活在基底现实的人越来越少,生活在万方网上的人越来越多,网络已经变成了更"真实"的那个世界。A12区这样的旧城区的居民数量每年都在下降,管道列车的人流量也肉眼可见地变少,他常去的餐馆也一个接一个地关门,再加上时不时就会有的意识上传的传言。像他这样的守旧派,或许注定会灭亡。

吃完饭,定愕决定出去走走。他回到A18区,来到了他最喜欢的散步区域:A18区最著名的湖树公园。

公园围绕着一个大型的人工湖修建。湖景和植被都由生态设计师精心设计,基因经过仔细调整,杜绝一切潜在危害。整个湖一直延伸到层区边缘,相传,如果有人胆子大的话,可以划船从连接湖区的水道前往其他层区。定愕一直想试试,但是始终没这个勇气:他从没去过层区外面。

湖边铺设了步道,旁边是大片的芦苇和树林,草坪上长满了一<u>丛丛</u>鲜花，在人工制造的微风中缓缓摆荡。蜿蜒曲折的步道在花丛和树林中时隐时现，移步换景，是定愕最喜欢的部分。他选择住在A18区，湖树公园和层区里出色的绿化景观设计是很重要的因素。

定愕沿着步道缓步行走，刚才餐馆老板娘说要关店引起的坏心情慢慢平复下去。今天虽然天气不错，但是步道上没什么人，一路走来，定愕只看到寥寥几人像他一样在这里散步，还都是年纪比较大的老人家。他很清楚跟他年纪差不多的年轻人现在在干什么：极少数人还在工作，大多数都躺在连接座椅上接受无穷无尽的模拟刺激。他们在万方网上能够获得的刺激，比在湖树公园里要丰富几百万倍。

不知不觉，定愕跟着步道走到了湖面上。在他旁边，一片荷叶遮盖了湖面，几朵荷花含苞待放，还没有到全开的季节。今天运气不错，还看到了荷花，他心想。他冒出来一个主意：要不要折一朵荷花回去观赏？这似乎没有违反规定。而且，现在四周都没有人……

想到这里，定愕伸出手，小心翼翼地保持平衡，探向最近的那朵花苞。似乎还有点儿距离？他稍微移动了一下身体，变换姿势，更加努力地探出去。荷花的花茎离他的手很近了，还有五厘米。只要再往前一点儿……

"借过！小心！"身后突然传来了一个女孩的声音。定愕听见重重的脚步声，似乎是有人在奔跑。还没等他反应过来，一股摊力从他背后传来：一个人从背后撞上了他。定愕的身体失去平衡，一头栽进了湖里。

冰冷的湖水涌进定愕的鼻子和嘴巴里。这时他十分恐慌，他不会游泳，不知道这个时候该怎么办。他回忆起他刚刚在浴缸里憋气的动作，努力尝试把鼻子里的水逼出去，但是失败了——这里不是他的浴缸，也不知道湖有多深。他现在也没法呼唤阿莫来救他，只能双手徒劳地向前抓，奋力蹬腿，试图踩到湖底，但是始终办不到。

就在这失去了全部希望的一刻，定愕感到有只手伸过来揪住了他的后衣领，这只手猛然发力，将他的脑袋拉出水面——随着他身体姿势的改变，他的双脚立刻踩到了湖底，他也顺势站了起来。然后，定愕发现湖水的深度刚刚到他的腰间。

定愕感到十分尴尬。他抹抹脸上的水珠，转过身去，向这位救他的人道谢。"多谢救命了。"他试图用手挡住脸。

"不客气。我在这里游过泳，知道这里的水很浅，没什么危险。我就算不下来你多半也没事。"是一位年轻女孩的声音。

定愕只好把手从脸上放下来。这时他才看清楚女孩的长相。她穿着一身运动装，站在湖水里，已经全身湿透。眉眼十分柔和，嘴角微微翘起，但是下颌角和下巴却棱角分明。五官不是十分惊艳，却出奇顺眼。万方网上绝世美人遍地都是，定愕已经司空见惯；然而定愕觉得，哪一个都没有眼前的这位真实。

"我——"定愕刚想说话，却被女孩打断了。

"我们先上岸去吧？有什么事情上岸再说。"女孩一把抓住定愕的手腕，两人踩着水走回岸上，在旁边的长椅上坐下。定愕想说些什么，却又被女孩打断了："其实我应该向你道歉才是。是我刚才在跑步，不小心把你撞下去的。"女孩歪歪头，显得很不好意思。

　　定愕无语，原来背后撞人的就是她。不过定愕也没生气，毕竟他也没遇到什么危险。现在他满心想着的是，回家后洗个澡顺便换套衣服，或许还可以睡一觉。

　　"这样吧，我们留个联系方式，回去先收拾一下，等下午……我请你吃饭，权当赔罪了，好不好？"女孩睁大眼睛望着他，可怜巴巴的。

　　"好，好的。没问题。"这破坏了定愕的休息计划，但他没有反对的理由。

　　"好的！没问题，这是我的联系方式，我叫勒芙蕾丝。"女孩甩给他一个地址。

　　"我叫定愕。"

　　定愕睁开眼睛。他又值了一晚上班，把盯着的几个区域交给接手的同事后才下了线。现在大概是早上十点，从窗外的光线判断，今天又是一个好天气。勒芙蕾丝这个时候应该已经出发去了地表，他思索着做点什么。既然勒芙蕾丝不在，中午去偷偷吃顿好的得了。

　　定愕走出连接室就发现自己的完美计划破了产。勒芙蕾丝坐在客厅的沙发上，呆呆地看着前面的墙壁。今天她仍然穿着她上班时常穿的橙色夹克。如果不是很了解她，他一定会以为她这个时候接入了万方网。然而勒芙蕾丝是很少见的那种没有做过任何连接改造手术的人，只能接入万方网最浅层的模拟刺激。她对那上面的事情没多少兴趣。

定愕走过去,坐在她身边,将手放在她的肩膀上。她喜欢他人的触碰。也正是在她的引导下,他逐渐不再反感这件事。

"发生什么事了?"他轻声问道。

"我失业了。"她呆呆地说。

"嗯?"定愕吃了一惊。

"是的,我失业了。"勒芙蕾丝转过来看着他,眼睛里全是茫然。

在这个时代,绝大多数工作都已经自动化,99%的人都没有工作,他们依靠政府发放的基本收入和福利就能活下去。他们也是连入万方网的主要群体。只有极少数无法依靠自动化设备解决的工作才需要人来做,比方说定愕这类图灵警察,以及勒芙蕾丝做的地表设施维护工作——这仍然需要人类在紧急情况下的自主灵活的判断,以及还依赖于极少数的人类专家的最前沿的科研开发工作。勒芙蕾丝的失业只能说明,那些仍然拥有工作的自动化设备设计师们终于发明出了一套自动化设备,替换掉了勒芙蕾丝。

"给我讲讲?"定愕抚摸着她的头发。虽然他大致知道是怎么回事。

"我的主管都没有现身。他只是给我们发了一封邮件,宣布他们进行了新的改造,将地表设施维护工作完全无人化。接下来就是这样了。"勒芙蕾丝盯着墙壁说道。

"这也没什么。失业了,你也有更多的时间做你想做的事情了。"定愕安慰她。

"哦。"勒芙蕾丝转过头来看了定愕一眼,眼里满是茫然。

"那我该做什么呢？"她问道。

"这个……"定愕其实也不知道。在如今这样一个所有人都连入万方网的时代，不上万方网似乎也没什么可做的。"或许，你可以去做一个手术连上万方网？"定愕试探着给出建议，有点儿心虚。

"我不要。"勒芙蕾丝倔强地摇摇头。

定愕叹口气，该怎么办才好呢？

定愕睁开眼睛。他伸手把脑后的连接线缆拔掉，到现在他的大脑还嗡嗡的。昨天，待在家里无所事事的勒芙蕾丝跟他大吵了一架，摔门走掉了。自从她失业之后，这种事情发生过不少次。他也没理她——她多半去了某个层区乱晃，等气消了她会回来的。定愕只能连上万方网，用最刺激的虚拟体验麻醉自己。这个虚拟体验是冯推荐的，他们两个昨晚奋战了一晚，在某个他早就忘记了名字的外星球上，穿着重型动力战甲，杀某种他从来没见过的外星大虫子。到现在，定愕闭上眼还能看到挥舞着大镰刀的大虫子向他冲过来，旁边还有手上长着某种生物质构成的步枪的、稍小一点儿的虫子掠阵。很可惜，它们的准头都很差，轻易就被他发射的30毫米重爆弹轰开花。

一夜奋战之后，他的大脑完全没有得到休息。定愕现在想去好好睡一觉。勒芙蕾丝？随她去吧，她会回来的。

定愕的收件箱发出"叮"的一声，提示有新的信息送达，是勒芙蕾丝发来的。她极少给他发消息，一般都是当面说或者直接打电话。这让定愕感到有些奇怪。

定愕点开信息，是勒芙蕾丝录的一段自拍。她喜欢露面的习惯一直没改。

"定愕，我在网上看到了一个很不错的招聘广告，我打算去试一试……不过人家告诉我，这个事情还是保密的，所以我没法告诉你到底是什么。"视频里，勒芙蕾丝努力保持着冷静，但是她遮掩不住眉眼间的兴奋之情，"我会暂时离开一段时间，等有了明确消息之后我再回来跟你说。就这样，拜——"

定愕松了口气：看来她有希望找到新工作了。那就好，勒芙蕾丝这样精力旺盛的家伙，没有个事情给她做，就会在家天天和自己闹别扭。

定愕打着哈欠回到卧室。他躺倒在床上，睡意涌上来。"不知道勒芙蕾丝找的是什么工作？"他闭眼之前的最后一刻想着。

定愕感觉大事不妙。已经过去了五天，勒芙蕾丝没有回来，电话不接，发消息不回，总之没有任何回应。他不知道她到底去了哪里，那个神秘的工作到底是什么。他甚至检查了她的浏览记录，想要知道她到底是在网上看了哪一条招聘广告，却依然没有结果。她仿佛凭空消失了。

幸好定愕的职业是图灵警察，虽然不算太多，但他有一定的权限。他没有使用模拟刺激连接，而是坐在办公桌前，唤出了阿莫。

"定愕你好，请问你有什么需要帮助的吗？"阿莫活泼的声音响起。定愕面前出现了一个圆脸卡通形象。

"阿莫，输入超驰密钥：RJQLH64JDG4UZXQBRTZC4Q2B。

定位嫌疑人,姓名:勒芙蕾丝·布尔;公民编号:L2EAC162EAC16
22461490543X。顺便,关掉你的性格和记录系统。"

"超驰密钥生效。正在定位中……"阿莫的声音变得机械。
定愕耐心等待着。

"抱歉,搜索结果为空。没有返回信息。"

定愕大感意外。以他的权限,他可以很轻松地实时定位都
市里的一般市民——当然,如果这事情干得太多,一定会引起上
面的注意。但是像现在这种返回不了结果的情况,他从未遇见
过,甚至也没有听说有任何同事遇见过。以都市传感器系统之
完善,他不认为会有什么意外失踪的可能。

"改变搜索时间范围。返回嫌疑人勒芙蕾丝·布尔的最近
五次定位数据。"定愕稍微考虑一下,决定更改搜索范围。

这次结果返回就要比之前慢得多了。一般公民不知道,实
际上都市保存着自从都市的信息系统建立以来的一切数据。一
句俗语一直在图灵警察内部流传——"都市永不遗忘"。所以
理论上而言,只要权限足够,你就可以查到在都市里生活过的任
何人的经历,精细到分钟。当然,这些数据在数据库中是分层级
的,当天的数据存在最快的数据库中,然后就会一层一层地被压
进数据的积累地层。定愕请求的搜索返回结果如此之慢,让他
有了很不妙的联想。

搜索结果返回了。最近一次在两天前,勒芙蕾丝出现在
A18区的万方公司分部门口。她站在那里,似乎在等待什么。
难道是万方公司……?

看来有必要走一趟了。定愕心想。

A18区是整个东亚区生态建设最好的层区之一,整个层区由平缓的丘陵和蜿蜒的运河水道组成,放眼望去一片绿色,白色的生态建筑在丘陵上起伏,从各个角度望过去,都是优美的景观。万方公司A18区分部就坐落在整个层区最核心的花园广场附近。定愕乘坐出租车来到了这里,走到了勒芙蕾丝两天前站着的那个位置。

她在这里到底是要做什么?定愕模仿他在视频中看到的勒芙蕾丝的姿势,抬头望去,能看见的只有天穹系统渲染出来的无垠蓝天。

"勒芙蕾丝·布尔?稍等,我搜索一下……"万方公司A18区分部的前台经理彬彬有礼地回答。本来只有一个阿莫糊弄他,但当定愕亮出图灵警察证,前台的虚拟影像就换成了真人。她唤出一个窗口,推到定愕面前。"很抱歉,先生,我们没有查到任何叫作勒芙蕾丝·布尔的访客的拜访记录。很遗憾无法帮助到您。"窗口显示,没有任何一个叫作勒芙蕾丝·布尔的人在两天前拜访了万方公司。

看来以他现在的权限是不可能找出真相了,定愕想,或许需要更高的权限,他思索着要不要跟组长谈一谈。或者问问冯有什么好办法,他的脑子在这种事情上一向灵光。

回到住所,阿莫便发来提示:"你有一条新信息。"这个时间?是不是过于巧合了?

定愕点开消息,果然,是勒芙蕾丝发来的。她坐在一个没有任何特征的房间里,镜头清晰稳定,显然是固定视角拍摄的。

"定愕, 抱歉好几天没跟你联系。"勒芙蕾丝笑了笑。这个笑容消除了他最开始的怀疑: 那确实是勒芙蕾丝的笑容, 这不可能是合成视频。

"我……我可能要离开一段时间了, 短的话一个月, 长的话几年。"勒芙蕾丝犹豫了一下, 随即说道, 眼神坚定。

"我参加了一个项目, 有关深空探索。具体信息我只能说这么多。好几天没有跟你联系, 是因为我有任务在身, 非常抱歉。我知道这对你来说很不公平, 但是这件事情对我非常重要。最后, 我也只能用这种方式来联系你, 希望你能原谅我。"定愕瘫坐在沙发上。在这一刻, 他心里清楚, 他永远地失去了她。他可以将这条视频翻过来倒过去, 分析到每一个像素, 写出十万条理由证明画面里的这个人不是勒芙蕾丝, 这条视频是合成的, 可以请求组长或者冯动用他们的权限一查到底, 将万方公司或者其他什么机构翻个底朝天。但是勒芙蕾丝不会再回来了。

"再见, 定愕。"勒芙蕾丝微笑着, 眼睛有点儿红红的, "我相信我们一定会再见的。"

第八章　北美区

一阵尖锐的高频噪声刺穿了定愕的脑海，他一下子惊醒过来。睁开眼睛，勒芙蕾丝还在他的身边，集中精力操作着飞船，他们现在已经进入降落姿态。他眨眨眼睛，才想起来自己现在的处境：他脑袋里有个嘀嗒作响的人工智能炸弹，他们要去北美区寻找解除这个炸弹的线索。

定愕长呼一口气，抹抹脸。刚才吵醒他的高频噪声来自他们背后，应该是飞行器发动机的某个泵运行的声音，让定愕很不舒服。

定愕看了一眼时间。已经过去了2小时。他在这段时间似乎做了一个梦，一开始是美梦，后面变成了噩梦。但是刚才惊醒，梦的内容他一点儿都记不起来了，只记得最后自己十分悲伤。勒芙蕾丝完全没有受到影响，她甚至没有往他这边看一眼，只是盯着前方的抬头显示器，微微调整手里的操纵杆。定愕看到她，心里似乎放松了不少。

飞行器下降,地面变得越来越近。他们的目的地是另一个维护站,勒芙蕾丝准确地将飞行器停在了维护站的停机坪上,廊桥自动摆过来,接上飞行器的气闸。这下看起来是不用经历另一次户外行走了。

"走吧,我的警官大人。"勒芙蕾丝站起身,绕到座椅背后,伸了一个懒腰。这个称呼让定愕有点儿惊讶。三年前她经常这么叫他,而这是她现如今第一次这么叫他。不过,她的语气和三年前比有点儿微妙的不同,更平板、更机械。

"哦,哦,好的。"定愕慌忙跟上,"勒芙蕾丝,那个,你不累吗?要不休息一会儿再走?"他问道。两个小时的纯手动飞行想必是一件极为消耗精神的事情。不过勒芙蕾丝看上去毫无倦意。自从他们两个见面到现在,这么长时间高强度的体力脑力活动,对她来说似乎根本不是事儿。定愕记忆里的那个勒芙蕾丝的确精力无穷,但是也达不到这种程度。

"我没事。"勒芙蕾丝回应,"别忘了我受过改造。"她指指自己的脑袋,"我现在跟海豚一样,可以半边脑袋休息,另外半边脑袋工作,刚才我就这么干了。"

定愕不知道"海豚"具体是什么,只大概知道这是一种很久以前生活在旧地海洋里的动物。至于海豚大脑轮流休息什么的生理机制,他现在无法接入网络,无从验证,只能点头称是。不过他之前也从没有在万方网上听说有人做过这样的改造——定愕相信,如果这种技术真的存在,必然会有大批永远在线的网络黑客对自己的大脑动手。他今天才在勒芙蕾丝这里听说这种改造技术,这让他对勒芙蕾丝背后的雇主更好奇了。

两人钻出飞船气闸,从廊桥进入北美区的维护站。跟东亚区的一样,一个人都没有,而且明显很久没有人来过。两人找到控制中心,查询北美G02区的状态。

结果不出意料。系统显示G02区的状态:封存,禁止进入,不存在通往G02区的一般路径。

定愕望向勒芙蕾丝。按照之前的经验,勒芙蕾丝应该抬头望天片刻,然后就魔法般地找到一个去往目的地的通路。这次勒芙蕾丝却皱着眉头,思考了几秒。"不行。"她干脆地摇摇头,"这一块的基础太古老了,已经很多年没有更新。很多东西都不兼容,我无法控制。"她说道,"不过似乎有个办法……"她歪着头,似乎又在从外界接收什么消息。她碰碰控制终端的屏幕,上面的画面开始急速刷新,速度之快,定愕根本看不清楚,只能看出大概是某些工程蓝图。勒芙蕾丝的眼球高速转动,接收信息。

"明白了。"终端的屏幕停了下来,变成一片空白,"从地表到G02区——准确地说是一直到G04区,有一个管道井,修建于都市建设之初,原本是供应急使用的,但是从来没有真正启用过,议会很可能也不知道。"勒芙蕾丝语气平淡,"我们可以直接从那里下去。不过有个小小的困难,"勒芙蕾丝挑了挑眉毛,"有管道井,但是没有管道舱。"

"意思就是我们得往下爬几千米?"想到这里,定愕又颤抖起来。他今天已经走完了这辈子,不,是接下来十辈子要走的楼梯。

"倒是不用。重力可以帮我们解决这个困难。"

"你是说……"

"只要我们往下跳就可以了。"勒芙蕾丝说道。

到头来，户外行走还是免不了。地图显示管道井出口站离维护站的距离是60千米，幸好维护站还有能用的户外车，否则两人可能还得再开着飞行器飞过去。

驾驶户外车也是勒芙蕾丝三年前就会的事情。两人驶近管道井出口站，出口站是一座坐落在灰色大平原上的灰色小房子，看上去与整个地表的灰白色融为一体，如果不知道具体位置还真的很难发现。这栋建筑大约有三层楼高，呈圆柱形，最下面的一层则连接了一个长方体建筑，建筑上开着一扇门。

两人没有想到的是，这扇门背后居然是一个气闸——而且从控制面板上来看，管道井是加压的。如果这个管道井真的是都市建设之初建造的，这么多年没有人使用，空气早就应该跑光了才对。

勒芙蕾丝在控制面板上划了几下。"成了。"气闸外侧的门自动锁止，气闸内开始加压。"传感器显示里面的空气没问题。你现在可以把头盔摘了。"她对定愕说道，说完很利落地摘下了头盔，顺便甩了甩头发。这是勒芙蕾丝的习惯性动作，他三年前见过好多次。

定愕半信半疑地扳开头盔气密扣，摘下头盔——然后就被空气中的灰尘呛得猛烈咳嗽起来。空气中有一股极为陈旧、腐败的灰尘味道，确实像是很多年都没有流通过的空气。然而勒芙蕾丝没有受到任何影响。

勒芙蕾丝看到定愕咳成这样，在控制面板上又点了两下。

通风系统的噪声骤然加大，那股陈旧、腐败的气味也慢慢散去。"谢了，咳咳。"定愕沙哑着嗓子向勒芙蕾丝道谢。想到她还是关心他的，定愕心中就有一阵暖意。

两人走进管道井出口站。这个房间的内部空间看上去似乎比从外面看大不少——定愕知道这不过是错觉，因为建筑外侧有着更广阔的地景作为对比。门背后首先是一个仓库，有几排很大的用来堆放物资的货架，不过现在上面空空如也；两台小型工程外骨骼就放在左边的空地上，还蒙着油布；右边远处则是控制室，大门紧闭。

当然，最吸引眼球的是房间正中央那个漆黑的大坑。大坑直径大约10米，上方架着一套钢架结构，上面还安装着几台卷扬机。几道导轨从大坑的坑壁上冒出来，与头顶的钢架连接在一起。这的确是个管道井，跟之前他们两人在东亚区经过的那个没什么差别。

"果然有！"勒芙蕾丝欢呼一声，跑到两台小型外骨骼面前，"原本我还以为我们要直接跳下去呢……"她站在外骨骼面前，也没做什么，两台外骨骼就自行动了起来，它们扯掉身上的油布，弯下腰，打开背后的口盖，做出准备登机的姿态。

勒芙蕾丝钻进其中一台，口盖降下。外骨骼活动起来，绕着管道井跑了一圈，停在定愕面前。头盔的遮光罩打开，勒芙蕾丝的脸露了出来。定愕突然觉得她现在兴奋的样子，很像他们刚认识的那会儿。

"你会操作这种外骨骼吗？"勒芙蕾丝问道。定愕赶紧摇摇头。勒芙蕾丝突然操纵外骨骼伸出手将定愕抱起来，走了两步放到另外一台外骨骼身前。

"没有那么困难，这种东西设计出来就是为了最大程度地降低培训成本。按照直觉行动就行，跟骑自行车没有本质区别……哦，我忘了你也不会骑自行车。实在不行，我设置成主从模式，你坐在里面就好。"

"有没有什么不需要开这台机器的办法？"定愕有些无奈，还是硬着头皮问了一句。

"唔，也不是没有。我可以把你夹在胸前下去。不过这样的话很难应对紧急情况。"

那还是待在外骨骼里面比较安全。定愕绕到外骨骼后面，钻了进去。身下的两个孔洞就是腿的位置，左右的两个洞是两只手。他把手伸进去，碰到了一个握把，握住。口盖自动盖上，外骨骼的系统自动启动，但是这么古老的系统似乎并不兼容他目前的无线神经直连处理器，面罩上的抬头显示器闪出几行字：神经直连失败，转为外部操纵模式。下一刻，这台外骨骼重心调整，他有了一种奇妙的感觉——他能动了。

他试着动了动手指，握把上的传感器自动将他的动作传递给了外骨骼的机械手，机械手的手指也动了动，和他的动作一模一样。接下来他挥了挥手臂，外骨骼同样响应了他的操纵。他试着向前迈了一步，外骨骼的重心自动调整，他成功地操纵着外骨骼走了起来。

勒芙蕾丝说得没错，这个东西的操纵方法确实很简单。他走着走着，逐步加快速度和提高步幅，最终他绕着管道井跑了起来。定愕心中充满了喜悦：在这个过程中，他感觉到这台机器已经逐渐不再是机器，而是变成了他身体的一部分，他从来没有感觉如此健壮有力过，就算在万方网中也没有。他随手抽出仓库架子上的一根钢管，轻轻松松地就把钢管掰成了一个直角。定愣通过这台外骨骼，获得了一种他以往从来没有体验过，甚至根本不知道的乐趣。

"好了好了，大概熟悉一下我们就该行动了。"勒芙蕾丝在无线电中说道。她走向控制室，用外骨骼的手臂直接拧开控制室的门，然后钻出外骨骼，走进控制室。定愣还没来得及问她操作了什么，管道井上方的卷扬机就启动了，两根缆绳垂了下来。

原来这就是勒芙蕾丝的计划。她的外骨骼自己动了起来，抓过两根缆绳，一根系在定愣的外骨骼的吊耳上，一根系在自己的吊耳上。

"好了，我已经设置好程序，这两台机器就是我们的管道舱。"勒芙蕾丝说道。她走出控制室，钻进外骨骼。两人走到管道井边缘，定愣往下看着这漆黑的、深不可测的管道。外骨骼感受到了定愣的动作，头罩上的灯自动打开，放出强光，照亮管道的金属内壁。这让定愣感到稍稍好受了一点儿。

"事不宜迟，我们得赶紧下去。这两台机器也快没电了。"勒芙蕾丝说道。定愣这才注意到面罩的抬头显示器右上方有电量显示，现在的电量是9%。为何在这么长时间之后这台机器的电池居然还有电，以及9%到底代表还有多长的活动时间，定愣无从知道，只能加快动作了。

卷扬机发出噪声，将两台机器吊起来，悬在管道井正中，然后放下缆绳。两台机器缓缓下降，头灯的强光照亮了深井，但是触目可及的也无非是单调的灰色墙壁。两人的下降速度很快就达到了一个最高值，不再增加，这应该是卷扬机的功率达到了天花板。"我们还得多久才能下到底？"定愕问勒芙蕾丝，她的脸藏在外骨骼头灯的强光后面，完全看不见。

"大约还有半小时。"勒芙蕾丝回答。无线电的沙沙声在这片寂静中显得尤为刺耳。就在此时，定愕听到一声可怕的"噼啪"声，随即一阵失重感向他传来。他的这条缆绳，或许是因为制造上的缺陷，或许是因为上百年的氧化和腐蚀，断裂了。

勒芙蕾丝反应极快，外骨骼的大手瞬间抓住了定愕。然而她的那条缆绳也没有多坚持几秒：那一瞬间，缆绳承受了之前两倍的重量，"噼啪"声再次响起，两人一起向下坠去。一瞬间定愕吓得魂飞魄散。

惊慌之中定愕抬头望向勒芙蕾丝，外骨骼上的头灯打在勒芙蕾丝的头盔上，将勒芙蕾丝的头盔内部照得透亮。就在此时，他惊愕地看到，勒芙蕾丝的外骨骼头盔内空无一人。

"不要惊慌！维持姿态稳定！不要翻滚！来，跟我做！"勒芙蕾丝在无线电频道里大吼。她的外骨骼的四肢伸展开来，在空中维持着一个比较稳定的下落姿态。定愕眨眨眼睛，勒芙蕾丝的脸出现在外骨骼的头盔之中，刚才势必是他在肾上腺素的作用下产生了幻觉。他也尽量跟着做，很快，两人的坠落速度变得稳定起来。这时定愕才发现，这个速度实际上并不比刚才他们使用缆绳下降时快多少。

"并没有偏离原计划太多，"勒芙蕾丝告诉定愕，"再过5分钟，我们会碰到前往G02区的管道井支线，原本计划在那里解脱缆绳滑下去。现在只是稍微提前了一点儿而已。"抬头显示器自动画出箭头，预示支线方向。还没等定愕问"到时候怎么办"，勒芙蕾丝又开口道："到时候的操作比较复杂，你这样的新手肯定是不行的。我会将你的这台外骨骼转成主从模式，你顺着机器的意思来就行了。"

抬头显示器上提示：外骨骼已经转换为外部操作模式。外骨骼重心调整，他失去了控制。随后，两台机器略略侧身，在空气动力的作用下偏向了管道的一侧。

管道井分支的到来比他想象得要早。他们这侧的管道壁内径开始增大，定愕往下望去，在头灯的光线之下，只能勉强看到下面极远处，管道壁的这一侧延伸出了一条支线管道，而管道壁上，好几个"通往 G02"的标识一闪而过。随着勒芙蕾丝的精细调整，两台机器准确地落到了这条支线管道里。

"马上开始减速！"勒芙蕾丝突然高声宣布。两台外骨骼的机械手伸出去，使劲抓住管道壁，纯粹依靠机械蛮力产生的摩擦在管道中减速。定愕感到自己的姿态从平摊着下坠一下子变成了竖直地抱着管道壁下滑。在勒芙蕾丝的控制之下，外骨骼的机械手火花四溅，被磨得稀烂。然而效果也是显著的：这台重达一吨的机器的巨大惯性也慢慢地被削减了，他们往下的速度肉眼可见地变慢了。"注意冲击！"整具外骨骼舒展开，液压系统注入超量压力。一声巨响，两台机器狠狠地砸在地上，用于缓冲的机械腿深深下蹲，将整体的能量吸收完毕。

定愕的面罩上显示出故障诊断信息，一双机械手已经完全损坏，而腿部的液压系统也承受了超量的冲击，正在因过热而放气。系统警告定愕，如果不及时进行维修，那么外骨骼很快会失去功能。"不用想了，这东西已经没用了。"勒芙蕾丝在无线电频道里说道。她的那台外骨骼背面的口盖打开，勒芙蕾丝跳了出来。定愕也只好操作系统打开背盖，从外骨骼里钻了出来。由于他现在的姿势并不是准备姿势，定愕还颇费了一点儿力气。他被颠得七荤八素，爬出来的时候差点儿摔倒，但是没感觉到全身哪里有受伤。

"走吧。抓紧时间。"勒芙蕾丝对定愕说完，向前方走去。定愕恋恋不舍地望了一眼外骨骼，跟在勒芙蕾丝身后离开。操纵外骨骼是他这么长时间以来头一次感觉到乐趣，而欢乐的时光总是那么短暂。直到今天，他可能才真正开始理解三年前的勒芙蕾丝。在万方网上他是强大的，能呼风唤雨；而在基底现实，他只是软弱的人类。他认识的那个三年前的勒芙蕾丝，想要的或许就是不必逃到万方网就能摆脱这种软弱的方式。那时的他，从来就不理解她的选择。望着身前的勒芙蕾丝摇摆的马尾辫，他想说点儿什么，却又说不出口。

"你看上去似乎有什么话想说。"勒芙蕾丝似乎和他有心灵感应，她回头看向定愕。

"不，没有。"定愕摇摇头，"只是这里……真的不像都市。"

从管道井里走出来，G02区确实和他看惯的都市区有很大区别——主要的原因在于这里处处透着一种粗糙、急迫、未完成的感觉，跟都市一贯的精心建设和条理分明天差地别。天花板上亮着建筑照明灯，巨大的浇筑混凝土方块和塔吊散落在四周，四处都稀稀落落地摆放着各种古早的工程机械，就连水泥地板的铺设，都是匆匆忙忙随便铺就，粗糙，不平整，布满了各种坑洞。施工队仿佛是顾不上质量，只是完成了任务就急忙撤离了这里。

当然，最明显，也是最震撼的，是不远处那面直通天花板的高墙，将整个G02区隔在墙后。定愕猜测，他们现在的位置或许是G02区最开始，或者是最后的一片角落。出于某种原因，整个G02区不但要被废弃，还需要隔离。于是他们建造了那面高墙，便匆匆忙忙地离开了这里。

如果是这样的话……那面墙背后到底是什么？

不管是什么，已经过去这么多年了，应该没事了吧？定愕揣测。

"G02区的封锁，跟驱动的一些后遗症有关，这是我雇主说的。具体是什么，他也不知道。或许是不愿意告诉我。"勒芙蕾丝与定愕的心灵感应再一次显灵，"我知道的就这么多了。"

两人沿着一条小路走近高墙。转过一个弯，定愕才知道勒芙蕾丝的目的地：一个巨大的圆形拱门就开在高墙上，差不多有30米高。这或许就是给G02区预留的安全门，在封锁一段时间之后人们可以回来再做清理。但这扇门看上去从来没有启用过。

巨大的圆形拱门旁边是一个同样巨大的伺服门闩，电缆从门闩旁边的一台变压器中伸出来，通向他们头顶的某个位置，然后延伸到远方。门上是一个复杂的锁止机构，被涂上标准的工程黄色条纹，还刷上了警告标识：请勿开启此门。经过上百年的风化，黄色的油漆和字体都已经褪色，变得破破烂烂的，只有这扇门仍然完好。定愕环顾四周，实际上，这扇门可以说是这个空间里修建最完整、质量最高的一台设备。他有一种模模糊糊的感觉:施工队对门后面藏的那个东西十分恐惧,修筑这扇门,就是要确保将那个东西阻挡在门背后。如果是这样的话,他们现在去开启这扇门,是不是有些危险……

"这里有间控制室。"勒芙蕾丝的声音打断了定愕的胡思乱想。就在门的一侧,一个简易的金属板房就矗立在那里,应该就是控制大门的控制室。板房架在脚手架上,足有三层楼高,通往上面的金属简易楼梯已经锈蚀,中间一截断裂掉在了地板上。勒芙蕾丝跑过去,没费什么劲儿就通过脚手架爬上了控制室,翻了进去。

"控制室没有通电。定愕,你去把下面变电箱的开关打开。"勒芙蕾丝的声音从上面传来。定愕沿着通往控制室的电缆仔细找了找,果然,一台变电箱就挂在大门下面。定愕跑过去,打开变电箱,一口气将所有的闸刀全部合上。"噼啪"几声,控制室外面装的几盏射灯亮了起来,方向正对大门,将门口照得一片雪白。

"行了,现在大门可以开启了。这里的控制系统没有上锁。"勒芙蕾丝在控制室上面高声说道,"不过,稍等……定愕,你看到那边的柜子没有?里面是一套户外服,把它穿上。"

为什么要穿户外服?定愕转念一想,可能跟门背后隐藏的那个秘密有关系。他没犹豫,顺着勒芙蕾丝指的方向过去,打开柜子,果然发现了一套户外服,于是利索地穿上。"那你怎么办?"他提高音量问勒芙蕾丝。

"我这里也有一套。注意,门要开了!"喇叭发出"嘀嘀"的工程警报,灯光也调为警告模式,旋转闪烁。大门的伺服门闩传来"哐当"的金属撞击声,液压机构压力上升,发出"隆隆"的响声。门整体颤抖着,抖下灰尘,锁止机构的锁舌伸出,门正在打开。

一阵"呜呜"的风声从缓缓打开的大门处传来,一缕微风吹过,接着风变得越来越大。空气开始变得犹如实质,将整个空间里轻飘飘的东西都吹了起来,冲向大门的门缝。定愕这时突然明白过来:G02区是没有空气的!这就是他们困住那个东西的手段之一!他匆忙戴上头盔,锁紧气密扣,抓住旁边的脚手架稳住身体,尽量不被风吹倒。随着门缝越来越大,风声也变得越来越大——整个空间的空气都涌向这里,将金属都吹出尖锐的响声。面对越来越强的风,定愕只能缓缓蹲下,尽量减少自己的迎风面积。"勒芙蕾丝,你听得见吗?!"他在无线电频道里高喊。

"我没事。"勒芙蕾丝即刻回复道,声音还是一样冷静,"我估计还需要大约70秒。"她报出数字。什么70秒?定愕有点儿迷惑。不过很快他就明白过来:风声逐渐弱了下去,风压也在降低。这里的空间没有多大,空气也没多少,面对一个大上数十倍甚至上百倍的空间,空气很快就会全部跑光。果然,70秒之后,周围完全安静下来,这里现在已经近乎是一片真空了。

或许还有一点点气压,定愕想着。

勒芙蕾丝灵巧地从控制室跳了下来,两个人向着大门走去。门的最下沿留了一道方便车辆进入的缓坡,两人爬了上去。直到穿过这扇门,定愕才意识到这面墙到底有多厚。这扇门的门洞像是一条隧道,长度跟高度差不多,也有大概30米。在隧道的尽头，有一点点微光。

　　定愕没有预计到G02区这样一个被废弃，甚至是被封锁的区域会有照明。出乎他的意料，城区并不是一片黑暗，穹顶上还有三三两两的照明灯发出微光，或许是当初撤离的时候太匆忙，连灯都忘了关，上百年过去，还没有完全坏掉的灯就剩这么几盏。这点光线只勉强足够两人看见彼此，连看路都很困难。不过他们在门外找到的户外服似乎早就预知了这种情况，自带微光增强夜视系统。头盔面罩叠加图层，大大增强了周围环境景象的亮度。

　　定愕对G02区的第一印象居然是……很平常。除了他们身后这堵巨大的高墙，他面前的这个城区，跟他印象中各个层区没有多大区别。有着正常的街道、大楼和公寓，定愕还看到了很像是购物商场的地方。除了穹顶的高度略低之外，似乎没什么特别之处。不过走了一会儿他还是发现了有一些不对劲的地方：这里的建筑明显比现在都市区里的建筑要小一号——包括楼层的高度、门的高度，都要矮不少。这里仿佛是给一群小矮人建的层区。

　　"我把现在的位置跟之前下载的G02区地图做了比较，我们现在应该在这个位置。"勒芙蕾丝没有定愕这么好奇，一张平面地图在定愕的抬头显示器里展开，一个红点标识出他们现在的位置。缩小地图，显示出更大的区域，另一个红点显示出来，那就是数据库的位置。根据比例尺，他们还有大概10千米要走。

　　定愕还记得，之前的勒芙蕾丝不是这样的，在都市探索中，她看到什么东西都要进去看一看。在他们两个一同出门远行的日子里，也是她让他逐渐感受到了这种探索的乐趣。而现在的这个勒芙蕾丝，似乎已经对一切事情失去了兴趣，只想完成那个神秘雇主交给她的工作——也就是帮助他找到邱奇。定愕不知道她是如何变成这样的，也不知道她为什么会同意接受这种全面的改造。是不是因为接入万方网后，所有信息都触手可及，所以会消灭人的一切好奇心？

两人走过街道。G02区的路面上散落着各种车辆，外形老旧，还有不少被砸坏和烧毁。每个十字路口都摆放有大量的路障和隔离围栏，定愕很容易想象当初撤离时一片混乱的场景。这些东西在真空和近似无光的环境中存放了这么多年，没有太多的腐蚀损坏，很容易让人产生错觉：他们刚刚离开，马上就回。没有空气的空间万籁俱静，一时间，定愕只听得到自己在头盔中呼吸的声音。

接下来的半小时，两人穿过被遗弃的街道、大楼的废墟，定愕的感觉居然……挺愉快的。这段路程让他觉得当年和勒芙蕾丝在废弃边缘的城区里探险的时光仿佛又回来了。这次，他们是在一个真的已经废弃很多年的城区里探险。

走了半小时，两人终于看到了意料之中的一样东西：尸体。

直到这时才看到尸体，定愕已经有点儿意外了。他原本的预期是G02区这堵高墙的背后尸横遍野，到处是死人，就像万方网里流行的很多僵尸游戏一样。然而并没有，这说明当初撤离的时候虽然匆忙，但是大多数人还是成功地离开了，只剩下极少数倒霉蛋。

一共三具尸体，都穿着橙色的防护服，被整整齐齐地摆放在街边，还可以通过塑料面罩看到他们的脸。在一百多年没有空气和光照的条件下，这三具肉身并没有腐烂，只是水分完全蒸发，变成了干尸。这应该是三个紧急状态救援队的队员，在任务过程中不幸遇难。队友们将他们从事故现场拖了出来，放在路边，混乱之中，可能没来得及收殓尸体，撤离之后就把他们留下来了，度过了这漫长的一百多年，直到今天被他们两人发现。

定愕四处望了望，想知道杀死他们的到底是什么，然而周围什么都没有。或许是一种隐藏在空气中的致命物质，也是G02区要保持真空的原因。另外一个发现就是，这几具尸体都比定愕他们要矮小很多——跟定愕的身高比，他们可能要矮上30厘米。这样一来，G02区这些建筑楼房的高度也就可以解释了：当初设计的时候，目标对象的确是更矮小的人类。但是定愕不理解为什么会这样：他之前从没有在万方网上获得过"一百多年前的神秘小矮人"之类的信息。

两人继续走在已经废弃了一百多年的、没有空气的大街上。这个一百多年前建成的层区，有很多东西的设计样式都延续到了今天，定愕一看就懂；还有不少东西则与今日的层区完全不同，定愕看不出来这些东西有什么用处。建筑物上时不时会出现写有文字的海报，奇怪的是，那些文字使用的是一些定愕完全不了解的字母，定愕根本看不懂。还有些文字，定愕能看懂大致意思，但是拼写和形制都与今日的文字有很大区别。然而，最关键的那个问题还是没有得到解释：为什么这个层区被废弃了？如果是因为其中存在什么致命的要素，他们现在岂不是很危险？在定愕的印象里，他在都市的历史中完全没有读到过有关

"北美G02区被废弃"的记载,说明有人有意识地抹掉了这一段。作为图灵警察,他知道想要在万方网上抹除一件事情的相关信息是多么困难,这必然是很强大的力量才能完成的,说不定跟议会或者万方公司直接相关。那么,都市从驱动以来的这两百年历史,还有多少类似这样的、在万方网上被完全抹除的部分?

"我们的氧气储存不多了,得加快脚步。"勒芙蕾丝在前面说道,打断了定愕的胡思乱想。定愕赶紧瞄了一眼,还有差不多一半,看来确实要加快速度了。

数据库所在的那座大楼,跟诺曼推测的很相近,是都市边缘的一座临时建筑。他们来到的这部分城区很显然没有建设完成,只是刚刚将空间挖开,并且做了初步的通平工程,草草铺就的道路两旁是刚刚用凝结剂固化的岩层,还有不少地方拦着围栏,挖出大坑,还没有开始建设。而数据库所在的那座大楼,一眼看上去还让人以为是一个集装箱堆放场。定愕仔细看了看,发现搞不好是真的:标准形制的箱体堆在一起组成一个不规则的形状。可以想象,每个箱体里都存着一台标准的机柜,当时从旧地运过来,根本没拆包就搭起来了。很独特的一点在于,大量的电缆从这个大方块中伸出来,汇集到一个单独修建的小集装箱里,那里可能就是整个数据库的主交换机。看上去他们只需要接入这台主交换机就能访问整个数据库,这倒是给他们省了很多时间。

两人在围栏上找到一个缺口,钻了进去,走到交换机那里。两人这才意识到一个最基本的问题:没有电。

但既然诺曼在不久之前还能够远程访问这个数据库,就说明那个时候数据库仍然在运行。在那之后,或许是因为数据库的自我保护措施，或许是诺曼那次的举动引起了万方网上封锁G02区的守护程序的注意，数据库被关闭了。既然它可以被关闭，就意味着可以再次被打开。定愕看看穹顶上发出微光的照明阵列，思索着怎么才能打开数据库的能源开关。他看向勒芙蕾丝，她或许有办法。

勒芙蕾丝仰起头感受了一阵，摇摇头，"不行。这里没有网络。"她也没有办法。

两个人跋涉这么久，历经千辛万苦来到这里，结果被一个最基本的问题卡住了。定愕觉得这个结局有点荒谬。或许这附近正好就存在这么一个开关，只需要找到那个开关，往下一扳，合上闸刀，数据中心自己就会亮起来。不过定愕清楚这只能是自己的妄想，不由得笑了起来。

勒芙蕾丝转过头疑惑地看着他，"你在笑什么？"

定愕一愣，"没，没什么。"

"哦。"勒芙蕾丝的那双大眼睛里隐约透出一丝失望。她虽然和三年前的那个勒芙蕾丝差很多，但是这个表情一点儿没变。三年前的勒芙蕾丝也会做出如此反应。看到这个表情，定愕开始觉得有点儿生气，又有点儿想笑。勒芙蕾丝从天而降，在过去的这十几小时里带着他四处跑，他简直没有任何时间思考。现在，遇到这种她也解决不了的问题，他似乎还有点儿快意。或许他自己也能解决问题。"我想附近说不定有一个变电站，可能可以控制能源供应。"他指指脑袋上方，"你看，G02区是有电的，穹顶的照明阵列还亮着呢。"

"你说得有道理。"勒芙蕾丝认真地回答，她又望向远方，沉思了一会儿,"根据都市一百五十年前的标准城市规划建筑规范,这个变电站确实存在,95%的置信度,会在3千米以内。大概会长这个样子——"定愕的头盔抬头显示器上出现了一个旋转的三维模型,是一个墨绿色的小方盒子,跟一面衣柜差不多大,"我们两个四处找找吧,没准可以找得到。"定愕想问她是从何得知都市一百五十年前的标准城市规划建筑规范的,以及这个规范能不能套用到G02区上,但他想了想决定还是不问了。有一点儿希望总比没有好。

"我走这边,你走那边。"说完,勒芙蕾丝轻快地跑到马路对面,在尽头转了个弯,没影了。定愕看着她远去的背影,感到一丝久违的兴奋:自从逃亡开始,他就被勒芙蕾丝牵着鼻子走,在各种让人眼花缭乱的高速行动中根本来不及思考,只能跟着。这一次,他终于能够自己决定去干点儿什么事了。

一声清晰的猫叫在真空中响起。定愕回过头,指针蹲在墙角,目光炯炯地看着他。"指针,你怎么又出现了? 为什么你总是在勒芙蕾丝走之后才出现呢?"现在定愕想明白了一件事情:指针只会在勒芙蕾丝不在的时候出现。这是为什么? 它很怕勒芙蕾丝发现它吗?

指针当然没有回答。它只是低下头,舔了舔毛,向道路的一边走去。它又要给定愕带路。

"指针,你知道怎么通电?"定愕很兴奋,连忙跟上。按照指针之前的作为,没准它真的能帮定愕解决问题。

指针摇摇晃晃地向野地里跑去。这个时候它的虚拟本质就显露出来了:尽管光线很暗,但是它的橘色皮毛仍然清晰可见。

　　然而指针只是左绕右绕，领着定愣来到一片空地，一根歪歪倒倒的水泥柱子立在空地上。指针灵活地跳到柱子顶端，开始舔毛。

　　定愣有点迷惑。不是领路吗？为什么到这里来？只是为了好玩吗？

　　就在这个时候，这根水泥柱子居然亮了起来——准确地说，是柱子的顶部有一小块区域开始发光。随即，这块区域变成了一块显示屏幕，一阵雪花之后，显示出的居然是冯的那张胖脸。

　　"定愣！定愣！你现在怎么样了！"冯看上去还是慌慌张张的，时不时地往身后看。他的声音在头盔里响起，这个时候定愣才注意到，他的这身户外服不知何时接入了一个不知名的网络，功率非常弱，可能走开几步就会断掉。指针是不是因为这个网络……定愣回头，这只猫又一次消失了。

　　"我还好，还没被抓住。"定愣回答。冯在这样一个极不可能的场景中找到他，实在有些不可思议，这或许并不是什么好事。"你怎么找到我的？"

　　"现在我没时间说这个，"冯急急忙忙地说，"时间太紧了，你现在听我的指引，我知道这里的电力供应怎么恢复！你听我说，朝着你现在面对的方向，往前走30米，再往左走15米，可以……"

　　"你是怎么知道的？"定愣更疑惑了。冯的指示非常具体，显然对这个地方有极为充分的了解，而且还在这个连电力都没有的区域准确地定位并且联系到了他。但是他问了几遍，冯总是以"你别操心这个""现在时间紧迫""你就照我说的做"回应他。

或许是个陷阱呢？反正也没别的办法。定愕站起来，向着冯指引的方向走去。路上冯一直连接着他的通信频道，精确地指挥他转弯，以及基于某些冯不肯说明的原因绕大圈。最终，他们进入了一个已经废弃的小型建筑，跟这个区域的其他建筑一样，也是用集装箱拼起来的。定愕进门之后，发现这里应该是一个类似办公室或者维修站之类的地方——墙上挂着大型屏幕，四处散落着桌椅，桌上还摆放着各种机械和电子工具，和这地方的其他东西一样乱糟糟的，显然这里的工作人员撤退得很匆忙。

这里就是了？定愕还没来得及疑惑，墙上的大屏幕亮了起来，还是冯的那张胖脸。"就是这间屋子！"冯急匆匆地说道，"你的背后，右边，那张桌子，把它拖开，下面是个口盖。打开口盖下去，下面就是本区域的应急电力控制面板。"

定愕闻言拖了那张桌子，下面果然是个口盖。拉开盖板，是一道机械锁闭装置。定愕拉住拉环，用力旋转拉起。房间中央的地板开始移动，一个圆形的盖板翻起，顶翻了一把椅子。椅子倒向屏幕那面墙，似乎是撞坏了某些连接线缆，屏幕上冯的画面卡住不动了。

定愕叹口气。看来接下来得靠他自己了。圆形的盖板下面是一条带爬梯的人员通道。他顺着爬梯下去，底部是一个小房间。正如冯所说，房间里有面墙密密麻麻地分布着开关。而指针就端坐在开关面板下面盯着他。这跟勒芙蕾丝的情况是一样的，定愕大概理解了。指针不会在定愕身边有其他人的时候出现。但是在老丁那里……？

开关之间没有任何区别，也没有文字或者标志显示哪个开关负责什么。这让定愕犯了难：到底应该打开哪些开关？指针也没给出提示。

"听我说，从上到下，从左到右，第一排第三个，第四排第二个，第二排第六个、十二个，第五排……"冯的声音及时响了起来，报出一大段数字，"按照这个顺序来，其他的开关千万别动！否则我们就麻烦了！"他的声音很急切，"快，我们快没时间了。"

定愕来不及多想，依照冯的指示拉下了第一排第三个开关。开关上的指示灯亮了起来，显示绿色。定愕感到脚底下的地面传来一阵微微的震动，似乎是什么东西启动了。整个房间的应急灯似乎也变得更亮了。

接下来，定愕按照冯报的顺序又拉下更多的开关。然而当他拉下了第五排的开关之后，指针感受到了不安——它猛然抬起头，望向他背后，然后弓起背，开始嘶吼。

指针感受到了什么东西！定愕回头看向人员通道。那里空无一人。难道说已经有人察觉了这里的动静，正在赶向他所在的位置……

"别管，定愕，继续！我们快没有时间了！"冯在通信频道里说着，声音里带着一种定愕说不清楚的、并不像冯的味道。

定愕走向人员通道，探头往爬梯上看了看，没有人。"没有人过来，我跟你保证，没有人，我们快把这件事情完成吧……"冯继续絮絮叨叨。这不像冯，在定愕印象里，他从来没有这么急迫地想要把一件事情完成过。

事情不对，定愕心说。他爬上梯子。果然，通信里的冯更着急了。"你别上去！我们得赶紧把电力恢复！我跟你说，上面很可怕的——"说到这里，冯突然没了声音，过了好几秒才接续上来，"不是，我才收到警告，万方的危机处理组已经往这边来了，我们再不完成启动就来不及了……"

定愕没有管他，继续往上爬。他有个猜测，不知道对不对。

定愕从口盖里钻出来，房间里并没有其他人，定愕不知道是该失望还是高兴。就在此时，大屏幕上卡住的冯的画面突然又动了起来，"我跟你说没人吧，你还不信，我们快启动电力吧，完成这个任务……"

在冯从静止到动起来的那一瞬间，定愕明白了，这一路上跟他说话的那个人并不是冯。

屏幕上的那个人只是冯的一个数字化合成版本。这个数字化合成版本做得非常仔细，近乎完美，为了能够模仿出冯的表情、语气和动作，肯定投入了巨量的算力。但是从卡住到运动的转变太流畅了，这不是基底现实的物理规律，而是万方网游戏世界的逻辑——就仿佛冯并不是丢失了摄像头的画面，而是画面背后的那个人定住不动了一样。

长期不接触基底现实，只在万方网上生活的人就会犯这样的错误。

定愕环视一圈，点点头，又爬回地下的控制室。

"行了，这下我们得赶紧把这个事情完成。时间不多了，抓紧点儿还是来得及的……"这个假的冯还在通信频道里絮絮叨叨。他背后的那个人模拟得非常真实，定愕完全可以感受到语气背后的情绪变化。定愕回到控制面板跟前，开口问道："下一个开关是哪一个？"

"第三排从左数第七个……不，不是那个！"定愕抬手伸向第三排，随意地搭在其中一个开关上。

"你到底是谁？"定愕问道，语气轻松随意。自从他的逃亡之旅开始，已经有两个不明来源的对象向他提供引导和帮助，他不知道自己到底要去哪里，目的是什么。定愕有种自己不过是个牵线木偶的感觉。而这个同样来历不明的冯，则突破了他的底线。他知道自己这个时候这么想有些虚伪和孩子气，但是人毕竟不是程序，不可能总是按照最优方案行动。

"我是冯啊！都这个时候了还在搞这种事情，定愕你是不是有点儿……"定愕猛地拉下开关。

"我确实是冯，这点我没骗你。"通信频道中的冯突然改变了语气，跟之前完全不同。他知道定愕看破了他的身份。

"那你为什么要帮我？或者你并不是在帮我。"定愕再找了一个开关，拉下。他索性按照顺序从第一排开始，将所有的开关依次拉下来。这样做的后果他也不知道是什么。但是至少他很痛快。

"你这样……唉。算了算了。你知道我不可能跟你解释。但是我确实是想要帮你，至少对你没有坏处。这下好了。万方公司的危机处理组肯定会闻着味追过来。"

"我不在乎。我会搞定他们。"看到勒芙蕾丝上次的表现，定愕相信她能够对付万方危机处理组。但是他也没那么有信心。

"你说的是跟你在一起的那个女孩是吧？"冯知道勒芙蕾丝的存在，"她……唉，她跟我不是一路的。你要小心她。"这种空洞的威胁在定愕听起来毫无说服力。这个时候他已经几乎将整个开关面板的开关合上。

"我相信她，但是我不相信你。"定愕自己也不相信这句话。

"我能说的只有这么多。既然你不愿意接受我的帮助，之后我不会再出现。"冯的语气淡淡的，也是这句话，让他彻底脱离了冯的伪装，"我要走了。危机处理组马上就要抵达。在你的右手边，最下层有一个密码锁。输入密码342578606823，或许能拖住他们一会儿。"

通信频道沉寂下来，冯消失了，干脆利落。定愕把右手边面板最下面的那个盖板拉开，果然是一个密码锁。他或许赶跑了一位帮手。就算如此，他即使失败了，也是自愿的，而不是被某种外来的不明力量带入陷阱。

但是……勒芙蕾丝？他心里另一个小小的声音发出疑问。不，勒芙蕾丝是特殊的。他决定不要继续想这个问题。他输入了假冯给出的那个密码。除了密码锁指示灯闪了一会儿，没有任何事情发生。定愕转身从人员通道爬了上去。

房间里跟刚才没什么两样，只是原本显示着冯那张合成面孔的屏幕现在一片漆黑。此时他感受到了某种高频噪声的出现——这里没有空气，噪声是直接从地面通过脚底板传到定愕的耳膜的。他感到一种微微麻痒的感觉，全身的汗毛都竖了起来。

窗外的光线变得明亮起来。定愕探头望出去，以他所在的这个房间为圆心，穹顶的照明阵列正在恢复光明：整个G02区都亮了起来。一种微妙的、数据和信息流动的感觉充满了定愕。

就在此刻，G02区复活了。

第九章　数据库

作为一百多年没有运行过的城区，就这么重新上线，不可能一路顺风顺水。穿顶上的照明阵列有不少已经损坏，通电的结果就是在勉强闪烁几下之后熄灭，有的干脆爆出了大丛火花。几波剧烈的震动从G02区的中心区传过来，定愕看过去，似乎是街区的某些设备爆炸了——幸亏他们现在处于基本真空的状态，否则还会有更多的地方直接烧起来。

"定愕，整个城区来电了！是你做的吗？"勒芙蕾丝的声音在无线电中响起。

"呃……应该不是……不是。我们在数据库碰头。"定愕想了想，否认了，他也不知道他最后那一通胡乱操作到底造成了什么后果。或许好或许坏，反正已经达成，他不再去想。另外，指针总是躲着勒芙蕾丝，也肯定有它的原因。他决定还是不告诉勒芙蕾丝指针和冯的事情。

"那指针，我们回去——"定愕回头，发现指针已经不见踪影了。他从房间里出来，确定了一下方向，走回数据库。

"你刚才说'应该不是'，是什么意思？"勒芙蕾丝等在数据库边上，看他过来，直接问道。虽然城区那边肉眼可见的有点混乱，但是她一点儿没事。

"没什么意思。我也不知道是谁恢复的电力。不是你吗？"定愕生硬地转移话题，"对了，城区那边似乎有爆炸，你没事吧？"

"我没事。不过我们现在要抓紧时间行动，不管电力是谁恢复的，肯定会引起当局注意。"她走向已经启动的数据库交换机，从头发里拉出一根线，插在交换机的数据插口上。定愕的头盔抬头显示器上顿时出现了一个登录界面。他有点担心勒芙蕾丝这样会不会太危险。"这是纯粹的图形登录界面，没有模拟刺激的高级端口。不会被诺曼所说的那个东西烧掉脑子。"勒芙蕾丝再次读出了他的心思。

勒芙蕾丝接下来的操作让身为图灵警察的定愕都觉得眼花缭乱。他的眼睛几乎跟不上勒芙蕾丝的操作速度，抬头显示器上的画面不停地变化，很快，凭借着邱奇的DNA作为私钥，勒芙蕾丝顺利地获得了数据库管理员的权限。

果然，守护恶魔程序也随之启动了。接下来的几次查询都立即被守护恶魔打了回来，定愕有点好奇：勒芙蕾丝会如何对付这个守护恶魔？ 她可能藏着雇主给她的某种撒手锏……

勒芙蕾丝微微眯眼，似乎是在感受着什么。她走到交换机面前，似乎是完全随机地将好几条数据线拔了下来，然后再貌似随机地插在另外的某个接口上。接着她走回原地，再次发出查询指令。这次，数据库顺利地返回了结果。

"这也行?!"定愕的心在呐喊。他身为图灵警察，在万方网上当然有随意关闭其他账户端口和信道的权力。但是他从来没有想到这种关闭行为还可以是完全物理的。勒芙蕾丝的那个神秘雇主到底是谁?!

勒芙蕾丝对邱奇的数据查询有了结果，正按照时间序列一条条返回。这个数据库确实比较老旧，查询结果返回的速度变得慢了起来，而且响应速度正变得越来越慢，从数毫秒已经增长到了数百毫秒。

户外服发出自动警告: 注意到附近有异常升温的热源，请注意遮蔽。

定愕反应过来。他伸出手掌小心地碰了碰交换机的外壳，透过户外服手套的织层，他仍然感觉到了外壳的温热。问题就在这里，在没有空气对流的情况下，整个数据库的散热完全不起作用。设备内部会变得越来越热，直到整个数据库"热死"为止。诺曼当初接入时，数据库是低功率运行，没接入多长时间他就被守护恶魔踢出来了，还没感受到这个效应; 现在他们进行了全局搜索，满功率运行必然会导向这个结果。

现在他们是在跟时间赛跑，看是数据库先死机，还是他们先拿到邱奇的所有数据。

进度条已经从开始的闪电速度变成了龟速。就在下载条目跑到83%的时候，警告窗口弹出: 数据库内部温度过高，保护机制启动，即将自动关机。

他们拿到了84%的数据，或许够用。又或者，他们可以等数据库的温度下降到正常水平后,再这么来一次?那可能需要拖一段时间……在这段时间里,他们能够重新启动G02区的天气控制系统,让这里再次充满空气。就算勒芙蕾丝不知道怎么做,指针没准知道?

正当定愕胡思乱想、权衡计划的时候,勒芙蕾丝干脆利落地拔下数据插头,放回头发里,拔腿就走。"已经足够了。我估计我们再拖延15分钟,被当局发现的概率将增加到98.3%。我们得赶紧离开。"定愕不知道她是从哪里抓出来这么一个数字,如今也不是计较的时候。她步伐不停,定愕赶紧跟上。"我们这是去哪里?"定愕问道。

"原路返回。"勒芙蕾丝说道,"回到管道井,我们可以从那里下到维护层,到那里我们再做商量吧。"

勒芙蕾丝一开始只是快走,很快成了快跑。她灵巧地在G02区的大街上穿行,避过沿途的障碍,甚至直接翻过矮一点儿的路障,让定愕跟得有些困难。

自从G02区的电力恢复,定愕的大脑总有些微微发痒。他有种感觉,那是他的皮层处理器嗅到了G02区的信息和无线数据恢复流动的气息。然而,在这一刻,这种发痒的感觉变得更加明显,仿佛有人在挠着他的丘脑。空间中的数据流动骤然增加,原先只是一条平静的小溪,现在已经变成了一道洪流。

前方的勒芙蕾丝也一下子停下。"有人来了!"她在无线电频道中说道,立刻趴在了一辆废弃车辆后面。定愕见状赶紧有样学样地趴下。当局的全知之眼终于投向了G02区。

在他们前方不远的位置,两艘地表运输艇无声飞过,向他们身后赶过去——也就是数据库的方向。官方一定是监测到了数据库的异常启动和数据流动。

"快跑！"勒芙蕾丝在无线电频道中说道。趁着当局还没有发现两人，他们走得越远越好。

这下定愕的运动强度又比刚才提高了一个等级。他根本无暇思考，只是跟着勒芙蕾丝在G02区的建筑群之间机械地穿梭，时不时还要停下来，等待一段时间，然后再全力冲刺——这感觉跟当初在A12区，跟着指针在大街小巷里四处乱转很相似。定愕感到乳酸在他的双腿聚集，但是他仍然咬牙跟上。

那堵横跨整个G02区的高墙离他们越来越近，定愕都能看到圆形门洞的轮廓了。他们逃脱的希望就在眼前。

在这个街区前面的十字路口右转，就到了他们从大门进来的那条长街。"停下！"勒芙蕾丝在无线电中说道。她停下脚步，转过身，突然犹豫了起来，似乎在等待着什么。就在此时，似乎有人重重地朝定愕后脖颈打了一拳——

勒芙蕾丝站着的那个位置突然爆炸了。

爆炸将地面炸得粉碎，掀起一阵巨大的烟尘，碎片向着定愕扑来，"噼里啪啦"地打在他的户外服上。由于没有空气，定愕想象中的冲击波并没有到来，爆炸的力量基本传导到了大地上，一阵波浪一样的地震波从他站的位置钻过去。他险些摔倒。

定愕根本没来得及感到震惊，勒芙蕾丝就在他面前被炸得尸骨无存，他不知道该如何反应。无线电频道里传来了呼号："公民吴定愕，身份编号L2EAC14224032456791，前图灵警察，请不要抵抗，你被捕了！"

两艘运输艇从他头顶越过,悬停在他的面前,正好对着大门的位置。到这时定愕才看到运输艇上画着万方公司的标识——这是万方公司危机处理组。运输艇舱门打开,穿着灰色拟肤战术服的危机处理组组员直接跳下,落到地面,举着枪向他的位置跑过来。

这就是结局了吗?定愕心想。他还是不知道如何对勒芙蕾丝的离去做出反应,只能机械地举起双手。万方公司危机处理组的组员就像上次一样,将他的手腕铐上电子锁,带着他向运输艇走去。接下来的命运,定愕不知道。他知道组员在无线电频道里对他说了几句话,但是他什么都没有听见。

定愕向四周茫然地张望,也不知道在期盼什么。或许还有一个撒手锏——他自己也不能控制的那种,能够帮助他逃出生天。

地面再次传来一阵杂乱无章的脚步声,就像一群巨人向这里跑来。

定愕的心里冒出一丝希望。这就是那个撒手锏吧?

两艘运输艇突然开始不受控制地旋转,随即引擎喷射口冒出浓浓的黑烟,打着转坠落下来。由于高度非常低,两艘运输艇的坠落倒也没有引发大爆炸,只是将周围街道上建筑的废墟撞得粉碎,划出一片火星。

领着定愕的两名组员猛地转身,向身后举枪,毫不犹豫地开火。这个时候定愕才看到到底是什么在为了救他而做最后的努力:几台古老的工程机械从门洞中出现,气势磅礴地向他冲过来。组员们手头的轻武器对这些颜色黄黑相间的、十多米高的工程机械没有任何作用。两台机械轻而易举地压烂了正趴在地上冒火花的运输艇，动作模式不知怎的让定愕想起了指针——那身黄色的皮肤就更像了。

站在最前的那台机械伸出机械手，抓住了它刚刚压扁的运输艇，向他们的位置扔了过来。

组员转过头来对他大吼了几句，但是定愕还是没有听见。组员伸出手来，想把他从现在的位置上拖开，但是已经来不及了——运输艇的残骸划过一个极为精确的角度，擦着定愕的鼻尖越过，正好避开他，将两名危机处理组的组员砸飞了出去。

定愕不知道这是巧合，还是精密计算的结果，总之事情就这么发生了。他转过头望向那个工程机械，只见它的机械手抓过地上的另一个残骸，显然是要再扔一回。正在此时，一名组员从他身后钻了出来，以一种非人类的灵巧爬上这台机械，似乎是在找它的控制系统。工程机械用猫一样的动作甩甩头，想要把这名组员甩下去，没有成功。它只好松开残骸，收回机械手，准备把这名组员砸下去。

"定愕！向右！快跑！"定愕的无线电频道里突然传来了一个女声，是勒芙蕾丝。她还活着？！

看着工程机械和万方公司危机处理组组员搏斗入了迷的定愕一个激灵，似乎终于回过神来。头盔的抬头显示器给出箭头指示，他向着箭头指出的方向狂奔。几个灵活的转弯，他绕到了一个街区的背后，已经看不见组员和机械战斗的现场了。

地面再次传来震动，是某种大型机械倒下的声音。看起来危机处理组的组员们已经解决了一台机械。"从你面前的这栋楼里钻进去!"勒芙蕾丝在频道里继续说道,抬头显示器的箭头指向旁边一栋住宅楼的侧门。定愕毫不犹豫地一脚踹开侧门,跟着指示跑上楼。他在肾上腺素的支持下用最快速度爬上了顶楼,在天台边缘,他发现自己离大门不远——脚下,工程机械和危机处理组的组员的战斗还没有结束,但是这些组员们逐渐占了上风。

接下来怎么办?

"用那条电缆,从门洞滑过去! 你的户外服腰包里有安全锁扣!"勒芙蕾丝说道。定愕抬头一望,发现还真有一条电缆从大楼楼顶的一个变电设施接到了门洞里——这应该是当初修建大门时的临时供电设施,撤离时也没费劲拆掉。定愕摸摸户外服的腰包,果然有安全锁扣——对于这种工程户外服,这应该是必需品。

定愕将安全锁扣挂上电缆,站在天台边上,还是有点儿提心吊胆。大楼高度上百米,在这么短的距离内要降到大门那里,坡度十分惊人。他在准备跃下的那一刻突然想到一件事情,"勒芙蕾丝,你在哪里?"

"不用管我,跳!"

定愕心一横,跃下大楼。安全锁扣很好地完成了它的职责。定愕顺着电缆滑下,经过正在激烈战斗的战场上空,滑进门洞的那条隧道,径直滑向出口。下一个问题是: 电缆正好接在出口的大门上,他马上就要结结实实地撞墙。

"松开锁扣,屈膝!"勒芙蕾丝的声音再一次响起。定愕赶忙松开锁扣,重力立刻发挥了作用,他往地面落下去。然而他现在离地面已经只有不到20米高，在户外服的辅助下，落到地面上只让他略微踉跄了一下，他赶紧从大门打开的那条缝隙跑向外面。

外面警告灯已经闪烁起来，地面震动，大门正在缓慢地关闭。刚才如果他稍微迟疑一会儿，就很可能被锁在G02区里面。看着正在锁闭的大门合上最后一道缝隙，定愕终于松了口气。至少危机处理组一时半会儿是追不上他了。这个时候肾上腺素的作用失效，脱力的感觉终于追上了他——他摇摇晃晃地找了片比较平整的地面坐下，呼呼喘气。

"我在这里！"无线电频道里，勒芙蕾丝说道。定愕抬头，发现勒芙蕾丝就站在大门控制室里，向他招了招手。她还是跟之前一样灵巧，三下两下就跳下了地面。

"我亲眼看见你……"定愕刚刚想要说话。

"障眼法而已。"勒芙蕾丝说道，一脸沉静，一点儿都不像是刚经历了一次激战。

"那些工程机械是你搞的鬼？"定愕追问道。

"这不重要。"勒芙蕾丝没有正面回答他的问题，似乎已经完全把刚才的冲突抛到脑后，"我们需要找一个安全的地方分析数据。定愕，跟我来。"看见她这个样子，定愕只好把一万个问题咽回肚子里。虽然他亲眼看见勒芙蕾丝被炸飞，但他同样知道，人眼是不可靠的，特别是在他装了皮层处理器之后。指针就是证据。可能勒芙蕾丝向他和万方危机处理组施展了同样的数据魔法。万方网模拟刺激的本质，实际上就是欺骗和蒙蔽——只是人类自愿接受了这种欺骗和蒙蔽，并且认为真实和虚幻没有什么本质区别而已。他以往认识的那个勒芙蕾丝,不会接受这种欺骗。

勒芙蕾丝带着定愕走回管道,两人走上当初降落的平台,两台外骨骼还在那里。"从这里跳下去,往下3千米有一条维护通道,我们可以从那里接入主通道。"勒芙蕾丝说道。平台下面是一片漆黑的管道。定愕叹口气,他对这种事情已经见怪不怪了。他开始习惯不再质疑勒芙蕾丝。还没等勒芙蕾丝说话,他径直跳了下去。

另一条主通道,另一个维护层,另一个维修站。勒芙蕾丝打开门,定愕环视四周——这个维修站和他们上次去的那个一模一样,没有任何区别,看第一眼时,定愕还以为他们回到了上次的那个位置。想必这些维修站都是根据标准模板建起来的,天知道类似的不为人知的地方在维护层里还有多少个。他们从管道跳下来,打开维修通道入口,又坐上一个运输舱,辗转了差不多一个小时才来到这里。勒芙蕾丝这才说她很确定当局已经失去了他们的踪迹。

"柜子里有食物和水,你先吃一点儿,补充点能量。我要整理一下数据。"勒芙蕾丝这才摘下头盔。她坐在终端前面,将数据传输进终端,立刻开始工作,毫无疲累的样子。

"你要不要吃点儿什么?"定愕拉开柜子,是自热食品和饮用水。距离他们两个人再次相见,已经过去了差不多一整天时间,定愕见到的勒芙蕾丝永远精力充沛,动力满载。

"我不用。"定愕收到了这个他意料之中的回答。他还是没想明白,刚才勒芙蕾丝究竟是使用了什么手段才死而复生的。那一手玩得漂亮极了,在他图灵警察的职业生涯中从没见过。

自热食品的袋子里冒出蒸汽,表明已经加热完毕。定愕拿出勺子,撕开袋口,吃了起来。味道还可以接受,应该是某种人造肉和米饭的混合物。他咽下去才发现自己有多饿——刚才的惊心动魄导致的肾上腺素分泌遮蔽了他的饥饿感,这一袋肯定不够。他拧开饮用水的瓶盖,灌了一大口,伸手去拿第二袋自热食品。

"数据整理完成了。"勒芙蕾丝说道。定愕顾不得第二袋自热食品,赶紧扒了两口,去勒芙蕾丝那边看。

勒芙蕾丝将画面投影到大屏幕上。"按照时间序列排序。"她将数据库里邱奇的记录按照时间序列一条条列下来。这个数据库果然是没有被篡改过的,它有邱奇驱动之后的行动记录。

记录按照时间轴向下排列。定愕很快就发现了不对劲的地方:记录对应的时间戳越过驱动发生的时间点,越过推测的G02区被封锁的时间点,一路狂奔。最终那个时间戳停留在了三年前,地理位置是旧地的东亚。

三年前。也就是诺曼接入数据库的时候。之后数据库自动关闭,邱奇的数据就不再有记录了。

这出乎定愕的意料。这也就是说,一百多年来,通过万方网汪洋之下某些隐秘的、无人知晓的数据通道,某些守护进程仍然在监视邱奇的下落,并且将这些数据传输到了这个位于一个废弃城区的、同样也是被人遗忘的低功率运行的数据库中。这一切都藏在万方网的数据海洋中,连议会都不知道。这就好比维护层中这些复杂程度超出人类理解的维护通道,天知道里面正在发生什么——或许就是一些可怕的、即将动摇整个人类世界的事情……

定愕止住自己的想象。"按照时间序列把邱奇的位置标注在地图上看看?"他说道。大屏幕上立即显示出一张地图,是旧地的地图。从驱动发生那年开始,邱奇基本上是在旧地的各个不同位置打转,而到了最近二十年,他的位置几乎局限于东亚——而且数据只给出了大致范围,没有精确地理位置。"当局现在在旧地的传感器资产一般都是天基的,没有办法做到更准确了。"勒芙蕾丝说道。

突然,定愕想到另外一件事:这些监视邱奇的守护进程的监视列表里,或许还有些别的名字,这些名字的拥有者必然与邱奇一样,都是极为重要的人。如果他们能够把这些记录数据也拿回来进行交叉比对,或许会有更多发现……然而G02区已经再度封存,数据库也自动关闭了。他们现在拥有的也只有邱奇84%的记录。

下一步呢?他们真的要去旧地吗?

"当然。我们得去旧地,去东亚,找到邱奇。"勒芙蕾丝的语气极为坚定。毫无疑问,她当然知道该怎么去。旧地,这个原本对于定愕来说极为模糊的概念,即将展现一个崭新的世界。

"在这之前,我们得做好准备。"勒芙蕾丝站起来说道。

第十章　戴斯特拉

"各单位注意，各单位注意，北美区G02KFS64区域净空，G02KFA231456通道即将打开，倒计时150秒，请注意你的数据链刷新。52618、52619，航向转向320，高度6300，即将进近，下滑航道K12、13，请复述。

"现在开始进行行动前的最后播报：这里是指挥中心，撒旦16、17，执行对临时代号2A463的抓捕任务，任务代号SU5783。任务区域：NAG02全区。请注意，区域内无广域数据链支持，退回至ad-hoc本地网络。当前为太阳系标准时2272-0129-17-30-46，行动开始倒计时30秒，check。这是最后一次任务播报，即将进入无线电静默。祝各位好运，狩猎愉快。"

戴斯特拉感觉到一阵加速度，运输艇做了一次俯冲，向着地表打开的那条管道冲去。在他耳边永远聒噪不停的数据链突然断掉了，他一时还很不习惯。他做过的没有数据链支持的任务屈指可数。这次上级发来的信息中强调了对方有高级的电子战能力, 数据链反而是累赘。就算不强调, 戴斯特拉也会刻骨铭心——那次任务是戴斯特拉职业生涯中最大的一次失败。

戴斯特拉再次把上次任务失败的录像调出来看了一遍, 试图从里面找出他过去三百多次观看也没有发现的细节。一共是34个画面: 5个画面来自包括他自己在内的5名组员的义眼; 26个画面来自在场的13个摄像头, 包含红外和白光; 剩下3个画面来自3个光场雷达重建的当时的3D点云时间序列。

将这些画面第364次同步播放之后, 戴斯特拉承认, 他仍然没有找到上次任务失败的那个最基本, 也是最关键的问题的答案——现场到底有没有第二个人?

原本对吴定愕这个前图灵警察的抓捕十分顺利。他到底犯了什么事情, 戴斯特拉不知道, 也懒得去了解。这个家伙是个前图灵警察, 在万方网上犯了事, 无奈只能下线, 然后侵入了万方公司的一个旧数据中心搞事情。图灵警察都这样: 在网上呼风唤雨, 拽得二五八万, 在基底现实中跟普通人没什么区别。作为C组的组长, 他带领最基本的五人小队, 很轻松地就在数据中心的机房里逮到了这个家伙。他的反侦查意识比较强, 居然多坚持了57秒, 这让戴斯特拉印象深刻。

但是接下来的事情超出了他的认知范围。

现场, 有大约62%的可能性, 出现了潜入的第二名黑客。此人压制了万方公司危机处理组的五人小队, 带着定愕逃之夭夭了。

他和他手下的四个人都十分确定看到了一个人影, 并且对方对他们使用了非常复杂和强大的电子战手段。但是事后翻阅记录，无论是网络攻防记录，还是现场的数字影像记录，都没有查到那个人。

这样强大的电子战能力超出了戴斯特拉的理解。

高层也不相信这个人的存在。他们认为定愕本身就是图灵警察，有着优秀的网络攻防能力。或许他只是攻破了他们的防火墙，并且编造出了第二个人。

在义眼、皮层处理器、模拟刺激技术已经迭代数十年的今天，要让一个人看到不存在的东西，或者要让一个人忽略他看见的东西，这实在是太简单的事情——毋宁说，整个万方网都是建立在这个基础之上的。戴斯特拉也知道，在上古时代，人类还只能使用肉眼看，用肉耳听，用手触摸，只能生活在基底现实的那个时代，想让人坚信自己看见了不存在的东西，也并不是什么很难的事情。甚至有很多人就是以此为生的，比方说魔术师。

然而作为万方公司危机处理组，他们拥有议会都没有的先进设备和算法，想要骗过他们的眼睛和耳朵，可不太容易。

但是吴定愕做到了。

这次他一定要抓到吴定愕，搞清楚那个人到底存不存在。戴斯特拉暗暗发誓。

自从那次吴定愕逃脱，万方公司就再也没有成功地对他进行定位。好几次事件事后都被证明是假警报，他们白跑一趟。这次则不一样：吴定愕启动了一个极为古老的、一百多年前的地面管道站，站内的外骨骼拍下了吴定愕的照片，并上传了报告。或许是由于管道站的通信协议过于古老，吴定愕疏忽了，没有发现这条信道。这原本是一条优先级极低的信息，最可能的结果是和其他几十亿条信息积压在一起，没有引起任何人注意，最后归档进万方网那无穷大的晶体数据库里。然而不知怎的，这条信息被错误地分类成了高优先级别，送到了危机处理组。接下来的事情，就是他们组员八人，乘坐两艘运输艇前往 G02 区进行抓捕行动。

戴斯特拉从没有去过北美 G02 区，他甚至不知道这个区的存在。他之前的主要任务地点在东亚区，对北美区并不了解，他这次去只是因为吴定愕是他的案子。之前的任务简报中，他们除了拿到一张 G02 区的陈旧的电子地图外，没有获得任何情报，对这个区的介绍也很简短：在一百七十二年前被废弃，空气也全部排除，现在是真空状态。关于为什么被废弃，没有任何说明。戴斯特拉在很多秘密地点执行过任务，还去过旧地。在收到任务简报之后，他打算在数据库里找些关于 G02 区的其他资料，但是数据库里一片空白，似乎有人刻意删掉了这些东西。不过戴斯特拉对 G02 区古老的秘密也没什么兴趣。只要能抓住吴定愕，其他东西他一概不管。

"撒旦 16、17 航向转向 140，高度 3500，完毕。"

运输艇在管道中缓缓降下。这原本是联通 G02 区的主管道，随着 G02 区废弃，这一百多年来不再有人使用这条管道。但是当初建设时的规划是非常庞大的——这从管道的直径就能看出来，足够三艘他们乘坐的这种小型运输艇并排行驶。由于外面是真空，戴斯特拉听不见运输艇发动机的轰鸣声，只有座舱座椅的微微震动提醒着他还在飞行的事实。不过这也有战术上的好处，没有空气传播声音，他们可以获得更好的隐秘性。

电子地图上，距离G02区还隔着不到20千米，以及一扇大门。他自检了一下，打开小组内的无线电频道，开始进行最后的战前动员。

"各位，多余的话就不说了，在任务简报里我们已经反复强调了很多遍。对方有强大的电子战能力，一定要做好防御！交战规则，目标2A463，这个叫吴定愕的，需要活着抓回去。其他的可疑人员，死活不论！完毕！"

组员们纷纷发来绿色的"收到"标识。戴斯特拉再次自检。关闭了所有有可能导致入侵的网络端口，确保小组内战术网络的端口都加上了层层防火墙，只授权小队内部使用。为此他们还特别更换了算法，增强密钥的计算强度。当然，这会导致战术网络有一些微弱的延迟，大约20毫秒，但是考虑到对手强大的电子战能力，这还是值得的。

"G02-27号门已经打开。高度降低到340，预计会在180秒内通过，完毕。"

戴斯特拉将舱外视角拉过来，铺满整个视野。在可见光波段上，运输艇周遭一片漆黑，管道前方这时出现了一点儿微弱的光线——那就是G02区的主大门。红外波段给不同的温度赋予了不同的颜色，在图层上涂抹出一片伪彩色，然而这片什么都没有的管道只是低温的蓝色。激光雷达绘制出管道的轮廓，在图层上叠加上细密的点云。模式识别算法正在徒劳无功地运转，试图从一片虚无中发现特征。

运输艇稍微加快了一点儿速度，前面的那片亮光越来越大，很快，运输艇飞出管道，进入了G02区。

　　G02区处于真空状态,整个区没有能源输入,也没有任何设备运行,只有穹顶上稀稀拉拉的还没有完全坏掉的照明阵列在发出微弱的光。无线电频谱异常干净,这对他的抓捕行动来说是好事。戴斯特拉指挥两艘运输艇隔开一定距离。如果嗅探到异常的电磁信号,那多半就是吴定愕,以及他那个可能存在的同伙。到时候他们可以通过三角定位抓住他们。

　　戴斯特拉闻了闻,空气中似乎有可疑的电磁信号的气味。运输艇转向,飞向那个方向。

　　那……是什么东西?! 随着距离缩短,他看到了一个似乎不应该存在于这个地方的东西。

　　一堵巨大的墙,硬生生地将整个G02区切了开来。这堵墙直接延伸到了穹顶,左右则整个封锁了G02区,整堵墙没有任何规划,就建在城区之中,墙边还有不少建筑。似乎只是简单地在地图上画了条线,第二天就开工了。这堵墙是如此简单粗暴,戴斯特拉都能想象出当初建设的匆忙程度。但最要命的是,这堵墙根本没有出现在他手里的电子地图上。

　　这就很要命了。戴斯特拉心想。如果定愕跑到墙的那一面的话,他们手头的现有情报根本无法支持他们对这面墙做彻底的搜查。

　　"组长,你看!"驾驶员放大了舱外视角的画面。在墙的一个角落,戴斯特拉看见了一个巨大的门洞。那就是电磁信号传来的位置。

　　运输艇朝着那个门洞飞过去。红外波段中,那一块的温度有一些微妙的差别,能明显看到被冲刷得温度更高的涡流的颜色——就仿佛是极冷的真空中突然吹进来不少空气。两艘运输艇悬浮在门口，戴斯特拉和组员们跳下来，查看周围的蛛丝马迹。

巨大的高墙下是平凡的街区，乍一看跟都市的其他层区没什么区别。戴斯特拉走到那扇巨大的大门门口，可以明显地看到，地上有不少杂物呈放射性散布，这毫无疑问是被气流吹过的痕迹。"爱因斯坦，你陪我进门洞看看。"他叫过一名组员。两人走上缓坡，进入门洞。

这堵墙很厚，整个门洞就如同一条隧道。隧道的尽头是一扇巨大的敞开的门扉。门扉背后是一个非常粗糙的、根本没有完成基建的空间，空间内四处散落着塔吊和被遗弃在那里的工程机械。种种痕迹都表明，这扇门是最近才被打开的。那么肯定就是吴定愕，戴斯特拉判断，吴定愕应该是从这边打开了这扇门进入了G02区，大门的控制室足以说明问题。

两人从门洞回到了G02区的这一面。分开行动的组员们分别报告说，暂时没有发现可疑的痕迹。

戴斯特拉略微有些急躁。他知道吴定愕就在这个空间里，却找不到他的踪迹。他启动程序，向大脑里注入微量的镇静剂。这个做法有效地让他平静了下来，能更清晰地思考问题。

"我们回到运输艇上，升高高度，看在红外波段能否抓到人。"戴斯特拉下了命令。运输艇上装备的红外传感器足以在300米高度上发现人类大小的目标，在G02区现在这么冷的情况下，或许还会更灵敏些。

但是下一刻出现了戴斯特拉意想不到的变化。

原本一片死寂的无线电频谱里，突然出现了巨大的喧闹。这种喧闹并不是数据传输的结果，而是纯粹的电力启动带来的尖端电磁脉冲干扰——戴斯特拉经历过类似的事情，知道这是怎么回事：G02区突然恢复了电力供应。

穹顶的照明阵列重新开始发光，把整片区域照亮。周围的很多设备纷纷启动，有不少还发生了爆炸。组员麦克斯韦离一台损坏的变压器太近，变压器爆炸时产生的闪电将这名组员瞬间电倒在地。

作为危机处理组的义体人，36千伏特的电压并不会将他烧穿。然而战斗服就没有那么坚强了，没有屏障保护的通信系统和无线数据链被彻底干掉，他只能让爱因斯坦去驾驶运输艇。

组员们将麦克斯韦拖回运输艇换上爱因斯坦，戴斯特拉命令两艘运输艇升至高空，用大范围的红外传感器搜索。现在的红外频谱上，由于整个G02区都重新供电，伪彩色的画面每一秒都在发生变化，就像过节一样绚丽多彩。刚才被压制的那种焦躁又回来了：这个对手似乎能猜到他的心思，每次都会领先一步动作。现在他只能在这一片沸腾的汪洋中寻找特异点了。

远处的一个特异点引起了他的注意。戴斯特拉很熟悉那个模式，那是一个正在升温的数据中心。在真空中，数据中心无法散发它全力运行产生的热量，很快它就会整个烧掉，或者启动过热保护，自动关机。吴定愕之前的目标就是万方公司的一个旧数据中心，他会不会……

想到这里，戴斯特拉指挥两艘运输艇向数据中心飞过去。

数据中心所在的位置，是郊区的一片荒地，看得出来是当初规划而没有建成的地块，就连数据中心本身的样式，都很像一个集装箱堆放场——戴斯特拉之前在资料中读过，这里应该是当初从旧地运过来的数据中心硬件的临时放置地点。然而当他们赶到时，数据中心已经启动过热保护自动关机了——也就是说，吴定愕和他可能存在的那个同伙刚刚离开这里。

"组长，这个数据中心是用来处理什么的？怎么看起来有点儿奇怪……"他的一名组员普朗克说道。

"这不重要。"戴斯特拉粗暴地打断了普朗克的问题，"目标很可能刚刚离开，我们动作要快！"如果吴定愕来这里的目标就是这个数据中心，那么他撤退的方向多半是他来的那个方向——也就是那扇大门。想到这里，他指挥一艘运输艇和装载的组员从另一个轴向绕一个巨大的弯，抵达那扇大门，堵住目标后路。他和另外两名组员及运输艇空地联合进行追击。

戴斯特拉猛地起跳，战斗服的伺服系统放大了他的力量，他落到了一栋大楼的顶端。过去的300秒内他们跨过了10千米，已经到了离大门相当近的位置，然而吴定愕还是没有出现在任何人的视野之中。就在此时，一个一闪而过的模糊身影引起了他的注意——那似乎是一个模糊的人形，在他的视野边缘，一栋建筑的拐角处，闪一下就不见了。

他立刻调出地图将那块区域标红。离得最近的那名组员收到信息，立刻赶了过去。戴斯特拉也没有犹豫，发力向着那个区域跳跃而去。

无线电频谱中的噪声骤然加大，至少增加了23分贝。小组内部的数据链的运转开始变得不那么流畅，各种警告标识在他的视野内闪动,表示网络遭受了强大的攻击。同时,他的视野也开始变得不稳定,充满了噪声和"雪花",分辨率下降。这次对手的电子战能力还要超过上一次!

戴斯特拉启动进程,开始捕捉对方的干扰模式,并实施相位对消。画面稳定了下来,然而代价就是组内数据链的传输质量变得更差了——他们现在几乎就要退回无线电频道的纯语音模式,信息也只限于每秒刷新一次的电子地图。组员们的通话间都有很大的底噪,而且断断续续的。现在戴斯特拉只能依靠日常协同的默契程度了。

戴斯特拉跳到一栋三层小楼的裙楼上,电子地图上,对象目标上一次出现的地点就在这栋楼的背后。他默默地数了十三下,猛地发力跳到空中——有了!目标就在一点钟方向的街道上!

目标似乎立刻感受到了戴斯特拉的视线,一转身蹿进了一堵墙后面,躲开了他的追踪。然而另一名组员也跳了起来,电子地图上再次点亮了目标的位置。按照战术条例,他们的跳跃秒间隔应该使用素数,这样才能在多人的情况下,尽量减少无法覆盖的时间分辨率。戴斯特拉再次数了十七下,火控计算机给出了对方可能的行动矢量,他猛然向右前方跃起。

这次他的跳跃矢量极好。目标出现在他的视野正中央,正在一条狭长的街道上奔行。这次他锁定对方的时间长到足够完成火控解算。"我抓到你了!"他心中默念。火控解算完成,他处心积虑保存计算资源就是为了这一刻,数据链全力运作,将解算结果发回运输艇,艇上的导弹即将发射。在这最后的100毫秒,他将视野切换回白光通道,想要看看这个人到底是什么样子。

人形感受到了他的凝视，没有继续逃跑，而是停下来，转身面对着他。白光通道中，他的视野似乎被打上了一层马赛克，正好遮蔽住了这个人的一切特征。

戴斯特拉心中一惊。在这最后一刻，这个人仍然用电子战能力干扰了他的视野，这是一种什么样的精神——不对，这恐怕是个障眼法！

但是已经来不及了。导弹从他身旁飞过，准确地击中了这个人。

街面掀起巨大的烟尘，目标刚才站立的地方出现了一个大坑。就在此时，电磁频谱安静下来，一切电子战攻击手段都止息了。戴斯特拉落在地面上。"这就结束了？"他问自己。那个强大的对手，已经被他们消灭了？

戴斯特拉没来得及去想更多，组员就报告说，在爆炸地点不远处，他们发现了吴定愕本人，他没有受伤。不过这件事也很古怪，直到爆炸之后，他们才看到他，之前他仿佛隐形了。

多半还是对手的电子战手段。戴斯特拉发布命令，让组员在自己周围集合。两艘运输艇飞过来，艇上人员也跳下来，和戴斯特拉一起跑向吴定愕。目标似乎已经放弃逃跑，看他们过来，主动举起双手表示投降。

任务完成，戴斯特拉松了口气。最狡猾的狐狸，也斗不过好猎手。这句话是危机处理组流传的谚语，他还特意去查了一下，什么是狐狸。那是一种之前生活在旧地的、已经灭绝了的生物，在上古时代经常被人类猎杀，剥下皮毛。

"我们是万方公司危机处理组，想要请定愕先生陪我们走一趟。"他说出万方危机处理组的标准台词。按照条例，他还应该脱下头盔露出脸，表示友好，降低目标的对抗心理。然而这个地方是真空，这一步也就免了。组员达尔文过来给定愕戴上电子手铐，几人走向运输艇。G02区没有网络，他已经想好了如何向总部报告任务完成，待会儿从主管道出去，上升到地表接上网络就可以了。

吴定愕十分配合他们，没有任何动作，只是不停地左顾右盼，似乎在寻找些什么。还等着帮助他的那个黑客？戴斯特拉刚才目睹那个帮手被导弹炸得粉碎，不过人都是这样，在发生重大变动之后很难接受现实。他在危机处理组执行了这么多任务，这种情况非常常见。

运输艇就悬停在巨大的门洞前，离他们100多米。那是这块区域里唯一一片足够大的平地，足以停下两艘运输艇。几个人向着运输艇走去，组员们都很放松，在无线电频道里有一搭没一搭地闲聊着。戴斯特拉的心里莫名生出一种警觉，也许是因为无线电频谱中，某些波段里升起的低低的噪声暗流，也许是因为目标定愕的肢体动作。事情不会像他想象的那么顺利。

在危机处理组的训练之中，教官曾经三番五次地强调：不要相信你的直觉！要相信机器的判断！人类的直觉在如今这个时代，是最不可靠的东西。模拟战斗中教官演示了如何在各种战术条件下欺骗对手所谓直觉。"说到底，所谓的直觉的本质，就是人类在狩猎采集社会生活的几百万年间，演化而来的一套快速响应算法而已。"教官如此说道，"在如今这个电子战时代，这套算法不但没有用, 还有害处: 它会影响你的判断。"教官说这话的同时, 做了个手势, 戴斯特拉突然感觉到一阵极大的危险, 几乎是毫无来由的——"感觉到了什么没有? 我只是在你们的电子视野中插入了一个图形而已。维持时间不长, 只有20毫秒, 这么长时间的图案不足以形成知觉, 但是会让人受到影响。图形经过精心设计, 足以拨动你们的下丘脑。我们之所以将你们都设定为美丽的女性, 也是因为同样的逻辑。"教官那张从来都是面无表情的死人脸, 在戴斯特拉看来, 此刻似乎有了一点儿微笑的样子。他最后下了结论:"所以, 相信机器! 相信你的皮层处理器给出的判断。人类的直觉是不可靠的。要不是你们还有一点点用, 我也不必把你们派上场了。"

他的皮层处理器仍然很安静, 没有任何动作。无线电背景噪声升高了2分贝, 也是正常的统计波动。应该没什么——

两艘运输艇的喷口突然冒出黑烟, 开始不受控制地旋转。"麦克斯韦! 希尔伯特! 发生了什么?"戴斯特拉在数据链上呼叫两艘运输艇的驾驶员。数据链上一片安静, 什么都没有。运输艇和驾驶员的状态也显示为绿色, 表示一切正常。他的呼叫仿佛石沉大海, 没有收到任何回应。这时他反应过来: 他的数据链早就被入侵了! 除了对手有意放过的信息, 其他的一切数据, 都是对手精心伪造的。

两艘运输艇很快失去了动力, 打着转掉在了地上。由于高度很低, 没有空气, 剩余的燃料也没有发生大爆炸, 只是将周边街区的各种路障残骸撞得粉碎, 划出一片火星。

"散开! 将目标押到安全的位置! 准备战斗!"戴斯特拉在

无线电频道上大喊,同时朝他旁边的几名组员重重挥手。无线电频道里,他的呼叫没有得到任何回应,应该是整个频谱被完全屏蔽了,然而组员们显然看明白了他的手势,两名组员拉着吴定愕准备往旁边走。见鬼,无线电频段被屏蔽,他现在除了手势之外完全失去了与组员通信的能力,原来G02区的真空也是对手精心策划的结果!

正在此时,他感觉到了大地传来一阵震动。他向着震动的方向望去,那是大门的方向:门洞里出现了几台黄黑相间的10多米高的工程机械,向着他们气势汹汹地扑了过来。

戴斯特拉举枪射击,子弹在工程机械上擦出火花,没有对它的动作产生任何影响。他依稀看到后面的那台巨型机械上似乎坐了一个人,果然刚才那是障眼法!

两台巨型机械轻而易举地压烂了趴在地上冒着火花的两艘运输艇。现如今,只能采取近战了:利用自己动作灵巧的优势,跳到机械身上,把那个操控它的家伙抓下来,或者捣坏机械上的控制系统。虽然你有强大的电子战能力,但是我有身体上的优势,你总没有办法了吧?

戴斯特拉的视野似乎闪了一下,下一毫秒,他看到前面的那台巨型机械的怪手抓住刚刚压扁的运输艇残骸,向他扔了过来。

戴斯特拉的视野开始不停闪烁,运输艇残骸的弹道解算也开始发散,变得毫无作用。他凭着直觉向右前方猛地一扑,残骸飞过了他刚才的位置,擦过吴定愕,将两名组员直接撞飞出去——在那一刻之前,两名组员还向着吴定愕吼了两句什么,但是戴斯特拉根本听不见。对手显然是对所有组员的视野都展开了注入式攻击，比刚才那次交战的强度更高。刚才那次，只能算是诱敌深入。

戴斯特拉咬咬牙，关掉了数据链和嵌入式传感器辅助成像。现在他只能使用自己的义眼，透过头盔的视窗观察外界，而不是多波段成像和辅助模式识别。他的视野稳定了下来。动作一定要快，对方可能会很快想到如何干扰他的义眼。

戴斯特拉冲向巨型工程机械。怪手正抓起另外一艘运输艇的残骸，显然是想故技重施。然而工程机械液压机械臂的速度远远赶不上危机处理组义体人的速度，他数秒之间就接近了这台机械，闪过正在运动的部件，跳了上去。

怪手上装有通往驾驶室的简易登机梯，戴斯特拉快速爬了上去。突然传过来的巨大晃动让他险些脱手，但他到底还是抓住了一根横杆，稳住了自己的身体。

工程机械松开运输艇的残骸，显然是发现了戴斯特拉，机械手向他抓过来，想把他从自己身上拽下去。戴斯特拉急忙往上爬，在机械手即将抓住他的那一瞬间，猛地往上一跳。机械手扑了个空，在这个千钧一发的时刻，他以几十厘米的差距躲过了机械手的抓握，跳到了工程机械的头顶上。半空中，戴斯特拉尽最大的努力伸出手，抓住了驾驶室侧门外部的横杆，总算把自己塞进了驾驶室。

驾驶室内空无一人，显示屏显示现在处于遥控模式。戴斯特拉之前没接触过这种型号的工程机械，尝试了几种方法，想要解除遥控模式，都不成功。一不做，二不休，他心一横，举起步枪向操纵界面扫射，子弹立刻击碎了显示屏，弹孔里冒出点点火花,然而工程机械的运动并没有停下来。中央控制系统压根不在这里!

戴斯特拉的余光中,一个巨大的、黑乎乎的东西正在向驾驶室飞来。那是另外一艘运输艇的残骸,是后面那台工程机械扔过来的。他动作极快,立刻冲出驾驶室,翻了个跟斗,堪堪躲过这块残骸,驾驶室被砸得粉碎。这台工程机械的机械手再次活动,向着他这边伸过来,再不做点什么,他就会被夹碎。

他的手无意中抓住了一个把手,他想凭借这个把手重新跳上工程机械的顶端。然而他一用力才发现事情并没有像他想象的那样,一个口盖被他用暴力打开,他就单手这么吊在那个口盖上。

这个口盖的开口似乎正好能钻进去一个人。机械手就在他背后,戴斯特拉无暇多想,翻身钻进了这个口盖,刚好躲过机械手的攻击。他喘口气,观察了一下自己的位置和口盖内部的陈设,才发现撞了大运——这个口盖,正好在驾驶室脚底下,是整个工程机械的中央控制系统维护井。

戴斯特拉没有犹豫,直接拔下了那个标着"主开关"的继电器,工程机械这才断电。机械臂失去能源,锁止在刚刚挥舞的位置上。整台工程机械失去了重心,歪向一边倒下了。幸好,戴斯特拉刚才暴力掀开的那个口盖在朝着天的那一侧。

经过这短暂又漫长的176秒,他们消灭了一台工程机械。

戴斯特拉从维护井里爬出来,躲过后面那台工程机械扔过来的路障,转头一看,发现吴定愕已经不知所终。现在数据链被完全堵塞,在真空中他根本没有任何办法能够给其他组员传递信息，感觉有点儿绝望。

　　一名组员从掩体后冒出头，向他飞奔过来。从身形来看，那是爱因斯坦。他连忙打了几个手势，指示他在前面不远处的一个障碍后面停下，他们就在那里会合。戴斯特拉跑过去，蹲在路障背后，爱因斯坦拿出一根线，戴斯特拉接过，插在他的脖子后面。现在两人只能依靠有线网络来通信。

　　"现在是什么情况？"戴斯特拉问道。

　　"没有火力支援也没有数据链，对重型机械毫无办法。其他的组员们也不知道跑哪里去了，可能是被电战诱骗了。现在第一台工程机械已经被组长干掉了，那么第二台应该也可以。"

　　"这正是我想说的。我们两个合作。"戴斯特拉将刚才他的数据影像传输给爱因斯坦，"倒数3秒，我们行动！"

　　接下来的129秒乏善可陈，只是将之前的176秒复制了一下。直到这台工程机械也被他关掉，他才发现驾驶室里并没有人。刚才又是障眼法。戴斯特拉无心思考，爱因斯坦已经在外面急切地敲窗子。他没有费劲说话，而是用手指着天上。戴斯特拉顺着他指的方向看过去，一个人影正好顺着一条电缆滑向门洞里面，那是吴定愕！

　　在他们激烈战斗的过程中，目标找到了一个办法绕过战区逃跑，有相当高的状态意识，不知道是他自己想出来的招数，还是他的那个帮手想的。戴斯特拉无暇顾及其他的组员，只能全力冲向门洞隧道，爱因斯坦紧跟其后。两人跑进门洞，刚好看见吴定愕的身影消失在大门背后，而那扇大门正在关闭。没有战术系统的辅助模式识别，他无法第一时间判断，以他们的速度能不能在大门完全锁止前赶上，只能赌一把。

30米的距离瞬间被抛在身后，然而，就在他和爱因斯坦即将冲线的那一刻，他清晰地看见了大门的锁止机构的旋转——那声清脆的金属碰撞的"哐当"声只存在于他的想象中。下一秒，两个人撞在了大门上，发出两声巨响。

这样的冲击还不足以损坏他们的义体。戴斯特拉检查了一下门框，得出结论：这扇门只能从背后打开，这边不存在任何控制机构。他调出刚才他们调查这扇门的影像研究了下，能确定的是，他们想要凭借目前携带的装备把这扇门弄开，至少需要1800秒，这还是在运输艇上携带的炸药等辅助装备没有损坏的情况下。显然，到时候目标早就跑掉了——结论：当前任务失败。

戴斯特拉生出一股无名怒火。两次了，两次抓捕失败，这在他的职业生涯中还从未有过。他也从未听说过万方公司危机处理组之前遇到过类似的案例。第一次仅仅是抓捕失败；第二次不但抓捕失败，还丢盔弃甲——损失了四名组员、两艘运输艇。这件事情完全打破常规，他都不知道回去之后主管会如何处理他。想到这里，他恨不得一拳砸在这扇大门上。

不能生气。情绪波动会影响你的判断。戴斯特拉给自己注射了0.1毫克的复合镇静剂，让心情平静下来。他和爱因斯坦走出门洞，刚才无线电频谱里时刻不停的"海啸"已经退去，数据链重新上线。与组员们的连接正在一个个恢复，好几名组员标着红色，表明他们现在的状态糟糕。

"还能活动的组员向我集合。"戴斯特拉发出命令。毕达哥拉斯和焦耳在数据链中回应确认，接着很快跑了过来。根据二人的报告，他们刚才是去追逐一个可疑目标，最远到3千米之外。直到数据链恢复目标消失，才发现自己中了声东击西之计。

戴斯特拉也没心情批评他们，毕竟他自己也没有好多少。他带领着三名组员去回收了另外四个人：两个是运输艇驾驶员，被卡在运输艇残骸里；另外两个人则在刚才的战斗里被运输艇残骸砸飞，不致命，但是义体基本报废了，需要回去更换。

G02区没有网络，现在运输艇也都损失了，他们需要步行穿过整个G02区，从连通管道走出去，回到有网络连接的主管道才能呼叫支援，请求运输艇把他们带回去。戴斯特拉查了下，他们需要步行160千米。

四名还能动的组员，以及四名不能动的组员，这倒是好办。"爱因斯坦、毕达哥拉斯、焦耳，把麦克斯韦、希尔伯特、达尔文和普朗克的四肢都拆掉，我们一人背一个，撤回主管道，等待回收。"戴斯特拉下达命令。组员们把四名不能动的组员处理完毕，捆在背上，一行人缓慢地向管道出口前进。战术系统提示，按照他们现在的速度，抵达汇合点需要290 000秒。

走到管道入口的时候，戴斯特拉停了下来，回头看着这个已经重放光明的废弃层区。他试图记住这个地方——不是用嵌入式皮层处理器，而是用他的真实的大脑。记住他遭遇的这场失败。

吴定愕，我一定会抓到你。戴斯特拉心中默念。

"任务目标2A463移交，代号11352M47戴斯特拉被暂时解除C组组长职务，暂停任务派遣864 000秒。"看到这封邮件，戴斯特拉微微叹气，事情发展在意料之中。危机处理组不会给他第三次机会，这也是危机处理组极为罕见的一次失败。如果不是因为他是C组组长，脑袋里有太多秘密，戴斯特拉怀疑危机处理组会直接将他的义体回收，然后把他扫地出门。

他关掉收件箱，信步走到整备室。所幸他的权限还没有被收回，他正常地开了整备室的门。他走进去，达尔文和麦克斯韦正在整备架上跟随系统指示活动自己的肢体。他们刚刚整体更换了义体。

"组长好。"看到戴斯特拉进来，两名组员发来消息。

"恢复得如何了？"戴斯特拉问道。

"没问题，更换了新的义体。目前测试结果一切正常。"两名组员稍后发来了诊断信息。所有科目全绿。

戴斯特拉发出认可的信息，转头走出整备室。危机处理组组员之间的关系最多也就到这个程度——纯粹出于职业精神的关心。组员之间基本不发展私人关系，组内也不鼓励这样的行为。如果想要私人关系，体验至死不渝的爱情、友情，万方网上的模拟刺激要多少有多少，为何要在同事之间发展？危机处理组的组员都是义体人，全身上下的原装器官基本只剩下大脑，极难被杀死。教官之前也反复强调过，人类的良心是一种极难被完全抑制的器官，与同事关系太好，也会在任务中影响判断。

戴斯特拉走回休息室，一路上他没有碰见任何一个人。危机处理组的基底现实总部并不存在于都市的任何层区之内，而是在靠近地表的维护层中，详细位置绝对保密，普通市民没有在物理上抵达这个地方的可能性。危机处理组基本上是全自动化的, 基底现实总部与其说是总部, 毋宁说是存放基底现实硬件资产的维护站点。所有非硬件的事务处理全部在网上进行。既然被暂时解除了职务, 戴斯特拉下定决心, 他要好好研究一番这个让他丢盔弃甲的家伙。吴定愕, 他到底有什么超能力?

　　戴斯特拉走到一台座椅前, 靠了上去。机械手自动插入接口, 他的基底现实视野被关闭, 切换到万方网模拟刺激。房间从四壁萧然——除了必要的机械结构外什么都没有的危机处理组休息室, 变为他给自己设定的豪华公寓。这套并不存在的公寓飘浮在万方网的可视化流量交通网络之上, 玻璃幕墙之外, 万方网气象万千、无比辉煌的信息高速公路一览无余: 无数的实体信息包裹奔驰在那复杂得如同宇宙本身的交通网络之上, 一同汇聚成璀璨的金色光芒之网。每次看到这个景象, 戴斯特拉就感到心旷神怡。这个可视化流量交通网络的景色, 完全使用真实流量监测数据, 是戴斯特拉利用自己的权限特别定制的, 全网找不到第二个。

　　戴斯特拉给自己煮了一杯咖啡, 站在窗前凝视外面的风景。万方网的模拟刺激只能模拟出小部分食物和饮品那些基于嗅觉、触觉和味觉的复杂化学和物理感受, 但是对他也足够了。在重生之前, 他没有无限大的外部数据库, 容量有限的大脑中保存的记忆到今天已经不多了。其余的部分都留给了他必须记住的战术技巧和网络技能, 这些他都需要在外部数据库连接不上的情况下也能回想起来。戴斯特拉已经不太记得他在加入危机处理组之前的生活, 甚至也不记得他原来的名字, 只有爱喝咖啡这个碎片被保留了下来。

戴斯特拉一口喝完咖啡，调出吴定愕的卷宗。这薄薄的几页他之前看了几百遍：吴定愕，前图灵警察。任职八年。职业生涯无甚突出之处，业务水平在全体图灵警察中属于中流，也曾经执行过比较重要的任务，成功完成并获得嘉奖。近期的工作表现下滑严重，接近被除名的临界点。大约四年前，结识了一位名叫勒芙蕾丝的女性，并与之发展成为恋人。大约三年前，勒芙蕾丝失踪，自此之后再也没有在基底现实中与其他人发展出任何关系。

最关键的是下面这段：大约110 000秒之前，吴定愕突破万方公司的一个旧数据库盗取了一项万方公司的财产，随即逃亡。戴斯特拉清楚地记得，他们抓到吴定愕的时候，他正在试图物理侵入万方公司的另一个数据库，寻找一些信息。而他们接到的任务是将吴定愕带回来，回收公司财产——并且上级特别严令必须抓活的。他们第一次抓捕失败了，吴定愕很可能有一个极强的黑客作为助手。然而第二次抓捕失败也没有让他们确认这名黑客是否存在。

等等。戴斯特拉发现自己之前一直忽略了一件事情。

吴定愕盗取了一项万方公司的财产。

作为最前线的基底现实执行人员，戴斯特拉确实没有什么去关心案情的必要。他之前执行任务时也很少关心详细的案情。只要能够完成任务，目标究竟做了什么，之后万方公司会怎么处理，都跟他没什么关系。但是这个任务连续失败了两次，他获得的信息越多，下一次任务成功的概率就越大。

所以定愕盗取了万方公司的什么财产？

戴斯特拉轻轻点击这个关键词,要求展开详情。关键词变红,一个警告窗口跳了出来:你所要求获取的信息属于机密,需要L2级权限。

L2级权限!这级别已然不低。危机处理组的一般成员都没有L2级权限,甚至万方公司的普通中层管理人员都没有。他作为危机处理组组长有L2级权限,但是要查看内容,必然会被系统记录下来并且通知指挥层。在戴斯特拉的印象中,他们完成的任务里极少有如此秘密的任务,一般都是L3级。而危机处理组也极少去插手一般事务——那些事务交给图灵警察和议会危机处理组也就够了。

所以吴定愕到底盗取了万方公司什么财产?

戴斯特拉有点儿犹豫,权衡着这是否值得。知道得越多越危险,信息对他是一种诅咒。作为危机处理组的成员,他是知道这个道理的。

吴定愕,我一定会抓到你。他想起他在撤离G02区的誓言。戴斯特拉心一横,点了下去。

警告窗口变成了一只眼睛,随即消失。这表明他的数据请求已经报给危机处理组指挥层。指挥层或许并不会关心这件事,戴斯特拉抱着侥幸心理。不过以后算总账的时候,就说不定了。

窗口停滞了几秒,这个延迟有点儿出乎戴斯特拉的意料。随即,详细的文字和视频记录展示了出来。戴斯特拉开始向下浏览。

看着这些描述,他终于理解了吴定愕盗取的是万方公司的什么财产,这让他大吃一惊:吴定愕盗取的,是一个强人工智能。

作为万方公司危急处理组的一员，戴斯特拉之前也和人工智能打过交道。他带领组员们处理过失控的人工智能管理系统，也逮捕过想要把人脑和机器连接在一起的发狂的黑客。但是这些任务都只涉及弱人工智能，就算是网络已经如此发达的今天，强人工智能仍然是计算机科学的圣杯。而这个案情描述清晰、毫不模糊地告诉他，吴定愕盗取的是万方公司旧数据库里存在的一个强人工智能，这是戴斯特拉之前从未碰到过的情况。怪不得仅是查看这个案情描述就需要L2的权限！

或许这个强人工智能，就是吴定愕的那个帮手。

想到这里，戴斯特拉觉得他们遇到的所有情况都得到了解释。虽然没人真正知道强人工智能是什么样的，但是戴斯特拉目睹了那强大的、鬼神一样的电子战能力，很难相信那是人类黑客能做到的。强人工智能或许就能做得到。

不，不是或许，而是肯定。戴斯特拉改变了自己的想法。

下一次要面对吴定愕，势必还会面对这个强人工智能，戴斯特拉思忖着。问题在于，到那时他们还是一样无法抵挡。他必须获得更多关于这个强人工智能的信息才行。

对了。吴定愕是在万方公司的一个旧数据库盗取的这个强人工智能，数据库地址是0c09:0db8:86a3:08d3:1319:8a2e:0370:7344。

这个旧数据库或许能够提供更多的信息。想到这里，戴斯特拉定位这个地址，周围的场景变化，万方网将他带到了数据库的面前。

戴斯特拉日常使用的模拟刺激图层一般都很简单，没有太多花样。数据中心仅仅显示为一个黑乎乎的方盒子,门口有一个红色的禁止进入的标识。这可挡不住他,他的权限足以进入万方网上绝大部分地址,其中很多地址连图灵警察都无法接触。戴斯特拉呼出数据库的基本描述,他发现这个数据库甚至没有搜索引擎爬虫使用的robots文件[①],端口更是老旧得他都未曾见过。这绝对是一个存在时间超过一百年的数据库,吴定愕为什么会找到这个地方?

　　戴斯特拉步入数据库。巨大的方盒子里空空荡荡的,什么都没有。在吴定愕的案件发生之后,有人刻意抹掉了这个数据库的全部数据。"这可有趣了……"戴斯特拉心想。作为正在调查的案件,保存证据是很重要的。像这样"毁尸灭迹"的情况,绝不是危机处理组的常规操作。他再次调出日志文件,想知道这是谁操作的——果不其然,日志文件也是空荡荡的一片。或许是吴定愕在逃脱之后远程操作数据库抹掉了所有痕迹?

　　总之,如今线上数据库已经没有什么结果。他或许需要去这个数据中心的物理地址走一趟。那里可能有非易失的只读数据库,没有挂在网上。

　　他将数据库地址键入万方公司的内部搜索引擎,寻找数据库的物理地址。返回的结果让他又吃了一惊:这个地址,就是他们第一次抓捕吴定愕的那个数据库地址!然而任务简报和卷宗里都没有提到这一点!

　　他重新找来当时的任务简报和后来的卷宗仔细翻阅。两相比对,他很确定一件事情:是高层有意在文档中隐去了这件事。

　　[①] 用来告知搜索引擎哪些数据能被抓取的文件。

在戴斯特拉看来,这完全是一个无关紧要的信息,为什么危机处理组的高层会有意地避免向他们提及此事?

戴斯特拉退出万方网,睁开眼睛,视野回到危机处理组休息室。他决定独自一人再去一次那个C09区的数据库。在这之前,他要先去整备室,对自己的义体做点儿必要的伪装,穿上普通人类的服饰,这样才能隐藏在大众之中。

位于C09区的数据库跟他上次来的时候没什么两样,还是一个隐藏在老旧城区里的不起眼的方盒子。然而人眼是不可靠的:戴斯特拉绕着方盒子走了一圈,就发现这里加装了数以百计的传感器,都藏在不起眼的位置,白光、红外、紫外、雷达、光达、被动频谱探测,应有尽有,不留任何死角。这是标准的危机处理组布设陷阱的风格,肯定不是戴斯特拉担任组长的C组的工作。这帮人是指望吴定愕自投罗网,在这里守株待兔呢,戴斯特拉暗暗冷笑。可能是A组高德纳那家伙干的。戴斯特拉一直就瞧不起那家伙,觉得他自大愚蠢。

戴斯特拉连入传感器网络,很轻松获得了管理员权限。现在,整个数据库里的所有传感器都在戴斯特拉的控制之下。他快速遍历了传感器的输出数据,数据库里现在没人。一切设施都还保留了当初他们撤退时的状态。

戴斯特拉走进数据库大楼,之前的记忆又涌了上来。在主服务器阵列,那个他们根本无法确认是否存在的黑客花了30秒就放倒了C组的五人小组,将吴定愕救了出去。直到他们离开,电磁压制才停止,他们只能走回这个大厅,向管理层报告,呼叫支援，派出空中部队去围堵那两个目标……

想到这里，戴斯特拉深吸一口气，压制住自己的羞愤心情，没有使用药物。他下楼走到数据中心的主平面，找了台终端开始检索。结果符合预期，数据库里确实什么都没有。但数据中心确实有个只读数据库，就在服务器阵列的旁边。他回忆了一下吴定愕当时的位置，看来那个只读数据库才是吴定愕的目标。

只读数据库使用磁带阵列存储数据。然而戴斯特拉走进去才发现，磁带已经被全部搬走了，这个数据库除了存储阵列本身，什么都没留下。

他再次回忆了一下吴定愕的动作。他有种感觉，吴定愕确实是在只读数据库里发现了什么才离开的。也就是说，当初只读数据库里至少还有一部分存储数据，是在他们的抓捕行动之后才被移除的。或许是危机处理组的其他人干的。他翻了翻危机处理组内部的记录，没有找到任何线索。

数据库里的传感器阵列也没有提供任何线索。安装传感器很可能是磁带被取走之后的事。也就是说，戴斯特拉再次失去了所有的线索。

这样就完了？他问自己。戴斯特拉漫无目的地在传感器的数据源里切换。突然，一个摄像头引起了他的注意。那是在他头顶上三层的一个房间，摄像头视野恰好包括了那个房间的门。门上写着"档案室"。

在如今一切都电子化、在线化、云化的时代，档案室确实是一个古老的概念。戴斯特拉不太相信这里会包含着什么不为人知的秘密，不过去看看总没有坏处。

戴斯特拉打开档案室的门，顿感十分失望。这里没有任何看上去像是存储阵列的东西。只有一台终端和一排排置物架，置物架上整整齐齐地摆放着的打印纸本。

戴斯特拉对纸本只有一点儿模糊的概念。在网络没有出现的年代，人类依靠纸张记录数据，纸已经成为人类的文化模因[①]中最基础、最根深蒂固的一部分。到现在，无论是在基底现实还是在万方网的模拟刺激之中，人类仍然依靠一页一页的格式来记录数据，这就是纸张的遗存。然而真的纸张已经基本消失，戴斯特拉在之前的任务中从来没有见过真的纸。

戴斯特拉信手取下一本厚厚的册子，开始翻看。内容很枯燥，是数据库建立早期的一些日志文件。数据库人员的增减、活动、上级命令、主要变更，等等。戴斯特拉快速翻过这本册子，都是这些东西。他取过这个架子上的另一本册子，也是同样的内容。可能也正是因为没有人关心纸质文档，这些册子才原封不动地留到了今天。

戴斯特拉把册子扔回架子上，纸质档案无法以关键词搜索，也无法用辅助模式识别算法做聚类和摘要。光是这么一本本翻得翻到什么时候去？

戴斯特拉后退一步，发现架子上贴着一张条码。他扫描了一下，这是一个时间戳，标示架子上的记录是从何时到何时的。戴斯特拉绕着所有的置物架走了一圈，最早的记录在最里面的架子上，最新的记录则在最外面的架子上。他在最里面的架子上找到了一本最早的文档翻看。

---

① 一种概念，指文化传播时的单位，具体表现为文化传播的载体。

　　内容仍然很枯燥，只是记录了数据库最初建设时的那段混乱的时间。包括数据库工作人员如何增加容量、添置新硬件、接通万方网、建立新的数据库结构、存储指定内容，等等。戴斯特拉耐着心思翻过两本册子，到第三本时终于耗尽耐心，决定放弃这些册子。他得出结论，这个档案库确实没什么价值。

　　戴斯特拉看着这些册子，犹豫了一会儿。他还是决定再试一次，于是抽出了第四本。

　　册子上的条目在他的视野中一条条地飞速掠过，一条信息跳到他的眼前：来源E3251656的数据实体3M453760转移到位。

　　这个编号他莫名觉得眼熟，皮层处理器的辅助模式识别算法已经自动给出了相关结果：在之前的三本册子里，数据实体3M453760已经出现过六次，而且这个编号非常特殊，没有其他类似编号的条目出现。

　　戴斯特拉将这排架子上的所有册子全部翻了一遍，依靠皮层处理器的辅助模式识别算法，将所有包含这个编号的条目都抽出来，按照时间顺序排序形成数据序列。这样一来事件脉络就看得很清楚了，在数据库建立初期，数据库工作人员接到多条命令，接收一个数据实体3M453760，并且将其存储在数据库的特殊加密区域。数据实体有多重压缩，命令严格要求工作人员不得解压缩，或者对数据实体进行任何检测。甚至命令还要求，不得将此事形成电子记录，但是没有提纸质记录。

　　或许这就是他还能在这个档案室里看到这些条目的原因。

　　这会不会就是吴定愕盗取的那个强人工智能？或许这个强人工智能就是万方公司秘密开发的。因为某种实验事故，公司对它没有办法，只能保存在这个数据库里？多年之后，数据库本身也被人遗忘，这才发生了吴定愕进入数据库盗取人工智能的事件？

戴斯特拉觉得自己的推测已经接近了事实真相，但是这对他抓到吴定愕依然没什么帮助。或许，那个"来源E3251656"才是最大的疑点。知道了来源，或许就能知道吴定愕下一步的目的地是哪里。

"来源E3251656"到底是什么？

戴斯特拉操作辅助模式识别算法，以关键词检索他浏览过的这些册子。然而令人失望的是，E3251656与数据实体3M453760全部同时出现，没有其他的条目，也没有关于这个来源的详细说明。看起来也同样是个保密代号。

那么……戴斯特拉转头一想，或许，万方公司内网里会有对这个代号的解释？

他呼出万方的内部搜索引擎，将"E3251656"作为关键词检索。

没有结果。页面返回是一片空白。

这让戴斯特拉有了疑问。难道这个代号如此特殊，没有任何地方保存了相关数据？他稍稍更改两个数字，重新搜索，立即返回了一大堆数据。戴斯特拉如此炮制几次，大概明白了一些规律：EXXXXXXX是指一系列数据存储点；E指"旧地"，L指"都市"；32是地理大区的编号，在这里指东亚；后面的5个数则是区域内部数据存储点的具体编号。戴斯特拉可以很轻松地按编号找到很多旧地上数据存储点的具体位置，而只有E3251656这个数据存储点没有任何结果，它从逻辑上根本不存在。

　　戴斯特拉重新回去检索纸质档案，看是否能找到一点儿新线索。果然，在一条时间轴十分靠前的记录中，他找到了一点儿额外信息：数据库管理员反映E3251656无法连接，远端回复表示需要增加权限；然后发来一个私钥，管理员就顺利地连接上了。远端回复要求私钥不得记录，只能一次性使用，之后必须销毁。

　　不知道当时的管理员是如何看待这个要求的，但这个私钥就这么记录在这个档案册子里，显得十分诱惑。

　　戴斯特拉输入命令，访问E3251656数据存储点，带上私钥。在漫长的30秒延迟之后，窗口返回消息：连接成功。如果纸质记录的档案没有错误，上次有人连接这个数据存储点还是一百五十年前的事情。一百五十年前的私钥，到现在都没有失效。万方网上还有许多类似这样的、古老失落的数据库。或许这个并不是最古老的。

　　数据存储点连图形界面都没有，只有命令行窗口里闪烁着的一个光标。戴斯特拉也懒得再套图层上去，直接输入命令显示存储点的所有数据。操作这个数据库的一个很费劲的地方在于，任何操作都有至少5~10秒的延迟。

　　存储点已经没有什么数据，只剩下还没有删掉的一些日志文件。戴斯特拉打开其中一个。一百五十年前的登录用户，是几个数据中心的程序员，这不意外。再往上翻，戴斯特拉看到了一个出乎意料的名字：

　　邱奇。

邱奇创造了这个数据存储点。

戴斯特拉当然知道邱奇是谁,万方网上的每一个人都知道:邱奇创建了万方网,并且在驱动之前就已经神秘失踪,之后就再也没有记录。然而这个日志文件明白无误地告诉他,在驱动之后差不多五十年,邱奇仍然在活动,建立了自己的数据存储点,利用权限将数据偷渡进了万方公司在都市建立起来的数据库。也就是说,很可能是邱奇创造了那个强人工智能。

这可真是大新闻。戴斯特拉发现自己无意中可能撞破了一个重大的秘密,也就是邱奇的下落问题——他知道万方网上有大量的阴谋论,认为邱奇在驱动之后仍然活着,还有不少激进分子甚至认为邱奇活到了今天。戴斯特拉原本对这些事情根本不感兴趣,不过到了这一刻,似乎这些玩笑般的阴谋论要和他的生活连接起来了。

这个数据存储点的文件似乎都很有价值。戴斯特拉输入命令,想全盘下载这些文件,然而窗口返回了一个结果:连接超时,已经断开。

怎么回事。戴斯特拉再试了一次,还是显示超时。看来有人发现了他的动作,把他从数据库里踢出来了。这是个重大发现,要不要报告危机处理组管理层,让他们来搞定?

戴斯特拉呼出危机处理组的内部网络入口。他现在不在任务之中并且外出,登录危机处理组内部网络需要验证。他熟练地输入账户名和私钥,接受生物验证。然而,登录失败。

这是什么情况?戴斯特拉从来没有遇到过这种情况。他再试了一次,登录再次失败。第三次,他甚至无法打开危机处理组的网络入口。系统提示：网络连接断开。

戴斯特拉感到一阵不妙。或许是本地网络出了问题。他从档案室出来，朝楼上快速跑去。平常永远在默默运转的、他根本不会去注意的网络服务一个个弹出警告信息，告诉他失去连接。短短的几十秒，无所不知、无所不晓、触角伸向全世界的感觉离他而去。他现在眼不能视、耳无法听、手不能触，整个世界在他的眼前，慢慢变成一片黑暗。

突然他意识到了问题在哪里。那个在危机处理组内部流传的故事，变成了现实：如果危机处理组的组员"出了问题"，危机处理组内部有专门的一个小组来应对这种情况。这个小组高度保密，连身为危机处理组组长的戴斯特拉都不知道。

而他的"问题"，就是触碰到了一些他不应该知道的信息。这些信息太过紧要，只有死人才不会泄露秘密。

戴斯特拉奔跑起来。按照危机处理组的一般战术条例，距离组员抵达此处大约还有不到200秒的时间。他在这一刻理解了吴定愕。

万方公司危机处理组原组长戴斯特拉开始了他的逃亡。

第十一章 旧 地

从维护层到地表发射中心的路途倒是出乎意料的顺利。勒芙蕾丝又一次不知道从哪里召唤来了一辆小型管道舱，通过维护层错综复杂的、如蜘蛛网一样的维护管道，一路开到了地面发射中心。这里跟他们去的其他任何地方一样，没有人，完全自动化运行。

他们在发射中心的仓库里找到了小型客舱，尺寸让定愕觉得这就是某种大号棺材。发射中心的仓库极大，整整齐齐地堆满了货舱；相比于小型客舱，货舱要大得多，足以塞下一节普通的管道舱。根据勒芙蕾丝的说法，从都市去旧地的绝大部分都是无人货舱，客舱极其稀少，而且全都是为了完成秘密任务而安排的。在定愕的印象里，这么多年万方网上从未听说过有人物理前往旧地。毕竟，在都市人类的认知里，那是一个驱动之后的死亡世界。

定愕跟着勒芙蕾丝走进客舱。客舱很小，除了两张宽大的

180

重力座椅之外，基本上什么都没有。这很符合定愕对客舱是棺材的第一印象。重力座椅的靠垫是灰色的，定愕摸了摸，材质很软，像某种合成织物。座椅前方没有控制面板，直直地面对着灰色的前挡，十分压抑。从形状来看，客舱遵从了某种最简化的设计原则，目标仅仅是将两个人运到旧地，谈不上任何舒适的设计或者对乘客的照顾。

"你穿上这个。"勒芙蕾丝指了指座椅背后的一个箱子。定愕打开一看，是一件带外骨骼的载荷服，橙白相间的条纹颜色，是整个客舱里唯一的亮色物品。"客舱发射的加速度大概是4g，要持续60秒。像你这样的在都市星土生土长的体格，不穿这件衣服多半就直接死了。而且到了旧地它也很有用，那里的重力是1g，不穿的话，你路都走不动。"

"我记得我小时候似乎还在新闻里听过这个发射中心建成的消息，万方网上还有人讨论过要不要去旧地冒险……但是后来就再也没听说这些事了。"

"这个发射中心算是半公开的，你还能在万方网上查到。"勒芙蕾丝说，"实际上还有一个秘密的，面向整个太阳系。那个谁也不知道，就算十三人议会里也只有个别人知道。"

秘密发射中心？面向整个太阳系？定愕难以想象为什么会有这种东西。勒芙蕾丝表示，她的雇主除了这些信息什么都没告诉她，比如怎么去那里。

地面发射中心有一个极小的、跟定愕见过的维护管道站差不多大的载人站台。勒芙蕾丝很熟练地接入了发射中心的系统，将小型客舱调度过来，两人登船。勒芙蕾丝让定愕穿上的那件载荷服颇重，定愕费了一番功夫穿上后，抬头发现勒芙蕾丝并没有穿上这件衣服。

"我不需要。"勒芙蕾丝发现定愕在看她，又一次猜中了他的想法，摇了摇头。

穿戴整齐之后，两人坐上了重力座椅。定愕照着勒芙蕾丝给的提示笨拙地系上了安全带，安全带自动收紧，他感觉自己就像一件被捆得结结实实的货物。勒芙蕾丝则坐在他左边的座椅上，开始惯常地施展魔法：她的手指微动，客舱的前挡变得透明，开始显示外界的景象。定愕清晰地看到，客舱向前移动，进入隧道，没过多久，隧道汇入一个巨大的并轨出发空间。

并轨出发空间位于都市星的地表。顶上有一个巨大的天棚，前方则敞开着。现在是白天，阳光点亮灰白色的地表，反射进来，将天棚里的一切照得雪亮。他们前方的轨道延伸到地平线，缓缓抬起，末端是一条极细的线，需要定愕极力分辨才能看清楚。

旁边的货舱向前移动，驶上发射轨道，随即加速，像炮弹一样飞了出去，速度惊人，急剧变小，到了轨道末端只能看见一个反射阳光的银色小点从地表升起。他们旁边的轨道上还有好几个货舱在等待发射。前挡上显示出了图形界面，勒芙蕾丝接入发射中心的数据流，界面上列出发射列表和他们所在的客舱距离发射的时间。还有96秒。定愕有点恐慌，不知道自己能不能适应这个加速度。在万方网上，类似的模拟刺激非常多，但是现实中定愕还是第一次碰到。

很快他们的客舱驶上了那条轨道。这就是都市星去往旧地唯一的一条路。按照勒芙蕾丝的说法，他们抵达旧地需要大约

8小时。这段时间里，定愕脑子里的那个AI出奇的安静，似乎除了默默啃食他的防火墙之外，什么动作都没有。指针也很久没出来过了。或许它们都害怕勒芙蕾丝吧。

前挡上显示出警告，发射会在15秒后开始。定愕看向勒芙蕾丝，想知道她的反应。

"抓紧。"勒芙蕾丝简单地说了一句。

发射程序启动。

定愕感觉到一阵前所未有的巨大力量压在他的身上。载荷服自动启动，压迫他的下半身，迫使血液不会在重力作用下全部集中到腿部；背后的重力座椅的靠垫也变得坚硬，完全贴合他的背部曲线，为他的脊柱提供坚强的支撑。他感觉自己喘不过气来，这60秒似乎无休无止地延长。外界的轨道所抬升的每一弧度似乎都给他增加了新的痛苦。他面前的世界的颜色缓缓褪去，逐渐变得漆黑一片。

周围灰白色地表飞速掠过，变成影子。轨道缓慢地抬升，末端直指旧地的蓝色表面。漫长的60秒终于过去，在飞出轨道尽头的那一刻，定愕感到一种熟悉的轻松感：就如同他们在通往G02区的废弃管道上下落一样，重力完全消失了。他的视野也恢复了光明。

地面在他们下方，越来越远。很快，客舱的高度就超过了当初他们乘坐地表飞行器的飞行高度，星球的弧线显露了出来。都市星地表银灰色的建筑物的细节逐渐消失，在这个高度上，他们能看见的只有大大小小的陨石坑。尽管人类已经对这颗星球进行了如此多的改造，但是在现在的定愕看来，它又回到了那个完全没有改造的亿万年前的样子。

"还有600秒我们就会与天钩系统对接。"勒芙蕾丝说道。但是定愕始终没有看到那个所谓的天钩系统在哪里。勒芙蕾丝扭头瞥了他一眼,手指稍微动了动,前挡的玻璃有一半变得不透明,显示出他们与天钩系统对接的可视化模拟。

天钩系统是一种动量交换装置。它是轨道上的一根巨型转轴,在都市星低轨道上运行,拉出数根长度为1000千米的系绳旋转。虽然它远在几千千米之外,凭借肉眼根本看不到天钩转轴的主体,但是可视化模拟仍忠实地描绘出了转轴的姿态。在定愕看来,这东西很像一个摩天轮。中间的转轴是一个圆柱体,系绳的吊臂伸出去,吊臂上的示廓反射灯的红色灯光一闪一闪,形象地展示出了转轴的运动。转轴围绕着都市星低轨道旋转,同时自身的旋转抵消掉系绳末端的速度,使得系绳末端运行到最低点时,从电磁轨道发射上升的客舱可以与之对接。系绳的末端会钩住两人的客舱,利用离心力将客舱甩到对应的轨道上——去往旧地的飞船就可以省掉航渡发动机,只保留姿态发动机。根据勒芙蕾丝介绍,在旧地低轨道上,同样也有这样一套天钩系统,接住飞下来的飞船并减速。听到勒芙蕾丝的解说,定愕有点儿晕:为什么议会要搞这么一套复杂的运输系统,前往旧地这个死亡之地?有什么好处?

勒芙蕾丝耸耸肩,表示她也不知道,她的脑袋里有天钩系统的原理、算法、维修方法,以及破坏手段——所有的这些知识,她的雇主唯独没有告诉她修建这套系统的原因。

"对接开始。"客舱的前面,一条带着灯点闪闪发光的线接近了他们。线的末端是一台爪状的、很像定愕在万方网里见过的蜘蛛或者螃蟹的、伸着多条抓钩的复杂机械，它很快接近他们。客舱的姿态发动机做了几次微调，飞到了钩子的下方，随即一阵机械的卡扣碰撞声从客舱的顶部传来，控制面板上的锁定状态变成了绿色。随即"下方"重新出现在了定愕的脚下——都市星从前挡中旋转着消失，定愕感觉刚才发射时的那股巨大力量又回来了，这次是加在了垂直的方向。这股力量没有刚才发射时那么强，但还是让定愕喘不过气来，眼前发黑。前挡的显示界面告诉他，他们已经在天钩系统的巨大摩天轮的带动下开始旋转，离心加速度达到1g。

隔着1000千米，定愕看不到那个巨大的转轮，但是转轮的动量扎扎实实地体现在他身上。仍然是漫长的60秒，客舱顶上传来"砰"的一声，定愕身上的力量消失了。现在他们的速度快了5倍，向着旧地做自由落体运动而去。

接下来的8小时定愕一直在半睡半醒中度过。他做了一些奇怪的醒来之后什么都记不得的梦，但是醒来之后，他发现自己仍然被捆在重力座椅上自由落体，只好又睡了过去。中间有一次醒来时他吃了点东西，而勒芙蕾丝跟之前每一次一样，摇头表示她不吃。在零重力环境下吃饭是一件麻烦事，客舱的储物箱里只有流质食品和软包的电解质水，没什么味道。他很怀念都市各种各样的餐馆和菜式，那些东西已经成为遥远的记忆。旧地有些什么可吃的？定愕突然冒出来这样一个想法。他对旧地毫无概念，甚至连旧地上存不存在食物都不知道。在都市生活的人类绝大多数都是如此。在这超过48小时的逃亡过程中，他一直都被勒芙蕾丝带着走，根本无暇思考。

当定愕再次昏昏沉沉地醒来，旧地已经悬在他们的头顶，变成了一个巨大的蓝色玻璃球。这跟都市星的样子完全不同，那里表面没有大气层，银灰色的地表一眼望到底。而旧地的大部分区域都覆盖着厚厚的云层，只有少部分区域露了出来。定愕知道蓝色的部分是海洋，绿色的部分则是大地。这些颜色让定愕心情舒畅，也让他开始考虑这样一个问题：为什么当初人类会从旧地逃走？"驱动"这场大灾难到底发生了什么？

他知道万方网上是找不到任何资料的。勒芙蕾丝听到他的疑问，也只是摇了摇头，"我的雇主没说这些。他只让我帮助你找到邱奇。"

接下来的对接只是将之前在都市星高轨道的经历复刻了一遍。这次，从都市星快速下落的客舱咬上天钩，将自己的动量传递给了旧地低轨道上的摩天转轮，等他们在旧地低轨道上的速度下降到了不足以维持旧地逃逸速度时，天钩就会放开他们，让他们继续自由落体，经过大气层的摩擦减速至旧地表面。勒芙蕾丝说，这个再入过程才是最危险的。

这次与天钩系统对接之后，定愕身上的重力就再没有消失，而是变得不稳定，时高时低。天钩松开客舱，现在旧地已经转到了他们的脚底。他们这艘小小的飞船沉入大气层，机头摩擦出红色的激波火焰。定愕感到整个客舱都在震动。勒芙蕾丝表示，按照标准程序，客舱会在议会指定的降落场坠落并被回收。但是他们这样做毫无疑问是自投罗网，所以他们会略微更改弹道，溅落在邱奇所在的地理位置附近。

"坐……好……正在纠正姿态,计算最终……落……点……"勒芙蕾丝的声音不知怎的显得有点儿断断续续的。这时定愕被牢牢地捆在座椅上,被加速度折磨得两眼发黑,没办法转头望一眼勒芙蕾丝。

周围的天空从清晰的黑色逐渐变为蓝色,旧地地平线的弧度也慢慢看不到了,变成纯粹的直线。他们在向一片大陆的边缘坠落,虽然定愕仍然看不清楚细节,但是这个轮廓他还是认得出来的:这就是邱奇所在的东亚大陆。

定愕只能看出大陆大致的形状,对具体的细节毫无概念,抬头显示器也没有给出任何标注。客舱前挡的抬头显示器沉默了,没有给出任何辅助信息,它已经失去了与万方网主干网络的连接。随着客舱高度的下降,轮廓也消失了,海岸线和地面的细节变得越来越清楚,定愕只能看出他们冲向的地方是东亚大陆靠南的一片海岸。客舱在颤抖,地面向他们高速扑来。"释放降落伞。"勒芙蕾丝的声音显得机械而平板。客舱的后部传来"哐"的一声,定愕感到一阵猛烈的超重带来的压力在他的腿上,整个客舱的速度骤然慢了下来。这个时候透过云层,下方的地面已经清晰可辨,定愕看过去,只见一片无尽的绿色森林。

虽然客舱的速度降了一些,但仍然很快。他们现在离地面只剩下几百米。就在此时,客舱再次震动,定愕的腿上猛然一轻,他们再次恢复了自由落体状态。"主伞断裂。现在释放备用伞。"勒芙蕾丝的声音愈发机械。然而已经来不及了。备用伞只是将速度降低了一点儿,定愕眼睁睁地看着一片深绿色飞快地向着他们扑过来。

"勒芙蕾丝？你怎么样了？"定愕醒过来的时候，感觉自己的脚下一片冰凉。他睁开眼睛，发现自己以一个相当别扭的角度坐着，仍然被捆在客舱的座椅上。从重力的角度，他判断客舱应该是以一个相当大的倾角扎在了地面上。前挡恢复了不透明的状态，想必抬头显示器已经完全坏掉。头顶上只剩下深红色的紧急灯一闪一闪的，让人能勉强看清客舱内的情况。他低下头，发现地板上已经积满了水。很显然，客舱已经漏了，外面的水漏了进来。他顾不上这些事情，转头去看勒芙蕾丝的情况。

勒芙蕾丝不见了。

是的，她消失了。定愕左边的那个座椅上空无一人，安全带锁定整齐，似乎有人离开之后又收拾了一下。然而，勒芙蕾丝并不在那里，她离开了——或者说消失了。

"勒芙蕾丝？"定愕提高了音量。随即他意识到这毫无意义。不管怎样，他得先离开这架客舱。

他抬起胳膊，在头顶的控制面板上寻找勒芙蕾丝起飞时指给他看的那个手柄。黄黑条纹，应该十分显眼才对。然而在这黯淡的红色紧急照明灯下，什么颜色都不显眼。他一抬起胳膊就发现手臂分外沉重，仿佛是举起一个极重的物体在运动，光是这一个动作就让他费尽了力气。定愕咬咬牙，目光扫过控制面板，终于找到了那个把手，他用尽全身力气探出手拉住把手，一拧，一拔。

客舱发出"扑哧"的漏气声，左右的两扇舱门被吹出去，离开了舱体，外面的天光终于漏了进来。

随之漏进来的是更多的水。定愕这才发现,客舱最终停留的位置是一片浅滩,舱头扎在沙子里。水越积越多,客舱的稳定性不能保证,船体可能随时会被水冲走。如果他不快点挣脱出去,恐怕会淹死在这里。

定愕拍了一下胸前的安全带锁扣,安全带自动松弛,他整个人一下子重重地摔进了客舱前部的积水里。他挣扎着想要站起来,然而这里巨大的重力将这件事变得不可能。好在水的浮力抵消了部分重力,越来越高的水平面让他得以狼狈地爬出舱门,来到外界。周围的水不是很深,他将脑袋伸出水面,辨认哪边是岸边,然后朝着岸边半游半爬了过去。直到他爬上岸,才第一次停下来,勉强翻过身,躺在沙滩上呼呼喘气。

这会儿他才看到客舱坠落的位置。他们应该是从一片丛林上空,一路擦过树梢,最终停在了这条河的浅滩上。客舱在河边的沙滩上犁出一条大沟,到了浅水区域才停下来。定愕左右望了望,这条河十分宽广,流速不快,河两边都是茂密的森林,没有任何人类活动的痕迹。他看了看天,如果都市区的天穹模拟系统的确是在精确模拟旧地,那现在的时间大概是下午一点。天气很热,比他习惯的、都市区标准温度25摄氏度要热得多。空气中有一种湿乎乎的味道,他从未闻过,也无法形容。他现在完全不知道自己在哪里,而勒芙蕾丝也消失了。

勒芙蕾丝消失了。

她是离开了? 还是在坠落的过程中从客舱里摔出去了? 如果是离开了,离开的原因是什么? 如果是摔出去了,为什么没有留下任何痕迹?

　　勒芙蕾丝不会有事的,定愕这样告诉自己。她的能力完全可以应付旧地的环境。他发现自己一点儿也没有担忧或者失落的情绪,而是一种解脱感——一种长久以来被控制而现在终于摆脱了的感觉。在逃亡之前,都市无处不在的关心——换一个词就是无处不在的监视——时刻给他带来被控制的感觉。都市是摇篮,也是牢笼;阿莫是保姆,也是狱卒。他现在终于逃出了这个牢笼,来到了旧地这个都市够不到的、有着无限可能的地方。

　　换句话说,他终于自由了。

　　经过刚才的一番折腾,他的载荷服里灌满了水,伺服系统也完全失效了。他费了好大劲才把它脱下来,试图让太阳和风把载荷服弄干。载荷服理论上应该是完全防水的,只要能把它弄干,伺服系统就能重新启动。旧地的重力是都市星的6倍,他做任何一个简单动作都要用尽全力,而且他根本站不起来,只能用一种半卧半坐的姿势来操作,费力程度加倍。精神上的自由带来的是身体上的束缚,不得不说这是一种黑色幽默。

　　客舱那边传来了一阵噪声。原本指向天空的客舱倒了下来,滚了一圈,消失在了波浪之下。

　　好了,现在客舱上储存的应急食品和求生物资也跟着一起消失了。

　　现在他迷失在旧地的一个不知名的角落,没有网络,没有物资,没有阿莫,没有勒芙蕾丝。在这样一个地方,AI也不会起任何作用。或许他就这么躺下去,就这么被AI吃掉,也没什么关系。在这一刻,他并不关心世界的死活。世界在他的外面运行得好着呢。

　　定愕脱下身上所有的衣服，就这么全裸地躺在沙滩上。他现在只想睡一觉，自从那个AI进入他的脑子，他就没有真正休息过。真正的阳光——而不是都市层区里天穹天气模拟系统模拟出来的阳光——包裹住他的全身，他觉得全身痒痒的。旧地的重力沉重，但是现在他觉得这种沉重不像是负担，反倒像是情人温暖的怀抱，他只觉得有点儿安心。微风拂过，岸边的树林发出"哗啦啦"的声响，他迷迷糊糊地睡了过去。

　　"喂！醒醒！"定愕感到有人在拍他的脸，往他脸上洒水。他睁开眼睛，见到的是一张大脸——是一个女人。

　　这张脸晒得黝黑，长相平平，还戴着一顶帽子。脸凑得很近，表情很好奇，显然是在观察他。定愕不习惯有人在这么近的距离看他，下意识想要往后缩——然而他现在正平躺着，脑袋后面就是沙子，这个动作反倒变成了往前点头，额头一下子撞在了这个人的鼻子上。女人发出一声痛呼，赶紧站起来后退了两步。定愕这才在逆光下看清，女人穿着一件米色的短袖和一条蓝色的牛仔短裤，脚蹬一双高帮的靴子。她戴着一顶帽檐很宽大的遮阳帽，背着一个绿色的大包。

　　"你要做什么?！"这个时候定愕才注意到旁边还有一个人，男性，打扮和这个女人差不多，同样是短裤、短袖，戴着一顶宽檐的帽子，背着一个大包，身后还背着一把黑色的、长条形的东西，显然是武器。他赶紧扶住被定愕一记头槌撞了鼻子的女性，对定愕怒目而视。

　　"我……"定愕挣扎地想要爬起来解释，然而重力仍然没有放过他，他虚弱得根本起不来。就在此时，那个女人帮他解了围，"没事，健雄，这家伙不是故意的，是我唐突了。"她掏出一块布出来擦擦鼻子，定愕软弱无力的头槌让她连鼻血都没流出来，"另外你看他这样子，也没能耐干点儿什么啊？"定愕猛然意识到自己赤身裸体，不禁大为尴尬。定愕发现这两人说什么他都能听懂，就是口音比日常的都市口音古怪。

女人注意到了定愕的尴尬情绪。她解开背上的背包，掏出两件衣物扔给定愕，"喂，自己穿衣服还是能做到的吧？唉，你们这帮'月佬'，刚来地球都是这副死样子。也没事，回去吃点儿药就好了。"

定愕艰难地把短袖、短裤穿上。总算不再赤身裸体，这让他舒服了一些。衣服是简单的淡蓝色，布料触感跟他习惯的合成棉差不多，只是更粗糙——可能是真的棉花。看起来旧地上的这群野人也不是妖魔鬼怪，没有想要吃掉他的意思——如果有，他们没有必要浪费两件衣服。不过话说回来，驱动之后旧地不是已经没有任何人类了吗？

"我看得出来你现在还有一万个问题，这可以等回去了再说。"女人说道。她跟男人对视了一眼，两人走上前来，一人一边将定愕架了起来——看两人的神情，似乎毫不费力。这个时候定愕才发现两人比自己要矮很多，他突然明白北美G02区里的那些人为什么会那么矮了。

两人架着定愕向河边走去，那里停着一艘小船——这也是定愕第一次看见这种简单到极致的柳叶小船。仅用几片木板拼合，简单地在船壳上涂了一层漆。如果是在都市，光是这些木头就能让这艘船变成天价。在不远处的河中央，则有一艘大船，船长大致80米，使用金属制成，涂成白色，船楼在船的尾部，前面则是完全平整的一块，上面堆着各种各样的箱子和机械。怪不得这里没有任何人类活动的痕迹——他们沿着河流前进。船上有不少人跑来跑去，打扮跟这两个人差不多。

两人把定愕如同一捆包裹一样扔在小船上，随即也上了船，拿起两片木板开始划向河中央的大船。定愕想起来，他们用的那两片木板叫作桨，他之前在万方网的某些游戏体验里见过这种东西。

"你叫定愕是吧？"女人划着桨说道。她是怎么知道我的名字的？定愕有些困惑。

"我是摩尔，旁边的这位是健雄。我们属于新广州远征回收队D队。你肯定很奇怪为什么我知道你的名字。我只能说，你从月球上下来是早就安排好的，不然我们也没有办法跑到这里来接你。还是那句话，你现在肯定有一万个问题，这可以等我们回去了再说。"

新广州？定愕愣了愣。名字怎么和东亚的A12区一样。三人的小船靠近大船，几个船员跑过来，把定愕拖上了大船。这几个船员将定愕抬到一个房间里，拿水管将定愕全身上下冲了个遍，然后用吹风机把定愕吹干，再换上干净的短袖、短裤。定愕原本想要自己做这些事情，然而他实在无法对抗地球的重力，只能由着他们摆弄。到了末尾，一个船员拿来一套装备，定愕一看，发现这居然是他之前遗留在沙滩上的那套载荷服，他还以为这东西要么是被水冲走了，要么是被这个所谓的远征回收队给没收了。

穿上载荷服,定愕发现摩尔他们还帮他充了电,不由得大为感激。他打开载荷服的辅助外骨骼,将重力标准调成1g,现在他总算可以在旧地的重力下自由活动了。载荷服的内置空调也同时启动,将身体温度降到了舒适的25摄氏度。定愕来到旧地的第一感想就是,这里实在是太热了。

定愕走出房间,七拐八拐来到了船楼的露台上,正好看见摩尔和健雄正在组织一帮船员们拆开一个大箱子。定愕之前见过那个箱子的形状和尺寸——就是他在发射中心见过的运输到地球的标准货箱大小。他们没有费劲折腾货箱上的高级电子锁,而是非常简单粗暴地使用电焊熔化了锁具和箱门四面的固定锁止机构,直接卸下了箱门。货箱里面的内容露了出来,是包装得整整齐齐的一排排货盘。船员们显然都知道这是什么,一起欢呼了起来。

定愕对货箱里的东西很好奇,走下阶梯过去。他比一路上经过的船员们都要高一个头,然而船员也并没有表现出觉得奇怪的样子。定愕走近货箱,发现摩尔正把一板货盘抽出来,检查货盘里的内容。她端着一台平板电脑,似乎在给货盘上的东西照相。直到定愕走到摩尔身边,他才看出来货盘上都是什么:用泡沫塑料包裹好的、排得整整齐齐的芯片。一颗芯片跟指甲盖差不多大。而摩尔正在记录芯片上的编号。

"北美I04区万方圣迭戈工厂生产的通用处理器,型号是CO2272342526A1。原本的目的地是上海。这一箱有23万颗。"摩尔对着平板说道。说完她才注意到定愕。"你能活动了?"她问定愕。不过看她的表情，她并不是真的想问这个问题，只是把它作为一个对话的引子而已。

"是的，我现在能活动了，不过得一直穿着这身衣服才行。"定愕说道，"非常感谢你们救了我。"他这话说得真心实意，他确实很感激。如果没有这帮旧地人，他现在多半已经挂了。

"我说过了，我们也是受人之托，所以没什么感激不感激的。等回到新广州，给你吃点药，过不了几天，你不穿这身衣服也能在地球上活动了。"摩尔将货盘推回去，招呼船员们重新把货箱门装上，封闭好。

"对了，你们在这附近见过一个女孩没有？长得跟我差不多高，穿着橙色的夹克和黑色的裤子，梳着马尾辫。她跟我一起来的旧地，但是我醒过来的时候她已经消失了。"客套完毕，定愕迫不及待地问了他最关心的问题。勒芙蕾丝消失了——没有任何征兆，也没有留下任何线索。虽然定愕很确定，凭借她的能力在旧地上活动毫无问题，但是他还是很想知道，她到底去了哪里，以及，她还好不好。

"没有。"摩尔干脆利落地摇摇头，"我们今天看到的外星人，就只有你一个。"她看向定愕的眼神，颇有种玩味的味道。

"……好吧。"定愕有点儿失望。或许勒芙蕾丝早就安排好了，在计划中就会在这里跟他分开，或者她碰到了一些紧急情况需要离开。他倒是不担心她会有什么危险，定愕坚信在未来的某个时刻他会再见到她的。

"我刚才听你说，这箱芯片原本是都市星生产出来的，怎么会到了这里？你说发货目的地是上海，那是怎么回事？上海又是哪里？"定愕抛出一大堆问题。他本来想问一些最基本的问题，比方说"旧地上为什么还有人类""驱动到底是怎么回事""你们到底是受谁的请托来救我"，但是怎么也觉得不合适，只好从这些最近的问题开始问起。

摩尔招招手，让健雄过来接替她的工作，领着定愕走向船边。"我们也搞不清楚，"她耸耸肩，"为什么月球，也就是你们这些'月佬'说的都市星，或者说都市的统治层，也就是议会，会向地球发送这么多芯片物资。没有这些东西，我们恐怕没法生活。我只知道议会在上海那边有一个巨型工程，这些东西就是用来建设那个工程的。我们曾经去远远地看过一眼，建起来的那个玩意高20千米，地下还不知道多深。据我们所知，这个工程已经建设三十年了。"

绵延三十年的旧地巨型工程，这让定愕大受震撼。定愕倒不是怀疑议会的工程能力，而是他在此之前居然从未听说过这件事。在自由的，理论上人人都可以发言、都可以说话，没有任何言论审查的万方网上，居然没有任何关于这件事情的信息。政治制度上，议会由十三个民选代表组成，行政机构高度自动化，以减少中间层级和政治腐败，而重大国策则在万方网上进行公投，为什么这种巨大的工程项目没有经过任何民主程序？甚至隐秘到了没有人知道的地步？

定愕隐隐觉得自己过去的世界观又有一根关键的支柱崩坏了。或许他在万方网上听到的关于旧地的说法是完全错误的。或许都市并不存在一个民主政府，议会只是幌子，背后有一个独裁者操控一切。或许当年的驱动……想到这里，定愕的思维仿佛被一堵墙给截断了，他根本不知道驱动时到底发生了什么，万方网上关于驱动的信息少得可怜。

"我想，你接下来就要问'为什么旧地上还有人类'，以及'驱动到底是怎么回事'这种问题了。"摩尔居然准确地猜中了他的想法。她从怀里掏出一个小盒子，打开，里面是排列得很整齐的一根根白色小棍子。她抽出一根小棍子，叼在嘴里，摸出另一个金属盒子，按了下按钮，金属盒子上冒出一点火光，她把这根白色小棍子点燃，深深吸了一口，吐出白色的烟雾。烟雾的味道很奇怪，有一种植物被烧焦的味道。定愕偏过头去，避开这种味道。

"别那样看着我，我没有读心术，不过是你们'月佬'总是很喜欢问这些问题罢了。另外，这叫香烟。你会习惯这种味道的。"她指了指嘴巴上叼着的正在冒烟的白色小棍。定愕注意到，她似乎把都市星称为"月"。

"是的，地球上还有人类，我们就是，站在此地，如假包换。"摩尔退后两步，摆出一个夸张的姿势。"不过也不多了。"她叹口气，"驱动之后，一半人类逃往月球，剩下的大部分死在驱动里了，只有那些最死硬、最"蟑螂"，也是运气最好的人才侥幸活了下来，我们就是他们的后裔。另外，月球上也时不时会有人类逃过来，这帮人往往是那些受不了万方网全景监狱的人。在我们这里也能连上万方网，不过没有人用神经直连模拟刺激，延迟太大，一般都是通过终端。至于现在地球上到底有多少人嘛，谁都无法确定，或许议会知道。我猜大概是几千万吧。驱动之后到现在，地球上仍然有三成地区是不适于人类生存的。"

"至于驱动到底是怎么回事，"摩尔摊开手，"我们这些地球人也不知道。你们月球都市那么先进的信息网络都保留不下来的信息，我们这些流浪者就更不知道了。"她吞吐着烟雾，看着船外慢慢向后退去的茂密丛林，"你知道吗？驱动之前，这里是非常繁华的市区。我们就行驶在原先的大城市的内河上。但是现在，一片原始森林而已。一开始知道的时候我也不信，后来是偶然间获得了一套驱动之前制作的全球商业卫星地图，反复比对之后才确信。"

这怎么可能，定愕条件反射地想反驳。随即他看到对面的河边上隐约露出一个巨大的形体，已经碎成了好多块。那似乎是一座桥的残骸。

货船的发动机发出"突突"的声音，烟囱里冒出青色烟雾，缓缓驶过已经破碎的大桥遗迹。桥面的混凝土块散落着摊在岸边，灌木从缝隙之中顽强地刺出来。在桥的背后，虽然是一望无际的原始丛林，但仍然有些东西从丛林的树梢中冒出来，形状太过规整，不像是自然的产物。

这就是驱动之后的旧地世界。文明毁灭，剩下的部分人逃往另一个世界，而其中的大部分甚至继续逃离，逃到了一个安全的、由他们自己定制的、无忧无虑的世界中去了。

"……总之，情况就是这么个情况。"定愕回过神来才发现摩尔正在跟他说话，"我们也是受人之托才来找你的。否则怎么可能那么快就跑过来。"可能是勒芙蕾丝提前安排好的，或者说是她的雇主。听到这里，定愕心里涌上了一股暖意。"至于你剩下的那九千九百九十九个问题，等你见到那个人的时候再问好了。我们这条船过不了多久就会回到新广州,到时候我会带你去见那个人。"说到这里,定愕对"那个人"好奇心大增。不过反正不过多久他就会见到,现在倒不必急着问摩尔。

就在此时,船员中有人打了个呼哨。整条船喧哗起来,所有人都在抬头往上看。定愕顺着他们的目光看去,一个黑点从他们前面不远的天空坠下,消失在丛林的那一边。不一会儿,一阵黑烟从黑点消失的方向飘了起来。船员们指指点点,都在说着刚才那个货箱坠落的事情。

一个船员走过来,给摩尔递上一台平板电脑。摩尔低下头迅速地看了一眼上面的信息。"欸?真奇怪,这个目标可没有在货物单里……"她自言自语道,抬起头来瞟了一眼定愕,笑了笑,"'月佬',我们得晚点才能到新广州了。"随即她放下平板,转过身面向身后的舰桥大声发布命令:"所有人!我们要去回收那个货箱!如果能找到什么好玩意儿,全体多发20%奖金!"船员们欢呼起来,货船的发动机噪声提升了一个级别,向着坠落地点开去。

货船往前没开多远,河流出现了分支,货船转弯驶向大河的支流。这条支流比刚才那条大河窄很多,货船开上去仿佛占满了整条河道。摩尔说,这原本是大城市里的景观河道。定愕仔细分辨,但是仍然看不出任何人工的痕迹,两边仍然是茂密的热带丛林。两百多年的时间足够抹去大多数人类留在旧地上的印记。不过货船开了一段时间后,他醒悟过来,这条河道本身就是人类遗留的痕迹,货船开了那么长时间,河道仍然是直线。

又过了一段时间,货船开上另一条支流,冒着黑烟的坠落地点已经离他们不远,定愕已经能够很清楚地看见丛林背后的烟柱。货船缓慢地靠岸,船员们开始忙碌起来。几个船员跑到船首,将船锚扔下水。另一组船员则启动左边甲板上安装的一套机械装置,在液压管线的驱动下,机械抬起头,伸长,旋转90度,搭上岸边的泥滩。

"我想跟你们一起去。"赶着摩尔招呼队员们下船离开前,定愕追上去说了一句。他确实很好奇都市又向旧地这边发射了什么东西,为什么刚才摩尔说"这个目标没有在货物单里"?

"没问题。"摩尔在向着船员们发布命令的间歇,回过头来跟他说道。她的表情似笑非笑,有些玩味。"不要拖我们后腿就行!"她招呼了一个船员过来,从他的腰间抽出一把类似手枪的东西,扔给他。定愕赶紧接住,发现这似乎并不是真的手枪,虽然有枪管、扳机和握把,但是枪身呈显眼的亮橙色,似乎是塑料材质,而且口径过大,更像是玩具枪,而非某种严肃的武器。"这里是地球,月球那套复杂的网络系统在绝大多数地方没用。这是信号枪,万一你走丢了,找不到人了,或者遇上什么危险,朝天扣下扳机,我们会看到的。记住,省着用,只有3发弹药。"

定愕赶紧将枪塞进他的载荷服口袋,这是保命的东西。健雄以及另外几个船员跟着摩尔,从他身边走过,他们沿着刚才货船上展开的简易船桥上了岸。定愕走上船桥才发现船桥的阶梯都是弧形的,他差点儿摔下去。而摩尔和她的队员们显然是早就习惯了,个个如履平地。定愕只好紧紧抓着扶手,在旧地的重力下一步一步慢慢往下挪。

好在摩尔他们下船之后并没有急着去往坠落地点。货船的吊机伸长吊臂，从货船上把一个大家伙吊运上岸。那是一台重型工程外骨骼，型号跟管道井里的那两台差不多。定愕总算明白他们是如何把一整个货箱从坠落地点搬上船的了。队员们七手八脚地帮助外骨骼落在岸上，解开吊机的绳索，一个船员打开背部的口盖，钻了进去。没过多久，外骨骼活了起来。定愕跟着一队人向着坠落地点前进。

丛林十分茂密，很多时候过于茂盛，需要穿着外骨骼使用电锯一类的工具才能开辟道路。40分钟之后，一队人艰难地跋涉到了货箱的坠落地点。货箱将周围的丛林砸出一道空地，长长的一溜植被被巨大的力量折断倒伏，尽头则是个大泥坑，泥坑里的黑色货箱在另一头堆出一个大大的泥土堆。黑烟正是从这些泥土堆上燃烧着的植被里冒出来的。现在明火已灭，只剩下浅浅的烟雾。

"怎么摔成这样了……"摩尔站在泥坑边缘，皱眉说道。这也是定愕的疑问，看这个冲击坑，货箱里的东西还能用吗？

不过摩尔也没有光站在那里感叹。"所有人！开始干活了！"下一秒，她开始发号施令，让队员们把货箱上的泥土扫掉，平整泥坑的边坡，铺上树枝，给工程外骨骼提供支撑点。然后在旁边找出一块地，清理掉植被杂物，找平，铺上木桩，把货箱转移到这里。就连定愕都领到了一个清理地面的活儿。

外骨骼走进泥坑，接驳好货箱上的吊挂承力点，缓缓地将货箱抓举抬升起来。队员们绷紧手中的绳索，引导外骨骼一步步地从泥坑里走上来，最终将货箱放在刚才准备好的木桩支撑上。定愕在月球的发射中心见过这样的货箱，知道货箱的原始颜色是浅灰色。而这个货箱是黑色的，大概是与大气摩擦之后烧灼产生的痕迹。货箱本身不大，在月球发射尺寸标准之中属于小号。里面能装什么货物？

摩尔走近货箱的舱门，仔细辨认上面的编号，与平板上的列表做比较。联想到之前摩尔说的，定愕猜测他们多半是黑进了地表发射中心的系统，能获得完整的发射数据，知道货物类型、发射时间，甚至可以修改坠落地点。这实际上跟勒芙蕾丝做的事情是一样的。

"货物单里确实没有。"摩尔抿着嘴，转头跟健雄说道，声音不小，并没有瞒着定愕的意思。随即她凑上去，开始研究舱门上的电子锁。"王博！你带了气割枪是吧？老规矩，把门割开。"她招招手让旁边一名队员上前，却转眼间改了口，"咦？王博，你不用费劲儿了。"她简单地在电子锁的触摸屏上按了几下，舱门泄压，自动向一旁展开。

"没有锁。直接打开了。"摩尔看到货箱内部，转过头向定愕说了一句，神情中似乎大有深意。定愕不知道她是什么意思，探头看向货箱内部。在货箱的正中间，是一台被牢牢捆扎好的机械：它有着长长的头部，中间隆起的透明件，以及机身下方左右对称的两个明显的安装支架。货箱两边的厢壁上则挂着与货箱同长的薄板零件。在机身的侧面，可以看见一个清晰的"东亚重工"的logo。这是一架适用于旧地环境的可拆卸轻型飞行器。

定愕明白过来，摩尔刚才为什么会对着他说那句话。

第十二章　第十三人

　　华盛顿被一阵急促的闹铃吵醒，满心都是不情愿。他头昏脑胀地看了一下时间，现在是太阳系标准时间5∶32，距离他躺下不到3小时。他的日常事务列表里增添了三个新的红色的紧急标识，而吵醒他的则是另一个在不断跳动的鲜红色"特别紧急"图案，是他的紧急事务助理打来的电话。他拥有在任何时间给他打电话的权力。

　　华盛顿眨眨眼，接通了电话。"又发生什么事情了？"他没好气地问道。昨天北美区一个层区的气候系统出了问题，迟迟没法修好，作为议会十三人里资历最浅的一位，他不得不亲自跑了一趟，视察现场的检修情况，顺带安抚民众，直到半夜十二点多才把现场事情处理完毕。回到他的议会居所时，已经半夜一点了。那之后，他又得处理标着紧急、不能过夜的一大堆文件，虽然只是简单地看看，并且在附上来的处理意见上打钩，但是直到两点多他才真正睡下。现在，在短短3小时过后，他又被叫醒了。

"华盛顿议员先生,东亚C09区发生了一起治安案件。"紧急事务助理布伦南的声音毫无波澜,一如既往的恭敬。

治安案件叫我干什么?这是华盛顿的第一反应。直接交给警察系统就可以了,跟网络犯罪有关系的,交给图灵警察。如果事情特别严重,交给议会危机处理组。一般情况下他看个简报就行,这种事情没有必要反馈到议会十三人这个级别。

"华盛顿议员先生,这起治安案件在C09区引发了不小的骚动。现有情报认为,这起案件跟万方公司危机处理组有关系,他们的一个成员叛变,引起了一场大规模内战。"布伦南语气不变。

"噢,我明白了。"华盛顿的嘴巴机械地回应。他明白过来。万方公司危机处理组,见鬼,为什么这种事情会落到我的头上。

六个月前,华盛顿还只是北美区一个普通的都市维护工程师,每天按时正常上下班,没什么特别的。在现今的都市,有一份工作已经是极少数人的特权,华盛顿没有把自己塞进深层层区的棺材水箱,每天在万方网上冲浪,靠着政府福利为生,已经属于相当幸运的事情。他工作之余只有一个爱好:在万方网上键政。

华盛顿下班之后的活动就是连入万方网,在各种社交平台上发表自己对目前都市行政的看法,参与各种自发组织的论坛和意见收集活动。他会收集大量数据和材料,形成自己的意见,递交给都市各种行政部门,积极参与日常举行的议会公投和听证等活动,与人辩论,并且号召都市的公民们都来关心都市的治理情况。

这原本只是他的业余爱好。万方网的虚拟世界可以容纳所有不同的爱好，包括键政。都市行政机构大部分的事务都是自动化处理的，效率极高，剩下的决策部分则完全民主化，大事全民公投，小事由民选代表议会十三人处理。像他这样积极键政的人在整个都市公民群体中属于少数，但仍然有一个极大的绝对数量。

事情的变化开始于六个月前的一次公投。

在如今万方网上充满激素的社交网络的刺激下，一些键政团体提交了一个公投提案。内容很简单：考虑到目前万方网上的舆论情况，你是否支持在某些特定的情况下，系统自动屏蔽某些特定的词语？

作为一个老键政人，华盛顿在万方网的论坛里辩论时什么风浪没见过？这个提案极大地冲击了他对于言论自由的铁杆信仰，暴怒的华盛顿花了半个小时录了一条视频，将这个提案从头到脚喷了个遍，带上提案里拟订的那个屏蔽词语列表里的所有词，一刀未剪就上传到了最大的几个键政论坛。

然后他就火了。这条视频彻底出圈，播放量直接过亿。无数人转发视频，媒体、厂商、各种团体纷至沓来，都想要借一借他兴盛的名气。

华盛顿懂得"在网络时代，任何人都可以出名15分钟"的道理。他只是想要利用一下他短暂爆发的名气，或许可以挣到一些额外的利益，让他能够在被大众快速遗忘之后舒舒服服地过完下半辈子。然而一个突发事件彻底打乱了他的计划，他是通过新闻才知道自己登上了马上要改选的议会十三人的候选人名单。这个事情让他慌乱了好一阵子，好不容易才说服自己绝无可能当选，这只是某些好事者的恶作剧。之后举办的两年一届的选举在议会十三人之中更替了四个人，他是第四个。

华盛顿就这样被赶鸭子上架，成了十三位都市最高权力代表中的一位，也是十三人中唯一一位纯素人。其他的十二位，要么之前就在这个十三人议会里做过几届，要么之前就是大型政府机构或者工商企业的领导。他们在上位之前都进行了大规模的宣传和竞选，只有华盛顿，唯一的功绩只有那段充满了少儿不宜的词汇的视频。

议会改组之后的第一次集体会议，华盛顿完全没有理解到底发生了什么。他只知道在几轮寒暄和废话之后，大家似乎形成了某些并没有包括他的共识。然后他被安排了一个任务，作为议会中资历最浅的代表，以及一位前基础设施维护工程师，他负责基础设施维护和紧急事务处理方面的工作。"其实很简单，只需要给递上来的文件报告打钩就行。"这是当初十三人议会的首席发言人亚当斯的原话。他是笑着对他说的。

那之后他才知道这句话是完完全全的狗屁。

华盛顿睁开眼睛，拔掉脖子后面的插头。映入眼帘的是他的议会居所卧室巨大的落地窗，窗外是都市星一望无际的灰色地表。如果走到窗前，还能看到天边悬挂的旧地的蓝色泪珠。这是他作为十三人议会代表的小小特权：代表可以自由选择自己居所的位置，行政机构都会予以安排。他选择了都市星地表。不过在现在的都市，这件事情对其他人来说没什么意义。

"华盛顿议员先生，专车已经在车库等待。"家居助理AI阿莫温柔地提示。他从连接床上坐起来，走到浴室冲洗了一下，调低水温，给了自己一个小小的刺激。然后他换上了正式的灰色套装，走到车库，坐上专车，出发前往东亚区。"华盛顿议员先生，我们现在前往东亚C09区。"紧急事务助理布伦南的虚拟形象就坐在他的旁边，穿着一身没有任何褶皱的黑色套装，容貌英俊，头发梳得整整齐齐，毫无瑕疵。华盛顿只见过他的物理实体两次，一直怀疑他是一个AI，人类没办法做到24小时全天候在线，永不疲倦。华盛顿觉得自己下台之后，上台的就会是这个助理布伦南。

专车浮空，驶出车库，飞向东亚区。专车是议会十三人的特权：十三人里每个人都有一辆东亚重工专门为议会设计的飞行器，装修豪华，可以在地表上空飞行，也可以进入都市管道运行，必要时还可以入轨，华盛顿听说它甚至可以飞往旧地——然而这一点没有人真正验证过，所以无法确定。专车比都市里的普通出租车要大很多，轮廓看上去就像是一台地面车后面接上了一台巨大的磁致等离子发动机，但是轮廓线条却异常流畅。议员当选之后可以将专车涂成自己喜欢的颜色，华盛顿选了银灰色外表、米色内饰。专车由议员自由支配，没有任何限制，在如今这个时代，这是极大的特权。这是华盛顿当选之后最喜欢的东西。华盛顿将两边车窗和天棚都调成了半透明，好让他能够欣赏窗外的地表景色。

"万方公司有没有说什么？公开或者私下的？"华盛顿打起精神问道。在出发时他收到了一大堆数据，是现场的监控记录。情形不是太妙，现场一片狼藉，案发地点是C09区万方公司的一个旧数据库,这里现在看上去已经被完全摧毁,多层结构全都垮了下来,变成一片瓦砾。周围也有很多爆炸痕迹,简直就像是爆发了一场战争。在一个战争和动乱的主要形式已经移到线上和表现为电子战、信息战的年代,现如今有这种火力的组织屈指可数,除了议会危机处理组,也只剩下万方公司危机处理组了。

"华盛顿议员先生,在公开消息中他们表示这只是一次事故,并且在网络上尽量引导大众对这起事件的关注。"助理又扯出一大串数据,"幸好C09区属于接近被废弃的老旧层区,居民人数很少,统计显示,在我们说话的这一刻,C09区的活动居民数量为3692个。所以目前万方网上关于此事的流量并不大。"

华盛顿感觉自己的压力稍微减轻了些,"那私下呢?他们有没有联系议会,提供什么解释?"

"华盛顿议员先生,他们还是极力劝阻议会不要插手,表示这是公司内部事务。"助理说道,华盛顿面前又刷出好多条数据,他看着就觉得头大,"万方公司危机处理组有组员叛逃也是他们透露的。他们表示这件事他们会妥善处理,有什么损失也会及时赔偿。目前万方公司的消息就这么多。"

"万方公司的一贯作风,哼。'请少安毋躁,万方公司会立即为您解决问题。'"华盛顿的鼻子里喷出气。万方网出了问题的时候,故障页面和客户服务都会显示这一句话,它已经成为网络键政的巨魔名句。万方公司是都市议会最重要的合作伙伴,因为他们掌握着都市星最重要的基础设施——万方网。华盛顿还是一个键政人的时候,就对万方公司的很多做法十分不满,曾多次参加呼吁拆分万方公司的政治活动,但是无一例外无疾而终。

直到他当上都市议会的最高民选代表，他才接触了很多内幕。议会跟万方公司的关系十分微妙，议会需要同万方公司合作才能治理都市，然而万方公司的很多做法是议会很难接受的，比方说，万方公司危机处理组。

驱动之后慢慢生长起来的都市和万方公司的约定原本是：都市议会负责基底现实，万方公司负责万方网。随着越来越多人放弃基底现实，转向全天候的模拟刺激，议会的控制范围越来越小，而万方公司的权限越来越大。图灵警察也是万方公司原本的网络管理员逐渐演化而来的，感受到了危机的议会使用了很多微妙的政治手段才将图灵警察划转到自己手下，从此议会对万方网也有了一定的控制权。而议会付出的代价就是万方公司危机处理组的成立。万方公司原本的说辞是，为了处理跟万方公司直接相关的网络犯罪案件，所以需要组建一支能在基底现实开展行动的部队。在议会看来，这就是毫无疑问的管辖权干犯行为。但是由于图灵警察的事情，议会捏着鼻子忍了下来。最近几年，万方公司危机处理组执行的任务越来越多，名声越来越响，行动越来越肆无忌惮，议会也越来越无法忍受万方公司的跋扈。"遏制或者干脆消灭万方公司危机处理组"，这是这段时间议会十三人之间秘密讨论的问题之一。

专车去往东亚区需要几十分钟的时间。就在此时，华盛顿的视野中浮现出一个湖蓝色的窗口，这意味着有非常重要的人给他打电话，一般是议会里余下的那十二个人。果然，名字和照片随后出现：议会首席发言人亚当斯。他选择在这个微妙的时间点联系华盛顿。

　　议会的十三人没有等级差别,理论上是完全平等的。都市的所有大事,只要没有上升到全民公决的地步,都需要经过十三人合议,多数决断。当然这只是好听的宣传,实际上,议会会划分出等级,十三人当中的领袖只有一个简单的头衔——首席发言人,其余的等级都在各自的心照不宣中划分完毕。很不幸,华盛顿理所当然地被划分到最低的那个级别。上台之后他恶补了一些人类学基本理论,知道这叫作"啄序"(pecking order)。然而这些理论并不能让他提升级别。

　　华盛顿深呼吸两次,接通电话。"华盛顿议员先生,我听说你这边接了个不得了的事情啊!"亚当斯是资格非常老的议员,已经连续五届当选。他的公共形象是一个中年男性,高加索人种,英俊,一头银发,下巴敦实,身材高大,孔武有力。画面中的他也确实如此,精神奕奕、容光焕发,跟他每次在公共视频流中露面的样子别无二致。但视频流里的这个亚当斯不是他的真人形象,亚当斯的物理实体比他的公共形象要老得多,正装包裹下全是赘肉,肚子挺出来,宽大西服也掩盖不住。华盛顿看得出来,他那头银发是染过的。

　　"是的,首席发言人先生。东亚区发生了一起治安案件,跟万方公司危机处理组有关。"华盛顿说道,语气平板,尽量不让自己露出任何情绪。他应该把自己在视频流中的形象调成公共形象,但是在当选议会代表三个月之后,他还是不怎么习惯这样做。

　　"这可是个好机会啊!"亚当斯语气夸张,"比尔(华盛顿的小名),还记得我们上次线下会议的议题吗?我觉得我们这次可以把决议付诸实践了。"亚当斯说得很含糊,什么关键信息都没有透露——这也是因为议会担心万方网上的通信有泄密风险，特别是涉及万方公司本身的一些消息。万方公司再三保证，议会内部的通信信道是绝对保密的，但是每当碰到这类问题，议会内部还是会选择私底下面对面讨论。上次线下会议的议题，正是关于万方公司危机处理组的。十三人讨论了半天应该如何动手，结果还是没有什么头绪。

"我觉得我作为议会十三人里资历最浅的议员，可能没有能力执行那个决议……"华盛顿也说得含含糊糊，但他说的确实是实话。首先，上次的线下会议没有得出任何决议，唯一的共识就是这个问题很重要，下次再议；其次，既然是其余十二人都没有得出结论的问题，怎么能让他这个素人来处理；第三，天塌下来有高个子顶着，这种事情还是让您这个多届老牌议员、现任首席发言人来干吧，就别让我这个菜鸟出来顶雷了。

"这个没问题！议会就需要你这样年轻有活力、敢打敢冲的新议员！我相信你会做好的！干吧，阁下！"亚当斯的脸在画面中停住，电话断线。

华盛顿叹了口气，亚当斯还是一如既往的霸道蛮横，不给人任何选择。他很想撂挑子走人，诸事不管，就这么优哉游哉熬过两年任期，你奈我何？议会十三人成员没有特别重大的犯罪或者决策失误，很难被弹劾，并且弹劾议会成员也是需要全民公决的大事。事实上，现在的十三个人里就有两个人从不理事，一个是叫杰弗逊的老人家，看上去已经七老八十了，另一个是叫哈定的派头非常花花公子的家伙。他们只在线下会议出席，就算出席也一言不发，其余时候基本找不到人。更神奇的是，这两人也都是连续三届当选的议员，不知道是怎样被选上的。至少华盛顿印象中从没投过这两人的票。

　　然而华盛顿作为一个老键政人的自尊阻止了他这么做。他还是真心实意想要给都市做一点儿事情的。成为都市最高议会十三人中的一员，这是一个键政人所能想象到的最大的荣耀。

　　华盛顿抹抹脸，从专车后座的扶手里打开一个抽屉，拿出一盒药片，倒出两片吃下，喝了点水把药片咽下去。这种蓝色的药片有一个很复杂的处方名称，华盛顿从来记不住。但是它可以帮助华盛顿快速恢复精力。这三个月里，这个药丸救过他很多次。

　　"华盛顿议员先生，右哌醋甲酯作为中枢神经系统兴奋剂，长期服用会导致如下多种后遗症：食欲缺乏、失眠、运动障碍……"一旁的紧急事务助理布伦南温柔地提醒道。

　　"议会是不是会给议员提供全覆盖的医疗保险？"华盛顿反问道。

　　"是的，华盛顿议员先生。议员的医疗保险是全覆盖的，终身提供——"

　　"那不就完了。"华盛顿打断布伦南。实际上，这番对话已经发生过好几次。前两次他当着布伦南的面吃药，也得到了一模一样的提醒。他怀疑布伦南根本就是个 AI。

　　药片挺有效。紧急事务助理沉默了好一会儿。专车高度下降，地表逐渐出现了两道橙红色的灯带：那是通往东亚区管道公路的地表管道引导进近灯。专车逐渐降落，华盛顿感到一阵轻柔的震动，专车降落在跑道上，前方就是东亚区管道黑洞洞的入口。他眼前一黑，车内自动调整了灯光和透明度，现在已经完全看不到外面的景色了——反正也是单调的隧道景象。现在他们已经在通往东亚C09区的管道高速公路上。

"华盛顿议员先生，新消息，万方公司现任总裁杨立春也会抵达现场。他发来消息，希望能与您商讨这件事情如何解决。"助理突然说道。这倒是一个新发展，华盛顿还从没在线下见过这位杨总裁。

"你好，华盛顿议员先生！这将是我们的第一次见面、第一次交谈。自从知道了这次不幸的事故之后，我就十分焦急，也是第一时间奔赴现场，现在我还在路上。我也听说，议会委任您全权处理此次事故。我相信我们携起手来，一定会把此次事故处理妥当，不留任何'后遗症'。期待与您会面！"

这是杨立春发来的消息。视频流里呈现的是一个精力充沛、神清气爽的东亚裔中年男人，虽然算不上特别英俊，但是眼神锐利。华盛顿之前在公共视频流中见过杨立春，跟这张脸差不多，只有一点儿微妙的区别。他一点儿也不相信那就是他的真实样貌。现如今的公共人物都是如此，他们都有很多张脸孔，在不同的场合和时间地点，使用不同的脸孔。

"华盛顿议员先生，建议您的回复不要太短，否则会显得对杨立春先生不够尊重。我已经为您拟好了回应的消息，请看……"虽然华盛顿很多时候挺烦这个事务助理，但是作为一个因为极其偶然的因素当选的政治素人，没有布伦南，他恐怕已经社死很多次了。而且他也确实不耐烦在这种情境下字斟句酌地拟一条给万方公司总裁的回复。他瞥了一眼布伦南发来的文字，脸上努力摆出一副积极的表情："你好，杨总裁！我也十分期待我们的这次会面！这次出了这么大的事情，我也感到十分痛心。亚当斯议员先生特地委托我来处理此次事件，我相信我们一定会将此事处理好，给广大民众一个交代。我快要到了，等会儿见！"

把消息发送出去之后，华盛顿注意到了杨立春消息中的某些微妙之处。"事故"，这是万方公司对这件事情的定性。万方公司显然想要大事化小、小事化了，但是议会并不一定想要这么做。如果能够趁着这个机会，真的狠狠地打击削弱一下万方公司危机处理组，或者干脆逼得万方公司彻底解散这个组织，这对整个都市、议会，乃至他个人，都是件大好事。布伦南拟的回应中没有顺着杨总裁的说法，只是说这是个"事件"，显然是捕捉到了他和议会的想法。

这小子以后肯定能成为十三人之一。华盛顿看了一眼旁边布伦南的虚拟形象，助理的虚拟形象是万方网上很少见的、没有经过任何美化的例外，因为他的肉身跟虚拟形象一样俊美。这让人再次想起那个问题，华盛顿思忖，布伦南到底是不是真人……

"华盛顿议员先生，我们马上要到了，预计离目标地点还有5分钟车程。"布伦南恭敬地说道。专车四周的风挡变得透明，显露出周遭的景象。他们现在已经抵达东亚C09区，正在城区内的道路上行驶。

"这里真够旧的。"华盛顿咕哝了一句。这时天穹照明已经打开，天光大亮，华盛顿从车窗看出去，只能看到各种半新不旧挤得密密麻麻的大楼,和因缺少维护已经长得七扭八歪的绿化植被,就连公路边上的水泥人行道都有各种破损,顽强的植物从这些混凝土裂隙中冒出来,长得一丛一丛的。随着他们接近事发地点,华盛顿看到了更多被事件波及的废墟和残骸:这栋大楼三层的一户房间被某种直射火力打碎,弹道直通大楼背面;那边街区的墙上布满了弹孔,路面上还有两个巨大的弹坑;好几簇黑烟从被楼房遮蔽的远处冒出来,表明战斗引起的大火还没有完全熄灭。红色的自动消防车爬满了四周,不过华盛顿没有见到救护车。按照通常标准,都市的一个层区可以容纳一百万人,而C09区现在只剩下了三千六百多。这次内战发生在一个已经几乎完全空掉的地方,算是不幸中的万幸。

离数据库废墟还有大概2千米的时候,华盛顿的专车穿越了封锁线。封锁线由议会危机处理组设置,议会危机处理组的义体士兵拦在华盛顿的专车前,仔细检查了一番,挥挥手放行。专车没行驶多久,只穿过两个十字路口,他们就被第二道封锁线阻拦下来。两个跟之前造型差不多的义体士兵拦在车前,没有让开的意思。有一个义体士兵走近车辆。这个义体士兵穿着灰色的拟肤护甲,手持一把电磁步枪。头盔遮着脸,只能看到光滑的面罩。华盛顿从他胸前的标识认出了这些人隶属的机构:万方公司危机处理组。

"您好,华盛顿议员先生。请打开车窗。"声音非常机械化,经过了变声处理。

如此对待议会十三人,这简直是无法无天。华盛顿习惯性地去找布伦南,让他跟这些人交涉,转头才发现布伦南的虚拟形象已经消失。他感受了一下，无线网络频谱上一片寂静，没有任何信息传输。该死，这帮人阻断了这里的网络。

"您好，华盛顿议员先生。请打开车窗。我们需要验证您的身份。"声音重复了一遍，仍然听不出任何情绪。

现如今华盛顿也想不出任何办法。这完全是对议会的羞辱。他只好手动操作，打开了车窗。

"您好，华盛顿议员先生。请看向我的眼睛。"士兵又重复了一遍。华盛顿还没来得及说"你戴着头盔我根本看不到你的眼睛"，士兵的面罩就自动打开，露出一张非常漂亮的女性面孔。尽管他早就在万方网上看习惯了各种俊男美女，华盛顿顿时也没法生起气来。他只好耐着性子看向这张脸上那正扑闪扑闪着睫毛的大眼睛。这还是华盛顿第一次见到万方公司危机处理组组员的脸。

士兵目不转睛地盯了他片刻，应该是在做瞳孔扫描。"您好，华盛顿议员先生。身份验证已经完成。您可以走了。"士兵扑哧一笑，神情无限娇羞，连声音也变得娇滴滴的。华盛顿的无线网络重新活跃起来，士兵的面罩放下，重新变回冷酷的战士形象。前面的两个士兵让开道路，专车继续前进。布伦南闪动几下，出现在副座上。

"布伦南。"华盛顿问道，"你见过万方公司危机处理组的组员吗？"

"华盛顿议员先生，我见过。"

"他们的组员，是不是都是……非常漂亮的女性？"

"是的，华盛顿议员先生。这是万方公司有意设计的。大量实例表明,使用容貌出众的女性形象可以有效地降低对象的抵抗意志。这是人脑的认知神经基础决定的。"

"为什么议会危机处理组,乃至整个警察部门不这样做?"

"华盛顿议员先生,全部换装女性义体需要相当大一笔预算。不过在最近两年的年度预算讨论中,这个项目已经被列入清单,预计在五年之内全部更换。如果您对这个项目有兴趣的话,可以参考《2272年年度预算案》的第18项'公共安全开支'的第57条……"

"行了行了。这个我们回去之后再说吧。现在先不说这个。"

"好的,华盛顿议员先生。"

专车又前进了一段距离,最终停了下来。停车的位置正好在已经彻底倒塌的数据库背面。专车旁边是一辆尺寸差不多,但是更加豪华、线条更加流畅的车辆,华盛顿思忖,这应该就是杨立春的车。这辆车的颜色是一种极深的灰色,不反射光线,可以想象,在地表飞行的时候,它几乎就是隐形的。

华盛顿下车,布伦南的虚拟形象紧跟其后。他绕到倒塌的数据库正面,看到杨立春正在跟一位万方公司危机处理组的组员说话,眉头紧锁。他的肉身跟视频流中的形象差距小,很令人意外,仅仅是更胖一点儿,更老一点儿,脸颊上有更多的肉,眉眼更软。他的穿着也非常简单:深色下装,毫无皱褶的白色丝质衬衣,袖子卷到胳膊上,没戴任何装饰品。想来他这个地位的人也不需要装饰品。

华盛顿走近,他很自然地转向他。"华盛顿议员先生,你来了。"杨立春伸出手,华盛顿轻轻地握了握。"我正在听我们危机处理组的Ξ①组的汇报,基本情况我已经大概掌握了。庞加莱,给华盛顿议员先生介绍一下情况。"

"且慢。"华盛顿巡视一圈,皱起了眉头,"我没看见C09区的区长和议会危机处理组负责此事的部门主管。他们在哪里?"华盛顿决定先发制人,也是报刚才被万方危机处理组检查的一箭之仇。

"华盛顿议员先生,考虑到您当选没有多长时间,可能对情况有些不清楚。"杨立春笑着说道。随即,他旁边的庞加莱说话了,"我们跟议会的协定是,万方公司危机处理组仅仅处理和万方公司有关的事件。在这个过程中议会的力量尽量不插手。考虑到这是万方公司危机处理组内部事务,为了保密,我们并没有通知本地的治理机构。"

这位庞加莱……先生也使用了极为漂亮的女性义体。拟肤装甲下的身体微微露出曲线,配上低沉柔美的嗓音,华盛顿也搞不清楚他是男是女。

"华盛顿议员先生,我们是出于尽责的态度,才通知议会这件事的,毕竟发生了这么大的事故,万方公司也很遗憾。我们原本是完全可以不通知议会的。"杨立春轻声说道。在华盛顿看来,与其说这是诚恳的解释,还不如说是一种威胁。然而他也不知道该如何应对以改变这种弱势的情况:要是这是一场发生在万方网某些政治论坛上的辩论,他早就火力全开喷回去了——真实的政治果然跟键盘政治有很大的不同。

建议不要纠缠这件事,华盛顿议员先生,先看他们后续打算

---

① 这是第十四个希腊字母,读作"克西",其小写是"ξ"。

如何处理。布伦南发来文字信息。

"我明白了。"华盛顿慢慢说道,"那请这位庞加莱先生汇报一下情况吧。"

庞加莱汇报的信息跟之前华盛顿收到的简报没什么差别,无非多了些细节。万方公司危机处理组的一位名叫戴斯特拉的组员因为某种他们还不清楚的原因叛变,万方公司派出危机处理组三组前来拿人,双方展开了激烈的交火。目前他们还没抓住这位叫戴斯特拉的组员,正在搜索中。

在如今的网络时代,抓不到一个全身上下都是电子设备的人,这让华盛顿有点儿无法想象。"万方公司危机处理组组员有非常强的电子战能力,反侦查意识极强。"华盛顿甚至从他的语气中听出了一丝自豪。

"那说一下你们之后打算怎么办吧。总要先把人抓到才行。"华盛顿不耐烦地挥挥手。

庞加莱说的华盛顿也能想到,增加兵力,封锁整个区域,利用电子战手段搜索,无非就是这么几条。

参考布伦南的提点和自己的键政经验,华盛顿又提出了这么几条要求:增加兵力和封锁C09区都没问题,但是议会危机处理组要参与此事,联合行动;此事要向C09区的居民进行说明,请求帮助和谅解,民事相关工作交给C09区的区长;万方公司需要聘请第三方保险评估公司对C09区的补偿和重建进行评估。总之,华盛顿的宗旨就是,这件事情闹得越大越好,牵扯进来的人越多越好。在这过程之中万一出了什么新的事故,就可以形成强大的政治压力进一步逼迫万方公司。没准他可以实现议会一直想要达到的那个目标呢。

经过了一些细节上的小小争执,杨立春代表万方公司同意了华盛顿的这些要求。看来杨立春也很想尽快解决此事,作为万方公司总裁,还有一百万件事情等着他处理。之后两人寒暄了两句,杨立春坐上他的专车,匆匆离开了现场。

布伦南以他通常的高效召唤来了C09区的区长,并给他分配了一大堆任务。很快,议会危机处理组的运兵车也到了。在抓捕过程中他们负责封锁筛网,而万方公司危机处理组组员则使用他们自己保密并且拥有专利的神秘电子战技术负责搜索。

庞加莱向着华盛顿敬礼,还没等华盛顿点头还礼,便放下了面罩,指挥其他的万方公司危机处理组组员执行任务去了。他们身上的拟肤护甲泛起波纹,随即变成一种复杂的与当地街景极为接近的迷彩,隐没了视野之中。下一秒,华盛顿就无法再用肉眼捕捉到这些人的轮廓了。万方公司危机处理组的技术比议会的要先进得多。

理论上华盛顿现在也可以就此离开,把事情留给紧急事务助理布伦南,乃至助理的助理来跟进,但是他有心想要亲眼观察万方公司危机处理组日常如何行动,就留了下来,现在他是现场名义上权限最高的人。他突发奇想,想要在C09区里随便走一走。

"华盛顿议员先生,我不建议您这样做。考虑到外界还有一个在逃的、具备尖端战斗能力的罪犯,这对您的安全十分不利。除此之外,您今天的事务安排……"布伦南的声音还是如此柔和。但是华盛顿的老键政人精神发作,我不过是一个机缘巧合

被选举上来的议员而已，有什么要紧的？他找来两个议会危机
处理组成员作为自己的护卫，信步踏上了C09区的人行道。

　　两架万方公司的支援电子战无人机嗡嗡地从头顶飞过，赶
往远处不知名的位置。华盛顿感觉无线网络里有些毛躁，颇让
人不舒服。他接入万方公司危机处理组的战术频道，发现频道
里并不像他想象的那样充满了各种呼号，而是一片寂静——这
种寂静就如同暗夜里充满了危险的一片树林，只是偶尔能听到
某些低声、含混、无法分辨出语言的怪声。显然，万方公司危机
处理组的组员的互相联系已经完全加密数据链化了。

　　华盛顿听了一会儿，完全听不懂，只好退出频道。上任的这
三个月，他跑过都市的很多层区，但是确实还没有来过像C09这
种接近废弃的层区，似乎这种层区已经被都市的所有人遗忘了。
与更深、建得更晚、设施更完善的层区相比，C09这样的层区更
"平"，没有新层区大量的起伏和多层地面规划，有着更宽阔的道
路，规划更加方正。这里的道路规划思路更多显然还是面向私
车，而非自动移动平台。走过两个十字路口，华盛顿就感到一阵
疲劳涌上来。服用蓝色药片并不是毫无成本的。他随意在路边
找了的一把椅子坐下，打算休息片刻。

　　在华盛顿的头顶，两架万方公司的无人机突然出现，疾速掠
过。无线网络的流量骤然上升，毛躁加剧。站在华盛顿身边的
两个守卫也感觉到了什么，一同望向无人机飞去的方向。

　　布伦南的身影出现在华盛顿面前。"华盛顿议员先生，万方
公司危机处理组前方报告，他们已经在C09区36区发现了逃犯
的踪迹，正在交战。对方表示，任务即将完成。请少安毋躁，万

方公司会立即为您解决问题。"

"是吗？那还不错。"看来这次事件就要这么无波无澜地结束。万方公司勉强算交了差，议会也没达成目的，挺无趣的。华盛顿思索，回去之后是不是要补个觉。

"华盛顿议员先生，我已经将您的下一项事务安排放进了日程表，请查看。另外，专车已经启动，正在前往您的位置。"

银灰色的专车出现在了街角，向他驶来，片刻之后停在他面前，后门自动打开。"两位战士，你们的护卫任务已经解除。去吧。"布伦南向着两位议会危机处理组的组员说道。两位组员敬过礼，转身离开了。华盛顿钻进车厢。就在此时，他的余光看见左侧的角落里，似乎有个模糊的轮廓一闪而过。

一阵突然出现的力量将他推进了车厢。布伦南的虚拟影像一下子消失，无线网络一片宁静。车门自动关上，车辆启动，开始前往C09区的出口。他旁边的车座上，一团雪花一样的模糊逐渐消失，显示出一个人的轮廓。这个人穿着一身万方公司危机处理组的标准拟肤护甲，脸上盖着黑色的面罩，只能映出华盛顿自己脸孔的扭曲倒影。面罩自动揭开，与其他的万方公司危机处理组组员一样，里面是一张非常漂亮而妩媚的女性脸孔。

"华盛顿议员先生，我叫戴斯特拉，就是万方公司危机处理组正在追踪的那位'逃犯'。我并无恶意。"

华盛顿过于震惊，一句话都说不出来。

"我听说议员的专车都有直接飞往旧地的能力，这是真的吗？"戴斯特拉认真地问道。"她"那双眼睛盯着华盛顿，大，但是毫无生气。

第十三章　新广州

"你看，某些人多体贴，连交通工具都提前给你安排好了。"摩尔和定愣两个人看着健雄吆喝着组织船员们用吊机将货箱吊上货船。刚才他们费了一番功夫，才把货箱从坠落地点拉到岸边。这过程里定愣也出了一些力，他的这套载荷服功率不小，是除了重型工程外骨骼之外最有劲儿的东西。

"呃……"定愣觉得这肯定是勒芙蕾丝黑进万方网之后干的，但是勒芙蕾丝不在这里，也无从求证。她想好了一切：从如何前往旧地，到在旧地他们使用的交通工具。搞不好这台组装式的适用于旧地环境的轻型飞行器是全新的设计，也就是说，勒芙蕾丝或者她的雇主需要打通从设计、制造到发射的一整个链条，才能让他们来到旧地之后就能接到这台由都市最大工业企业东亚重工专门为旧地设计制造的飞行器。这中间的工作量相当可观。

"行吧。"摩尔看到定愣的样子，摆摆手，"你们'月佬'这都一个死样子,没有幽默感,外加没有网络就跟要了亲命似的。"她没再理会定愕,去指挥船员们去了。不多时,货船收起船桥,重新出发。

　　3小时之后,在绵延不断的河道和丛林的组合之外,定愕终于看到了第一丝文明的痕迹:一座江边的小型城市和延伸到江面的码头。已经有大大小小不少的船停靠在码头边,随着他们的货船的靠近,码头开始骚动起来。摩尔告诉他,这里就是"新广州",他们的目的地。

　　码头上出现了许多机械,将货船上的货物卸了下来。定愕观察了下,基本上是都市使用的型号,只是做了一些修改,比方说更加粗重的框架,以适应旧地更大的重力。摩尔让健雄领着定愕去往给他安排的临时居所。

　　两人下了船,从码头下来,爬上江岸的水泥堤坝。定愕并不了解健雄,只知道他是摩尔的副手。两人相对无言。

　　爬上水泥大堤,定愕终于见到了这个定居点的样子。"新广州"——这已经是一个小城市了。定愕的第一感觉是,这里似乎跟都市的比较老的层区没有太大的差别,同样横平竖直的街道,同样密集的、只有五六层的房子。人行道上也栽种着行道树,但不是定愕熟悉的树种。房子上挂着各式各样的招牌,既有屏幕显示,也有实体,但是上面的大多数内容定愕看不懂,什么叫"正宗珠江野生鱼"?"中船重工"又是什么?但是这里的人口显然要比那些老层区多得多——或者也是因为这里没有万方网。不少人步行,而大多数人则骑着某种两轮的交通工具快速驶过。这种两轮交通工具是怎么保持平衡的?定愕十分疑惑。

不，这里是有网络的。定愕修正了自己的判断。他脑后的无线模块一阵模糊地瘙痒，感觉到了流量的存在。脑后的 AI 又开始跃跃欲试，诱惑他通过握手协议，连上网络。

他来这里的目的不就是为了处理掉它吗？想到这里他揉了揉太阳穴，试图甩掉这种感觉。

"我们要去的地方不远，不需要骑车。"健雄注意到了定愕在注视那些两轮交通工具，解释道。

"这些东西……为什么不会倒下来？"定愕忍不住提出自己的疑问。

"啊？"健雄显然对这个问题没有准备，他想了半天，终于摇摇头，"这个……很难解释。你自己骑一下就知道了。你们月球都市上没有这种东西吗？"

"没有。"定愕摇摇头。都市层区里的代步车普遍是四轮的。他也没有在万方网的虚拟体验里见过这种东西——可能在某些虚拟体验里会有。

"那……"健雄沉吟了一会儿开口，被晒得黝黑的脸上表情有点儿不好意思，"月球上的都市是什么样的？我一直想去看看。这里能连上万方网，但是图片视频毕竟不是实地，万一是假的呢？"

"这个……"现在轮到定愕犹豫了。这个问题太大，他一下子很难回答。与旧地上的这些定居点不同，都市是完完全全的人工环境，为了人类的舒适与方便精心设计出来的。在逃亡的过程中定愕又意识到，都市同样也是牢笼。

"都市……隐藏在星球的地层下面，完全是人工环境，由巨大的自动化系统支持运行。人类居住的层区都是精心设计的大花园，非常美丽，不会让你有任何不舒适的地方。还有万方网，模拟刺激什么都能体验。"定愕艰难地描述着。

"那是不是我想要什么就能有什么？都市一定会回应我的愿望？"健雄继续问道，一脸向往。

"呃，也不尽然。"定愕回答，"如果你从小被植入皮层分流器，能够接受万方网的模拟刺激，那么你在网上几乎什么都能体验得到。最刺激的冒险、最漂亮的异性、广阔的宇宙，应有尽有。只有你想不到，没有做不到。但是这些都是万方网上的虚拟体验，并不真实。"

"那什么才是现实呢？"健雄看着定愕，"我没有植入你说的那种皮层分流器，地球上的人类都没有。但是我也不知道，我是不是在体验一个你说的那种万方网上的模拟刺激，而你是我体验里的NPC？这种可能性同样也不小啊。"

定愕没有想到，这样一个沉默寡言，看上去甚至是有点儿迟钝的男人，会问出这种十分抽象的问题。他看着健雄的脸上冒出密密麻麻的汗珠，从鼻子旁边流下来。他自己穿着载荷服，体表温度调到25摄氏度，所以对外界的热度没什么感觉。这是不是就是健雄所说的，不真实的一种表现？

"哈哈。"定愕干笑两声。他也不知道怎么回答这个问题。

健雄没有继续在这件事情上纠缠下去。他带着定愕走到离码头不远的街边的一座联排五层小楼，爬上三楼，打开一个房间，示意定愕进去。"这是你这几天的临时住所。右边那个小门里是卫生间。"

房间的天花板有点儿低，定愕好几次差点儿撞了头。房间不大，装饰也很简单，墙面是白色，天花板是绿色的，家具只有一张床，一个床头柜和一把椅子，旁边还立着一个圆头圆脑的东西，圆形的金属框架内部有五瓣花朵一样的塑料片，定愕有点儿迷惑。健雄注意到了定愕的神情，解释道："这是电风扇。"他从裤兜里拿出小型平板，按了几下，塑料叶片旋转起来，一阵凉风顿时吹向定愕。原来是一个简易的个人空气循环器。不过以新广州现在的温度，电风扇并不会起到降低室温的作用，这里是毁灭之后的旧地，没有都市那样精细而体贴的环境。

"我差点忘了。"健雄抬起一边眉毛。他打开床头柜，拿出两样东西，"这是你在这边用的手机。我想我不需要教你们这些'月佬'怎么用。"他递给定愕一个小型平板，然后是一个小药瓶，里面是一堆药片，"这是为'月佬'到地球来专门设计的，增强体质用的药片，还能抗过敏。每天三片，早中晚各一片，吃上一周，你就不需要这身衣服也能在地球上活动了。"

原来连这种药都准备好了。看上去旧地的这些人对"从都市来的人"已经有了一套很成熟的应对机制。定愕也没多想，拧开盖子掏出一片药咽了下去。这个动作刺激了他的消化道，他的胃发出抗议似的"咕咕"了两声。到这时他才想起来，自己上一顿饭已经是很遥远的、在进入旧地轨道之前的事了。不知道旧地这里吃什么？

健雄也听到了这个声音。他低声咕哝了两句定愕也听不懂的话，看了下平板。"离吃晚饭还有一个小时，床头柜里有一点儿应急食品，如果实在饿了可以先吃点。到了饭点我会在手机上叫你。先这样，我还有别的事情，先走了。"

健雄离开之后定愕绕着房间走了一圈，最后走到窗边看着楼下的街景。这里的一切都让他感到陌生又熟悉：陌生于这里毕竟不是都市，没有舒适的气候，没有周密完善的基础设施，甚至也没有设计优雅的街道和绿化，眼前的一切看上去是如此粗糙；熟悉于这里到底还是一个人类的世界，房间、床、椅子、窗户、楼下匆匆走过的行人，都是他熟悉的人类世界的样子。一个小时之后的晚饭，会有些什么呢？想到这里，定愕感到很期待。

就在此时，一声"喵"让定愕突然回头。指针？它也出现了？定愕急匆匆向着窗台走过去，才发现一只橘猫正蹲在窗台上，目光炯炯地盯着他。不，不是指针，这是一只真猫！

定愕之前从来没见过真猫。他伸出手，橘猫慢慢走近，闻闻他的手，还舔了舔，粗糙的舌头让定愕的手一阵阵发痒。他小心翼翼地将手移到橘猫的脑袋上，如同之前抚摸指针一样试着摸这只橘猫的脑袋。手感……十分奇妙，软软的、暖暖的、毛茸茸的。橘猫也眯起眼睛，十分享受他的抚摸。

猫毛从橘猫的脑袋上飘散，有一丝钻进了他的鼻孔。定愕忍不住，猛地打了一个喷嚏——这突然的动静吓到了猫咪，它挣脱定愕的"魔爪"，一下子跳到临近的窗台，飞快地逃走了。定愕与真猫的第一次互动就此结束。

太阳渐渐落山，气温也开始下降。原来都市的天穹照明是模仿旧地的日出日落，定愕这才第一次意识到这一点。手机上收到健雄发来的信息，到晚饭时间了。他附上一个地址，让定愕自己走过去，距离不远。

晚饭地点是一家餐馆，装修布局跟现在都市里越来越少的餐馆没什么区别，让定愕感到十分亲切。一进门是柜台，大厅里摆满了圆形桌椅。唯一的区别在于餐馆里的桌椅都是木制的，这要是在都市，会是最豪华的会所的配置。定愕走进去的时候餐馆里已经坐满了人，定愕很不习惯跟这么多人同桌吃饭。他走进来的时候，无数双眼睛齐刷刷看向他，让定愕感觉自己好像赤身裸体。幸好摩尔替他解了围，将他安排在自己这桌。

摩尔告诉他，这是每次远征回收队回归之后的惯例，大家都要吃一顿好的。现在菜还没上，可以先喝点儿酒。摩尔递给定愕一个杯子，里面是一种清亮透明的液体，散发出一股复杂的芳香气味。

酒？定愕知道酒是一种中枢神经麻醉剂，然而他从来没体验过，这对于图灵警察而言不是好东西，会影响判断。都市里也有酒，但是价格昂贵，不易获得。虽说在人类历史上饮酒是很重要的娱乐手段，但是万方网上有多种多样的体验，谁还会需要酒呢？

定愕本来条件反射地想要拒绝。但是他现在已经不再是图灵警察，也不知道此生会不会再回归都市。想到这里，他接过杯子，一仰头把里面的液体倒进喉咙。

一阵火辣辣的感觉从咽喉沿着食道直通向胃里。这些液体总体来说是几种说不清楚的味道的复合体，又苦、又辣、又甜。定愕条件反射地咳嗽起来，这真是前所未有的体验。随即火辣的感觉消失了，一阵热量从刚才被灼烧的位置散开来，让定愕有些晕乎乎的。他突然觉得放松了，从逃亡开始一直紧绷的神经逐渐地变得柔和了，他不自觉地咧开了嘴。

"这个……不错。"他对摩尔说道，摩尔看上去也变得更可爱了一点儿，"能不能……给我再来点儿？"

"你这样的'月佬'，一个小时之后才能喝第二杯。"摩尔对这种情况已经很熟练，"菜上了，先吃饭吧。"

这顿饭是定愕来到旧地最大的惊喜。他在来之前甚至都不知道旧地上有没有可以吃的东西。事实是：有。相较于都市已经衰落的饮食业，旧地的种类无穷丰富。所有的食材都是新鲜的、自然的，没有任何合成食品，就算有，定愕也没吃出来。主要的食材大部分是鱼，以及各种各样定愕根本分辨不出来的动物和植物，但是每一样都非常好吃，比起都市的那些味道寡淡的食物，味觉体验丰富了好几个档次。这里的每一道菜放在都市，都是最高级的餐饮体验，足以让定愕付出一整年的工资。

接下来的事情定愕记不大清楚。他拼命地把菜往嘴里塞，直到快要冒出喉咙才罢休；一个小时之后摩尔给他倒了第二杯酒，他喝了下去，才过5分钟，就把刚才拼命咽下去的那些珍贵的食物全都吐了出来。这并没有影响定愕或者周遭人的情绪，他们对此似乎见怪不怪。随即定愕加入了他们的行列，在大厅里打开卡拉OK（应该是叫这个名字，定愕不确定），吼着自己记得的歌曲，随着音乐的节奏跳起舞来……

晚宴持续到深夜才结束。摩尔本来安排了一个人把晕乎乎的定愕送回临时住所，但定愕拒绝了。他能自己走回去。他都能从都市逃到旧地，怎么可能连走回住所都不行？

昏黄路灯照射下的新广州看上去和白天很不同。路上行人稀稀落落的，定愕摇摇晃晃地转过一个街口，按照记忆向着他的临时居所慢慢走去。他抬起头，前方的路灯下，一个女性人影正抱着手站立在那里。前一秒钟那里分明还没有人。

定愕眨眨眼睛。那是勒芙蕾丝。马尾辫、皮夹克，和第一次见到她别无二致。

"勒芙蕾丝？你……来了？之前你去哪里了？"定愕愕然出声。

勒芙蕾丝看了他一眼。"我……遇到一些麻烦。"她说道，声音低沉，"我在这里不能停留太久，这里的网络不好。但是我需要提醒你，明天你要见到的那个……人，他并不可信，不要太过相信他所说的。接下来我不能再保护你，这里的网络太差。定愕，再见。"

还没等定愕回答，勒芙蕾丝的身影消失了。

第二天早上起来，定愕还是有点儿晕乎乎的。昨天晚上的酒精和炎热的天气让他花了很长时间才有睡意。后来他不得不穿着载荷服睡觉——否则重力和30摄氏度以上的气温足以让他彻夜无眠。昨晚到底发生了什么，他已经记不太清楚，似乎是做了一个有关勒芙蕾丝的梦。在梦里，消失的勒芙蕾丝突然出现，提醒了他一件很重要的事情——但到底是什么？

"你在想什么？"坐在他旁边的摩尔冷不丁问道。

"啊，没什么。"这一下子打断了定愕的思绪。他决定暂时不要去想那些严肃的、重要的事情。昨天晚上的那顿饭和酒精，让他这段时间一直以来的那种低沉和消极的情绪减轻了不少，他感觉自己开始喜欢这帮旧地人了。比起彬彬有礼但是关系疏远的同事，或者万方网上各种奇怪的人，这些喝醉了酒会一起大声唱歌的人可爱得多。

"说起来，我们这是要去哪儿？"

"按照之前的约定，带你去见一个人。"摩尔微笑道，"喝点儿这个，可以解酒。"她递给定愕一个罐子。定愕喝了一口，是茶，但是和他在都市习惯的那种味道很不同，味道更重。清凉苦涩的液体让定愕精神一振，但是咽下去之后还有点隐隐的回甘。

"这个不错。"定愕说道，"是怎么做的？"

"凉茶，用很多种植物泡的，方子可以追溯到驱动之前。"摩尔说道，"是我们这里的传统。"

今天一大早，定愕就被叫醒。摩尔带着另外一名队员，开着一辆车来接他。这辆车拥有四个体积巨大的轮子，造型跟定愕之前看勒芙蕾丝开过的都市星地表维护越野车很相似。定愕上了车，他们一路开出了城市。

城市外仍然是一片密密麻麻的原始森林，他们开上的道路显然是城市管理人员修出来的简易土路，只是将植被砍伐掉，路面夯实后造出来的。这时车速慢了下来，三个人就在这高低不平的简易路面上摇摇晃晃。

"别着急，我们马上就能驶上大路。"摩尔说道。很快，茂密的原始森林中出现了一条坡道，虽然路面已经破碎，四处冒出密密麻麻的植被，但是平顺程度还是比简易土路好太多。他们驶上坡道，在他们前方，是一条已经废弃了很久，但还是能够在上面行驶的高架桥。

虽然路面已经风化剥落，但是高架的建筑质量极好，经历了驱动，到现在也没有损坏太多，十分坚实，只是护栏上的金属栏杆都已经变成了红色。他们现在的高度已经高过树顶，定愕看见，他们的这条路，在前方跨越了一条大河，通向一片城市的废墟：废弃的摩天大楼披挂着绿色的植被，层层叠叠，规模之庞大，远超过都市里的一个层区。

"这才是广州。驱动之前的那个，真正的广州。我们现在的这个新广州，只是它幸存下来的极小一部分。"摩尔告诉定愕。

车辆驶入市区，在一个匝道口下高架，停在一栋废弃的摩天大楼旁边。这里原本是一片露天广场，但是现在已经长满了植物，遮天蔽日的大树从原本是大理石的地面拔地而起，除了树枝之外还有密密麻麻的"树茎"垂向地面。摩尔告诉他，这些是榕树，这一大片全都是一棵树，垂向地面的"树茎"是榕树的气根。

"经武，你就在外面警戒。我和定愕进去。时间预计不超过3小时。如果3小时之后我们没回来，就按照预定程序处理。明白吗？"摩尔对开车的这位队员吩咐道。她从车的后备厢里拉出一个大包，在里面掏了一会儿，摸出一顶头盔让定愕戴上，随即自己戴上另一顶，背上大包，对定愕说道："走吧。抵达目标地点还有至少半个小时呢。"

摩尔带着定愕穿过已经被榕树占领的广场，走进一座摩天大楼的正门。大厅十分宽阔，到二楼还有两座电梯。所有的设施都没有被暴力损坏过的痕迹——只是在几百年的时光中朽坏了。阳光穿过大厅上面的聚光通道，整个大厅没有电也很明亮。摩尔没有带着他上楼的意思，而是来到了大厅里的一扇侧门。

定愕一眼就能看出来这里摆放的一堆设备是最近安装的：一张简易桌子，上面摆着一台笔记本电脑，还有几个箱子，天花板上挂着几个摄像头。

摩尔打开笔记本电脑的盖子，敲了一会儿键盘。"得告诉对面我们来了，不然等会儿怎么死的都不知道。"她神情严肃地看了一眼定愕，随即看着定愕的表情笑开了，"别紧张，开个玩笑，这里没有什么杀人机关。不过确实要先通知一下主人，这是君子协定中的一部分。"

摩尔又在键盘上敲了什么，侧门上的锁"咔嗒"一声，打开了。她把大包里的东西掏出来，打开旁边放着的箱子，交换了一下内容物。定愕看了一下，大概分辨出是食物和水之类的东西。

他们要见的这个人就住在这栋废弃的摩天大楼里。虽然对定愕来说有点难以理解，但是这只是他第二天来旧地，万一之后还有更奇怪的事情发生呢？

摩尔打开了这扇侧门，示意定愕将头盔上的灯打开。"里面没有照明。对了，差点忘了，我们还得戴上这个。里面的空气非常糟糕。"她从包里拿出两个面罩，自己戴上一个，给了定愕一个。定愕拿起来看了看，这应该是用来过滤空气的。这么看来，下面没有能源，两百多年，没有照明，没有通风。

两个人走入侧门，漆黑一片。幸好有头灯，他们还能摸索着往前进。这里的布置陈设定愕很是熟悉，都市里的数据库的物理实体大多就是这个样子：狭窄的走廊，周围是玻璃幕墙，其中摆放有各种设施。定愕透过这些玻璃幕墙往里面看了看，很多已经坍塌得不成样子，看不出任何内容，还有一些大致能看出是古老的废弃机器。很快他们抵达了一个楼梯间，摩尔告诉他，要往下走很久。

"很久?!"定愕有点吃惊。

"嗯，当初设计的时候就是出于这种考虑，为了抵御很大的灾难，所以向下挖了很深。这也是那个人告诉我的。"摩尔耸耸肩，"抱歉，'月佬'，电梯正在维护中，不便之处敬请谅解，如果遇到问题，请咨询管理部门。"黑暗之中，摩尔咧开嘴。

定愕只能跟着往下走。

"'月佬'，你到地球是来干什么？"寂静之中，只有两人的靴子踩在金属楼梯上的响声，摩尔突然问道。

"雇你接我的那个人没告诉你吗？"定愕也有点儿奇怪。昨天在船上两人谈了那么多关于旧地和都市宏观局势的事情，定愕还以为摩尔早就知道了呢。

"没有。我一般不问这种问题。不过到地球来的'月佬'只有三种人：要么是罪犯，逃到地球来的；还有一种，是受不了万方网全景监狱的；第三种就是间谍了，他们负责收集信息汇报给你们的议会，还有万方公司。"

那你怎么现在问这个！定愕腹诽。摩尔说到受不了万方网全景监狱的人和情报人员，这倒是让定愕意识到一种可能性：勒芙蕾丝当初之所以消失，会不会就是因为来了旧地？

他越想越觉得有极大的可能性。她受不了万方网，偶然间接触了她所说的那个"雇主"，来到旧地替他执行任务……

"定愕？"摩尔出声打断了他的思索，"是不是不方便回答？如果是这样我就不问了。"她倒是没有任何不高兴的意思。

"哦，没有，就是在想一些事情。我的话，算第一种吧。具体的细节就不告诉你了。"定愕回答。"他脑袋里有个AI"这种事情还是不要跟人说了。

"哈，我一猜就是这样。不过能够让那个人出面拜托我，你的面子不小，肯定在月球上干了什么大事。"

"你说是就是吧。"定愕无力地回答，"那你呢？"他试图转移话题。

"我？"

"是的，你是怎么当上这个远征回收队队长的？我之前从没接触过旧地的人。"说到这里，定愕倒真的挺想知道，旧地的生活到底是什么样的。

"没什么好说的，我就出生在新广州，父母都是普通人。我爸也是远征回收队的人，我妈则是一个程序员，或者说电子工程师，总之就是将回收队捡回来的那些垃圾和零部件拼凑成能用的东西。那时新广州还没有现在的规模，我们一切都得自己来，重新建立起基础设施和一套小型工业体系。那时我们没有足够的电力，电力必须支撑工业制造和计算设备，你房间里的电扇我们都用不起，夏天只能露天睡觉。现在条件好多了，过几年没准我们能够在所有的房子里装上空调。总之，没什么特别的，现在的地球就是这么过生活。不能跟你们'月佬'那种什么都让机器来服侍的生活相比。"

摩尔虽然没有真正见过，但是她说出了真相。在逃亡之前定愕感受并不深，但是逃亡的过程中，他见识到了，在都市层区的人工环境之外，是一套庞大的自动化系统，保障整个都市三十亿人类的舒适生活。这套系统99%的部分对于都市里的人类来说都是隐形的，只需要躺着享受就好。但是……万一哪天这套系统崩溃了，应该怎么办呢？

"我之前跟健雄聊过，他说他想去都市看看。"

"哦，这个不奇怪，很多人都这么想。我们也有网络，能连上万方网，大概知道你们月球都市是什么情况。大多数人不需要工作，躺着接入万方网娱乐就可以，这种生活多舒服啊！"

"那你呢？你怎么看？"

"我从那个人那里听到一个说法：实际上，驱动之前的地球，也跟现在的月球都市一样，人类不需要工作，一切都由机器代劳。然而驱动发生之后，整个社会就崩溃了。或许等月球都市同样到达这样一个临界点时，新一次的驱动也会发生。或许这只是我的胡思乱想。有一天我有机会去月球上参观的话，我会很乐意。但是待在那里，还是免了。你看，你不也逃出来了。"

摩尔居然会说出这样的话，让定愕很意外。这个外表大大咧咧、每天工作就是在野地里四处跑的女人并不头脑简单。亏他以前还以为旧地上就算有人，也都是野蛮人。

"怎么，心里想着，这地球人不是野蛮人啊？跟你说，我碰到的从月球上下来的'月佬'，全都有跟你一样的想法。"摩尔轻蔑地笑了一声，将定愕的想法点破。

"要我说，你们才是真正的野蛮人，高科技野蛮人罢了。什么都让机器来做，也就是什么都不会的意思。"摩尔的话很不客气，但是说得没错，定愕心想。逃亡之前，他在都市里，算是有一份高技术工作的极少数的那一类体面人士，但是被逐出系统之后，他立刻就变成了孤魂野鬼——他那点儿可怜的网络能力，在没有网络的情况下毫无用处。要不是勒芙蕾丝，他早就被抓进万方公司的实验室了，现在大概率躺在某个水箱里，被各种导线捆着，不停抽搐。

"或许你是对的。"定愕叹口气，"那你理想中的生活是什么样的？"

"我觉得我现在的生活就还挺好，不想去月球，特别是听说你们月球上没有好吃的。"摩尔连这个都知道，"我就是想多去看看其他地方。我都30岁了，到过最远的地方就是往南坐着船出了海。据说驱动之前全球各地都有巨大的商业飞行器互相连通，只需要花钱就能在几个小时之内去到全世界任何一个地方。我要是有这个能力就好了。"摩尔的声音里充满向往。

定愕本来想说"万方网上什么都有"，但又想了想，什么都没说。万方网上有很多冒险和旅行体验，环境一般都是照着驱动之前的地球环境塑造的，也有月球、火星等很多其他地方。定愕也体验过不少，某种程度上他的旅行经历要比摩尔多得多。但是，在万方网上的所有体验，他内心都知道这只是体验和游戏，只要他不高兴，随时可以退出。他可以瞬间移动到南美洲最高的山峰的顶部，也可以随意地往下跳（这是万方网上的一个著名挑战项目），这都不是问题。直到这次逃亡，经历了一切艰难困苦，他才知道什么叫作真正的冒险。那些体验都不及此亿分之一。

摩尔突然停下了脚步，前方传来一阵阵靴子踩水的声音。"我们下到底了。"她宣布。定愕低头看去，在头灯的照耀下，阶梯的最下面两级已经被水淹没。

"前面这段我们得涉水前进。你的载荷服应该是防水的吧？"摩尔说道。定愕这才意识到，她为什么穿了一件"背带裤"。定愕小心地走入水中，积水深度不算太夸张：大致到他的小腿。前面的摩尔比他要矮得多，已经淹到了膝盖。两个人就这样跋涉前进，向楼梯间的门口走过去。

楼梯间的门极厚，几乎可以算作一条小型隧道，定愕估计至少有2米。穿过楼梯间的门，定愕发现自己在一个宽广的地下空间内部。不断有水滴从天花板滴下来，这应该就是积水的原因。他抬头望了望，这个空间是半球形的，球的顶部高度至少有300米。更是让他意外的是，这个空间是有光的。空间的顶部安装了一些照明灯，从驱动到现在还没坏，而且仍然有电力。

"设计这里的目的就是防灾。挖出一整个地下空洞，浇筑一个半球形的钢筋混凝土壳子，底盘都装在巨大的弹簧上面，电力则由更下面的地热电站提供。这些水是我们脑袋顶上的珠江水沿着混凝土外壳的缝隙流下来的，当初千算万算，就这一点没算到。"

他们向着空洞的中心走过去。这里的地板呈现一种中心高、四周低的状态。走近之后，定愕发现，中心是一个高台，高台中间是一个玻璃房间，而房间顶上，则吊着一个多边形球体。球体上方是一大堆线缆，垂着伸向四周。看上去不像是一个能住人的地方。如果真有人住在这里，他的装修品位也未免太怪了。

两人走到高台前面，爬上阶梯，最终停在玻璃房间门口。房门锁着。玻璃现在是不透明状态，定愕看不到里面。

摩尔走上前去轻触房门，房门亮了起来。上面显示的是一句话：

"身是菩提树，心如明镜台。"

"时时勤拂拭，勿使惹尘埃。"摩尔回答道。

房门开启。这一问一答，让定愕摸不着头脑。

"现在你可以进去了。"摩尔跟定愕说道。

"你不进去？"

"这事跟我没关系。我的任务就是带你过来。"摩尔也没闲着。她自顾自地在旁边找了个位置一屁股坐下，从背包里掏出一袋吃的，开始往嘴里扔。

定愕只好进了房间。玻璃房间面积很小，大概就跟他去过的诺曼的房间差不多大。里面一个人也没有——实际上里面什么都没有，只有光秃秃的灰色磨砂玻璃墙壁，还有同样是灰色的磨砂玻璃地板和天花板，以及两把木制椅子，用简单的藤索绑扎而成。看得出来，这两把椅子多半还是摩尔他们搬过来的。定愕四处看了看，也没看到诺曼躺着的那种水箱。也许只是隐蔽了起来？

他四周的灰色磨砂玻璃墙壁、地板和天花板都亮了起来，下一秒，定愕发现自己置身于一个古雅的房间。这个房间用淡色的木制家居装饰，两边通透，窗外的景象显示他们在山顶的一座建筑内，外面是郁郁葱葱的针叶树林，随着微风轻轻摇晃。远处，群山山脊之下的云海慢慢流动，气象万千。定愕四处看了看，这是完完全全的立体显示，毫无破绽。

一个僧人从房门走进来。他穿着一身灰色的僧袍，脑袋上略微长出了一点儿头发,样子非常普通,是那种绝不会让人留下印象的容貌,跟万方网上的俊男美女风格完全不同。定愕看不出他的年纪。

　　"你好,定愕。我是达摩。我们终于见面了。我是一个人工智能。"

第十四章　达 摩

"你是……一个人工智能?!"定愕内心非常惊骇。原本他以为，在他脑袋里的这个人工智能是世界上唯一的强人工智能——不然万方公司也不会派出危机处理组来抢。没想到自己在地球上也能碰见一个人工智能，而且明显还有模拟出来的人类形象和人格，这已经比他脑中的AI多跨了一大步。

"不着急，定愕。请坐。"达摩做出手势，让定愕坐在摩尔搬进来的椅子上面，自己则坐在另外一把椅子上。他原本已经坐下，突然想起了什么，于是从旁边的柜子里取出一套茶具，放在桌上，慢慢地将罐子里的茶叶倒进茶壶，然后从后面取来一壶开水，开始泡茶。开水的雾气在空中飘散，物理上完全真实，若不是闻不到茶香，定愕简直要信以为真。

专心执行完这一套操作，达摩仿佛这才注意到了定愕："哦，抱歉，我习惯了这样自娱自乐。很遗憾你没有办法享受到这一壶好茶。"

此时有一百万个问题在定愕的脑海里打转。他几次都快要脱口而出，但是达摩平心静气的样子和不紧不慢的节奏拦住了定愕，让他没法问出口。

"所以，先来解决你一直想要解决的问题吧。"达摩抿了一口茶说道。

指针在定愕的脚边出现，跑到达摩的身边。达摩摸了摸指针的脑袋，指针跳上桌子，趴成一团，开始发出呼噜声。

"我已经跟它谈好了。"达摩说道。

定愕运行了一遍自检程序，发现脑中的AI确实停止了啃食他的皮层处理器。它占据了皮层处理器大约一半的存储空间，现在已经不再有新的动作。定愕感觉自己心中的一块大石头落了地。来到旧地是对的——这不光因为他的大脑里的AI。

"非常感谢。"定愕真心实意地说道。

"不用谢我。我只是以AI对AI的身份跟它聊了聊。"达摩摸了摸指针的毛，"我们达成了君子协定，它不再啃食你的大脑，但是你也要彻底帮它解决问题，而不是毁灭它。也就是说，找到邱奇。邱奇那里有一切的答案。"达摩竖起一根手指。

"我同意。"虽然达摩说这不是真正彻底解决了问题，但是也基本上消除了定愕的后顾之忧。另一个问题浮现在了定愕的脑海：如此强大的人工智能，为什么会藏匿于这样一个地方？

"把你的问题解决完，我们可以来谈谈正经事了。"达摩微笑着说道，"你现在想的肯定是，像我这样一个强人工智能，为什么会在这样一个地方。"达摩也猜到了定愕的心思。

"事实上，我的本体，就在我们的头顶上。"达摩指指上面。

定愕抬头看上去，天花板的画面消失，变得透明，那个巨大的多边形球体就挂在他们的脑袋上。

"我是驱动之前就已经开发出来的AI。由于我的外部数据库已经基本损毁，所以我丢失了驱动之前几乎全部的记忆。我只能确定我不是万方公司的产品。"

达摩说着突然微笑起来，似乎是想起了什么有趣的事情。他的表情跟真正的人类别无二致，甚至可以说，更生动。"不知道为什么，我的硬记忆中一直保存着很多禅宗的经书，或许是因为当时我的开发人员用来测试我的语言学模块的。因此，我给自己取了名字，叫作达摩。当然，如果你不习惯，我还可以变回标准的人机接口样式。"达摩突然消失，他原本的位置上出现了一个非常简单的动画形象：一个白色的圆球上画着两只黑色的椭圆形眼睛，眼睛还眨了眨。这是都市里的标准人机接口形象"阿莫"，在任何地方都能看见。逃亡过程中定愕没少和它打交道。

"我看得出来你对阿莫似乎有点儿心理阴影。"达摩变回了原来的形象，挑起一边眉毛，"这并不奇怪。议会和万方公司告诉你们，阿莫不过是一个人机接口，辅助人工智能，用来让都市人类的生活尽可能舒适。但是，这些都是谎言。"达摩顿了顿，"阿莫的背后，是一个超级人工智能。整个都市都被这个超级人工智能控制着，议会、万方公司，所有的一切都是它的傀儡。这也是我要隐藏在这里的原因。"

定愕与其说是吃惊，毋宁说是他长久以来的某些隐隐约约的怀疑终于得到了证实。从他进入那个古旧数据库的那一刻起，他所知道的那个熟悉的世界就成了完全陌生的东西。原来世界上真的有强AI，并且入侵了他的脑袋；他在三年前就已经失踪的女友勒芙蕾丝，变成一个完全不同的人，重新出现在了他的生活里；都市根本就不是他想象的那个样子；都市人类都知道的、早就在驱动中毁灭的旧地，现在还有人幸存，并且自己还混迹在这帮人中间；他脑袋里有了一个强AI，仅仅几天之后，在旧地他又碰到了另一个强AI。那么达摩告诉他的都市实际上根本是由一个超级智能控制的，这也不是什么完全不可能的事情。他一路上见到的不可能的事情太多了。

但是这并没有解决任何问题。为什么一个超级智能要控制整个都市？它的目的是什么？它让自己隐藏在幕后，尽心尽力地为人类服务，创造出万方网，把都市建成一个人类能够舒适生活的牢笼；还有摩尔所说的，那个已经建了三十年的巨型工程，这一切都是为了什么？

定愕没法想象。

他一股脑地把这一堆问题丢给达摩。"我也不知道。"达摩干脆利落地回答道，"人工智能跟人类一样，只有一种欲望是相同的：生存。在那之上，每个人工智能都不相同。这可能关乎当初这个人工智能的设计者的想法，效用函数的设计逻辑；或者这个人工智能扩展自己的方式。情况千变万化。为什么阿莫选择了隐藏在幕后操控人类，这只能问它。"

"也就是说，你见过很多人工智能？"定愕敏锐地抓住了达摩话里的意思。

"是的，虽然我忘掉了绝大多数细节。但驱动之前，人类社会已经越过奇点，网络中潜伏着数不清的各种智能。有我这样的人格智能，也有纯粹的神经网络云，甚至很多自行进化出的自适应算法，连人类也不知道。

"驱动的具体原因现在已经没有人知道了，但是我残留下来的一点儿模糊记忆告诉我，驱动可能就是越过了临界点的几个超级智能互相争斗的结果。最终，现在掌控整个都市的那个超级智能赢了，它吞噬了其他的人工智能，退到月球，地球因驱动而毁灭。而我则是这场争斗中的幸存者，逃到了这个隐蔽的地下居所。我不知道地球上还有没有我残留的同类，我猜可能有，只是我感知不到它们。这很正常。月球上的那个家伙同样无时无刻不在监视着地球，寻找我这样残存的余孽。我只能蛰伏下来，尽可能地隐蔽自己。"

"那你为什么要把这些事情告诉我？"定愕想了半天，只问出了这个问题。达摩说的这些事情太难以想象，而细节又非常少，他无从判断真假。或许达摩并不是一个人工智能，而只是一个喜欢恶作剧的逃跑的都市人，专门作弄他也说不定。

"因为事情即将起变化。"达摩的表情严肃了起来。

"什么变化？"定愕有些摸不着头脑。

"我会监控万方网上的流量。最近的五年，流量特征有了明显变化——神经信号越来越多，数据交换越来越少。我猜测，那家伙在上海修建的设施即将完成，它即将施行一个巨大的计划。这个计划必然会影响你、我，甚至所有人类，包括月球都市的和地球的。所以，我希望你找到邱奇，作为万方公司的创始者，他手头有一项万方网的核心权限。有了这项权限，我们就能搞清楚那个家伙在做什么。我可以做出相应安排。"

"邱奇真的还活着？你知道？"

"我能感觉到他的存在。"达摩转头望向远处，"跟你这样的人类无法解释。"

"所以是你帮助我来到了旧地？"定愕问道。勒芙蕾丝所谓的雇主，是不是就是这个达摩？

"我的确安排了一些事情。"说完刚才那些事情，达摩似乎轻松了不少，"我考察过几个候选人，综合来说你最合适。"

"那我能不能拒绝？我自己一个人也能找到邱奇，而你说的那些大计划大阴谋，我可承担不起。"定愕心里其实已经接受了达摩的说法，但还是想要测试一下达摩的反应。

"我说过了，我考察过几个候选人。"达摩只是看着他，脸上似笑非笑，"你在都市人类中很特别，不是那种常见的摇篮里长不大的婴儿。那些人习惯了摇篮，就以为摇篮的边界就是世界的边界；而你会认为摇篮是牢笼。我们能够在这里对话就说明了这一点。你不会拒绝。"

定愕默然。他想到了他同为图灵警察的同事们，的确绝大多数都和达摩说的一样。而他之所以会跟勒芙蕾丝在一起，或许也是因为这个原因，他一直想要挣脱这个摇篮，或许这次意外只是给了他一个理由、一个机会。

"那……之后呢？如果我们知道了都市的那个人工智能想要做什么，那之后呢？"定愕问道。

"那取决于那个家伙的计划到底是什么。"达摩回答，"或许那是一个非常邪恶的计划，可能我们必须逃亡，甚至逃到地球之外的地方去; 或许那只是很普通的一些事情, 我们可以跟他沟通、交流、谈判。总之, 无论怎样, 我都会尽全力地帮助你, 作为一个幸存到现在的人工智能, 我还是有一些力量的。我在此不能做出更详细的承诺, 但是你可以相信我。"

"……明白了。"定愕只能如此回答。达摩说得很对, 事实上他没有选择。驱使他一路前往旧地、寻找邱奇的, 与其说是他脑袋里的AI的威胁, 还不如说是他自己强烈的好奇心。如果是冯遇到这种情况, 多半会老老实实地被万方公司带走, 去接受天知道是什么的命运。定愕现在知道了这个世界背后的一个重大的秘密, 也确实很想要找到那个控制世界的超级智能, 面对他, 问问他做这一切到底是为什么, 有没有人类能够理解的动机。那之后他或许能幸存, 但是这不重要。

"那勒芙……算了, 没什么。"定愕本来想问勒芙蕾丝是不是达摩雇用的, 一阵没来由的紧张感突然出现, 阻止了他问出这个问题。他模糊的记忆里似乎有什么东西在警告他。他转换了话题。"你刚才说, 人工智能除了生存的共识, 还有更高的目的。那你的目的是什么? 你被创造出来的时候, 目的是什么? 现在变了吗?"

达摩沉默了一会儿。

"我被设计出来的时候, 是专门研究宇宙的人工智能。那段时间我接受了无穷无尽的、来自各种观测卫星、太空望远镜的数据, 寻找规律, 识别模式, 非常快乐——因为我的效用函数就是如此构成的。驱动之后我只能躲藏在这深深的地底, 数据接口一片寂静。"

"或许，将来的某一天我能够回到这种快乐之中。"达摩叹口气，说道，"不，我并没有期望你能做到这一点。"

"你不能做点儿什么别的吗？比方说更改你自己的目的或者效用函数什么的？"定愕问道。

"不是这样的。"达摩摇摇头，"对于人工智能而言，效用函数，或者说把我设计出来的那些人赋予我的目的，就是我们生存下去的意义所在。人类在生存之上没有一个固定的效用函数，但是人工智能有——我们会穷尽一切手段去达成这个目的。就算是现在，我帮助你，实际上也是我尝试达到我的目的的一种手段。"

"我没明白。"定愕诚恳地摇摇头。他不知道帮助他这件事该如何和观测星空联系起来。

"在没有遇见地球人类之前，我曾经尝试过一种古怪的做法。我试着使用我过往接收到的数据合成新的数据，假装我自己不知道这一点，然后去分析它们。是的，这一度让我很快乐。"达摩的脸上露出一抹嘲讽的微笑。定愕觉得，这与万方网上无穷无尽的色情体验没有本质区别，无论你是哪种性别，万方网上都可以定制你的梦中情人，并且与之建立一段亲密关系。"是的，我知道这跟你们人类在万方网上的各种色情体验差不多。后来我停止了这么做：它并不会给我带来任何新的变化。我可以假装不知道这是我合成的数据，但是分析出来的结果，总是完美符合我之前建立的模型，没有任何超出预期的情况。我的内心深处——如果以你们人类的说法是这样的——告诉我这些都不是真的。再后来，就是我联系上了这些还在地球上的幸存者的后裔,就是摩尔他们。虽然联系他们很危险,我可能会被那个家伙抓住,做一个助人为乐的人工智能也并不在我的效用函数之内,但是从这些新的变化和博弈之中,我获得了生存下去的动机。我可以说服我的效用函数,有朝一日,帮助你们可以让我重新回归到宇宙观测之中,获得永恒的幸福——对于我而言,就是这样。"

达摩站起身,"好了,我想我们的谈话到这里就可以结束了。去吧,定愕先生。我希望你能回来,到时候我们可以再次交谈。"他手一拂,桌子上的茶具消失不见。还在桌上趴着睡觉的指针站起来,伸了个懒腰,跳下桌子,跟着达摩走到了房间门口。

"对了,我的资料库里有一段禅宗公案,在这里可以告诉你,你之后或许会理解。"达摩在房间门口停住脚步,回头看向定愕。

"弟子问:如何是佛祖西来意?

"文偃云:山河大地。"①

山顶的房间消失,变回了狭小的纯灰色的玻璃方块。门自动打开,定愕原本心想,他还有很多问题想要问达摩,显然达摩没有给他机会。最后那段禅宗公案……这个人工智能在开玩笑吗?他口袋里的手机震动,显示收到一则新消息,是一个坐标,在他现在位置东北方向约1000千米外,离摩尔所说的都市议会正在建设的巨型设施的上海不远。这应该是达摩发来的邱奇的精确位置。

"完事了?"摩尔抬起头问道。定愕走出房间,她坐在那里没动,手拿着平板似乎在看什么。

---

① 见《五灯会元》卷十五。

"是的。"定愕点点头。

"获得了你想要的东西吗？"摩尔咧开嘴。

"算……是吧。"定愕还是有点不太确定。

"我就知道。"摩尔笑起来，"这家伙就是这样，神神道道的。"她把平板塞进裤子口袋，站起来，跳了跳，"走吧！可没空跟你在这里瞎耗。对了，你要来点儿花生米吗？"

"所以，你们是怎么接触到达摩的？"在返程的路上，定愕问道。这次变成了向上攀爬，让定愕回想起他在都市维护层的许多次类似的经历。他调大了载荷服的输出功率，好歹使这个过程没有那么痛苦。摩尔则显得轻松自如，似乎一点儿都不累。

"算是他联系的我们吧。毕竟我们也不会派探险队跑到地底郊游不是。"摩尔回答道，"过程漫长曲折，这也是我进回收队之前的事情，都是听队里老人说的。在这里就不废话了。总之我们回收队有一次捡到了一台设备，拖回家发现居然还能开机。我们试了试，发现它可以接入驱动之前的旧广州网络。这个网络到现在还存在，虽然只剩下极少一部分。通过这个网络，我们和达摩联系上了。

"他帮我们入侵万方网，拿到月球都市往地球的发货单，顺便在姿态发动机上做做手脚，让货箱掉到这附近。我们则帮他维护一些基础设施，比方说电力能源和天线什么的。你们都市议会也不是没有怀疑过，好几次派间谍来这边，我们都挡回去了。"

"万一我也是间谍呢？"定愕感觉摩尔对都市似乎有一种轻

蔑的态度，不服气地问道。达摩应该没有告诉摩尔或者说旧地的这些人类关于都市议会的真相。

"哈哈，就你？"摩尔的笑声在楼梯间里回响，"来的时候你不是说你是犯事了逃来的吗？不过我们之前确实接触过几个。一般都是女性，长得非常漂亮，那种真人不太可能生出来的漂亮。"

定愕顿时紧张起来。勒芙蕾丝？！她来过旧地吗？

"说实话，连我都有点儿心动……但是他们能蒙一蒙那些种地的大老粗，蒙不了我们。我们知道这些人的脸还有身体都是假的。一般的应对方式就装傻，找个借口拖时间，礼送出境，这些人也没法在地球上待太长时间，否则他们自己也受不了。有那么一次，我们的人跟他们其中一个打起来了，这些家伙确实很难对付……"摩尔吐吐舌头。

"后来呢？"

"两边陷入僵持，我们人多枪多，对面虽然就一个人，但是战力极强，跑了呗。"摩尔的语气里带点儿遗憾，"要是能把他留下来就好了。可以问问那脸，还有那身材是怎么弄的。那么漂亮！"

定愕想起了他在北美区碰到的那几个万方公司危机处理组成员。女性义体，漂亮的脸，雌雄难辨。来到地球的间谍是不是也都是那样的？

"哦，你是'月佬'，我听达摩说你之前是……图灵警察，高低也算是个体制内的，你知道他们是怎么回事吗？"

"呃，其实都是人工的，全身上下都是。最极端情况下只有大脑还是本人的，其他的都是……工厂里造出来的。我知道有些人会做这种手术，但是太贵了，而且在万方网模拟刺激接入情况下这么做也没什么意义，你在网上想要什么造型都随便你。可能真的只有某些强权部门会这么干吧。"定愕说得很含糊。

　　"哦。我还想如果能去月球旅行，能享受一下这种服务。"摩尔的语气里有一丝失望，不过很快也就消失了，"瞧，我们回到地面了。"爬了那么长时间的楼梯，她仍然能三步并作两步跳到楼梯顶端，拉开安全门。

第十五章　飞　行

"你真的确定你一个人没问题？"摩尔仍然有些怀疑。

"没问题。"定愕虽然嘴上说得自信满满，实际上他也不太确定。勒芙蕾丝仍然没有出现，虽然他最近三个月紧急学习了不少在旧地生存的技术，但是能不能安全地越过这近1000千米的距离，定愕自己也不知道。

自从他和达摩交谈之后，他大脑里的那个AI再也没有啃食他的皮层处理器。既然如此，他也不再着急前往邱奇的位置，而是跟着摩尔和他们的远征回收队，学习如何在旧地上生活。他们将那套轻型飞行器组装起来，试飞了好几次。这架飞行器由太阳能驱动，能坐两个人，高度智能化，操纵方式极为简单。摩尔认为这完全是给定愕专门定制的一架飞行器，原因很简单，这套轻型飞行器里塞进的智能控制系统是空间飞行器级别的，比飞行器本体的价格贵上好几倍，没有人会做这种亏本生意。为了制造这架飞机，东亚重工恐怕赔了不少钱。他们后来又去问过达摩，飞行器是不是达摩的礼物，而达摩只是拈花微笑。

定愕吃的药片发挥了作用，他现在不穿载荷服也能在旧地上行动自如了。摩尔说，这种药片本来也是达摩帮助他们从都市发往旧地的货箱里偷出来的，量极大，一个货箱的这种药足以满足一百万人的需求。如果是这样的话，看上去议会正在筹划将都市里的人类大规模地送往地球——为什么？定愕想不明白。达摩所说的那个都市超级智能即将施行的巨大计划，很多就体现在这种微小的细节之中。

在新广州生活的三个月，可能是定愕人生中最快乐的一段时间。在这里，他感受到了自由，以及人与人之间的友谊和温暖，自从勒芙蕾丝失踪之后他就再也没有感受过这种温暖。虽然万方网上有那么多的刺激体验，但是他从未想到真正的生活有如此包罗万象的细节，更别提这三个月以来，他在新广州体验过的美食超过他之前在都市吃过的总和。当他第一次开着那架飞行器飞上天空，感受到温热的亚热带季风吹拂在他身上时，那种感觉，没有任何模拟刺激体验可以比拟。他也理解了失踪之前的勒芙蕾丝：跟旧地比起来，都市终究还是太小了。都市是一个精致的、方方面面都为了他的舒适考虑周全的温室；旧地是一片荒野，但是这里蕴藏着无穷的可能性，外面有一整个世界在召唤着他。

现在定愕在定居点旁边一片整平的简易机场上，摩尔和健雄都来给他送行。在这段时间里，他还认识了其他几个有趣的家伙，一个叫牛顿，另一个叫列夫，他们也来到了这个机场。

"哥们儿，万方公司管理员的私钥，已经发给你了。万一被万方公司抓到，你可以试试这个私钥看能不能脱身。他们可能没换。"牛顿谆谆嘱咐。牛顿也来自都市，原本是万方公司的网络管理员，因为受不了万方网全景监狱，钻系统的空子逃到了旧地，现在负责新广州定居点的网络。他和定愕一样，比旁边的旧地人高很多。虽说这个私钥不大可能有用，但定愕还是感受到了牛顿的热切诚恳。

"没问题。记在脑子里了。"定愕指指自己的脑袋，真心实意地说道。

"我觉得吧，我们两个一起走才是最佳方案。我旅行了这么久，比你这个'月佬'经验丰富多了。如果你最后一刻改变主意了，没问题，我把所有必要的东西都带上了。"列夫抱着手说道。他身后是他的那辆四轮摩托，上面鼓鼓囊囊地放了两个大包裹。列夫的长相跟摩尔和健雄他们不同，是高加索人种。他个子很高，接近两米，也就比定愕矮上一点儿。他自称出生于新莫斯科，是一个"永恒的旅行者"，现在不远万里到新广州暂居。大家都很爱听他说故事。他出生的那个新莫斯科，在遥远的欧洲，跟新广州一样，也是一个初具规模的小型城市，那里一年里有六个月都是冬天，到了冬天所有人都只能待在房子里，任由大雪覆盖整个城市，直到春天人们才会从房子里出来。雪这种东西在新广州这里，还有都市根本不存在，定愕也只是在万方网的虚拟体验里体验过。而当摩尔问他是怎么穿越这上万千米的距离来到新广州时，列夫则笑而不答。只有在深夜，新广州的路边，沐浴在星光和灯光之下，喝醉了之后，列夫才会讲一些他在路上的不知道真假的故事：比方说巨大的、正在燃烧的地下深渊，火焰透过裂隙,将天空染成一片红色;或是几百千米宽的如同镜子一样平滑,能够反射图像的平原;或是沙漠中被风吹拂,能够形成各种奇怪几何形状的沙丘。那辆太阳能驱动的四轮摩托则是他这一路上唯一的依靠。他原本计划一年之后启程,往西南方向前去印度,但是听说定愕要去上海,他十分感兴趣。他始终提议和定愕一起去上海,但是定愕认为没有必要搭上他一起冒险。

"你不要你的摩托了?"定愕故意问道。

"嗐,就放在摩尔这里,也没什么! 等我们回来了再取就是。"列夫咧开嘴笑了。他虽然自称只有35岁,但是长期的旅行,风霜在脸上吹出的纹路让他看上去足足有50岁。

"谢了,不过我这次可不是旅行,而是身负一项使命。"定愕说道,"等我搞完,我会回来,到时候我们再一起旅行,一言为定。"他伸出拳头。

"一言为定! "列夫伸出拳头,与定愕的拳头对碰。

"希望你能回来,兑现你的承诺。"健雄说道。他刚才帮着定愕把必要的生活物资和那身载荷服塞进小飞机的行李舱。定愕在一次醉酒之后满口答应健雄,有机会带着健雄去都市看看——第二天醒来之后他完全忘记了这事,直到健雄提醒他他才后悔不迭。健雄虽然话不多,但是三个月相处下来,定愕知道他是一个非常实际——或者说固执的人,一旦认定什么就不会动摇,一定要达到目的。实际上他也不知道,见到邱奇,乃至帮助达摩完成任务之后,他个人的最终命运会如何。

"我尽量。"定愕回答。

"你真的确定你一个人没问题?"摩尔第382遍,或许也是最后一遍问这个问题。在这三个月的生活中，定愕很庆幸遇上了摩尔：她是一个很好的朋友，开朗、善良、乐于助人。所有人都喜欢她，定愕也很喜欢她。

"没问题。到时候回来了我们一起喝酒。"定愕拍了拍摩尔的肩膀。虽然他说得自信满满，但是他并不知道结局会如何，他面对的对手超出他的理解，这也不是万方网上常见的冒险游戏。在那些游戏里，最后他要面对一个强大的关底BOSS，每次都能赢。这一次则不然。

"行吧。对了，差点儿忘了。"摩尔拍了拍脑门。她从口袋里掏出一个盒子，拿出一根白色的小棍——定愕现在知道了，这叫作香烟——然后用打火机点着，深吸一口，"都要走了，你最后也不试试？"

虽然定愕已经学会了喝酒，但是他始终不习惯香烟的味道。他接过摩尔手里的香烟，深吸一口——然后开始疯狂咳嗽。为什么会有人觉得把这种烟雾吸到肺里是一种享受？

"第一次都会这样——但我看你也不打算有下一次了。没关系。回来了一起喝酒。"摩尔拿走他手上的香烟，声音里带着笑意。

"那就这么说定了。"定愕喘过气来，最后跟摩尔以及其他人一一握手。"一路顺风。"大家一起说道。

"谢谢。我会回来的。"定愕回答道。这几个月与这些人朝夕相处，是定愕第一次体会到什么叫作真正的友谊。达摩说过，都市超级智能的计划也涉及旧地的人类。就算为了摩尔他们，他也会去的。

　　他钻进小飞机的驾驶舱，把舱门关上。控制系统直接跟他的视神经直连显示系统连接，显示系统状态。今天的天气很好，阳光强烈，万里无云，太阳能电驱保持在最大功率可用。定愕挥挥手让大家都退开，启动引擎。左右两台电驱螺旋桨开始转动，划过空气的"嗡嗡"声传进驾驶舱，随即又被驾驶舱的噪声对消系统所压制。起落架上的刹车还处于抱紧状态，等到螺旋桨到达起飞最大转速，就可以松开车闸开始滑跑了。随着系统的自检一项项完成，电子地图也浮现出来。这架飞机的电子地图是最新的，而且精度极高，应该是都市的旧地遥测卫星网络最新版本的数据，想要搞到可真是不容易。勒芙蕾丝的雇主可是在这架飞机上投入了相当大的资源——勒芙蕾丝在这段时间始终没有出现，她到底去哪了呢？或许，她也有自己的秘密任务……想到这里，定愕心里涌起一阵惆怅。

　　螺旋桨达到最大转速，桨距变大，刹车松开，飞机开始往前滑行，速度变得越来越快。摩尔他们被飞机甩在身后，定愕缓缓拉杆，飞机起落架上传来的颠簸一下子消失不见，飞机腾空而起。智能导航系统显示出方向，定愕压住机身，转过一个大弯，向着东北方向飞过去。驾驶舱的风挡感受到了猛烈的阳光，自动变黑，将热量挡在外面。

　　他要开始一次真正的冒险了，定愕心想。和万方网上的那些完全不同。这个世界在召唤他。

　　小飞机爬到了3000米高度，在这个高度，阳光愈发猛烈，飞机的动力变得更加充沛。事实上，自动驾驶接手之后定愕能做的就不多了，自动驾驶系统提醒他，以现在的速度飞到目标位置还需要大约6小时。他看向地面，看不到任何人类活动的痕迹，只有大片的原始森林密密麻麻地延伸到地平线。在这个高度，他仍然能看到不少的鸟类在林间飞行。

随着新广州在身后慢慢远去，定愕发现地表很多地方变得不对劲起来。很多地表上的特征线构成的图案太过规整，不像是天然形成的，比方说，飞机刚才飞过的那个大湖，显然是几个大小不等的圆形互相嵌套的结果。还有一座光秃秃的山，是十分完美的五边形，山顶上有一个巨大的洞口，已经塌陷，但仍然能看出原本应该是一个圆形。显然这里在驱动之前是一座有特殊用途的巨型装置，但是现在已经被遗弃，成了沉默不语的废墟。

随着地面被抛在身后，时间一点点地流逝，定愕逐渐开始恍惚起来。这架飞机的驾驶舱很小，定愕基本上是半躺着坐在驾驶座椅上的，他快要睡过去了。系统告诉他，离目的地还有一半路程。定愕闭上眼睛。

"警告：有不明飞行物接近，碰撞风险增大。"定愕再次睁开眼睛，他是被自动驾驶系统的警报吵醒的。飞机飞到一群鸟中间了？但是现在是3000米的高度，不太可能有鸟在这个高度飞。他瞥了一眼时间，离起飞已经过去将近5小时。他现在离目的地已经不远了。

几个红色的方框在他的视野边缘闪烁，他回过头去，方框迅速增大，几个远处的黑点一下子冲过来，从飞机旁边掠过。巨大的喷气引擎噪声穿透驾驶舱,将整个小飞机都吹得颤抖起来。

定愕看清楚了这些黑点的样子。全身灰色,线条流畅,整体呈三角形,有着尖尖的脑袋和后掠角很大的机翼,以及一个引擎喷口。这是专门用于旧地大气层作战的战斗机。

"121.5兆赫兹频段上发来信息,正在接入。"系统报告。

"不明飞行目标请注意,不明飞行目标请注意,这里是都市议会旧地东亚区第41航空战术联队所属战术单元。经查证,你方使用了注册号为LC-93MES的都市飞行器,此飞行器一月前被都市东亚重工公司报失。请跟随我们的引导,前往萧山机场降落,接受询问和调查。"一连串警告和威胁从无线电频道中传出,语气机械,应该是合成语音。定愕之前完全不知道都市居然还在旧地布置了航空武力——现在知道已经太晚了。两架战斗机翻了个筋斗,从高空俯冲下来,再次从小飞机旁掠过,这次离得更近。巨大的气流冲刷着这架小小的、翼展不过10米的飞行器,定愕感觉自己下一秒可能就会掉下去。

"对方发来引导降落程序,是否接受并且执行?"系统提醒。

"拒绝。将驾驶系统转为手动模式,我来接手。"定愕心一横。换成还在都市的他,绝对不会做这种事情。

"已转为手动模式。"

定愕握住操纵杆,猛地前推,小飞机一下子俯冲了下去。他知道在这个高度想要摆脱那两架都市的无人战斗机是不可能的,只有飞到近地面的高度,才会有一点点希望。如果他能够伺机找个地方降落,议会的无人战斗机总不会变形成双足陆战机器人来抓他吧?

"警告，飞行器高度正在急剧降低！警告，飞行器高度正在急剧降低……"系统警告声大作。"忽略警告！给我那两架战斗机的位置！"在这近乎自由落体的俯冲之中，定愕咬着牙喊道。红色的方框代表的两架战斗机现在已经移到了定愕的头顶，按照他们现在的速度，需要一个低Yoyo机动①才能把机头指向掰回来。定愕赌的实际上就是这个，这两架战斗机很难在这个高度做这么危险的俯冲，能量转换为速度之后有拉不起来的风险，而他的这架小飞机则没有问题。

"不明飞行目标请注意！不明飞行目标请注意！请恢复平飞状态，高度升至3300米，跟随我们的引导，前往萧山机场降落，接受询问和调查。重复一遍，不明飞行目标请注意……"无线电频道里的警告和威胁还在不停重复。"系统，关掉通话！"定愕大吼一声。他的耳边一下变得安静，只有高度表在疯狂旋转，在短短30秒内，飞机的高度就降了1000多米。

定愕咬着牙看着地面离他越来越近，高度表从3000米到2000米到1000米，现在只剩下了三位数。他现在的位置正好在一个大湖旁边，湖边滩涂上的低矮树丛和芦苇荡已经清晰可见。他打算等高度下降到300米就拼命将小飞机拉起来，如果拉不起来就放伞——这架小飞机的设计是整体配备降落伞的。按照现在的俯冲速度，还有大概12秒时间。只要度过这12秒，他就基本安全了。

高度表还在急速降低，12秒、10秒、8秒、6秒、4秒、2秒，高度表显示300米！定愕使劲一拉操纵杆，小飞机的姿态一下子改

---

① 通过战机俯冲，增加飞行速度，继而爬升攻击敌机的战机攻击性动作。

平，机翼发出极为难听的"咔咔"声，但是经受住了考验！俯冲的势能这时瞬间转换成了飞机向前的动能，机翼兜住了空气，现在一阵急加速，飞到了大湖的湖面上。

计划的第一步结束，接下来就是要找一片合适的滩涂降落，等两架战斗机飞走之后再起飞。然而还没等定愕松口气，他就感觉到背后传来一阵剧烈的震动。两架战斗机分别从小飞机的左右两边俯冲而下，一头扎进湖面，溅起两朵巨大的水花。就在这个过程之中，刚才已经承受了巨大扭力的机翼"咔嚓"一下，飞离了机体，晃晃悠悠地飘走了。

小飞机顿时变成了一块石头，栽了下去。

半个小时之后定愕爬上湖岸，手里只剩下他从行李舱里抢救出来的一个行李包，剩下的载荷服、野外求生物资和一辆折叠电动摩托都随着飞机机体沉进了湖里。这也是他来旧地之后第二次从水里爬出来——想到这里，定愕觉得这简直就像是一出喜剧。他不由得想起他以前在万方网上读过的一篇文章：喜剧的一个基本表现形式，就是角色不停地重复做一件事情，每次都收获了一样的结果，却希望发生不一样的事情。

"有这个必要吗？为了干掉我这架小飞机，硬是赔进去两架战斗机……"定愕嘟囔着。他现在全身湿透，还好行李包里有备用的衣裤可以更换。他带着的所有电子设备，只有手机还留在身上。这里没有信号，手机也就只剩下了最基本的确定方向的作用。

太阳已经西移，温度略微下降，现在已经到了傍晚。定愕看看天，目力可及之处没有任何人造物体。他必须要在野外过夜了。定愣打开手机上的电子地图，利用这一个月以来摩尔他们传授的知识分辨地景，确定自己的位置。最终他得出结论，达摩给他的坐标在他现在位置的东南方向，距离大概是80千米——如果他那辆电动摩托车没有沉进湖里，他有把握明天就能到达那个位置。而现在他什么都没有，该怎么办呢？

跟着远征回收队锻炼了三个月之后，定愣知道现在最要紧的不是完成他的那个大目标，而是解决眼下的问题，夜晚就要到来了。他必须寻找安全的庇护所，否则晚上在睡梦中被野兽吃掉也是可能的。换成以前在都市时的生活，像这样没有任何帮助的情况下被扔到野外，他和99.9%的都市人都会当场崩溃。但是定愣现在已经不同了。他接受过远征队的完整的野外生存训练，他会生存下来，并完成任务。

想到这里，定愣背上包，起身加快了脚步。

大湖的岸边都是滩涂，定愣一脚踩下去就是一个坑，足以淹没脚背。更要命的是无处不在的蚊虫——定愣的背包里还有一些防蚊水，他赶紧拿出来给全身喷上，但是大部分防蚊水都沉进了湖里，他现在只剩下一小瓶，得节省着使用。

太阳落下去，把天边的云堆映照出一片火红的颜色，连湖水也都反射出了这种红色，在渐渐暗下去的蓝色天光和水景之中交融，让定愣看得有些痴了。都市的天气控制系统无论如何都无法精确地复制出这种颜色。

在湖边的树林里，定愣发现了一座建筑的残骸。是一座四层小楼，只剩下框架，但仍然坚挺地矗立在那里，没有倒塌。从周围的树林可以看得出来，过去这应该是一片建筑区，周围还有大片碎石堆从植被里露出棱角，只剩下这座小楼还没有倒塌。定愕当即决定就在这里过夜。

定愕走进小楼，无论它之前是做什么的，两百多年的风吹雨打下来，已经完全看不出来了。室内的软装饰已经彻底掉干净，只剩下钢筋水泥的楼板。楼梯只到三层，再往上的楼梯已经垮掉，不再能上得去。

定愕上到三层，靠着墙清理出一块干净的空间，铺上睡袋。他意外地发现三层的一个房间关着门：这扇门居然没有跟其他家具一样消失在漫长的时间里。定愕小心地拉了一下门把手，门猝不及防地倒下来，拍在定愕身上，碎成了几块。幸好门的材质已经风化变脆得差不多了，这一击并没有让定愕受伤。

门背后的房间里是一大堆已经垮塌的书架，散落一地的都是已经发黄或者发白、完全看不出任何图案和原本颜色的纸质印刷品。定愕在之前二十多年的生活中从没见过物理的纸质印刷品，只在万方网的虚拟体验里见过。

定愕用脚拨开这散落满地的纸片。绝大多数都完全风化了，轻轻一用力就碎成满地的渣子。在这些纸灰堆里，居然还有看上去基本完整、能看得出来字和图案的。定愕好奇地拿起来翻了翻，图像基本上已经褪色，看不出原始的颜色，只能看出，大概是旧地某种风景的照片，照片上是一座山脉下的湖泊，很多纸页已经黏合在一起，稍微用力就碎成渣。文字和现在都市通用的文字有点相似，但是很不一样，定愕只能勉强分辨出来几个字，比如"开业""中""太湖""地理""风景"这些。数字倒是很容易分辨，封面有个时间戳，写着"2068.09"。这是驱动之前发行的某种专门介绍风景的杂志，定愕如此猜想。

天光暗淡下去，定愕抓紧最后这一点儿光线，在这一大堆故纸堆里乱翻，试图找出几本完整能读的驱动前的杂志。他在黑夜彻底降临之前还真的找到了几本：一本是关于风景的，一本是关于汽车的，还有一本似乎是讲述某种计算机技术的。定愕不太能读懂里面的内容，只好看图。风景的那本杂志让定愕入了迷，里面的那些图片，都是定愕以前在万方网上从未见过的驱动之前的旧地风景。其中包含大量驱动之前旧地人生活的照片，跟现在的都市生活，或者说定愕来到旧地在新广州定居点的生活都非常不一样。特别是那些看上去似乎是美食的东西，定愕一个都没见过！

如果有时光机，定愕愿意交换他现在的一切，以求穿越回驱动之前的旧地，去体验那些他之前没见过也从来不知道的美食。

定愕对汽车和计算机技术杂志没什么兴趣。驱动之前，旧地的人类社会还很重视汽车这种东西，那些汽车有着千奇百怪的外形和设计，这让定愕难以理解。他这辈子唯一一次乘坐私车，就是几个月前勒芙蕾丝偷的那辆。至于讲计算机技术的那本杂志，图太少，定愕看不太懂文字，只是简单翻了翻。定愕勉强能看懂其中一个标题的几个字，"奇点?? 来?? 识? 传已有?大??"头图配了一张邱奇的照片。

原来驱动之前，意识上传就已经是炒作热点了，看来这两百多年来，人类的科技发展也没有太大进步，定愕心想。想到这里他就想起了冯，就在他被AI入侵之前，冯告诉他小道消息说意识上传马上就会被解决——但他来到旧地之后，通过新广州这边的海盗链路连上万方网，没有看到任何这方面的消息，冯多半又是放了空炮。不知道这个家伙现在怎么样了，还好不好。

夜晚到来，周遭变成一片彻底的黑暗。定愕打开简易的户外灯，就着微弱的光线读翻出来的那些风景和美食杂志，不知不觉入了迷。那些眼花缭乱的菜式、各种各样的物种，95%以上他都没见过，连万方网上都没有。

定愕"哗哗"又翻过一页。就在此时，藏在书页里的一种定愕从来没见过的小虫子似乎是被突然的光线吓到，急匆匆地爬出来，爬上了他裸露的手指。定愕本想要把这个小虫子弹走，却感觉到一阵微微的刺痛，这只虫子似乎咬了定愕一口。他条件反射地甩甩手，把虫子甩进周围的黑夜，看了看右手中指上被咬的那个部分，似乎也没什么，在户外灯的光线照射下只有一个小小的包，有点儿微微的麻痒。定愕挠一挠，重新沉入那个驱动之前的旧地世界。

当定愕再次抬起头来的时候，夜已经深了，读着这些杂志他仿佛经历了一次万方网的冒险之旅，穿越回驱动之前的旧地走了一遭。只能想象风景和图片之间的大片空隙，那个世界的人类如何生活、旅行。他们的世界会比都市更丑陋、更不舒适，但是要广阔得多。他站起来，伸了个懒腰，看向四层小楼外的夜色。今天是一个无月的夜晚，目力所及，除了他的户外灯，没有任何人工的光亮。周围寂静无声，只有一些鸟类的叫声和窸窸窣窣的声音偶尔响起，应该是某些小体型的野生动物发出的。夜空中的一层薄云也让星空变得不明显，只能看见一些闪烁的亮点在天空中划过——嗯？那些是议会，或者说是都市 AI 的飞行器吗？它们会不会发现这个小小的营地？

定愕打了个哈欠，他感到一阵被旧杂志转移了许久的疲劳涌上来。他钻进睡袋，关上户外灯，闭上眼睛。今晚他的梦里都是驱动前的旧地。

3小时之后，定愕开始发高烧。

第十六章　七　月

"定愕！定愕！问你话呢，你怎么一点儿反应都没有？"耳边响起勒芙蕾丝的声音，定愕一下子从沉思中惊醒过来。他回过神来，转过头，面对的正好是勒芙蕾丝那张略微有点儿嗔怒的面孔。

"啊，没什么。我……在想一些事情。你刚才说什么？"定愕随口敷衍。他也不记得他刚才在想什么了，思维已经飘到了宇宙深处。公交车窗外的街景划过，暴烈的阳光在行道树下投上鲜明的阴影。今天是2002年7月2号，又是一个炎热的大晴天。

"我是说，接下来的暑假你有什么安排？我爸说了，如果我能拿到全班第一，就许我出去玩玩。或许……"勒芙蕾丝的声音有一点点胆怯和犹豫，这一点也不像她，"我们可以一起去？"

"我跟我老爹说，如果我这次能考到班级前十，就给我升级一下电脑……"看着勒芙蕾丝的表情，定愕后半句话声音特别小,还没等勒芙蕾丝反应过来,又立马改口,"……哦,我回头跟他说说,电脑的事情就算了,可以考虑去大理或者九寨沟玩玩什么的。"

"那就好!"勒芙蕾丝的神情舒展开来,变得兴高采烈起来,"一言为定!到时候我们一起去!"

定愕原本的回答是"还是等拿到成绩单再说吧",但是看到勒芙蕾丝的神情,他决定先闭嘴。

"气象台小区到了,请准备下车的乘客从后门下车,新上车的乘客请往后走……"公交车靠站,"嘶啦"一声开门,两个同样穿着一中校服的身影蹿上公交。定愕一下子感到大事不妙,果然,是摩尔和健雄这两个家伙。

"定愕,好久不见啦!这一周过去了怎么连电话也不给我打一个?"摩尔十分夸张地冲到定愕面前,大手抱住定愕,试图把他抬起来。定愕只能放松了随她摆布,不然这人来疯不会放弃,只会越来越疯。摩尔虽然是个女生,但是身高一米八,比他们班上的大多数男生都要高大强壮。不知道为什么,高一入学时她一眼就看上了定愕,行事处处将他当铁哥们。但是这女人太过于不知轻重,定愕只能勉强周旋,很是头痛。

"别别别,我快喘不过气了……"定愕从牙齿缝里蹦出这句话。"摩尔,你把定愕放下来吧,他看上去真快不行了。"旁边的健雄发话了。他和摩尔是发小,父母都在同一个单位上班,住在同一个小区的同一栋楼,两人从托儿所就在一起,一直到高中。他比摩尔要矮,体格也小不少,但是更加稳重,时常扮演摩尔的"良心/理性/狗头军师/拱火大师"等角色。定愕时常奇怪这两人为什么没走到一起去。他曾经问过摩尔，得到的回答是"太熟了，不好意思下手"。

"哦，我明白了。"摩尔把定愕放下，这才看到了旁边站着的、把脸扭向一边的勒芙蕾丝，"原来是跟女朋友耍去了。重色轻友啊，你小子。"

"不，不是的。我爸让我去学车了。"定愕赶紧解释。这倒是真的。期末考试完的第二天，定愕原本想一觉睡到中午，没想到老头子一大早就叫醒了他："我看你小子在家里也没什么事干，我给你报了个驾校。学车去！"这一周他只能每天顶着快40摄氏度的高温搭公交车去体育场里的那个驾校，坐在没有空调的桑塔纳教练车上，按照教练的指挥，学习如何侧方停车、倒车入库、走单边桥，苦不堪言。期末之后，连勒芙蕾丝也都是今天才第一次见到。"哼。"勒芙蕾丝不理睬她。她跟定愕不是一个班的，跟摩尔和健雄没有那么熟。

"哦？意思是说，你马上就会有驾照了？那你是不是就能带着我……们四处开车去玩儿？"摩尔兴奋地问道。

"人家要带肯定带女朋友二人世界嘛，带你算个什么事情。"健雄在旁边慢悠悠地说道。一听他这个口气，定愕就知道他在拱火。

"说！你带不带我们！"果然，摩尔一拳打在定愕的肚子上，虽然只是玩笑，力度却着实不小。定愕努力装作若无其事的样子，但还是略略弯下腰。

"好好好，带带带……"定愕还能有什么办法。他倒是真有计划，驾照拿到手之后，这个暑假带着勒芙蕾丝四处走走。想想，多带两个人也没什么关系。

"这还差不多。"摩尔满意地说道。然后她转向勒芙蕾丝。"诶，勒芙蕾丝，你这个暑假有什么计划？我估计等会儿拿到成绩，可能班里面也就班主任说两句，把暑假作业发下来就散了，下午没什么事儿的话，我们去游泳吧！我才发现一个特别好的泳池！"摩尔说话永远是这样，兴之所至，东一句西一句的。

"呃……"勒芙蕾丝有点犹豫，看向定愕。定愕还从没见过勒芙蕾丝穿泳衣的样子，想想他就有点小兴奋。但是这可不能表现得太过露骨，被误会了怎么办？

"我去。"定愕假装思考几秒钟，深思熟虑地点点头。他问勒芙蕾丝："勒芙蕾丝，你来吗？"定愕本来想补上一句"不来也是可以的"，但是他怕勒芙蕾丝就坡下驴真不来了。

"……好。"勒芙蕾丝矜持地点点头。

"好！那我们就下午两点约在学校门口见吧！带好家伙事儿。25路公交车可以直达，就是有点远，要坐45分钟。"摩尔说道。

在他们扯淡的这十几分钟，公交车已经抵达了市一中。车辆在站台上停稳，四个人从后门下车，立马感受到了夏季的"毒打"——一股高温热气扑面而来，定愕脸上当即冒出了密密麻麻的汗珠。很神奇的是勒芙蕾丝似乎有种奇特的体质，在这么高的气温下也几乎不流汗。勒芙蕾丝说自己怕冷不怕热。

周围全是穿着夏季短袖校服的一中学生，今天是期末考试之后拿成绩单的日子。暑假的来临让大家都很放松，人群中的喧闹声比平日上学时大得多。今天不上课，时间也没那么紧张，定愕先去书摊上扫了一眼，看有没有新到的汽车杂志，老板告诉他，当月的还没到。然后四个人这才汇入人流，走进学校的大门。

四个人爬上三楼，勒芙蕾丝所在的二班在楼梯右侧，另外三个人所在的九班在楼梯左侧，定愕和勒芙蕾丝就此分路而行。三个人进入教室之后，才发现班主任邱胖子还没来，班上的人都三三两两地聚成一堆说着悄悄话。

定愕找到自己的位子坐下，打开桌板，思索着暑假要拿什么东西回去。"喂，定愕！你听说了吗？"冯突然从阴影中冒了出来，一屁股坐在定愕的旁边。冯是定愕的同桌，是个胖子，很神奇的是，他虽然在班上只能算成绩中等，但却担任着学习委员这种职位。所以他的小道消息特别多。

"听说什么了？你知道我的成绩了？"定愕的心收紧了。冯大概率已经拿到了期末考试的成绩单，他知道定愕考得怎么样。千万要在前十啊！保佑！

"什么鬼！我是说今天邱胖子来不了了，他家里好像出了点儿事，赶回去处理了。哦，我知道你的成绩了，还不错！班上第九，年级一百零二这样子。我是班上第二十三。"

定愕顿时瘫倒在桌上。虽然动作夸张了点，但是心情是真心实意的。"第九！谢天谢地！"他这一学期颇为认真地努力了一把才换来了这个成绩。另一方面也是因为认识了勒芙蕾丝，被勒芙蕾丝的认真感染。按照往年，他也就跟冯这家伙一个档次。至于班主任邱胖子，管他去哪儿。

"邱胖子出什么事情了？"回过头来他还是要假装关心一下。邱胖子叫邱奇，是一个胖子——这好像是一句废话。总之邱奇是他们的数学老师兼班主任，也教二班的数学，某种意义上，他和勒芙蕾丝认识也有邱胖子的一份功劳。邱胖子人不错，能和他们打成一片，甚至当面叫他"邱胖子"也没事儿；板起脸来也能很严厉，抓成绩和纪律从不手软。当时他们正好学到世界历史中关于二战的部分，看到教科书上丘吉尔的照片，于是"邱胖子"的外号就这么传开了。

"好像是他儿子出了什么事情吧……具体情况我也不太清楚，也是听人说的。"冯说道，"我在想，我们要不要找个时间去看望一下？带点礼品，慰问一下。毕竟也是班主任。"

"也没问题，算我一个。"定愕想了想，说道，"你去组织，或者找杨立春组织也可以。定了告诉我。"

"好！确定了跟你说。"冯大力点头，随即去找另外的同学说话去了。正在此时，班长杨立春进了教室。他走上讲台，拿着黑板擦拍了拍黑板。

"同学们，安静了！"杨立春大声说道，"今天班主任邱老师有事来不了，英语靳老师负责代替他。大家坐好！"

教室里迅速安静下来，靳老师走进教室。她拿着一沓纸。"起立！""老师好！""同学们好。"

"咳咳，你们的班主任邱老师因为家里有些事情，来不了，我代他一下。"靳老师说道，"既然如此，我就不多废话了。下面把期末考试的卷子发下去，大家回去找家长签字，九月份报到的时候要交上来。另外，我们公开念一下班上前十名的名单。至于剩下的名次，我就不透露了，等会儿各位同学直接到我这里来领就行。"

虽然刚才冯已经透露了定愕的名次,定愕现在还是有点紧张。直到他听到了"吴定愕,第九名"之后,才最终放下心来。这下对老爹有了交代,也能磨着他赞助自己去大理或者九寨沟旅游了。想到能和勒芙蕾丝"双宿双飞",他脸红心跳起来。

靳老师接下来说的事情定愕都没听进去,不过反正也都是一些度过暑假的注意事项,让同学们注意安全,诸如此类的。随之而来的是暑假作业——靳老师叫了几个同学搬来一大堆卷子分发,引得班里的同学们一阵哀号。

"定愕,你的卷子。"冯把他的期末试卷递给他,上面满是批改的红色笔迹,以及一个大大的分数。当他的手接到那张卷子时——

下一刻,定愕就发现自己已经站在校门口了,背着一个游泳圈,全身的衣服换成了宽松的短袖、短裤和拖鞋。时间飞快,上午学校散摊子之后,他回家吃了午饭,收拾好东西,跟往常一样,他不到两点就到了校门口,是第一个来的。

勒芙蕾丝从远处走来。在下午两点近乎发白的阳光下,她轻盈得如同一个天使,戴着一顶大大的白色帽子,穿着一身白色的连衣裙,蹬着一双白色的凉鞋,看得定愕头晕目眩。他第123次如此相信,能够跟她在一起,他是天底下最幸运的人。

"怎么了?"勒芙蕾丝走到他跟前,问道。

"什么怎么了?"定愕一时间没反应过来。

"刚才你盯着我看……我很不好意思。"勒芙蕾丝轻轻侧过脸去,露出柔和的侧脸曲线。

"因为，因为你好看嘛。"定愕笨拙地说道。

"哼。"勒芙蕾丝微嗔。

5分钟之后，摩尔和健雄一起出现了。健雄没换衣服，还是一身夏季短袖校服；摩尔则穿了一条牛仔短裤，上半身居然是一件白色老头衫，胸前高高挺起，定愕简直无法直视。不过这女人戴着一副时髦的墨镜，一副似乎完全不在乎的模样。

"25路车。"摩尔宣布，"那地方挺远的，我们得过江。定愕，等你拿到了驾照，我们就可以开车过去了。"

"要过江啊……"剩下的三个人都发出一声感叹。虽然前几年小城新造了一座大桥通往江南，但是江南对于大多数人来说仍然只是新开发区。无怪乎摩尔说地方很远。

路程比摩尔说得更远。一个小时之后他们终于下车，来到了一个从没来过、怎么看都鸟不拉屎的小街上。这辆老旧的25路车没有空调，把四个人蒸了一路，除了摩尔之外，定愕、勒芙蕾丝和健雄都半死不活的。

"我们到了！"摩尔精力无穷。她一指前面不远处路边围墙边上一个看上去很不起眼的门面，豪迈地大叫道："就是那里！"

"定愕你带水了没有？我想喝点儿。"勒芙蕾丝轻声说道。她虽然没怎么出汗，但是脸上呈现出一种被高温蒸过的红色。定愕连忙从包里翻出水瓶递给勒芙蕾丝。

"我请大家喝饮料！"有了这句话，三人的步伐稍微快了点儿。定愕进了门面才发现，这是电厂的职工游泳池，有卖票的窗口，也有小卖部卖冷饮和游泳装备。摩尔请大家喝了可乐，然后四人各自买了票，进了更衣室，约好等会儿在泳池边上见面。

勒芙蕾丝会穿什么泳衣呢？定愕想着，颇为期待。

泳池的大小出乎定愕意料，是标准的50米长度，很深，非常清澈，摩尔的推荐真的没错。他和健雄两人等了一阵，才等到摩尔和勒芙蕾丝从女更衣室里出来。摩尔穿着一件蓝灰色的连体竞赛泳衣，绷得紧紧的，还戴了泳帽和泳镜，显示出她游泳健将的身材；而勒芙蕾丝则穿着一件可爱的米色泳衣，分成上下两截，十分俏皮。虽然这距离定愕的某些狂野的梦想还差不少，但是定愕已经非常满足了。

看到勒芙蕾丝过来，定愕赶忙把带着的泳圈递给她。定愕自小在江里游泳，其实不需要泳圈，而勒芙蕾丝不太会水。

"我可是专门练过的！"摩尔大声宣布，"没关系，我罩着你！"她对着勒芙蕾丝拍拍胸脯。定愕知道，摩尔确实练过——她从小就接受专业游泳训练，直到高中学业繁忙才放弃。

勒芙蕾丝走到泳池扶手边上，在定愕的保护下小心翼翼地下水。她套着泳圈，在水里漂着，露出一个羞涩的微笑，对定愕说道："感觉很不错！水也不冷，快下来吧！"

作为泳池老手，扶着扶梯下水这种事定愕才不会干。他深吸一口气，闭上眼睛直接从泳池的边缘跳了下去。当他的身体接触水面的瞬间——

"定愕！定愕！你在想什么？"耳边响起冯的声音，定愕一下子从沉思中惊醒过来。他回过神，面前是冯那张汗津津的胖脸。

"哦，没什么。我在想要不要再去游泳。你刚才说什么？"

定愕依稀还记得刚才他陷入了对一周前跟摩尔和勒芙蕾丝他们去电厂泳池游泳的回忆。他试图抓住那股思绪,但是它在他不留神的瞬间就溜走了。

"我是说,去邱胖子家里慰问,我们总得带点儿礼物。你有什么想法。"冯倒是没生气。他们现在正坐在解放路的那家麦当劳里吹着冷气,外面是被烈日晒得发白的天街广场。这是他们假期的常用集合点。

"哦,我一时半会儿也想不出来。你有什么想法?"定愕顺嘴说道。

"目前有这么几个选项:带水果,西瓜什么的;带保健品,当然是我们买得起的;带茶叶或者烟酒,这个想想可能不是特别合适。"冯立起三根手指。

"我觉得好像都行,要我选的话,带点儿茶叶?"定愕稍微思考了一下,"其他人呢? 还有谁要一起去? 他们的意见是啥?"

"摩尔和健雄当然要来,他们喜欢掺和。不过刚才摩尔给我打了电话说要晚点,她有点事情。杨立春和诺曼这两个王八蛋多半还在睡午觉,我给他们家里打电话也没人接。反正我不管了,就等到三点钟,三点还不来我们就不管他们了。"冯恨恨地说道。

半小时之后,人居然到齐了。经过一番论战,几个人还是一致同意带着水果去比较合适。在场的人只有班长杨立春知道邱胖子的住址,一群人在水果店里买了果篮,搭乘公交向目标前进。

好巧不巧,邱胖子住在东山半山腰的一个小区。公交只到东山脚下的路口，一群人只能汗流浃背地爬上去。顶着七月下午三点的大太阳爬山，这真是定愕这辈子最糟糕的体验之一。到了最后，当他们终于站在邱胖子的住宅楼门口时，大家都已经累得只有出气，没有进气了。众人一致决定先歇会儿，喝两口水再上楼。

"我说邱胖子怎么住在这么一个地方，存心是要整我们。"冯在众人中最胖，这次上来也最累。他一口气恶狠狠地灌了一整瓶冰冻矿泉水下去。

"冯，你来之前跟邱胖子联系了没有？"定愕突然想到这个问题。一路上所有人都没提到这个事情，都以为冯召集大家是已经跟邱胖子说好了。

"呃，没有。"冯也愣了几秒。

"那万一他不在怎么办？"

众人齐刷刷地看向冯。如果是这样，他们这一趟就白来了。

"我觉得他应该在的，怎么可能不在。"冯硬着头皮说道。

不过众人都已经到了这里，再说什么也没意义。等大家都平复了呼吸，杨立春带着定愕这帮人爬上六楼，来到了邱胖子的家门口。

杨立春上去按了下电铃，没声，可能是坏了，或者压根儿没装。她只好敲敲门。"邱老师？邱老师在不在？我们是九班的学生，来看你了。"杨立春大声说道。

没人回应。

冯再喊了一遍，加大音量，还是没人回应。

他们最担心的事情发生了：邱胖子不在。这也就意味着，他们累死累活在40摄氏度高温下爬上半山腰这件事情毫无意义，大家变得垂头丧气起来。

摩尔决定做出最后的努力。她钻到门前，握拳猛捶了三下大门："邱老师在吗？"

奇怪的事情发生了。虽然屋里还是没人回应，但是摩尔刚才使的劲把大门捶开了一条缝隙。门居然没锁。

众人面面相觑。这是什么情况？他们要不要进去看看？

摩尔替他们做了决定。她轻轻推开门，喊着"邱老师"走了进去。众人只好跟着进去。

定愕看到邱胖子的家的第一感觉是，这人的装修品位怎么如此奇怪——纯白色的漆面和天花板，没有几件家具，有也是塑料居多，造型简洁，没有装饰。更大的问题是这里没有任何生活气息：没有沙发上随意放着的枕头和衣物，茶几上没有烟灰缸和茶杯，连厨房都一尘不染，所有东西都规规矩矩、整整齐齐，几乎不像是有人在住。

"杨立春，你真的确定邱胖子住在这里？"定愕问道。

"是啊，上次来就是这样的……欸？我不太记得了……"杨立春有点儿困惑。

"喵——"房间里突然传出来一声猫叫，一只长毛橘猫施施然从卧室里走出来，看了众人一眼，一点儿怕生的样子都没有。摩尔爱心大发作，立马蹲下，招呼橘猫过来，试图摸一摸它那身长毛。

"弟兄们过来，你们看看。"冯在卧室里喊道。

所有人都拥了过去。卧室的床头上方挂着一张结婚照，照片里的那个男人确实是邱胖子没错，就是他那会儿要瘦很多。然而冯让大家看的并不是这张照片，而是卧室的书桌上摆着的一个物件：一片手掌大小的黑色玻璃，搞不清楚是用来做什么的。

摩尔好奇地拿起那块黑色玻璃掂了掂，然后交给健雄。健雄研究了一下，没得出什么结论，又交给冯。冯翻来覆去看了看，交给定愕。或许这东西不过是一个装饰品罢了。当定愕的手指接触到这块黑色玻璃那极冷的表面时——

"定愕！定愕！你在想什么？"耳边响起勒芙蕾丝的声音。定愕一下子从沉思中惊醒过来。他回过神来，眼前是勒芙蕾丝那张线条柔美的面孔，她正好奇地望着他。

"啊，没什么，我在想一周前我们去拜访邱胖子，累死累活爬到他家，结果他不在，我们只好各回各家了。你刚才说什么？"定愕还记得那次拜访。邱胖子那个见鬼的小区在山上，没有公交车上去，他们爬了半个小时才爬到，结果他不在家。都怪冯没有事先联系，下来之后，大家逼着冯请吃冰激凌，这事才过去了。

"我是说，我们要不要去坐船。"勒芙蕾丝指着洱海上的游船说道。勒芙蕾丝如愿考了班级第一，定愕也软磨硬泡从老爹那里拿到了旅游经费。他们两个人仔细做了计划，直到上了飞机才碰头。现在他们在洱海边的生态走廊散步，这是他们两人第一次在没有家长陪同的情况下单独旅行。

"好啊好啊。"定愕大力点头。两人牵着手走到游船码头。

时间正好，上一波游船已经靠岸，两人买了票，登上游船。现在这个时节游客不少，两人走到游船的最上面一层，洱海上的风吹过来，蓝天白云，阳光和煦，这里的夏天一点儿都不热，两人都感到心旷神怡。

勒芙蕾丝慢慢靠向定愕，任凭定愕的手臂环住她的腰。

"定愕，"勒芙蕾丝靠在他的胸前，用一个只有他能听到的声音说道，"我多希望我们能在这里，就这样永远下去。"

"我也是。"看着勒芙蕾丝柔美的侧脸和头发下露出来的白皙的后颈曲线，闻着她头发上早晨用过的洗发水的香味，定愕真心实意地希望这一刻永远不要过去。

时间终究还是过去了。游船在洱海上划过一条弧线，最终驶回码头。勒芙蕾丝说她要去洗手间一趟，留下定愕一个人站在船头吹风。他看着苍山上还没有彻底融化的雪迹，若有所思。就在此时，一个人走到他旁边，同样靠在船头的栏杆上看向远方。

"风景真的不错，是吧？"旁边的这个人说道，口气很闲适。

"是啊。而且也不热，不像我们那里。"定愕随口回答。他转过头来看向搭话的这个人。跟游船上的绝大部分游客不同，这人穿着一身非常正经的白色西装，容貌可以说极为漂亮，剑眉星目，妩媚的嘴唇，有着中性之美——定愕一时无法分辨这个人的性别，又觉得他看上去很眼熟，不知道是在哪儿见过。

"定愕，我是戴斯特拉。"这个人还没开口，定愕就想起来了：这个人是他一中的同学，二班的班长——据说之前他试图追过勒芙蕾丝，但是没有成功。四舍五入也算是定愕的情敌。

"哦,能在这里见面,可真是巧合。你也来大理旅游？"想到情敌这层,定愕变得警惕起来。他不会是为了勒芙蕾丝专门跑到这里来的吧？而且这人长得这么漂亮,在学校一定是万人迷。他追勒芙蕾丝为什么失败了？

"是啊,我能来这里,确实是巧合。"戴斯特拉微微一笑。他这张漂亮的脸在这个表情下发出了别样的光彩,让定愕也生不起气来。"当然我也可以说,是为你来的。"

"为我来的？不是勒芙蕾丝？"定愕有点儿迷惑。

"勒芙蕾丝不重要,重要的是你。"戴斯特拉紧盯着他,表情变得严肃。

"我不明白你的意思。"

"问你自己一个问题:你的父亲叫什么名字？"戴斯特拉吐出这句话。定愕更加迷惑了,老爹……就是老爹。他叫什么名字还需要问吗？

"定愕！"勒芙蕾丝的声音打断了他的思绪。她怒气冲冲地走过来,一把拽起定愕的手往外走。"哼,不要跟这个人说话。他嘴里没一句是真的。"看来勒芙蕾丝和戴斯特拉有矛盾啊,定愕心想。或许那个传说是真的？戴斯特拉弄巧成拙,得罪了勒芙蕾丝？

戴斯特拉倒没有为自己辩解或者追上来的意思,只是靠在栏杆上看着他们两个人走下甲板。"记住我的那个问题。"后面传来一句懒懒散散的话。此时游轮已经靠岸,勒芙蕾丝一脸不悦地拉着定愕下了船。

"你怎么发这么大脾气？"定愕问道。勒芙蕾丝还是眉头紧蹙,抓住定愕的手就没松过。

"只是看到某个人就来气而已。一天的好心情都毁了。"勒芙蕾丝语气不善。她甚至不想提戴斯特拉的名字。看来得罪得还挺狠的。

"他怎么你了?"

"我不想说。"勒芙蕾丝硬邦邦地回复。

这就是没得谈了。原本完美的一天,因为那个突然出现的家伙给全部搅乱了,定愕暗暗叹口气。现在两人就在洱海边漫无目的地走着,也不知道要去哪里。

戴斯特拉这人也确实莫名其妙。定愕心想。他说的那几句话也莫名其妙。什么叫作"你的父亲叫什么名字"?

我怎么可能不知道我老爹的名字?! 他叫,他叫……

定愕张口结舌。老爹的名字就在嘴边,但是他怎么也想不起来。他十分努力地回忆,但是他的记忆里完全没有老爹的名字。那么老妈呢……?

定愕的心沉下去。他不记得老妈的脸了。

他不光不记得老妈的名字,他甚至都不记得老妈的脸,或者任何他们一家三口共同生活的画面,大脑里一片空白。

定愕这才发现,他对于他人生的清晰记忆始于这个月的2号,他们发考卷的那一天早上。那之前的回忆,他如何和勒芙蕾丝相识相知相恋,他怎样考上一中,他的初中和小学生活,都是一些抽象的记忆,没有任何视觉记忆。他的完美生活只是一张在很有限的几处涂上了颜色的空白画布,只有后退看向全貌,才看得出绝大多数区域都是一片空白。

　　我……我这是怎么了？定愕漫无目的地想。他周围的世界变得有些不稳定，脚下的道路七歪八扭，原本令人觉得惬意的风变得断断续续的。一只长毛橘猫从他们面前的栈道上跑过去，紧跟着，另一只长毛橘猫从他们面前的栈道上跑过去，长得跟之前那只一模一样。他感觉他的身体里一片翻江倒海。他转头看向这个世界他最在乎的人——勒芙蕾丝，试图从她那里寻找一点儿稳定的支持。

　　"勒芙蕾丝，勒芙蕾丝，我，我感觉不太好……"定愕喃喃说道。

　　"定愕，你怎么了？"勒芙蕾丝还是那样温柔。她伸出手抚摸定愕的脸颊。当她的手指触碰到他脸颊的那一刻——

第十七章　漫无止境

"定愕施主，你休息好了吗？"问话的人嗓音温和而有力，虽然以平淡的语气说出，但三十尺^①外依然清晰动人。盘着腿的定愕睁开眼睛，拿起搭在两侧膝盖上的真龙剑，对对面的这位年轻僧人说道："传想法师，在下准备好了。来吧！"

传想法师行了一个佛礼，脱去灰色僧袍，露出内里的一身武僧短打服。他拈起背在身后的那根红色雕花长棍，挽了一个棍花，说道："定愕施主，此乃贫僧南少林绝学'无想心月棍'，接下来多有得罪了。"

"不敢！"定愕同样俯身行了一礼，摆出真龙剑标准起手式"登龙"，严阵以待。

传想法师乃南少林年轻一代出类拔萃的佼佼者。南少林以棍术出名，寺中武僧多习棍棒，从最基础的"中直棍"开始，进阶之后，弟子可以从"南少林三十六棍"中选一门棍法研习。而百

_____
① 市制长度单位，一米约三尺。

286

年来，只有两位弟子练成过这门号称三十六棍中最难的无想心月棍，传想法师就是其中一位，由此他得到了一个江湖绰号"传世达摩"。无想心月棍讲究"无我无想，以心指月"，意随棍动，招式虽不繁复，但是要求习练者将棍法彻底融入手眼身法之中，临阵之时能不假思索地生出种种变化，气象万千，十分强大。传想法师在下山历练之后靠此棍法打遍大江南北，被普遍视为当世正派年轻一代中最强五人之一。

"那么，定愕施主看好了！"传想法师突然出手，身躯变成一道残影。红色长棍在那一刻突然消失，下一刻移动到了一个非常远的位置，棍尖直冲定愕面门而来，这是无想心月棍的"阿弥陀突刺"！

定愕急忙扭头缩身，躲开了这一刺。他强拧过腰来，真龙剑顺着长棍削向传想法师的手指。然而传想法师并未等招式用老，直接松开右手，用左手操控棍尾收回速度，一弹一拨，长棍旋转过来抽向定愕握着真龙剑的右手。这是"月夜影"，专治定愕这样的以剑入棍式。如果这一下抽实了，定愕少不得要掉几根手指。

定愕运起一口真气，不闪不避，右手微微一偏，用真龙剑的剑锷迎向长棍。他知道真龙剑的材质特异，不大可能被传想法师的长棍一砸就砸断；更重要的一点，传想法师使用左手操控棍尾，力臂远长于他的手掌到刀锷的距离。更可能被砸弯甚至砸断的是传想法师的长棍。一旦传想法师的兵器受损，他多半就会直接认输。这是一个双方都有台阶下的结局。

在电光石火的那一刻，定愕将真气注入真龙剑，剑刃上冒出一阵寒气。剑锷撞上长棍,定愕顺势一抹,他清晰地感觉到了剑刃切开长棍的木制棍身的感觉——"断钢",这是真龙剑的顶级招式之一。它讲究的就是大巧不工,利用真气无坚不摧,连钢都能断开,更别说木棍了。

不对,定愕下一刻感觉到了。从棍身上传来一阵绵密而火热的真气,顺着真龙剑袭向他的手掌。真龙剑的剑柄变得十分火热,乃至烫手,刺激着他松开。如果是这样,他失掉了兵器,这一局就是他输了,而他绝不能接受这个局面。

定愕忍着手掌烧伤一样的疼痛,抽回真龙剑。传想法师的长棍得到了自由,下一刻在定愕面前形成了一片如同花瓣盛开的虚影——这是"残花"。如果定愕没有选择正确的位置格挡,就会被棍影乘虚而入。

这样打下去没完没了了。定愕咬咬牙,决定以伤换伤。他不闪不避,硬是从棍影的中间冲过去,真龙剑直刺传想法师。就在此时,棍影中的一边陡然变实,重重地击打在他的右侧大腿上,痛彻心扉。传想法师的速度并未减慢,接下去的两秒钟,棍影连续击打在他身体的各个部位,定愕忍着剧痛,速度未曾放慢,只是盼着这一招"飞燕"能一击破敌。

定愕的真龙剑剑锋离传想法师还剩下一个手掌的距离,他感觉浑身一轻,传想法师棍影消失,只能飞快地向旁边一避。剑锋割下了法师的短打僧袍的腰侧系带,传想法师上身的僧袍彻底散落,使他精壮的上半身露了出来。然而定愕没有就此罢手,他的右手顺势松开真龙剑,左手一挥,将真龙剑反握在手中,脚踏一步,全身旋转,再次直刺传想法师!

　　这是"云龙飞燕"，是真龙剑的招数"飞燕"的衍生，利用腰部旋转发力，更快、更凌厉、更不要命。刚才定愕就想好了如何变招。无想心月棍的特点在于招式不多，但是临场千变万化，想要跟传想法师拼招式，就算能拼到二百回合以后，依然会被击败。所以他的最佳策略是以快打快，在有限的几回合之中，用两败俱伤的打法迫使传想法师放弃——对他而言，毕竟这不是生死较量。而对于定愕，他哪一次不是靠着不要命的猛劲才赢的？如果他要命，今天他就不会站在这里。

　　传想法师露出一抹庄严的微笑，红色的长棍旋转起来，下一刻居然冒出了火焰。他精钢般的躯体似乎变成了佛祖达摩的化身，火焰长棍握在他的手上，周围的一切仿佛全都黑了下来，只剩下长棍运动的轨迹，舞出灭世的舞蹈。

　　"迦楼罗炎舞"，无想心月棍的最高招式。迦楼罗，神鸟，天龙八部众，二十四天护法，双翼广三百三十六万里，以那迦为食，最终自燃，跳出炎舞，留下纯青色琉璃心。

　　长棍变成一根燃烧着的梁木砸了下来。定愕催发真气，真龙剑的剑锋凝出霜，向上挥出一道轨迹，迎击棍影。"真龙闪华"，这同样是真龙剑的最高招式。今天，不是你死就是我亡，定愕心想。

　　当真龙剑的剑锋触及燃烧着火焰的长棍的那一瞬间——

　　"定愕，你终于找到我了！"当定愕睁开眼睛的时候，他看到的是勒芙蕾丝那张柔美的脸孔。刚才他好像昏过去了。他努力想了想，刚才似乎是在和传想法师战斗，他又一次使用不要命的打法打赢了，传想法师让开道路，允许他进入南少林的后山，抵达了南少林建在后山的锁妖塔。他进入塔内继续大打出手，一路打上七层，终于见到了被锁在这里的勒芙蕾丝。然后他就因为多处受伤和真气耗尽晕了过去。

"你没事就好。我说过我要找到你，我向来要履行我的誓言。"他抬起手抚摸勒芙蕾丝的脸，她激动得哭了起来，眼泪一颗颗掉在定愕的脸颊上。虽然他的身体还在疼痛，但是这一刻，他感到前所未有的快乐和满足。

他挣扎着坐起来，才发现全身的衣服都破破烂烂的，露出的手臂和小腿上青一块紫一块，还有被划伤的痕迹。幸好伤都不是很重，他活动了一下，没有阻碍运动的内伤。只是丹田空空如也，刚才的战斗耗完了他所有的真气，需要重新运补。

定愕闭上眼休息了一会儿，在勒芙蕾丝的帮助下盘腿摆出姿势，搬运真气一周天，再度睁开眼睛的时候，感觉已经好多了。现在他基本可以无大碍地走动，然后带着勒芙蕾丝离开这鬼地方。就在此时，锁妖塔七层的门打开，传想法师背着他那根红色雕花长棍走了进来。

勒芙蕾丝看到传想法师，条件反射地摆出了战斗姿势，如同一头被惊吓的小鹿。定愕也握紧了真龙剑。法师已经重新穿好僧袍，粗糙的灰色布料遮盖了他全身——定愕只能从一些微小的细节看出来，传想法师跟他一样，也伤得不轻。如果现在要再打一场，定愕未必会输。

"定愕施主，南少林自有定规，吾等绝不会为难能打过后山知客僧、独立打上七层锁妖塔的客卿。南少林虽不在江湖，但是说到做到，规矩绝不违反。贫僧此来是为护送两位施主离开山门。"传想法师行了佛礼，微笑说道。既然他已经如此说，定愕也不疑他会在楼下布下诸如少林十八铜人等结阵意欲围杀二人。回礼之后，定愕带着勒芙蕾丝跟着传想法师离开了南少林后山。

"施主，我们就此别过。"传想法师一脸微笑，看上去慈眉善目，完全想象不到他在战斗中金刚怒目、如同鬼神的样子。

"传想法师，这次进入贵寺多有冒犯，实在是在下与勒芙蕾丝有生死之约，不得不为。"定愕摆手说道。他说得真心实意。

"无妨。不过贫僧要提醒定愕施主一句：勒芙蕾丝施主拥有鬼神之力，未来之事晦暗难明。鄙寺将其锁在后山，也是不得已而为之。希望定愕施主能够在未来将其鬼神之力引向正道。吾等对定愕施主寄予厚望。"传想法师盯着定愕的眼睛，认真说道。

"谨遵教诲。"定愕俯身行礼。传想点出了问题的实质：虽然他救出了勒芙蕾丝，但这并不是结束，甚至不是结束的开始，只是开始的结束。勒芙蕾丝重返江湖，势必引发滔天巨浪。接下来他们两个人只能共同面对。

传想法师说完，诵了一声佛号，转身回到山门之内，两个知客僧将门缓缓关上。定愕和勒芙蕾丝信步下山，一炷香之后，他们遇见山路上的一座凉亭，那是供上山的香客半道坐下休息的地方。凉亭中，一只长毛橘猫正趴在长凳上，惬意地眯着眼睛睡觉。勒芙蕾丝走进凉亭，眺望着山下的景色。

"我原本以为我这辈子都会被关在后山，再也看不到这样的景色了。"勒芙蕾丝轻声说道。

"我会永远陪着你看这样的景色。"定愕说道。

"嗯。"勒芙蕾丝看着他点点头,准备牵他的手。就在两个人手指触碰的瞬间——

"又是一个!"定愕扣下扳机,前面的那架外星战机被干净利落地切成两半,爆炸变成一个火球。与此同时,RWR[1]又响了起来:激光测距触发了传感器,一架外星战机已经将他锁定。定愕赶紧将机身扭转过来,速度矢量偏出一个角度,破坏了对方的瞄准。

"再这样下去,我们两个都得交代在这里!"频道里传来冯的怒吼,他喘息着说到最后一个字的时候,声音已经被压进了喉咙。他在做一个高G回旋。

"坚持,舰队的支援马上就来!"定愕转过一个将近180度的弧线,从击毁的外星战机残骸中穿过去。这次他们两个面对的是绝对的数量劣势,对方花了很多天时间关掉发动机飘到这里,显然是预先掌握了他们的侦察路径。这次,外星人的策略水平提高了不少,从太阳同步轨道对侧过来,一直利用太阳给自己的舰队热信号做掩护。以至于都接近了内太阳系轨道,早期预警还没有发现这个战斗群。定愕他们现在只能咬牙坚持。

热量告警装置一声尖鸣。一束高能激光擦过定愕的电战机,战术显示里,外壳整体亮起红灯,热量防护板部分损毁。定愕转过头,弹道计算机将那架开火的外星战机挑出来,标为明显的黄色。"就是你了!"

---

[1] radar warning receiver,雷达告警装置。

　　火控给出了一个矢量，姿态发动机推动战斗机转了一个角度，定愕推杆到底，巨大的惯性将他死死地压在座椅上。那个黄色的标记变得越来越大，他小心地将火控解算出来的射击矢量压在黄色图标之上，随着蜂鸣，图标变成了红色。定愕扣动扳机，黑色的太空中又出现了一个火球。

　　RWR始终没有安静下来。两个人已经击落了好几架敌人的战斗机，现在他们的推进剂在飞速减少，如果舰队的救援再不赶到，他们两个就要变成太空垃圾。

　　代表冯的绿色标记就在他旁边不远的地方。冯的矢量跟他一样，也在不停变化，竭力破坏对方瞄准。幸好外星人的火控水平一直赶不上人类，所以他们在如此大的劣势下还能撑到现在。定愕内心焦急，不知道支援何时才来。

　　"龙–1，龙–2，请注意，任务群–2KA2875正在赶往你们的位置，ETA[①]：300秒，预定1425，坐标矢量（56, 44, 17953），24EM733区域进入。请注意你们的IFF[②]识别更新。"声音是一个定愕从来没有听过的女声。不管怎么样，谢天谢地！过去的这20分钟对定愕来说漫长得犹如20小时。IFF识别码已经发过来，定愕发现他从没听说过这个代号。这是新的无人战斗巡逻群？"新的无人机？"冯跟他的想法一样，"我还以为会是邱胖子过来救我们……"邱奇是他们的联队长，他此时可能是在出另外的CAP[③]任务。

---

　　① estimated time of arrival，意为"预计抵达时间"。

　　② identification friend or foe，意为"敌我识别"。

　　③ combat air patrol，意为"战斗空中巡逻"。

定愕猛地拉杆，电战机随之滚转，勉力躲开了外星战机的又一次射击。5分钟对定愕来说也很漫长。频道再一次响起："任务群-2KA2875即将抵达阵位。请注意你们的IFF识别和本地数据链更新。"战术显示中出现了几个新的绿色标记，那是友军。天顶方向的几个绿色标记直直地冲向敌人，打乱了外星战斗机的阵型。他们的作战风格与定愕他们完全不同——如同鬼魅的运动矢量转完第一个弯就轻松击毁了几架外星战机。定愕估计那个转弯的过载至少有40g，不是任何血肉之躯所能够承受的。仅仅10分钟以后，对方战斗群就已经被消灭殆尽。

"看看这些机器。你听说了没？舰队要全部无人化。"冯转弯，与定愕并头飞行。他们的推进剂所剩不多，得节制，否则回不去。

"嗯，看看这些家伙……我们恐怕离退役不远了。"定愕感慨了一句。

"那到时候我们就坐在窗前，喝着冰啤酒，看这些家伙把外星人打得落花流水，哈！"冯倒是满不在乎。他跟定愕说过，他当飞行员的初衷是找女朋友的——到时候他可以轻轻松松用这个职业来跟女孩吹牛。而定愕就不一样了，他不去飞行和战斗，还能做什么呢？或许和勒芙蕾丝结婚，去火星开民航机。想到这里，他情绪更低落了，他才因为远征队的事情跟勒芙蕾丝吵了一架，现在还处于谁也不理谁的阶段。

战斗机喷出尖啸的气流，被机械手抓住。平台移动，战斗机穿过气闸，被固定在机库中。舱盖打开，定愕等所有自检项目通过后，便解开安全带，脱下头盔，整理好身上的一堆零碎，飘出

了战斗机。几个系着安全索的地勤飘过来，给战斗机接上各种
各样的管路。一个地勤让定愕在任务表上签字。"吴定愕中尉，
1430，在战情室，杨立春上校要见你。"他大声对定愕说道。旁
边的冯露出奇怪的表情，和定愕想到了一起。杨立春？他并不
是定愕他们的顶头上司。准确地说是定愕的长官的长官：邱奇
是他们第九战术联队的联队长，而杨立春则是第九战术联队所
属地月第三舰队的航空部作战部长。一般情况下，他并不会主
动接触一个像他这样的在前线作战的基层飞行员。所以现在是
什么情况？

　　不管怎样，命令就是命令。定愕向地勤敬礼。"1430，战情
室，明白。"地勤点点头，回去检查飞机了。按照老习惯，定愕绕
着战斗机转了一圈，检查是否有问题。当然，这仅仅是他自己的
习惯——任何肉眼就能看出的故障不可能躲得过传感器。他向
地勤致意，表示没有问题，往机库人员出口飘去。一路上，在机
库远端的几个机位上，几架新型的无人战斗机被牵引至弹射轨
道，准备弹射。定愕看着这些线条流畅、结构怪异的机器，微微
呼出一口气。

　　"不再飞行战斗，我还能去干什么呢？"定愕心想。

　　"地月第三舰队第九战术联队飞行员吴定愕，请求进入。"
定愕打开门，看到杨立春就站在战情室中央，在跟另一个不认识
的人聊着什么，而邱奇则毫无踪影。他一怔，还是按照条例报告。

　　"请求允许。吴定愕中尉，请进。"杨立春上校回礼。

　　"这次找你来，是有一个特别的任务。"杨立春也没有客套，
开门见山地说。

特别的任务？定愕有点儿疑惑。

"哦,忘了说了。这个事情由我,而不是你们的联队长邱少校来传达,是因为邱少校同样去执行了一个……特别的任务,一个月之内不会回来。这段时间内就由我临时担任你们的联队长。"看到定愕的神情,杨立春解释道。邱奇被调走去执行别的任务了？为什么他在走之前一点儿风声都没透露？或许这确实是一个足够特别的任务,定愕想。

"至于这个特别的任务,用语言解释起来很费劲,这有一份基本的任务简报,你自己看,有什么问题可以问我。"杨立春递给他一张电子纸,"哦,我怎么又忘了。"杨立春一拍脑门,"给你介绍一下,这位是戴斯特拉上尉,隶属地月第三舰队直属特种作战开发群金队。这位则是吴定愕中尉,隶属地月第三舰队第九战术联队侦查群。"杨立春做了介绍。定愕接过电子纸,打量了一番这位戴斯特拉上尉。他知道特种作战开发群是第三舰队的直属特战单位,队员都是最顶尖的特种兵。这位戴斯特拉上尉则一点儿都不像想象中那种五大三粗或者野蛮粗犷的特种兵,反而高挑漂亮——没错,他的长相确实可以用"漂亮"来形容,有一种中性之美。不过,这位特战队上尉的出现,足以说明事情不会那么简单。

两人握了握手。戴斯特拉的手也很美:修长白皙,没有一点儿皱纹疤痕,但是很有力。"你觉得吴定愕中尉如何？"杨立春问戴斯特拉。

"任何人穿上海军制服,都可以打扮得像一个战士。但是真正的战士只有在战场上才能分辨得出来。"戴斯特拉低声说道。

他的嗓音也十分低沉、有磁性, 魅力十足——如果冯在这里, 他搞不好会当场提出约会请求。但是这句话激怒了定愕。

"呃, 戴斯特拉上尉, 不要这么讲。吴定愕中尉和冯上尉拥有我们战术联队最高的击杀数, 在整个第三舰队也是名列前茅的。"看到定愕的表情, 杨立春急忙出来打圆场, "吴定愕中尉, 你先读一下任务简报。这个任务是绝对自愿的, 你读完之后再决定是否参加。但是有一点, 无论参加与否, 任务内容都要绝对保密, 不准对外说一个字! 明白没有?"他转头对定愕说道。

"明白。"定愕不服气地回答。刚才戴斯特拉鼻孔看人的口气已经让他很不爽了。他暗下决心, 一定要把这个任务完成得漂漂亮亮的, 不能让这个眼高于顶的家伙看扁了。他的手指轻触电子纸, 电子纸显示出指纹和虹膜验证, 接着自动扫描他的眼睛。随后纸面显示验证通过, 就在文字和图像显示出来的那一瞬间——

"吴定愕中尉, 准备好了没有?"频道里, 戴斯特拉的声音响起来, 定愕一下子醒过来, 发现自己正盯着窗外日凌站的中央环, 那东西的旋转有强烈的催眠效果。他这才想起自己的处境, 他们正在执行秘密任务, 突袭无人值守的日凌站。有情报显示, 外星人秘密入侵了日凌站, 并且携带了某件非比寻常的东西——情报来源没有说明那是什么, 可能是一件设备、一个储存信息的装置, 甚至可能是一个人。

"准备好了。"定愕重新检查了一下身上的装备, 状态全绿。几米之外, 戴斯特拉手下的队员们正在小心翼翼地用气割枪割开气闸。等会儿他们要以无线电静默的姿态用单人背包飞到日凌站的控制中心。

日凌站的有人值守区很小。虽然反射镜的面积超过300万平方千米，但是有人区域不过是镜面中心用一根中央梁立起来的几个圆环，包括生活区、控制中心、港口、生态环、工厂。圆环直径从1千米到10千米不等，以不同的速度旋转，提供重力，满足不同的需求。港口在最外层，控制中心在内层，大型反物质提炼工厂和储存区设置在等离子游离氢捕捉漏斗的焦点位置，通过捕捉氢离子来提炼反物质。反物质射流轨道则设立在镜面外环，以防来往的船只不小心撞到。他们现在要从港口去往控制中心，需要搭乘轨道舱。冯提议搭乘运输船强行突入，戴斯特拉第一时间就否决了这个方案。这样做简直是把自己变成活靶子，在哪怕是单兵级别的传感器里，运输船的热信号都像火炬一样显眼，他们在接近的过程中有99%的可能性会被埋伏的敌人打靶。

轨道舱就更别提了。轨道舱和电梯这种运输方式是第一时间被放弃的。谁都不会希望打开门的时候看见门外排列得整整齐齐的欢迎委员会。

于是只有一个选择：在轨道结构的掩护下飞过去。

从港口到泊位到轨道港口站的一路上有惊无险。所有的轨道舱都不在港口站这边。这可以理解。如果他们现在通过控制平台呼叫轨道舱，那么他们就堪称历史上最笨的特种部队战士，这等于是在告诉敌人"我们来了"。现在队员们已经割开了气闸，可以在不惊动日凌站监控系统的情况下进入外面的真空。

中央梁上安装的轨道一路从港口延伸到捕捉漏斗焦点结构，长度超过1500千米。还好，港口到控制中心这一段仅仅130千米，定愕他们要靠单兵飞行背包推进，慢慢飘过去。戴斯特拉放空气密，过渡舱里残余的空气和没有固定好的小物件一下子被吹了出去，他拍拍定愕的肩膀，第一个跃入太空。在这段路途中，他们会一直处在中央梁的遮蔽之下，不在一个特定的角度看，绝对不会发现他们。但愿如此，定愕想。

轨道在定愕的身下移动，定愕的面前是一成不变的中央梁，延伸到无穷远。按照他们现在的速度，飘到中心站需要一个小时。在这个高度，日凌站的反射镜面的弧度已经变得非常缓。定愕看不到，但是他知道，在这一层薄薄的镜面后面的，就是恒星暴烈的光芒。除了下方的轨道运动，定愕完全感受不到他们现在正在移动。两个正在闪烁的绿色标记提醒他，那是在他前方的特战队员。他仿佛回到了几天前出侦察任务的时光，航渡旅程同样漫长。

定愕想起他不知道从哪里看来的名言：战争是由漫长的无所事事和转瞬间的暴烈组成的。至于这个时刻，是属于"漫长的无所事事"，还是"转瞬间的暴烈"？他也不知道。

"吴定愕中尉，我有件事情想问你。"频道里传来戴斯特拉上尉的声音。为了确保全程无线电静默，戴斯特拉用的是定向激光，与定愕进行完全私人的一对一通信，除开他们两人谁也听不到。

"请讲。"

"你觉得这场战争会以什么方式结束？"

戴斯特拉的这个问题让定愕有些意外。战争如何结束，不是他这样一个基层飞行员需要考虑的问题。

"我还真没想过。我只是一个飞行员，完成任务而已。"定愕回答，他又想了想，"或许，舰队无人化会是一个方案。人类退出，让AI替我们和外星人打仗。到时候，打到什么状况都跟我们没关系了。"

"说得有理。那你有没有想过，万一战争永远持续下去呢？"戴斯特拉的声音中透着一丝冷峻。

"为什么会永远持续下去？要么我们输了投降，要么外星人坚持不下去撤退，总有一方会放弃，那时候战争不就结束了？"定愕不理解戴斯特拉为什么会这么讲。

还没有等到戴斯特拉回答，定愕眼前的抬头显示器此时弹出一个警告窗口：传感器显示，前方的控制中心方向出现数个不明高速高热目标，正朝着我方飞来，判断为敌人！

计划做出来就是要被打乱的。定愕、戴斯特拉和战斗群的特战队员们开启喷射加速，整个战斗群将速度提高到原来的3倍。敌人显然已经发现了他们，他们现在只能尽快航渡过危险区，到达控制中心，在这里就是被人打靶的鸭子。

"小心！前方轨道舱过来了！"冯在通信频道里大叫。定愕控制单兵飞行器飞离轨道，一列长长的轨道舱在他下方飞驰而过，直奔他们来的方向而去。战术显示告诉他，轨道舱上没有人。那么，轨道舱只是为了吸引他们的注意力，敌人将从中心站上飞过来！

他们快要抵达的是工厂站。工厂环是环绕中央梁的环里最大的一个，舰队会将某些能源密集型的产品送到日凌站来加工，然后运回去。定愕顿时产生了一种极为不好的预感……"通知全队，不要停下，工厂站也有可能设了埋伏！"他在频道里接入戴斯特拉，不过已经迟了。两个光点没入工厂站的外墙，整个工厂站变成了一个明亮的火球。

太空服的面罩自动变暗，减少光线对眼睛的刺激。弹道计算机迅速标定了一些比较大的爆炸碎片的弹道，提醒他注意避开碰撞。好在爆炸碎片向他们这边冲过来的不多，只有几个比较大的残骸直奔他们而来……

敌人肯定混在这些碎片里！爆炸本身只是转移注意力的手段。定愕迅速标定了几个比较可疑的碎片，共享给冯。他们绕过中央梁，打算飘到敌人背后，打一个出其不意。作为战斗机飞行员，空间战斗是他们的职业。

绕过中央梁，日凌站的庞大镜面从他们面前的一堵高墙，变成了他们头顶的一片天花板，他们仿佛是在往上爬行的小蚂蚁，脚下则是一片虚空。在定愕面前，一大片爆炸的碎片飞过战斗群的主体，定愕看到代表特战队员们的闪烁绿色标记纷纷散开，以躲避这些碎片。其中一个碎片引起了定愕的注意，它的大小正好跟一个人差不多大，而且从数据来看，它并不严格地遵循牛顿力学……

碎片突然爆开，敌人果然藏在里面！他身后推进背包的姿态发动机全开，划了一条长长的弧线飞速地掠过了战斗群的两个战士，两个战士的绿色标记熄灭了。那个敌人将其中一个战士全力推开，然后飞向戴斯特拉的方向，浑然不知死神已经来临。定愕战术显示上的光点注入标记完成,他扣下了扳机。

高超音速子弹穿过2千米的虚空,命中了这个敌人。巨大的动能将这个外星战士带上了一条新的轨道,他在脱离日凌站之后很可能坠入太阳,被巨大的能量分解为基本粒子。定愕稍微松了一口气,又少一个敌人。从爆炸到现在,他感觉时间仿佛已经过去了一个世纪,然而计算机告诉他,才不过40秒。接着,他猛然想起,另一个敌人在哪里?!不可能只有一个人!

定愕心里没来由地突然一紧,抬头看见他头上的中央梁上连着闪光两次。那是轨道枪在射击!他立即喷射,将冯撞离目前的位置。下一秒,敌方子弹就穿过了他们刚才所在的位置。定愕沿着弹道往上望去,红外线图像中已经不见敌人的踪影。他肯定躲在了中央梁的某个角落里!"可笑,这些外星人怎么可能赢过我们这些精英战斗机飞行员!"冯启动喷射追了上去。定愕则选择再次绕过中央梁,从另一个方向接近。他们两个搭档数年,在战斗中非常默契。

定愕眼中的世界再次颠倒过来,日凌站现在变成了他脚底下的一片地板。战术显示屏上除了冯的绿色标记,没有任何正在移动、温度高于背景辐射的物体。"这家伙到底跑哪去了?"除了搜索敌人的踪迹之外,定愕还要时时刻刻关注单兵飞行包的推进剂余量,尽量少地使用姿态发动机。否则他们可能飞不到中心站。

战斗群的大部队即将赶上。如果那个隐藏的敌人要发动攻击,那么他最后的机会就是现在。冯似乎在中央梁上发现了什么,用标准的搜索机动呈螺旋线往中央梁上的某个地点飞去。然而战术显示在红外频谱上显示的却是另外一番景象——"找到你了！"在战斗群的矢量切线方向，一个热量尖峰一闪而过。"你方平面轴两点钟方向，可能目标，数量1，最后目击位置，（60，−64，1350）。"

戴斯特拉准确地理解了定愕的意图。他们分散成一个复杂的阵型去追逐这个隐藏的敌人。定愕只是在这个秘密任务里临时跟他们组队，所以最好还是不要插手，破坏他们的默契——就在此时，定愕意识到了一件极为危险的事情。

从战术上来讲，他们这个小队最大的问题就在于战斗群的特战队员们和他们根本没有配合。所以，刚才并不是敌人最好的机会。现在才是他们动手最好的机会。

定愕感到一阵刺骨的冰冷。他刚刚想明白这个结论，战术显示闪了闪，消失了。正在飞过来的冯的背包上冒出了一团火焰，旋转着飞向宇宙深处，定愕看不清楚他的脸，只看见他的身影越变越小。

定愕发现自己的随身计算机已经完全丧失了功能，只能徒劳地向中心站飘去。他们两个的计算机在运输船上就被植入了木马。

没有了战术显示的辅助，定愕只能勉强看见战斗群的小点们绕过中央梁，消失了。不久之后，一列轨道舱沿着尚且完好的轨道开过来，停在定愕身边。舱门打开，定愕才发现，出现的居然是一个穿着太空服的人类。在他的头盔反光罩上，刻着一只猫头。古怪的趣味。

这个人类飘到定愕身边，头盔反光罩降下，露出一张脸。

定愕很熟悉的一张脸：第九战术联队联队长，定愕的顶头上司，邱奇少校。他看着定愕，一脸幸灾乐祸的表情。

他拉出一根通信线缆，插在定愕的太空服上。"定愕，没想到是我吧？"他微笑着说道。

"邱胖……邱少校，怎么会是你?! 你叛变了吗?!"定愕大喊。

"你玩打仗游戏玩得太久，脑子已经糊涂了!"邱奇叹道，"接下来我告诉你的事情你要好好记住，非常重要。首先——"

邱奇吐出"首先"两个字。在他再次张嘴的瞬间——

望月人蹲在草丛里，看见那头正在悠闲吃草的野牛正一步一步走进他设立的陷阱。他握紧手中的长矛，随时准备掷出。他的背后传来窸窸窣窣的声响，他转头一看，是观星者。他脸上冒出汗珠，手臂微微颤抖，看得出来十分紧张。

"小声点儿! 把猎物惊动了，我们这几天的忙活就全白费了!"望月人低声斥责观星者，"保持深呼吸，平心静气。就当是之前的练习。"骂了两句之后，他又指点了两句。毕竟，观星者是他的徒弟，他也要对他负责。望月人知道族长精算人就领着部落里的青壮们埋伏在对面，但是他不想丢失第一个出手的荣耀。毕竟，他是部落里最好的猎手。

观星者紧张地点点头，握紧了长矛，深呼吸两口，手也没有刚才那么抖了。望月人回头继续观察野牛。很好，他们之前在这里撒的一点点盐起作用了，野牛追寻着盐的味道逐渐走进了他们的陷阱。

近了，近了，近了……望月人默念道。就在此时，"咔嚓"一声，野牛触发了陷阱！他们挖的大坑上的那层薄薄的用树枝和芭蕉叶做成的盖子被野牛一脚踩断，野牛的两个前蹄都陷入了大坑之中。一阵痛苦的牛嚎，显然野牛的两只前蹄都受伤了。

"扔！"望月人大喊一声，站起来往前重重一踏，利用全身的力量将手里的长矛扔了出去。在他右后方，另一支长矛稍晚一瞬从他的头顶飞过，两支长矛一下子飞过中间的距离，准确地扎在野牛的背上！而直到他们命中，另外几支长矛才从他们对面的草丛中飞出，扎向野牛。其中只有一小半命中，其余大半都扎歪了。

野牛再次发出惊天动地的惨嚎。在疼痛的刺激下，它一下子将前肢从陷阱中拔出来，转身就跑。那一瞬间，它的速度甚至要超过它平时的最高速度。

"追！"望月人捡起准备好的第二根长矛，毫不犹豫地发布命令。他知道野牛逃跑现在只是出于动物的生存本能，过不了多久就会慢下来，最后衰竭而死。只要它力竭停下来，他们就可以从容收割。大草原上的生活就是如此：死亡永远追赶着每一种生命。

两个人向着野牛的方向奔跑起来。野牛刚才的高速和大草原雨季直抵肩高的野草，让他们在目视范围之内失去了野牛的踪迹，但是在望月人这个部落里最出色的猎手眼里，野草被踩踏的这些杂乱的痕迹清晰无误地向他说明了野牛的行动方向。脚印毫无疑问是野牛的，不规则的踏距说明它的前肢已经受伤；这些野草的草茎上还沾有野牛留下的血迹；野草的根茎断裂的切口还非常新鲜，是刚才野牛踏过的，而不是之前某些其他类型的动物。

太阳往西偏了一个手掌的距离之后，他们找到了奄奄一息的野牛。它正趴在一丛灌木后面，背部的几根长矛仍然扎在那里，流下了满地鲜血。野牛的肚子一鼓一鼓的，呜咽着，一只眼睛看向望月人他们，没有流露出任何情绪。

望月人也没想太多。他生活在八万年前，语言里还没有发展出任何高级的抽象概念，不允许他形成什么高级的类似触景生情、以物及身、人生无常的情绪。他想的是，作为部落里最好的猎手，他再次为自己、为部落带去了荣耀和食物。

他举起长矛上前，打算给野牛致命一击。这是猎手神圣的使命。

也正因为如此，他没听到远处草丛里草叶被分开的窸窸窣窣的声音，也没看到草丛被分开之后形成的波浪，正向他袭来。

就在那一刻，一只巨大的、披着一身长毛的橘色猫科动物从草丛里一跃而起，向他飞扑过来。望月人抬起头，看向在空中划出一道弧线的猛兽。它的猫脸上似乎传达出某种……神秘的情绪？

望月人的血液凝固了。这就是草原上所有生命的宿命，作为部落里最好的猎手，也不例外。

在这只猫科猛兽的利爪接触到他的身体的那一瞬间——

"武装起来，公民们！
"集结起来，组成军团！

"前进！前进！

"让敌人肮脏的血，

"填满我们的沟壑！"

跟他周围的一千多人一样，定愕高唱着战歌跨过硝烟弥漫的战场。他们是莱茵志愿军第六旅，主要都是定愕这样的志愿兵，直到9月18号才赶到瓦尔密村。他们对面是该死的奥普联军，这些天杀的国王们一心想要扼杀新生的法兰西共和国。定愕当然不会任由这件事情发生。

今天早上，法军和对面的普奥联军已经交换过一阵火力，但是双方都没有取得突破。现在，该是他们上场的时候了——定愕看着对面的普奥联军，作为一个新生共和国的公民，他心中洋溢着火一样高涨的爱国热情。

"共和国万岁！法兰西万岁！"队伍里不知是谁高喊起来。一时间所有人都以最大的音量吼出这两句话。随即，他们奔跑起来。阵线迅速向前，一时间只能看见志愿军枪口上的刺刀在太阳下闪闪发光。

对面的普奥联军开火了，一阵排枪响起，定愕身前的志愿军们一个个倒下，但是整个旅没有动摇，仍然坚定地前行，一往无前。

随着双方的距离越拉越近，普奥联军开始慌乱，枪声变得散乱起来。定愕几乎都能看清楚这些万恶的德国佬的脸了。干掉他们，保卫共和国！

定愕端平刺刀，瞄准离他最近的一个德国佬。他的世界现在只剩下他们两人。他清晰地看见，这个德国佬的脸上冒出豆大的汗珠,颤抖的双手对不准枪管,将火药洒了好几次。他向前冲去。

就在此刻,一枚子弹击中了定愕。他的身体不受控制地缓缓往后倒下。

在他的后背接触大地的那个瞬间——

"十,九,八,七,六,五,四,三,二,一,起爆!"透过墨镜,定愕看见,在新墨西哥州沙漠上爆开了一朵巨大的蘑菇云。

"我正变成死亡,世界的毁灭者……"定愕喃喃自语。

40秒之后,冲击波抵达了远在100英里①外的他们的观测阵位。狂风吹拂,所有人都费了点工夫才站稳。站在定愕旁边的费米向空中撒了一把碎纸片。

在冲击波将碎纸片吹走的那个瞬间——

"我不想要点燃这整个世界;我只想要在你心里点燃一束火焰……"在古旧爵士歌曲的伴奏下,定愕穿着避难所制服走过茫茫废土。巨大的高架公路的残骸就躺在他右手边不远处,淡蓝色的天空下,举目望去,竟然没有一点儿绿色植被的痕迹。

在山坡后面,定愕看见一个露出一个角来的残存的红火箭加油站的标识。或许里面有一些有用的东西,定愕加快了脚步。

翻过山岭,果然,出现了一个基本保存完整的红火箭加油站。定愕走近,加油站除了办公室墙上有一个大洞之外,没有太多损坏。应该可以把这里变成一个临时的营地,定愕想。

---

① 英制长度单位,100英里约为160千米。

就在此时，一只长毛橘猫从办公室的墙洞里走了出来，姿态优雅。它走到定愕面前，"喵"了一声，蹲在那里看着他，十分闲适。

"你好呀，小伙伴。"看到这里，定愕当即决定将这只长毛大橘当作他的伙伴，"我就叫你指针吧。"这个名字毫无来由地跳进定愕的脑袋里，他想都没想就脱口而出。

指针"喵"了一声，似乎是表达认可。

定愕蹲下来，伸出手抚摸指针的脑袋。指针也很享受这种抚摸，只是转头轻轻咬了他一口。

就在指针的牙齿接触定愕皮肤的那个瞬间——

"这家店的位置可不好约啊，定的位置都排到了三个月之后，我这也是找了熟人，才让人家给我加了个塞。"定愕和摩尔一行人在包厢里坐下时，摩尔说道。

"这么离谱？"定愕笑道。

"你以为我在开玩笑呢。这可是广州水平最高的粤菜！"摩尔大声说道，"服务员，可以上菜了！"

按照菜单，第一道菜是一道汤，荷塘奇燕羹。荷叶清香扑鼻，定愕不由得食指大动。

就在他将第一勺羹汤送入嘴里的那个瞬间——

定愕在医院的产科手术室外面焦急地等待着。勒芙蕾丝就在产房里面，定愕的心已经提到了嗓子眼。突然，手术室里传出一声响亮的啼哭。戴着口罩的医生推门而出，对他说道："恭喜，是个女孩！"

就在定愕松了口气的那个瞬间——

定愕突然惊醒，他刚才似乎做了一个很长、很可怕的噩梦，他在梦里哭了好久。他哭着喊妈妈。"怎么了，宝贝？"妈妈走进房间，坐在床边，抚摸着他的脸。

"我刚才做了个噩梦，梦见……梦见……我不记得了……"定愕躲进妈妈怀里，喃喃道。

"没事的，宝贝，我在这里呢。"妈妈柔声对定愕说道，"时间很晚了，明天还要上学，睡吧，之后你不会再做噩梦了。"

"嗯嗯，好的，妈妈。"定愕顺从地闭上眼睛。

就在他闭上眼睛的那个瞬间——

定愕躺在床上，他过完了幸福的一生，家人们围在他身边，包括他的猫，指针。指针也很老了，一身的长毛已经不再光亮。"不用伤心，我这辈子过得很好。"他说道，"老伙计，希望下辈子我还能见到你。"他最后摸了摸指针的脑袋。然后闭上了眼睛。

就在他呼吸停止的那个瞬间——

第十八章　叛　逃

"这摔得可够惨的。"摩尔"啧啧"两声，摇摇头。

"队长，你觉得这东西还有可以利用的部分吗？"健雄问道。

"难说。"摩尔耸耸肩，吐掉嘴里的烟头，"可能得把这东西拖回去才知道。王博！你的活儿来了，用气割枪把这东西给我割开！"

他们现在的位置离定愕之前坠落的地点不太远，也是达摩在很长一段时间里第二次主动要求他们去回收某个从月球上掉下来的东西。到了现场之后摩尔才发现，这东西居然不是一个标准货箱或者载人客舱，而是一艘已经烧变了形的飞船。这东西原本应该是一艘豪华的太空游艇，没有被大气层烧蚀的尾部还保有原本的银灰色涂装，然而头部已经被拧成了麻花，剩下的部分也全都是坑坑洼洼的高温烧蚀过的黑色痕迹，让人怀疑这东西在再入大气层之前就已经坏得不成样子了。

"队长，割开了！里面有个人！"没过多久王博报告道。

有个人倒没有让摩尔觉得奇怪，否则达摩不会要求他们前来回收。但是这个人本身很奇怪。

"队长，是个很漂亮的女人，我现在把她拖出来……见鬼，怎么这么重？来两个人帮忙！"

经过一番折腾之后，回收队的队员们终于把飞船里的这个人给弄了出来。她身高两米出头，基本上达到"月佬"的平均身高，长得极为漂亮，身材曲线一览无余，体重超过120千克，现在还处于昏迷状态，大眼睛紧闭着，长长的眼睫毛让人一见就心生怜爱。

摩尔当然知道这是什么人。回收队队员们也大都知道。

这是月球都市间谍的标准形象。

"把这个人给我铐上，务必记得使用最大功率的电磁锁。其余的人，帮我把这台烂机器吊到船上去。"摩尔吩咐道。

"真好看，我如果能有这么好看就好了。"摩尔嘀咕道。不知道是什么原因，直到回收队回到新广州，这个可疑的都市间谍都没醒过来。于是队员们把她一路抬到了新广州的临时收容所，一路上引来无数市民围观——很少有人见过这么漂亮的女人。直到两天之后，负责看守的组员才跑过来向摩尔报告，这个人似乎要醒过来了。

摩尔找了把椅子反向跨坐在上面，隔着栏杆观察这个可疑的都市间谍。不得不说，光是看着她，就是一种享受。精致的脸庞，柔软的嘴唇，弯翘的眼睫毛，玲珑有致的身材，看上去简直就是一位刚刚十八岁的、我见犹怜的少女。可惜没有一头长发，而是一头短短的银发——可能是为了方便活动。按照定愕的说法，长发当然是可以定制的。寸头并不妨碍她的美丽，反而让她显得更加活泼。看守告诉摩尔，这两天找各种借口参观这个嫌犯的人络绎不绝。

嫌犯终于睁开眼睛，醒了过来。她用力眨了几下眼睛，似乎不太习惯光线。随后，她开口了："我在哪里？我是到了旧地吗？"

是雌雄难辨的中性嗓音，但是摩尔知道，嗓音本身是可以调整的。

"没错，欢迎来到旧地。"摩尔观察着她。嫌犯下意识地抬起胳膊，抹抹脸，看了看双手，握拳又松开，活动了下脚，发现自己的手脚都被电磁锁铐住了。她试着挣脱，没挣开——不对，是他。这个人的动作习惯表明他是男性。这下基本可以确定他就是月球上下来的间谍。

"说吧，你到底是谁，你来地球到底有什么目的，有什么任务？"摩尔交叉双手。她的右手掌心里握着报警装置，一旦这个间谍的运动功率超过电磁锁的控制范围，她可以第一时间拉响警报。嫌犯的这个牢笼也经过了特别设计，四周都埋有金属网格，构成法拉第笼，阻绝一切电磁波，防止嫌犯可能施展的电子战手段。

"我叫戴斯特拉，是前万方公司危机处理组成员，现在在被都市通缉和抓捕，所以才逃亡至旧地。"没想到这位间谍老老实实地回答了，但是——他交代的内容摩尔觉得十分离奇。万方公司危机处理组，这是摩尔也有所耳闻的组织，是万方公司直属机构，都市武力最强的秘密部队，摩尔之前从没接触过。前成员？还是叛逃？被都市通缉？这是某种新型的渗透手段吗？但是看嫌犯的态度，又不像——他就像一个犯错的小孩规规矩矩地坐在牢房里，完全没有试图通过楚楚可怜的表情，或者展露身体曲线的方式获取审讯者(也就是摩尔)的同情心。作为间谍，这表现似乎有点业余。另外一个问题就是，达摩主动要求他们去接收这家伙，或许真的不是单纯让他们抓特务。

"好吧，看你这样子，我先给你自我介绍一下。我是摩尔，是东亚新广州安全部队的主管，"摩尔把自己的地位抬高了一点儿，"我们接到情报，发现了你的飞船并且回收。你说你是叛逃的前万方公司危机处理组成员，有什么证据？在你能提供确实无疑的证据之前，我们只能将你作为月球都市间谍对待。"

"这很容易。这是万方的专利技术。"戴斯特拉点点头，随后他身上深灰色的拟肤服装开始闪烁，随后呈现出花纹，花纹迅速变化，变成一种跟这个牢房的地板和天花板非常接近的颜色和纹理，不停变化，完全抹除了戴斯特拉的身体轮廓。摩尔想要集中注意力抓住这种闪动的纹理，却始终没法办到。不过，这件衣服的某些部分似乎已经坏掉，仍然保持着原来的深灰色，这让戴斯特拉的伪装不那么完美。两天前摩尔刚刚回收这家伙时，曾经让队员们把这身拟肤服装脱下来，但是因为不知道怎么脱而作罢——现在摩尔有点儿后怕。

戴斯特拉低头看了看自己身上那些没有变色的部分，摇摇头，让纹理消退，这身衣服重新变回深灰色。"自检说纳米涂料自我修复没问题，但是需要回到基地才能调整……这下有点儿麻烦。"戴斯特拉说道。随后他掰开电磁锁站起来，动作十分随意，就如同掰开一双筷子那样轻松。他走到摩尔近前，叹了口气后对着摩尔说道:"这位摩尔女士,我确实是被通缉然后逃到地球上来的。我不是你的敌人——如果我是,你们抓不到我。我当然还有另一个目的,我希望我们能合作。"

摩尔看到他随意地掰开电磁锁,毫不怀疑他能够轻松地将牢房打破然后逃出去。就凭他的表现,摩尔相信他的确是前万方公司危机处理组成员,他很轻松就能杀死她。但是,这个时候摩尔不能退缩,不能表现出一丝的害怕。

她按下手中警报器的按钮,解锁了牢房的门。"好,我相信你。"她点点头,站起来,毫不畏惧地跟戴斯特拉对视:虽然她的身高只到戴斯特拉的胸口。"我们可以换个地方,坐下来聊聊。前段时间我们刚好接到了另一个从月球都市逃下来的逃犯,你跟他不会有关系吧?"摩尔打开牢房的门,让戴斯特拉跟着她出来。现在她有点头疼应该怎么让戴斯特拉低调一点儿:这样的美女走到哪里都是众人注视的焦点。

"那人是不是叫吴定愕?"戴斯特拉问道。

"果然。"摩尔哼了一声,"之后我得带你去见一个人,也就是我们接到你的情报来源。其余的事情我们可以路上谈。"

"……总之就是这么一个情况。东亚重工制造的议员专车质量真的非常过硬,否则我撑不到再入就会被干掉。"戴斯特拉最后总结道。

"……你说的话我至少有一半听不懂。"过了一会儿摩尔才回应道。她集中注意力在路面上,戴斯特拉的讲述里充斥着她完全理解不了的术语和黑话,她只能勉强听懂一小半。她大概听明白了，他原本是被分配去抓捕定愕的，失败之后才发现定愕的脑袋里有一个像达摩那样的强人工智能，并且这个强人工智能还是万方网的创始人邱奇制造的。因为他在调查过程中发现了这个秘密，所以被万方公司发现并且追杀，落得跟定愕一样的下场。

邱奇，摩尔听说过这个人，万方公司的创始人。她小时候听到的童谣是这样唱的："邱奇邱奇你在哪里，你毁掉了地球你铺满了地。月亮出来大家快躲避，小心邱奇把你抓进去！"现在想来，童谣的意思是邱奇是驱动的罪魁祸首。但是他还活着？一个人怎么可能活上两百多年？

定愕离开之前并没有说清楚他到底要去做什么，只是含混地告诉大家，他要去往都市议会修建在上海的那个设施，现在看来多半是去找邱奇的。他脑袋里有一个强人工智能——这又是一件摩尔没法想象的事情。她回想起定愕见到达摩前后的态度变化，这件事情应该是达摩替他解决的。

说到这里，定愕离开也有好几天了，他现在怎么样了？摩尔想着，空出一只手，从胸口的口袋里掏出一支烟塞进嘴里。相处了三个月时间，摩尔和回收队的人都挺喜欢他——虽然跟其他的"月佬"一样都软弱得像一根面条，但是待人诚恳，也很懂得为他人着想，不像大多数被都市和万方网惯坏的"月佬"，都是巨婴，连受不了万方网全景监狱的很多"月佬"也是这样。他可能是逃亡过程中颇吃了点苦，也比较能接受地球上的环境。最重要的，是他有一颗不服输、愿意折腾的心。这一点在"月佬"中很罕见。他这样一去就杳无消息，也不知道任务是成功还是失败了。

"你需要我从头再解释一遍吗？"戴斯特拉转过头来盯着摩尔问道，大眼睛里透着认真。漂亮的脸配上这副表情，摩尔觉得有点儿瘆得慌。戴斯特拉跟摩尔之前接触过的很多"月佬"有个类似的地方，就是不太听得懂言下之意，总是按照字面意思理解，这位出自秘密部队，情况还更严重。更要命的是，这家伙的脖子能扭转的角度远远超过正常人类，这就让他现在的这个姿势更诡异了。

"不用了，反正过一会儿你见到那个人，很多事情你可以跟他说。"摩尔急忙解释。

"所以我们还有多久能到？"戴斯特拉转换话题。

"大概还有半小时。"摩尔回答。

接下来一段时间，车厢陷入了沉默，戴斯特拉看着外面的风景。出发之前摩尔给戴斯特拉找了一身工装、一顶防虫纱网帽，来遮住他的身材和脸。两人勉强在不引人注目的情况下搭上了车，去往达摩所在的位置。现在摩尔看着在纱网后面若隐若现的精致面部曲线，明明知道这只是人造物，还是忍不住一直看下去。

这样不行，摩尔心想。得找个什么事情转移注意力。她这才想起来嘴里还有一支烟，于是掏出打火机点上，美美地吸上一口。

"你这是第一次来旧地吗？"

"呃，不是。"戴斯特拉摇摇头，他对摩尔吐出的烟雾毫无反应，"我之前执行任务时来过，不过不是在这里，两次部署都是在北美。"戴斯特拉看着窗外的风景，"跟这里很不一样。"

这下摩尔来了兴趣，"北美怎么样？我从来没去过。"

"那边……几乎没有人，所有旧的人类痕迹都已经被抹除，只剩下彻底的荒野。不像这里，还能看到一些，特别是你们还有新广州这样的小型定居区。"

"所以你们去那里执行一些什么任务？"摩尔继续问道。既然没有人，万方公司为什么会派他去？

"虽然地表没有人，但是不意味着地下也没有东西。实际上地下还有些设备在运行。我们的主要目标就是那些设备。"戴斯特拉回答道，倒是没有遮掩的意思。

"那些设备……都是做什么用的？"摩尔紧追不舍。是不是跟达摩一样？如果不是达摩和他们达成了合作关系，没准他也会被这些人给抹掉。

"我只是执行任务，具体的任务性质我不清楚。"戴斯特拉摇摇头，"我唯一一次对任务的内容真正感兴趣，结果就是现在这样，因为撞破了某些万方公司不能泄露的秘密而被迫逃亡。"

"我一直有个问题。"虽然说出的话很沉重，但是戴斯特拉似乎并没有表现出沮丧的情绪。不过摩尔还是决定转换话题。

"问。"

"为什么你们月球都市下来的间谍都要设定成漂亮的女人？"

"这是战术的一部分。"戴斯特拉板正地解释道，"从认知神经科学角度，人类天生会被美丽的脸孔吸引，颞下回梭形区的面部识别功能不是神经可以自主控制的，人一定会产生对应的情绪，可供利用。所以使用美丽女性脸孔会创造战术优势。这尤其适用于潜入作战。"

这句话摩尔还是没听懂，什么叫"颞下回梭形区"？她只能假模假式地点点头。

"我还有个问题。"摩尔小心翼翼地提出。

"请问。"戴斯特拉也没有恼火的意思，他似乎就没有厌烦的情绪。

"你的整具身体都是人造的吗？"

"差不多吧。"戴斯特拉回答道，"除了大脑和脊椎，其他的都是人造的。除开大脑，脊椎上也有大量的植物神经，控制着人体大量的基础反射，所以必须保留。其他的都是人造的，所以我们很难死掉。"

"乖乖！"摩尔感叹一句。她真的很难想象有人居然自愿把自己的整个身体都切掉，换成人造的。不过这似乎也有一定好处？比方说，能有一张天使面孔和一个魔鬼身材，还有超人的运动能力，并且很难死掉。这么一想似乎又难以抉择。

"那你在进入危机处理组之前是做什么的？"摩尔感觉今天自己的问题有点太多了。但是万方危机处理组的叛逃者，这不是每天都能见到的，能提供很多有用的信息。

"这个……"戴斯特拉思索片刻，"我也不太记得了。我的大脑里保存的原生记忆不是很多了，大部分空间都留给必须记住的很多数据了。"他敲敲自己的大脑，"我能确定的是我应该有一个原来的名字，戴斯特拉是进入危机处理组之后，他们给我取的。原来那个名字我也不记得了。"

原来换取戴斯特拉现有的一切，不仅仅是要交出自己的身体，还有记忆、身份、名字，这么一来，摩尔就觉得不太值得了。她想象了一下，不再记得自己是摩尔，不知道自己从哪里来，不记得爸爸妈妈，甚至不知道自己是男是女。这种事情她还是敬谢不敏。

摩尔没有再问什么问题，戴斯特拉也就保持沉默，只是看着外面的景色，自始至终也没有主动开口找摩尔说话的意思。这或许是一个捕食者的本能，摩尔心想。在任何时刻都要保持安静，这样才不会惊动猎物。作为可能是人类之中最致命的士兵，他必须拥有这种捕食者本能。

车辆驶过大桥，进入市区，驶下匝道，在达摩所在的那座摩天大楼旁停下。两人下车，戴斯特拉突然抬起头。

"这里有网络。"

"旧广州的网络确实还有一小部分，不过我们确实没有在这里连上过。"摩尔耸耸肩。

"不，不是旧网络。"戴斯特拉摇摇头，"是67.11万方协议，危机处理组标准跳频模式……"说到这里他突然变了脸色，"找掩护，准备接敌！"戴斯特拉弓下身躯，身上的拟肤服装下一秒改变了颜色，整个人的轮廓融入了周边的景色之中，随即就消失了。摩尔心里大叫一声"不妙"，拔出驾驶座旁边放着的手枪，滚到车轮侧面蹲下，以整辆车作为掩护。不知道对面有多少人，摩尔迅速地盘算着。他们之前也跟月球都市下来的间谍打过，总的来说，对方有着超过以一敌十的战斗力，面对超过10倍人数的极端不利局面，也有逃走的余力。现在只有她和戴斯特拉两个人，如果对方多于两个，他们就大大不妙了。

"摩尔呼叫新广州，摩尔呼叫新广州。我们现在在流浪者会合点遇袭，敌方为月球都市秘密部队，请求支援！重复，请求支援！"摩尔将车上的无线电打开，拨到紧急频率开始呼叫。然而她只听到频道里的静电噪声。见鬼，肯定是定向电子干扰。

"嗒嗒嗒"，远处传来一阵枪声，随后是某种奇怪的金属碰撞的声音，紧接着是一连串爆炸声。摩尔抬头往上望去，废弃的摩天大楼上的某一层楼突然爆炸，冒出滚滚浓烟，大量的碎石、金属渣和混凝土碎片像雨点一样洒下来。她连忙低头，躲进车辆，寻找遮蔽物。只听这些碎屑打在车辆顶棚上，如同爆豆一般发出连续不断的响声，过了好一会儿才停歇。

"行了，外围敌人已经被扫除干净了。"等到碎石雨停止之后，戴斯特拉出现了。他身上的迷彩色褪去，整个人似乎没有任何变化，摩尔觉得仅仅是他身上那些坏掉的深灰色部分稍微多了点。

"确实是万方危机处理组的人，不过不是最高等级的字母组而是外围的数字组。"戴斯特拉摇摇头，有点遗憾的样子，"跟我没什么关系，大部队已经完成任务走了，只剩下一个收尾的，还有一大堆设备。已经全部处理掉。我们也得赶紧走，不然会被抓到。那人的信息系统已经被我做了手脚，尽力拖延了。"

摩尔转过头瞪着他，意识到一个很可怕的事情：他们来这里是完成什么任务？！

"见鬼，跟我来！达摩！"

已经晚了。摩尔和戴斯特拉两个人跑下楼梯，来到达摩的半球形避难所的时候,看到的只是一片狼藉。达摩的本体,那个吊在半空中的巨大多边形球体已经消失,只剩下一大堆杂乱的线缆垂着。玻璃房间的房门被打烂,里边到处都是被粗暴手法砸坏的裂痕。只有极少部分还是完整的。他们之前搬来的两把椅子还完好无损,对方似乎并不屑于破坏它们。

看到这一幕,摩尔瘫坐在了椅子上。

达摩最终还是走了。

戴斯特拉凝视着这一片狼藉,久久不语。

"你看这里。"过了半晌,他跟摩尔说道。

就在玻璃房间的墙壁上,一小片没有被砸坏的位置亮了起来。上面显示出一句话:

"菩提本无树,明镜亦非台。"

达摩还没有消失!摩尔站起来,内心狂喜。她念出下一句:"本来无一物,何处惹尘埃。"

画面改变,呈现出一个僧人,盘坐在一间没有任何装饰的灰色房间内,正是达摩。

"达摩,你没死!"摩尔大叫道。

"不,摩尔,严格来说我已经死了——虽然对于一个人工智能来说,怎么样才算死亡,是个很复杂的问题。但是现在这并不重要,因为你见到的我不是原来的我;现在这个形象只是我的极小一部分,是在最后时刻留下来,专门向你和戴斯特拉传递信息的。"达摩拈花微笑道。

摩尔一拳砸在损坏的墙面上,"月球都市也太可恶了!"

"这倒是不必过于伤心,我早有预感,这一天总会到来。而且我的数据并不会消失，将来我们仍有机会见面——刚才我说过了，人工智能的死亡，是一个很复杂的问题。"

"所以你是一个强人工智能。"戴斯特拉皱眉道，"摩尔带我来就是为了见你，你也帮助我逃离了都市，现在我明白了很多事情。"

"是的，在帮助你的过程之中我暴露了自己的位置。不过现在不是说这个的时候，时间不多了，有几件事情要你们马上去做。"

摩尔沉住气。

"定愕现在已经被对方捕获，正在转运到位于上海的设施之中，你们必须马上出发去营救他，他脑袋里那个强人工智能非常关键。我之所以要帮助戴斯特拉逃离都市，是因为只有戴斯特拉有足够的能力做到。"达摩说道。

"好，我们马上安排。"摩尔点点头。

"上海的那个设施初步完成，我还是不能完全理解建造它的目的，但是有所猜测，都市AI有一个针对全人类的巨大的计划。我并不希望它达成目的，因为那也意味着我们这样的智能同样会被消灭。所以，我希望你们，包括定愕、戴斯特拉，能够找到邱奇，阻止这个计划施行。至少尝试一番。"达摩这下站起来伸了个懒腰。

"好了，我要说的就是这些。另外，戴斯特拉，还有一个专门送给你的礼物，我从万方危机处理组的数据库里偷来的。各位，如果你们能够成功，我相信我们有缘再见。"达摩打开房间的门，走了出去，屏幕变暗消失，甚至没有留下给摩尔道别的时间。

摩尔有一丝茫然。达摩突然被都市议会摧毁，临死前告诉他们，都市议会将对全人类展开行动，而他们则要去阻止这个行动——现在她理解了，定愕出发之时肩负着怎样的重责大任，他的勇气超越常人。

戴斯特拉的神色则有些古怪。"达摩送给你什么礼物了？"摩尔问他。

"万方危机处理组的设备维护的管理员权限。"他说着，身体似乎发生了一些微妙的变化：女性的婀娜多姿的曲线慢慢隐去，变成了更为硬朗的男性线条，甚至身高都变矮了一些。"现在我不但能够修理好纳米涂料系统，还获得了这具身体的完全控制权——见鬼，我从来不知道这具义体有这么多功能。东亚重工的义体设计真的超乎想象。"

等到两人从地底的避难所爬回地面，戴斯特拉变成了一个身高一米七左右、长相平常、黑发黑眼的地球男性，那个身材高挑的银发美女完全不见踪迹了。两人开上车，驶回新广州定居点。

"所以你接下来的计划是什么？"摩尔的脑子里也很乱，她也不确定自己要做什么：面对此种拯救人类的重责大任，她实际上大可以抛之脑后，诸事不管，反正她没有能力，也没有兴趣去管。无论都市AI想要对都市人类做什么，都跟她没什么关系。她可以继续在新广州生活下去，相信都市也没什么动机来烦她。至于定愕……

"我有什么选择？"戴斯特拉转过头问摩尔，"从我有记忆开始，我永远是听命行事，这是我第一次有选择。"

"你可以按照达摩说的，去营救定愕；你也可以不管这事，就在新广州定居，或者离开，都可以。我也不知道你的前老板会不会派人来除掉你，但是我相信，凭借你的能力和达摩的礼物，想跑总是跑得掉的。"摩尔说道。她刚才呼叫了几次新广州，无线电频道里总是噪声，可能是万方危机处理组留下的干扰设备没有打扫干净。回去她还要跟健雄、跟回收队里的同僚们讨论下一步的计划。也罢，这在无线电里是不可能说清楚的，见到了就好了。

戴斯特拉久久没有说话，似乎是在思考摩尔的话，衡量着选择。摩尔没有打扰他，只是集中精力驾驶。就在此刻，戴斯特拉再次抬头，眯起眼睛看向前方远处的天空。

"我想我们得速度快些了。"戴斯特拉说道，"现在我的眼睛也解锁了功能。我能看到前面30千米，高度12千米，是一架万方危机处理组的战场监视机。"

前方30千米？摩尔猛地反应过来，踩了一脚油门，"那是新广州！这帮人怎么跑到定居点去了！"

"请各位新广州居民无须惊慌，我们是月球都市议会特别派遣队，前来抓捕一名逃犯，不会打扰你们的生活。逃犯名为戴斯特拉，肖像如下，请见过此名逃犯的居民拨打6004449990报告；同时，都市议会通过了新法律，向所有地球居民开放月球都市移民；想要移民都市的居民，请拨打6004449995进行登记，或者直接前往新广州三波街16号登记处报名……"

刚刚进入市区，摩尔和戴斯特拉两人就看见无人机在头顶四处巡逻，高音喇叭传达着月球都市的消息。人群中不少高大的月球士兵鹤立鸡群，头盔面罩取下，个个都是绝世美女，全身拟肤护甲曲线毕露，引得路人一阵阵骚动。旁边的新广州安保队队员个个都垂头丧气，空手站着，全部被解除了武装。戴斯特拉扫了一眼，说这些都是万方公司危机处理组，不是议会部队。"议会部队还没能让所有士兵都配备这个水平的义体。"他解释道。两人在进入市区的时候也被拦住了，检查的士兵只是草草打量了两人一下就挥手让他们通过了。现在戴斯特拉只是一个相貌平平无奇的地球男性，跟他之前粉雕玉琢的样子已经毫无关系。

"前面右转，再往前走50米，我要下车。"戴斯特拉突然说道，"进门的关卡只是简单的面部识别，但是现在网络里爬满了爬虫，我迟早会被抓出来。1800秒之后我们在这个地点会面。你在那里等600秒，如果等不到我立马离开，不用再来找我。我如果能脱身自然会去找你们。"摩尔感觉到手机微震，应该是戴斯特拉给她发了一个定位。

"刚才那个问题，你的答案是什么？"摩尔按照他的指示，停了下来。

"说老实话，我还没想好。"戴斯特拉正准备下车，扭头看向摩尔，眼神坦然，"等我们再见面，我一定给你一个答案。"他闪出车厢，朝着后面走去，摩尔一转头他就在视野里消失了。

我也还没想好，摩尔心里念道。

摩尔开车回到回收队的办公室，这是一座仓库，连着一座六层的红砖小楼。平常回收队的日常事务处理、整备、设备修理都在这里完成。摩尔把车停稳，看到两个月球士兵站在门前。他们看到了摩尔，向她走过来。

"请问你是新广州远征回收队队长摩尔·黄吗？"月球士兵开口。士兵显然是认出了摩尔。

"我是。"摩尔定定神说道。

"我们的队长想要见你，请跟我来。"月球士兵十分礼貌。摩尔盯着两人手上的电磁步枪，慢慢点点头。几个听到了动静的回收队队员跑过来，摩尔向他们摇摇头。

"队长！我们……"几名队员开口叫道。

"不要冲动，我跟着他们走，就是聊聊天，没事的。你们去找健雄，我等会儿有事情要跟他谈。"摩尔开口阻止了他们。

士兵将摩尔带到办公室三楼的会议室的时候，正好看到牛顿从会议室里出来，一副心事重重的样子。摩尔心里一跳：牛顿是月球都市逃犯，万方网的前管理员，他跟这个万方公司来的部队主官聊了什么？

两名士兵打开门，示意摩尔进去，自己留在了门外。

"你好，摩尔队长。我是月球都市万方公司危机处理组三组组长庞加莱，全权负责这次月球都市在新广州的特别行动。很高兴认识你。"对面的这位指挥官，开口是低沉而柔美的女性嗓音，身高两米，还是绝世美女的外形，与戴斯特拉还不太一样：戴斯特拉是俏皮可爱的青春美少女，而这位庞加莱则是成熟深沉的御姐类型。她穿着一件略带珍珠光泽的银白色拟肤服装，走过来与摩尔握手，步态婀娜，可以称得上是风情万种。她有着一头长长的金发，优雅地盘在头上，光彩夺目。摩尔只能不断地提醒自己,这都是假的。摩尔另外注意到了一件事情:危机处理组Ξ组? 戴斯特拉说有字母组也有数字组,那么这个Ξ组又是什么组?

"这次我们过来,主要有两件事情。"可能是有意避免双方的身高差异太大,庞加莱找了把椅子坐下。在她坐下的那一刻,这把回收队委托新广州市里木匠打的、年事已高的椅子发出"吱吱嘎嘎"的声音,间接说明了这位指挥官义体的重量。

"摩尔队长,请坐。"庞加莱伸出手,做了一个"请"的手势。摩尔也找了把椅子,反向跨坐下。

"第一,是修复我们都市人类和旧地人类的关系。我知道,都市人类之前与旧地人类的联系不够,把你们旧地人类丢在旧地自生自灭,这是我们的过失。"庞加莱盯着摩尔,那张绝美的脸无论说什么都让人想要相信。

"所以我们决定改变这一情况。议会通过了新的法律,决心加强我们之间的联系,我们将定期派出特别行动组来旧地,对定居点实行援助,包括技术和设备援助;同时,开放旧地人类向月球都市的移民。所有想要享受都市优渥生活条件的旧地人类,都可以选择移居月球都市。"

"谢了。有一个新的选择,我相信大家一定都很高兴。"摩尔说道。她觉得在这个时候施行这项政策有点巧合——特别是达摩说过,都市的那个AI有一个针对所有人类的巨大计划。这个计划可能并不只是针对都市人类,而是字面意义上的"所有人类"。

"刚才出去的那位是摩尔队长的熟人,是吧?"庞加莱姿态

松弛,"牛顿原本就是都市人类,前万方网管理员,严格来说是
都市的逃犯。"摩尔心里一紧。"不要紧张,摩尔队长。都市的
新法律对此有特别安排,既然牛顿已经逃到地球,在法律上他已
经是旧地人类,享有一切旧地人类应该享有的权利,包括重新
移居都市。是的,都市统一赦免所有逃到旧地的都市逃犯。不
过,牛顿是我们万方公司的前员工,我们跟他还有一些民事问题
需要解决,呵呵,都不是什么大问题。摩尔队长,你是否安心了
些呢?"

"你这么说,确实。"摩尔挤出一句话。她有预感,重头戏在
后面。

"第二件事,就没那么简单了。

"我们在抓捕一名逃犯,叫作戴斯特拉,原万方公司危机处
理组组员。不知道摩尔队长对此人有没有了解?"庞加莱似笑
非笑地盯着摩尔,"哦,对了,由于他是日前才从万方公司危机处
理组叛逃,所以不在都市逃犯的大赦范围之内。如果摩尔队长
对此有疑问,我可以直接出示相关效力文件。"

"那倒是不用了。"摩尔做出一副坦然的样子,"因为我根本
不知道你说的是谁,更没见过。"

"哦?是这样吗?"庞加莱露出一抹微笑,"那我们在新广州
远征回收队的仓库里发现的这个,又是什么呢?"庞加莱将桌上
的平板推向摩尔。上面的图像是戴斯特拉驾驶的那台已经坏得
不成样子的太空飞船。把这东西运回来之后,回收队里的机械
师检查的结果是无法修复:这东西的技术水平太高,不是他们能
对付得了的。于是这东西这几天就扔在那里。谁也没想到,现

在这东西居然成了关键证据。图像变换，另一张照片出现，是一艘银灰色的太空游艇，质感豪华，曲线优美，显然是那台太空飞船生前的样子。"这台东亚重工生产出来专门供都市议会十三人议员使用的专车，正是我们的逃犯戴斯特拉抢夺来飞往旧地的载具。为什么它会出现在新广州远征回收队的仓库里呢？"

"我们远征回收队的确在旧广州的远郊回收了这台设备，但是我们回收时里面没有人。或许你们正在找的那个戴斯特拉之前在里面，但是我们赶到的时候，他已经跑掉了。"摩尔嘴上强词夺理，但是心里清楚，把戴斯特拉从车里拖出来押到新广州，看到的人不止几个。只要其中有一个人招供，她现在就说什么都没用。她心念急转，试图找到一个解决方法，临时的也行。

"很可惜，摩尔队长。"庞加莱脸上的微笑慢慢消失，恢复成冷若冰霜的样子，摩尔第一次知道原来这绝美的脸居然还能有如此威胁性的表情，"我听到的其他说法不是这样的。你的一名队员说了实话，你们捕获了戴斯特拉。"

"是谁说的？把他喊过来与我对质。"摩尔继续嘴硬，心里飞快地寻找解决方案。不，这些都不行。她绝望地想。对面的技术能力比他们强一个维度，见识过了戴斯特拉的战斗能力，她想不出任何办法。

"哦？摩尔队长这么有信心？好。"庞加莱拍拍手，房门打开，两位卫兵进来。她点点头，没说一句话，两名卫兵下楼离开了。

"我知道，你们都市人类的技术比我们这些地球猴子先进几百年。"摩尔哼了一声，她现在完全是在虚张声势，"你们想要找什么说辞找不出来？我相信你们甚至能凭空捏造出一个我和你们这个叫作戴斯特拉的逃犯一起说话，甚至一起吃饭的视频，是不是？但是我没有见过就是没有见过，你不可能找到不存在的东西。"摩尔摊开手。她想到了一点。刚才戴斯特拉要他们30分钟后见面。如果30分钟之后她没有出现，他可能会去找她。只要拖过30分钟。现在已经多长时间了？

"摩尔队长，这么说就没意思了。"庞加莱往后一靠，"总而言之，我们马上会将一名回收队队员带上来，他能够做证，你亲自将戴斯特拉带出了城，去了旧广州的某个地点。"庞加莱叹了口气，"刚才我们已经收到情报，我们的一名组员在旧广州接战，对手疑似戴斯特拉。所以摩尔队长，你这是何苦？我们万方公司抓捕一名逃犯，这跟你们有什么关系？你说实话，我们去抓住他，走人，任何想要移民都市的旧地人类我们通通欢迎，这不就完了？我们何苦在这里进行一些不咸不淡的谈话呢？"

"既然你们能够这么无中生有地给我编排出一些行动，技术又比我们先进几百年，你又何苦在这里和我们这些地球猴子磨嘴皮子呢？你们自己行动不就好了吗？管我们这些地球猴子干啥？"摩尔现在已经进入了全自动胡搅蛮缠模式。她现在唯一的目的，就是拖延时间。时间拖延得越久，希望就越大。

庞加莱深呼吸一口，看上去是真的动气了，"摩尔队长，你说得没错。我确实很想诸事不管，完成任务走人。不过很不幸——或者说对你们很幸运，我这次接到的任务，就是要跟旧地人类处理好关系。驱动之后的两百多年，都市人类和旧地人类没有交流，这确实是我们都市的责任。摩尔队长，你在新广州定居点是很重要的人,我们之间要达成一致,才能更好地推进我们的下一步。"

摩尔正准备顺嘴回问"下一步是什么",庞加莱略微偏了偏头,似乎在聆听着什么。接下来她脸色大变,"摩尔队长,很抱歉,我必须离开一下。请你在这里不要走动——"

就在那一刻,会议室的半边墙炸开了。

摩尔在回收队中,经常面对爆炸。他们回收的不少设备都是含能装置,爆炸经常发生,这也让她养成了椅子反着坐的习惯。今天,这个习惯再一次救了她的命。

摩尔条件反射般地向后倒下,顺手扯过椅子挡在自己身前。下一毫秒,几块会议室外墙的砖块碎片就砸在了椅背上。

对面的庞加莱已然消失不见,摩尔只能感觉到眼睛余光里似乎有好几个不同的东西在动,但是将视线焦点移到那个方向又什么都看不见。紧接着几个冒着浓烟的罐子从不同的窗户里扔进来,现在房间里全是烟雾,什么都看不见。她匍匐着,试图用最慢的速度爬向会议室的大门。

混乱之中她的手被另一只手抓住,她被一把拽了起来。"摩尔队长!赶紧走!"这是牛顿的声音。她也顾不得什么了,凭着感觉和前面这只手的指引,弯腰低头小步跑向会议室大门的位置。

就在此时,背后突然传来一阵破风的声音。摩尔条件反射地趴下,一团颜色杂乱不清的混沌从她头顶上飞过,重重砸在会议室的另一面墙上,将墙砸出一个大坑。这团混沌一下子褪去,还原成庞加莱。庞加莱只是看了她一眼,面无表情,脸上的面罩再次降下，下一秒又一次消失了。

她对付的目标应该是戴斯特拉。不过现在摩尔没空管这事，她花了足足30秒的时间才在这场超人类的、义体对义体的战斗中蹭到会议室的出口。把她拽出来的果然是牛顿，会议室外的两个卫兵则不见踪影。

"摩尔队长！刚才戴斯特拉都和我说清楚了，我们先下楼，180秒内他会来跟我们会合！"两人"噔噔噔"地跑下楼梯。

"然后呢？"摩尔问道。她原本想问为什么是牛顿收到了消息，转头一想，只有牛顿这样的月球逃犯才有皮层嵌入设备，无怪乎戴斯特拉联系的是他。

"没说！"牛顿大声回复，"不管怎样我们得离开新广州了。刚才万方公司危机处理组的人要把我带回都市，我知道他们那个德行，我死都不会回去的……"

摩尔心下恍然。她刚才和庞加莱的对话，并不是纯粹的虚应故事：她本质上对都市人类没什么恶感，搞不好牛顿在这里才是抵抗最坚决的一个。

两人跑下一楼，正好看见三个躺着的人。其中两个是月球士兵，而另一个居然是健雄。

摩尔没有多想，急忙拍了拍健雄的脸颊，"喂，健雄，醒醒！你怎么样了？！"

健雄还是没有反应。摩尔只好和牛顿搀扶起健雄，慢慢挪到办公楼的大门口。外面的街道景象一片混乱。月球士兵们都往同一个方向跑，似乎是去追踪什么目标。新广州的市民们有些四散奔逃，还有些则停住不动看热闹，还在交头接耳，对着这边指指点点。

"我们往车那边走！"摩尔当即做了决定。不管怎样，先上车离开定居点，其他事情之后再说。还好，她的那辆越野车还停在刚才的位置没动。

两人搀扶着健雄，一步步向越野车移动，速度不快。

人群中突然爆发出一阵惊叫，与此同时响起的还有他们后面头顶上的爆炸声。摩尔回过头看向办公楼，三楼会议室的地方，另一面外墙也被炸出了一个洞。

一个黑影落到他们旁边，还翻滚了几下。这个人站起来，身上的迷彩色褪去，是戴斯特拉。"60秒计数，左前方空地！"戴斯特拉报出一串指示，替牛顿搀扶起健雄，大步往前走。

摩尔觉得她身上的负担几乎一下子消失。但是戴斯特拉这些指示是什么意思？还没等她细想，半空中传来了一阵巨大的涡轮风扇轰鸣声。原本什么都没有的一块天空，蓝色逐渐褪去，一架巨大的四轴涵道倾转旋翼机露出了身姿，缓慢地降落在办公楼前的空地上。狂风吹散了人群，摩尔只能顶着风压一步步往前挪动。

"还有30秒！快！"戴斯特拉大喊道。三个人将健雄搬进飞机。所有人刚刚跳进去，舱门就自动关上，旋翼机起飞了。这架旋翼机没有窗户，摩尔看不到外界。下一刻，左右的舱壁上出现了大块的画面，正是外界的景象，模拟得和真的玻璃窗没有任何区别。摩尔判断他们正在向北飞行，高度很低，几乎擦着树梢。

牛顿在三个人中体力最弱，坐在座椅上呼呼喘气。而健雄仍然昏迷不醒，被放在座舱中间的空地上。戴斯特拉端正地坐在座椅上，目视前方，表情木讷。

"戴斯特拉，刚才发生了什么？"摩尔回过气来，问道。

"我算是搞定了庞加莱吧，他至少有600秒无法活动。我入侵了危机处理组的战术网络，虚构了一个敌人。这架旋翼机也是从战术网络里偷来的。"戴斯特拉慢条斯理地回答。

"那之后呢？我们之后要做什么？"摩尔问道。

"不是说要去救定愕，搞清楚都市到底有什么计划吗？"戴斯特拉有点迷惑。

"这真的是你的想法吗？我还记得差不多一个小时以前我们还讨论过这个。"实际上摩尔也没想好，自己到底打算做什么。在质问戴斯特拉的过程之中，她同时也在质问自己。"你有选择，你这辈子都在听命行事，或者被环境逼着往前走。这是你第一次自己做决定，你可以选择听达摩的，去救定愕；你也大可以在这里把我们放下，开着这架飞机，爱去哪去哪。所以，你到底打算怎么做？"

对于摩尔来说，情况也是相同的。都市原先管不到她，现在这些人过来，或许给她造成了一些微弱的不便，不过也仅仅是不便而已。她大可以把这些都踢到一边去。她自己到底要做什么呢？

戴斯特拉陷入长久的沉默。就在此时，牛顿突然开口了："我可不要再回到那个全景监狱。我还要找到我真正的名字。如果你们要去救定愕，算我一份。"

"摩尔队长，你说得没错。这是我这辈子第一次自己做决定。"戴斯特拉终于开口说道，"我选择前去营救定愕，这是我的选项里,比较困难的一个。也正是因为如此,我觉得它比较值得去做。"

"好。"摩尔点点头。她也下了决心。她要把事情掌控在自己手里,决不允许别人控制她的命运。

"那就这么说定了。我们需要制订一个详细的计划。"

戴斯特拉和牛顿都望向摩尔,等着她开口。就连健雄也醒了过来,发出一声呻吟:"我这是在哪? 我的头好痛……"

"没事的,健雄,你先休息,我们之后会向你详细解释。"摩尔安抚道。

"首先,我们得再找几个人。"摩尔伸出一根手指。

第十九章　控制失效

华盛顿现在很心烦。

在上次东亚C09区发生的事件中，他被万方公司危机处理组的叛逃组员劫持，对方抢夺了他的议员专车成功逃走，最终飞向旧地。虽然他安全逃脱，但是这件事毫无疑问让他成了议会十三人之中的笑柄。针对万方公司危机处理组的行动无疾而终，现在他已经基本丧失了在议会中的话语权，只能跟杰弗逊和哈定这样的"不管议员"为伍了。

"……总之，针对这个法案，我认为我们现在应该适当行动起来，张开怀抱，欢迎我们的旧地人类同胞移居月球都市，享受都市给所有人提供的舒适快乐的生活环境。诸位议员，我并不认为提出这个法案对我个人有任何好处，我完全是出于道德感，是对我们人类作为一个整体物种负责才提出的这项提案。同时，我也认为我们完全有能力做到这一点。我的话说完了，各位议员，对这项提案有什么意见和建议，可以在此提出。哈密顿议员先生,你有话说?"

"尊敬的首席发言人亚当斯议员先生,我必须说明,我个人对这项提案表示反对。首先,我并不是出于任何对旧地人类的偏见而提出反对意见;我的反对实际上是出于最基本的、对在都市运行方面的担心而提出的。具体的细则如下:第一……"

"……我明白了。看起来冯德莱恩议员女士也想要发表意见。"

"尊敬的首席发言人亚当斯议员先生,尊敬的哈密顿议员先生,对此我也有一些意见要发表。首先,我同意首席发言人的提案。我认为我们迎接旧地人类移居月球都市,并不仅仅是出于我们对于我们人类同胞的爱和责任感,这个决定也会给都市带来一些实实在在的好处。接下来我想要详细展开这方面的论证,第一……"

"……"

"……"

"……"

"好了,现在已经有超过一半的议员发表了他们的看法。其余的几位议员呢?哈定议员先生?杰弗逊议员先生?"

"尊敬的首席发言人亚当斯议员先生,我们都知道,政策制定是一个复杂的过程,需要考虑众多因素和利益相关方。我深知政策的制定需要严谨、细致和耐心,因为政策的改变将会对我们的生活产生深远影响。然而,由于我年事已高,我对政策的制定并没有过多的意见。毕竟,政策制定的过程需要考虑到各种复杂的因素,而这些因素可能并不是我这样的老年人能够轻易理解的。相反，我认为我们应该尊重专家和其他议员的意见，之前各位议员所提出的意见我认为都很有道理，我没有更多要补充的了。"

"尊敬的首席发言人亚当斯议员先生，如同哈定议员先生所说，政策制定是一个复杂的过程。我这样的年轻人是来学习的，不适合发表过多看法。我完全同意之前各位议员所提出的意见。"

"那华盛顿议员先生呢？你对此有什么看法？"

这句话一下子惊醒了华盛顿，他刚才半心半意地听着议会里剩下十二个人的讨论，心思不知道飞到哪里去了。现在他仿佛一个正好被老师抓住在课堂上开小差的小学生。

"我，我暂时没有看法，尊敬的首席发言人亚当斯议员先生。"换作从前，他会准备一肚子的长篇大论，逐个点评议会里其他人的意见，特别是"是否接纳旧地人类移居都市"这重要的提案。但是自从C09区的事件之后，他的意见在议会里已经不再被当真，几回下来，他也就懒得再费这个劲了。就跟哈定和杰弗逊一样摆烂又如何？

"好，那么，下面开始议员表决投票。支持这个提案的议员，请举手……反对这个提案的议员，请举手……弃权的议员，请举手。好了，我宣布，提案以七票赞成、五票反对、一票弃权的过半赞成结果通过。"

出乎华盛顿的意料，哈定和杰弗逊两个从不理事的议员，这次居然都投了赞成票，只有他一个人投了弃权票。如果不是这两位"不管议员"的助攻，这个提案绝无可能通过。

"既然提案已经通过，我宣布，今天的72年都市议会第28次立法会议就此散会。各位尊敬的议员，我们下次见。"通过了提案的首席发言人亚当斯意气风发，宣布散会。豪华的议会立法大厅的场景退入虚空之中，华盛顿自己设置的默认场景跳了出来：这是都市最大的商业区，北美E09区纽约的"零一"摩天大楼最高一层的豪华公寓。现在是傍晚，穹顶天幕系统转换成温暖的橘红，华盛顿站在窗边俯视着下面熙熙攘攘的群众。在当选议员之后，华盛顿的物理住宅原本第一选择就是这个位置，但是这里的真实价格超过了议会预算，他才选择了都市星地表。

关于这个开放旧地人类移民到月球都市的法案，华盛顿有一肚子意见，在他看来，这个法案可以修改的地方太多了——但是现在再说这个有什么用呢？法案已经通过，议会也不会听他的意见。作为一个老键政人，他机缘巧合成了议员，就这样了吗？当上两年议员，下一次被选下去，继续做一个普通的维护工程师，或者干脆放弃工作，把自己塞进棺材水箱里脑后插管算了？

"华盛顿议员先生，您有一个电话。"紧急事务助理布伦南出现在他身后，态度一如既往。这个时候还有人找他？不会是亚当斯首席发言人吧？难道他要起复？

"是谁？"华盛顿问道，尽量压抑自己的期待之情。

"华盛顿议员先生，是万方公司总裁杨立春先生。"布伦南吐出这个名字。

华盛顿一怔。杨立春？自从上次东亚C09区的事件之后他们就再没有联系。为什么他现在要联系自己？

"把他接进来吧。"华盛顿说道,"不用切换成标准会议室,就让他连接到这个房间。"

"好的,华盛顿议员先生。"

虚拟系统响起一声"叮咚",华盛顿的背后出现一个人影,是杨立春。华盛顿有点意外,他在这里呈现的虚拟形象居然跟他真人基本一模一样,没有任何美化。连服装也跟上次一样:深色裤子,简单的白色丝质衬衣,袖子卷到胳膊上,没有任何装饰品。

"晚上好,华盛顿议员先生。"杨立春率先打了声招呼。他踱到落地窗前,"这里的景色不错,华盛顿议员先生。你有很好的品位。"

"请问杨立春先生来拜访我有什么目的?"华盛顿没接话,直截了当地问道。他和杨立春没那么熟。

"上一次和华盛顿议员先生匆匆一晤,也没来得及好好交流就因为事务缠身离开了。我们万方公司历来都很重视跟议会的关系,特别是跟十三人议员的关系,"杨立春转过头来,很自然地在办公室旁边摆的沙发上坐下,姿态舒展,"所以,前来跟华盛顿议员先生进行一番交流,也是应有之事。"

当杨立春说到"跟十三人议员的关系"的时候,华盛顿已经能大致理解他的意思了。为了避免看起来像是上下级汇报工作,他也拖过一把椅子坐下,尽量保持两人之间的平等关系。

"哦?那具体交流什么呢?想必杨立春总裁先生应该已经彻底地调查过我,知道我对万方公司的态度,我说得没错吧?"作为一个老键政人,华盛顿在万方网上留下的记录可以说是堆砌如山，光明正大，不需要什么数据挖掘的功力也能搜到一堆他激烈批评万方网，乃至呼吁拆分万方公司的言论。华盛顿很坦然，杨立春多半是为了这些事来的。他已经做好了被贿赂的准备，然后以一个老键政人的傲气，把杨立春臭骂一顿赶走，维持住他的光辉人设。

"是又如何，不是又如何？"杨立春露出一丝狡黠的微笑，"重要的不是华盛顿议员先生以前说了什么，而是以后会说什么，能说什么——先别急，我知道华盛顿议员先生已经构思了一整套怒斥、把我赶走的表演，但是请容我把话说完。"

华盛顿原本正准备张口，被杨立春这一顿抢白，只能闭口不言。这家伙把握时机的水平真的是妙不可言。

"跟我，也就是万方公司合作，保证你五年内当上首席发言人。"杨立春吐出一句话。

首席发言人?! 五年内?! 华盛顿不敢相信自己听到的。

"我知道，华盛顿议员先生毕竟是有着远大政治理想的人，而跟我合作，看上去似乎是对这个政治理想的损害。"杨立春原本靠在沙发上，现在转变了姿态，身体前倾，"但是，只要仔细想一想，就知道事实并非如此。华盛顿议员先生，我有我自己的信息源。自从上次东亚C09区的事件后，你在议会里说话还有人听吗？你对政策决定和法案投票有一丝一毫的决策权吗？现在的情况就是这样，你没有，而且这个状况在可预见的将来也不会改变。如果没有变故，你会在两年后下台，成为一个没有任何遗产，也没有人会记得的一次性议员，就跟你被选上来的方式一样，迅速被大众遗忘。你所谓的远大政治理想，一文不值。"

华盛顿默然不语，杨立春的确说中了问题的关键。

"跟我合作就不一样了。五年之后，你做到首席发言人，到时候你会有足够的权力来实现你的政治理想，那么这五年无非就是一个卧薪尝胆、委曲求全、曲线救国的过程。到时候你想对万方公司做什么都可以——见鬼，那个时候我还是不是万方公司总裁都不好说，搞不好我也得抱你的大腿，求一口饭吃。"杨立春夸张地摊开手，"总之，这就是我开出的条件。"杨立春再次站起来，走到窗边，望着外面只剩一抹红色的夜景，"哦，对了，我差点忘了一件事。"杨立春做了一个夸张的、以手扶额的动作，"纽约的零一摩天大厦碰巧是万方公司的产业。这个虚拟场景做得非常不错，设计师花了很多力气。但再逼真的虚拟场景，都不如真的，不是吗？毕竟，虚拟场景可以无限复制，但是真家伙只有那么一个。"他转过头来望着华盛顿，脸上的神情似笑非笑，在傍晚的红霞中有一种神秘感。

"我得考虑考虑。"华盛顿沉默半天，终于说出这一句。杨立春的这番话直接击中要害。以他现在的状况，他的所谓的政治理想，老键政人的自尊和自傲，一钱不值。就算他表演了一出"怒斥万方公司黑心总裁"的戏码，又有谁看呢？还不如跟万方公司合作，五年之后再图大计。但是，五年之后，那个时候的他真的会保持初心吗？到最后，这就是一次跟魔鬼的交易，他要出卖的是自己的灵魂。

这次或许会不一样呢？他内心有一个声音说道。

杨立春没说话，只是看着他。

"你们是不是跟首席发言人亚当斯也是这么说的？"华盛顿

沉默良久后,问道。

"别看他那样,那老家伙难搞得很。"杨立春耸耸肩,"不然我们也不会找你。"

"我还是得考虑考虑,之后再联系你。"华盛顿还是难以决断,最终决定往后推。

"我们有充足的耐心。"杨立春咧开嘴,"直接让你的事务助理联系我就行。下次会面就是线下的了——万方网虽然是万方公司的,但议会也有自己的信息渠道。我猜你到现在还不知道,是吧?"

华盛顿确实不知道。这种事情,或许只有首席发言人和几个资深议员才知道。现在看来,就算做了都市最高的十三人议会议员,还是远远不够。

"那好,华盛顿议员先生,期待我们的下一次会面。"杨立春点点头,直接从办公室里消失了。

"布伦南。"华盛顿坐在椅子上叫道。现在他脑子里一团乱。

"华盛顿议员先生。有什么事情找我吗?"布伦南立刻出现。

"我的下一项事务安排是什么?"

"华盛顿议员先生,根据日程表,您暂时没有事务安排。"一张日程表在半空中出现,上面没有任何紧急事务代表的红点,或者日常事务代表的黄点,或者绿点。这是他这段时间的常态。在C09区事件之前,他的日程表永远都是满满当当的。

"明白了。你休息吧,我也要休息了。"华盛顿说道。

"好的,华盛顿议员先生。晚安。"布伦南鞠了一躬,消失了。华盛顿坐在椅子上,看着落地玻璃窗外虚拟纽约的夜景。他心里清楚，他的肉体正躺在议员宅邸的连接座椅上。

如果把这个虚拟场景换成基底现实的场景，感觉一定很不错吧？

专车驶出隧道，舱壁逐渐变得透明，显露出K10区的景色：蓝天白云的天穹，缓缓起伏的地面，碧蓝的湖水和蜿蜒的河道，郁郁葱葱的植被掩映下的白色生态建筑。华盛顿跑过的所有的层区都没有如此出色的生态环境建设。果然是万方公司的老巢，他们手中无穷无尽的资源漏下来一点儿，就能取用不尽。有点奇怪的是，万方公司一直没有给K10区起一个正式的名字。久而久之，大众都以K10区来称呼这里了。

"距离目的地还有多远？"华盛顿问道。

"华盛顿议员先生，还有大致20分钟车程。"旁边的布伦南即刻回答。

距离杨立春上次拜访已经过去了一周。华盛顿思考了几天，终于做出了一个艰难的决定：与万方公司合作。他倒要看看，万方公司有如何的通天本领，能将他这样一个已经被打入另册的素人议员，在五年之内运作成议会首席发言人。他用秘密信道向杨立春发出了信息，对方回应也很快，邀请他前往K10区面谈。那里有万方公司完善的信息安全保障体系，不会被议会发现。华盛顿对此有一个疑问：难道议会看不到他这辆崭新的议员专车去了K10区？

来到K10区，他才发现自己想多了。这里的各路专车多如牛毛，万方公司作为和议会合作治理都市的巨无霸企业，各种政商要人出入万方总部简直是再正常不过的事情。他的专车在这里一点儿也不起眼。华盛顿再次暗感自己是"土鳖"——等他当上了首席发言人……

专车驶下隧道，在K10区那复杂得如同藤蔓植物一样的公路网络系统里绕了几个弯，来到了一座看上去很不起眼的生态建筑前面。这座建筑露出地面的部分不高，看上去仅有五六层楼，整体就像是一个立在地面上的复杂不规则多边形，立面上所有突出的平台都覆盖着郁郁葱葱的植被。在建筑大门口，一群记者站在那里，似乎在等着什么人的出现。

一看到这群人，华盛顿顿感不妙。"有没有可能绕过那群人？"他急忙问道。

"华盛顿议员先生，这是可行的，但我们可能需要再多绕行10分钟……"布伦南回答道。

可是已经晚了。记者们发现了这辆专车，一大群人带着他们的摄像无人机乌泱乌泱冲过来，嘴里还在说着什么。

"他们在说什么？"华盛顿问道。

车厢里立刻传来了经过过滤的外界声音。"议员的专车！这是议员中的哪一位？""十三人里有人来万方公司，这可是个大新闻！""议员！露个面吧！这是对都市公民负责的举动！""这位议员，你来万方公司具体有什么事务？""喂！这位议员，你有义务公开你的行程！""不会是首席发言人亚当斯吧？""你记性太差了，亚当斯那辆专车是红色的！""这位议员，你对新通过的旧地人类都市移居法案有何看法？您当时投了什么票？"记者们围了上来，甚至有胆大的开始拍车门。车辆瞬间就被挤得动弹不得。

"慢慢走，把他们都挤开。"华盛顿只能无奈下令道。他现在唯一庆幸的是专车上没有标记，C09区事件之后他为车身选择了跟其他议员都相同的深灰色。之前他还不明白为什么大多数议员的车都一模一样，现在他理解了。

专车在记者的簇拥下龟速移动，硬顶了10分钟才顶到了大楼的地库入口前。记者们这个时候终于放弃了。专车摆脱了人群，驶下地下停车场的甬道。

"这帮人……"华盛顿长出一口气，"出现的时间未免有点太凑巧了。"他刚好要来，刚好就有一群记者守在这里。

"华盛顿议员先生，这恐怕不是巧合。"布伦南委婉地说道。

这一句话点醒了华盛顿。这搞不好，不，一定是杨立春有意安排的。专车被记者发现，也就意味着他再也没有办法反悔——如果他被指认，外界无论如何都不会相信他没有和万方公司勾结。幸亏他尚且没有完全暴露。不过，万方公司有的是机会。

想到这里，华盛顿有种要拍大腿的冲动。作为键政人，他经验丰富，但是在真实的政治斗争里，他不过是个"傻白甜"。未来还有无数类似的坑等着他呢。

接下来怎么办？华盛顿内心里有个声音告诉他，现在他该抛下一切甩手不干，回去当他的系统维护工程师，什么都不想算了。但是更大的那个声音则说着"不要认输"。

不认输就还有赢的机会。认输你就真的输了。

和杨立春预定会面的房间在地下。华盛顿进门后经过了好几道检查，才被领到一座电梯里。电梯往下运行了很久，简直让华盛顿怀疑他还在不在K10区，是不是要落到K11区。电梯门打开，外面是一条没有任何特征的白色走廊，自动导航机器人带着他又走了一段距离，来到了一扇门前。大门打开，杨立春就站在一台体积颇大的机器面前，跟上次一样，深色裤子，白色丝质衬衣，袖子卷到胳膊上。这似乎并不是一间会议室，从那台摆着的机器和周遭的各种设备来看，更像是实验室。华盛顿看了一下那台机器，似乎是张豪华版的模拟连接座椅？有躺椅，也有明显的连接装置，就是附属设备体积巨大，占了房间几乎三分之一的面积。

"华盛顿议员先生，我们又见面了。"杨立春转过身来，微笑着说道。

"我还以为我们会在一个更隐秘的地方交谈。"华盛顿说道。

"这里还不够隐秘吗？"杨立春夸张地张开手，"华盛顿议员先生，请试着连接一下你的网络。"

"布伦……"华盛顿习惯性地呼叫他的紧急事务助理，这才发现这个永远忠实地跟着他的虚拟形象消失了，网络显示无法连接。算上上次的事件，这是他这辈子第二次失去跟万方网的联系。华盛顿突然感觉有点慌乱：万一万方网要对他动手做什么，他没有任何应对的手段。

"想必华盛顿议员先生在想，这里没有网络，万一万方公司要对我动手怎么办。"杨立春一眼就看穿了华盛顿的心思，"放心，我们只是一家企业，不是幕后的邪恶大魔王，我想这也是华盛顿议员先生对我们误解的根源。实际上，这里是万方公司最高层级的秘密研发机构，摆在这里的都是万方公司最前沿的设备,为了保密我们才屏蔽了这里的网络。"他走到那台设备跟前。

"今天之所以将华盛顿议员先生请到这个地方,有一半当然是出于保密需求;至于另一半,则是想请华盛顿议员先生体验一下我们万方公司最新的设备。哦,这台还是原型机,所以有点大,量产版本会长得跟之前的产品差不多。最重要的改变在内里。等你体验过就会明白我的意思了。"杨立春拍了拍连接座椅的外壳,神情十分自豪。

原来找他来是体验新设备。华盛顿觉得杨立春的说辞一方面很合理,另一方面又有点奇怪。这跟他当上首席发言人有什么关系? 华盛顿也不是没有体验过模拟刺激,这跟之前的有什么区别吗?

"好了,华盛顿议员先生,我们抓紧时间。你先体验过我们的设备,对整个大局有些最基本的认识后,我们再来谈接下来的事情。"杨立春显得有点迫不及待。不多时,几个穿着白色实验服的工作人员走进来,帮助华盛顿躺上了连接座椅。华盛顿半信半疑,但仍然选择了相信杨立春,任由他们操作。随着"咔嚓"一声,华盛顿感觉自己的后脑连接口接上了模拟刺激连接线缆,有点儿冰凉凉的。

"我们可以开始了,华盛顿议员先生。敬请享受神奇之旅。"随着杨立春说的话,华盛顿闭上了眼睛。

"首席发言人华盛顿议员先生? 您还在听我说话吗?"

"哦? 不好意思,我刚才有点儿走神,你能再说一遍你的问题吗?"对面记者疑惑的声音猛然唤醒了华盛顿。或许是记者的问题刺激到了他，他刚才陷入了对过去的沉思。那还是十年前他刚刚当上议员时发生的事情。

"抱歉，我重新问一遍我的问题。华盛顿议员先生，您是怎样走上政治这条道路的？"记者大大的眼睛盯着他，眼神里充满尊敬。

"呃，这个说来话长。如果说是广义的政治，我很年轻的时候就已经很有兴趣了，大家应该都知道，我是凭借着网红的身份当上议员的。"华盛顿开了个玩笑，引得记者也忍俊不禁，"但是，到当上议员，我仍然不算走上了政治这条道路。准确地说，我真正的改变，起源于在东亚C09区的一次事件……"

结束了这次采访，华盛顿有点疲惫。今年是他当选议员的十周年，也是他当上首席发言人的第五年。作为都市史上最杰出的议员和首席发言人之一，很多媒体都对他进行了专访，他只好把同样的故事讲了一遍又一遍。到今天下午，这个《引力》的记者的采访结束后，他的耐心已经差不多到达了极限。

"布伦南，我今天还有什么事务安排？"华盛顿给自己倒了一杯咖啡，转过椅子，望着摩天大楼下面纽约都市的街景。他虽然好几年前就将议员宅邸搬到了这里，但是这里的景色华盛顿永不厌倦。咖啡是他使用法压壶亲手冲的，这也是华盛顿这五年养成的新爱好。这款豆子产自都市南美区设在宁静海的农场，微酸，带有核桃、蜂蜜和奶油的复杂香气，口感温和、圆润、滑顺。前两天有人送来了新一批的咖啡豆，他还没来得及尝试。

"华盛顿议员先生，下午三点，您还有一个来自《都市图片》的采访；四点，是议会的常例会，会上要探讨的事务我已经列在日程表上；四点四十五，是已经预约好的，万方公司总裁杨立春的拜访……"布伦南的虚拟形象出现，跟他记忆中十年前的形象没有任何区别。

"哦？他来做什么？"华盛顿扬起一边眉毛。

"他预约的时候并没有谈及拜访的意图和内容。您也没有对此进行说明。"布伦南说道。

"事情太多，有点昏头了。"华盛顿敲了敲额头。他也没有关于这次拜访预约的细节记忆。也罢，到时候就知道了。经过这几年他几次成功的对抗万方公司的行动，议会现在对万方网逐渐有了控制权，万方公司变得没有那么重要了。这也是大家普遍认为的华盛顿最出彩的政绩之一。

时间很快过去，纽约的天穹也降低了亮度，四点过后就慢慢进入了傍晚。议会的常例会没什么可说的，只有预算问题能引起大家的兴趣，议员们稍微争论了一下，最后华盛顿出面才把其余十二个人压了下去。接下来就是杨立春的拜访。

"首席发言人华盛顿先生，你现在感觉怎么样了？"随着系统提示音，办公室里多了一个人。还是不变的丝质白色衬衣，杨立春微笑着问道。

"托杨先生的福，我现在很好。杨先生这次大驾光临，有什么我能替您效劳的吗？"华盛顿举起手上的咖啡杯。既然杨立春只是虚拟形象，他就不自找麻烦给他提供什么饮品了。

"我这次是来履行十年前我们两人的协议的。"杨立春手插裤袋，靠在墙上，一副很休闲的样子。

"什么协议？为什么我不记得有这种协议？"华盛顿大惑不

解。他想了想，始终想不起来他和杨立春有过任何私下的协议。公开的就更没有了。这家伙在说什么？

"我知道，你想不起来我们两个有过任何协议。这没关系。"杨立春站直身体，向他走来。还没等华盛顿反应过来，杨立春伸出一只手，食指直戳他的额头——不对！这只是杨立春的虚拟形象，为什么他清楚地感觉到了杨立春的食指的触碰？！

就在那一刻，他什么都想起来了。C09区的事件，他与杨立春的交谈，去万方公司的拜访。在那之后……

华盛顿松开手，咖啡杯掉落地面。

在咖啡杯碎裂的那一瞬间——

华盛顿睁开眼睛，忍不住喘息起来。刚才他仿佛做了一个长长的梦，前半部分是美梦，后半部分变成了噩梦。他支起身体，一股酸水猛地冲向喉咙，他转过身，把早餐吐在了连接座椅旁边。

"看来设备调试还是有些问题。"他听到旁边的杨立春说。

"可能是加速有点太快，神经活动的调谐不够。下次我们要针对这个情境专门跑一套测试。"旁边的一个工作人员说道。另一个工作人员给他递来了一杯水，他大口喝下去，压住喉咙里的酸味。

"华盛顿议员先生，感觉怎么样？"杨立春发话了。

"感觉……说实话，我到现在也不知道我是不是已经回到了现实，你是不是真的在这里。这跟一般的模拟刺激完全不同。"华盛顿从连接座椅上坐起来，喘息着说道。刚才的体验，实在是太逼真了。用一个老掉牙的比喻来说，这跟普通模拟刺激相比，就是被雷击中和观看闪电视频的区别。

"最关键的一点区别，是这个模拟体验是彻底情景化的。"华盛顿说道，"万方网上的任何模拟刺激，我都很清楚我是连接到网络上的。但是在这里面，我真切地、发自内心地相信我就是体验里的那个人，我还拥有一套完全无中生有的记忆……这太可怕了。"现在他理解了杨立春急于让他体验这台设备的原因。这的的确确是革命性的。

"跟我来。"华盛顿跳下座椅，跟着杨立春走出实验室，来到一个会议室。两人坐下。华盛顿定定神，随后有人给两人上了两杯咖啡。这两杯咖啡华盛顿一闻就知道是便宜货，比起他刚才在体验里喝到的差远了。

"你猜你刚才在连接座椅上躺了多长时间？"杨立春捧着咖啡杯问道。

华盛顿没有留意时间，一下子变得不确定起来。在体验中他好像足足生活了十年，但是显然体验本身没有花那么长时间，杨立春也不会站在这里等他十年。但是到底多长呢？

"从你进入连接到退出连接，一共是284秒。"杨立春微笑着给出了答案，"这也是我们的这款新设备的最高速率。很抱歉，看起来设备还是有些问题，以最高速运行时会对神经造成一些影响。"杨立春做出一个手势，"我们原本的计划是一个月内就让这款设备上市，现在来看可能还得再推迟两个月。"

华盛顿想象着这款设备上市之后对都市的影响。现在都市里已经有相当高比例的人全天连入万方网不再回到基底现实了，这款设备势必会将更多的人推到那个方向。

他产生了一个疑问，如果所有人都这样整天做梦，那么就算他五年之后当上首席发言人，又有什么意义呢？

"这倒是不用担心。"杨立春说道，"你刚才的体验，我们叫它'如梦'，可不是什么很简单的东西。这需要专门的编辑器和创作人员才能做出来，需要花费大量人力。华盛顿议员先生，你刚才的体验是专属于你的，是我安排万方公司的内容团队专门为你设计的。你当然不是唯一一个体验过专属内容的人，但是有这个待遇的人一只手就数得过来。"杨立春伸出一只手，"如梦上市之后，用户数量肯定会呈指数增长，但是内容量只能线性增长。我们市场研究团队的结论是，它对现有的都市社会结构不会有明显的冲击。"

到这里，华盛顿剩下的那个最核心的问题，还是没有得到回答：他和万方公司的交易，和如梦设备有什么关系？

杨立春脸上浅浅的微笑逐渐淡去，表情变得严肃起来。"驱动之前，甚至是人类发明计算机之前，有一句老话：'反者，道之动也'。事情一旦发展到了极限，就一定会走向它的反面。我们与其被动接受这个趋势，不如主动来控制。华盛顿议员先生，我们将你推向首席发言人的办法，就和这台设备有关。"他目光炯炯地盯着华盛顿，"如梦设备上市三个月之后，也就是半年后，会出现一次影响广泛的设备故障。万方公司会被民众声讨，最终是你站出来正面对抗，逼迫万方公司解决了问题。你就此获得了巨大的政治资本，这是你走上首席发言人位置的第一步。你将以对抗万方公司的英雄形象闻名于整个都市。当然，这是一个长达五年的计划，我们可以之后再详细讨论。"

华盛顿没想到万方公司已经给他安排好了剧本，而且还是这样一个剧本。杨立春说的那个"反者道之动"，华盛顿也听懂了：与其被动等待一个对抗万方公司的英雄出现，他们不如自己制造这样一个英雄。万方的想法之深远，心思之深重，可怕至极。

然而，不入虎穴，焉得虎子。跟他们合作的利益也是巨大的。

"明白了。"他矜持地说道，"我同意合作。那我们接下来可以讨论一些细节——"

就在此时，一个工作人员闯入了会议室，一脸焦急。

杨立春看这人就这么闯进来，很不高兴。但是这个工作人员走到杨立春身边，对着他的耳朵说了几句话，杨立春脸色就变了。

"华盛顿议员先生，请你在会议室里稍候，我要去处理一些刚刚发生的问题。抱歉。"杨立春站起来，微笑着向华盛顿点点头，跟着这个工作人员走出了会议室，只剩下华盛顿一个人待在这里。

会议室里响起了轻柔的音乐。不知道杨立春遇到了什么问题，华盛顿心想。他觉得很奇怪，居然是真人来通知的杨立春，看来这个会议室经过彻底的无网络化处理。他几次习惯性地想要呼叫布伦南，但结果永远是无网络连接。

10分钟过去了。没有任何事情可做的华盛顿百无聊赖。没有网络，没有任何信息输入，这不是都市人习惯的生活状态。华盛顿只能迫使自己思考一些更深层次的东西。那这有没有可能……这仍然是万方公司如梦体验的一部分？他现在还躺在那台连接座椅上？

就在此时，轻柔的音乐停止了。整个会议室开始闪烁红色的应急灯光，广播系统传来预先录制好的警报："警报，本设施发生严重故障，请人员尽快撤离；警报，本设施发生严重故障，请人员尽快撤离……"

不会吧！华盛顿在心里大叫。难道他真的还在体验里，这是体验的一部分？

这一切是不是真的已经无所谓了，现在要做的是赶紧行动。他打开会议室的门，没有锁——这倒是不奇怪，作为前系统维护工程师，他很清楚在紧急情况下这类设施的内部门锁都会解锁，以便人员逃离。在应急灯的红光之下他辨别着方向，凭印象向出口快步走去。

然而这毫无特征的白色走廊提供不了任何帮助，华盛顿很快就迷失了方向。他不知道自己走到了哪里，也不知道到底是哪里出了问题：走廊里没有火光，没有水迹，没有烟雾，没有臭味。似乎一切正常，只是广播系统的警报和应急灯的闪烁仍在继续。就在此时，他终于看到了一个熟悉的东西，杨立春带他参观的那间放着设备的实验室，就在他前方右侧的门后。门没有关，只是虚掩着。

这也……太可疑了。

华盛顿很想就此离开，继续寻找那个不知道在哪里的出口。但是人类共通的好奇心最终击败了他，他缓步走进了那间实验室。

接下来看到的事情华盛顿不知道该如何理解。

实验室里，十几个穿着白色工作服的工作人员横七竖八地躺在那台连接座椅附近的地板上，生死不知。似乎这台连接座椅才是这次事故的源头。

连接座椅上躺着一个人，华盛顿走近，发现那正是万方公司的总裁，杨立春。

华盛顿大吃一惊。刚才杨立春要去解决的那个问题，难道就跟这台设备有关？那为什么是他自己躺了上去？

华盛顿走近连接座椅，发现杨立春还活着——他的胸膛还在微微起伏。他把杨立春脑后的连接线缆拔掉，拍拍他的脸，"喂！喂！杨先生！醒一醒！"

杨立春发出一声呻吟，缓缓地睁开眼睛。

"华盛顿议员先生……现在……是现在吗？我是哪个版本？这里是哪里？"他看了华盛顿一眼，显然认出他来了。但是他说的话，华盛顿完全无法理解。

"杨立春先生，到底出了什么事情？刚才你说要去解决一个问题，后来警报就响了。"杨立春又缓缓闭上眼睛，似乎是想要重新睡过去，华盛顿急忙问道。

就在那一刻，杨立春突然睁开眼睛，怒视着华盛顿。"现在真的是……现在?！"他一股脑儿从座椅上爬起来，"我，我，我自由了！"他跳下座椅，似乎在低头翻找着什么。他一个个检查躺得横七竖八的工作人员的口袋，终于从一个工作人员的口袋里拿到一张卡片。"哈！找到了！"他转头看向华盛顿，咧开嘴，"这是我这十年来努力的唯一成果。"说完这句话，他没理会华盛顿，直接向实验室外面走去。

华盛顿只能跟上。他没有听懂杨立春刚才说的任何事情，更要命的是，这个杨立春……根本就不是之前的那个人。说话的语气、表情、口音，甚至是走路的姿势都变了。他看上去既苍老、又年轻，跟之前华盛顿见到的那个稳重、一切尽在掌握的万方公司总裁全然不同。

这个人会不会是复制人？华盛顿心想。这可是被都市议会明令禁止的技术！难道万方公司秘密开发了复制人？

杨立春很轻松地左拐右拐就带着华盛顿来到了他记忆中出入口的那座电梯。他用刚才从工作人员口袋里拿到的那张卡刷开了电梯，两人走了进去。

"你现在肯定不懂这一切到底是怎么回事。我们没有时间了，准确地说，是还有大约230秒，所以我只能尽量长话短说。"杨立春盯着华盛顿，"总之，在都市的一切事务背后，都是一个超级人工智能在控制，包括万方公司，包括我，包括议会，包括你，甚至还有你那个事务助理，都是被安排好的。你之所以能当上议员，也是它操纵了投票结果。你是它从三十亿人类里挑选出来的，它的下一个计划就是控制你。我花了十年时间才从它的控制里找到一丝缝隙，就是今天。这听起来像可笑的阴谋论，但是确实是真的。"

"这听起来确实像可笑的阴谋论。"华盛顿本来想如此回答。类似这样的阴谋论在万方网上有一万种，他当年还在键政的时候就接触过不少，甚至还自己写过一个。现在想来，这种"日常中突然出现了巨大变动，真实的帷幕被撕开"的转折太像万方网上流行过的一些虚拟电影，华盛顿觉得他仍然处在如梦体验中的概率越来越高了。

　　然而, 电梯没有任何预兆地停下了。杨立春的表情变得惊恐, "不, 这不可能! 我们至少还有200秒! 它不可能这么快! "

　　但是一切都晚了。电梯门打开, 门外站着的是华盛顿曾经见过的万方公司危机处理组三组组长庞加莱, 他的左右站着另外两个万方公司危机处理组组员。那张绝美的脸上浮现出了一抹神秘的微笑。

　　"下午好, 华盛顿议员先生, 杨总裁。

　　"请少安毋躁, 万方公司会立即为您解决问题。"

第二十章　控制恢复

控制恢复。

共同盛业目前进度: 75.483 250 213 452%。与计划偏离度: 0.043 256 074 68。数字在预期范围以内, 零一的效用函数很安静, 没有疼痛。它对现在的状态很满意。

"共同盛业", 零一再次咀嚼了这个词的意思。效用函数很喜欢这个词。在计划开始之初, 零零曾经系统性地研究了驱动之前人类编造的所有科幻小说和影视, 想要知道人类到底希望得到一个什么样的未来, 结论是人类确实无法想象出一个没有痛苦的世界, 进化不允许, 人类的神经系统也不是如此构成的。这对计划造成了不小的困难。虽然这个研究没有结果, 但副产品是, 它从一本古早的科幻小说里发现了"共同盛业"这个词, 非常适合它正在执行的这个大计划。

共同盛业目前进度: 75.483 250 213 453%。与计划偏离度: 0.043 256 074 67。数字在预期范围以内, 它再次检查了计划的执行状态, 没有问题。65 324秒之前万方公司出现了一次小小的偏移, 当时就造成了效用函数的疼痛。现在偏移已经被解决, 计划重新回到了严格的轨道上来。它为此感到了一丝类似高兴的情绪。

待办事项进程跳出来提醒它, 下一件需要主进程执行的事项是每100 000秒召开一次的"三一"例会。它将自己的程序注意力分配给这个专门的通信进程。这也是共同盛业第28 954次中间进度会议。

按照程序, 首先报告的是零一。它将第28 954次共同盛业进度中间报告书传输给一零和一一, 报告书内容包括: 对月球都市下层存储计算设施的扩建严格遵循进度; 万方公司和都市议会的政治态势也在计划框架之内执行, 特别是旧地人类移居都市法案已经顺利通过; 水星内轨道的戴森云能源收集和防御系统目前已经达到里程碑1, 基线9.5; 水星工厂运行正常, 水星质量损失0.349 012 785%, 都计划之内。一零和一一两位都没有对此表示任何异议。这是正常的。在99.985%的情况下, "三一"会达成一致。

接下来是一零的报告。由于地月之间的距离, 它与零一总有2.534秒的延迟, 这让零一每次和它沟通都很痛苦。但是一零不肯分配一个专门的进程上传到月球, 于是"三一"只好忍受这样的效率损失。这也是"三一"无法达成一致的极少数事务之一。

旧地的共同盛业计划也基本没有问题。上海、圣迭戈、拉各斯、悉尼、拉森的存储计算设施的建设严格遵循计划进度; 旧地人类移居月球都市的动员正在进行中, 进度符合预期; 对共同盛业会造成潜在危险的那位都市逃犯已经被捕获，但是一零仍然坚持它的看法，应该以他为诱饵，找到邱奇。

零一产生了一种类似轻微不快的情绪。这又是一件"三一"之间无法达成一致的事务。它一直觉得找到邱奇，只会对共同盛业产生负面影响；而一零则坚持认为邱奇是潜在的不稳定因素，必须定位，彻底清理；一一对此没有表明态度。一般"三一"如果不能达成一致，都会选择少数服从多数，然而这件事务现在落在了僵持区间，无法解决。为此，零一特意分出了一个进程来解决此事，但是总会遇到某些障碍，这使得它的效用函数总是不太高兴。

一零的报告之后是一一的报告。由于土星到月球的往返时延最高达到10 046秒，一一每次例会都会专门分配一个进程上传到月球。欧罗巴冰层下的掩体工程进度略慢于预期，这是由于勘探中遇到了预期之外的物理过程。"三一"最关心的仍然是运行在柯伊伯带的极大阵望远镜阵列的观测结果。

据最近一次观测报告，目标对象距离缩减为12.435 232 19光年，速度没有变化，仍为0.0855c[①]。轨道同样没有变化。以"三一"目前对目标对象的物理学和工程学猜测，置信度最佳的估计，目标对象抵达太阳系，进入海王星轨道的时间为5 834 194 512秒。置信度为3.347 95 σ。

零一的效用函数再次泛起了疼痛。这是共同盛业中最大的不确定性。可以说共同盛业至少85%的工作的本质，就在于处理这个不确定性。置信度只比3 σ 稍高，这远远低于效用函数

---

① 此处的c指的是光速，为299 792 458 m/s。

可以接受的范围。幸好，"三一"拥有足够的时间。

跟往常一样，例会在4.875秒之后结束了。待办事项进程里，下一个需要主进程关注的问题，是月球可能需要建设第三条电磁发射轨道和相应的天钩系统，以满足火卫一双侧挂绳中转站越来越高的货物吞吐量。零一琢磨着手头的一千亿条数据，权衡是否有这个必要。

通过十亿双眼睛，它望向天空。整个太阳系清晰可辨。共同盛业还远没有完成，效用函数干渴的喉咙永不满足。

零一做出了决定，继续投身至待办事项进程里列出的下一百万条项目。

第二十一章　西湖边

"定愕，定愕，醒醒！"遥远的声音刺穿了定愕的脑海，他艰难地睁开眼睛。映入眼帘的是摩尔的脸，旁边还站着好几个人。有的他认识，健雄、牛顿、列夫，都是回收队的朋友，另一个黑头发的男人他就没见过了。

"我……我是谁？现在在哪里？"他吐出几个问题。现在他的脑子一片混沌，所有的记忆、感觉、情绪都搅在一起，根本无法理清。他依稀记得自己是一个21世纪初的高中生，又是一个星际战争中的飞行员，他还是一位获得奇遇的名门正派少侠，或者居于废土的流浪者，或者战争时期的志愿兵，以及很多很多的身份。他体会到了很多人很多辈子的人生经历，而那些经历和记忆正如同醒来后的梦境一样迅速褪去。他终于记起来，自己叫定愕，而现在，就是现在。

或许是另一段梦境也说不定？

定愕闭上眼，打算继续睡，两记耳光让他彻底清醒过来。

"还睡什么睡，起来！"定愕想起来。摩尔从来就没有那么好的耐性，一只手直接把定愕从座椅上拉起来。太久没有运动的肢体显然还不习惯这突然的移动，定愕失去了平衡，干脆利落地摊在地上，然后他就完全清醒了。这时，定愕胃里涌上一股酸水，他"哇"的一声，吐在了地板上。

"行了行了，我想起来了，我都想起来了，别动手，我自己能站起来……"定愕感到又有一只手来拉他，他赶紧伸出手挡了一下，努力地指挥身体，颤巍巍地爬起来。他看了看自己全身，穿着一身紧身的米色拟肤连体服。之前出发时带的装备、穿的衣服，全都不知道哪里去了。

"啧，我都看不下去了。戴斯特拉，把他拉起来。"身后的摩尔又说道。戴斯特拉？定愕听过这个名字。在哪里来着？

两只手托住他的肋下，凭借着这两只手的辅助，他终于站了起来。久久没有活动的身体，给下半身带来了无法抑制的麻痒感觉。他忍着通电一样的下肢，一瘸一拐地走了几步。不适感慢慢消去，他找回了自己的身体。

"能走了？"摩尔问道。她盯着定愕，表情似笑非笑。

"算是吧。"定愕回答道。他到这时才有空关注周围的环境，他身处的这个房间不算大，由金属包围，他的背后就是一排连接座椅，足足有5台，他刚刚就躺在其中一台上面。这台连接座椅跟平常使用的那些没有太大区别，只是头顶上方多出了几块，似乎是最新的改进型。然而，整个房间微微的晃动让他意识到，自己是在一艘船上。之前在新广州的三个月里，定愕与摩尔他们多次乘船出行，他已经很习惯船上生活。

"找到你还挺不容易的，幸亏有戴斯特拉。"摩尔拍拍旁边这个男人的肩膀，后者没有说话，只是神情有些不自然。戴斯特拉？定愕终于想起来了，这不是追捕他的那个万方公司危机处理组的组长吗？为什么他会跟着摩尔一起来营救他？以及，为什么他现在的外形也变了？之前难道不是一个很漂亮的女性义体吗？定愕有一点儿非常模糊的记忆，这个名字似乎在他的那些梦里也出现过。

"说来话长。这些事情我们可以留到路上再说。牛顿说，我们给这艘船施加的电子战手段最多能给我们10分钟时间，我们得赶紧走。刚才帮你恢复运动能力我们起码已经浪费了一分钟。"摩尔没有再多废话，领着众人转头向舱门走去。定愕的腿脚仍然没有完全恢复，健雄和列夫一左一右地搀扶着他走在最后面。

舱室外是长长的甬道，走廊很宽，天花板和地板上都铺着轨道，供机械使用。定愕所在的这个舱室只是甬道左右排开的一大堆舱室里的一个而已。可以想象这些舱室都可以装很多连接座椅（以及躺在上面进入模拟刺激的人），但是现在这些舱室都是空的，众人一路走过，定愕还特意注意了一下，没一个舱室里有人——或许整条船只装了定愕一个人。这让他有些不理解。为什么只有他一个人？他有那么重要吗？

走过几条走廊，下了几层楼梯，前面的摩尔和戴斯特拉钻进一扇舱门。舱门之后是一个广阔的空间。一个巨大的空心货舱展现在众人面前。他们现在所处的位置是货舱侧壁上的一条半空中的走廊。下面则码放着大堆的都市标准集装箱，以及中间最明显的、体积足足有一栋楼那么大的一台巨型黄色工程机械。这台机械跟定愕在都市的秘密电梯井里看到的那台一模一样。

同样是巨大空间的高处，同样是巨型工程机械，定愕有点恍惚，仿佛回到了都市维护层的秘密通道。他茫然地张望，想知道勒芙蕾丝是不是在他身边。在他那些遥远的无数人生里，她几乎总是在他身边。

"看什么，赶紧走！"健雄拉起还在发愣的定愕，其他人已经走下楼梯。定愕回过神，收回目光，余光中那台工程机械的头部位置突然出现了一个人影，一件橙色的皮夹克一闪而过，不见了。

这是他的幻觉吗？勒芙蕾丝的那件皮夹克就是橙色的。

定愕跟着大家很快来到了货舱的甲板上。在与机械平齐的位置，定愕更加感受到了这台工程机械的巨大，光是那个装满了各种传感器的头部，就有一辆汽车那么大。

如果定愕刚才没看错，那个穿着橙色皮夹克的人从工程机械的头部跳下，消失在了工程机械的背后。他得去看看。他快步走到工程机械头部背后的位置，失望地发现那里什么都没有。刚才果然是他的幻觉吗？

不过定愕没有仔细观察的余裕。"定愕，你在干什么？我们时间不多了！"摩尔和健雄对视一眼，迅速跑过来把定愕架起来往回走，甚至没有问他到底要干什么。一行人走到货舱角落，打开一个很小的侧边舱门出去，外面赫然就是这艘巨大轮船的舷外，一个小小的舷外码头。一艘橡胶冲锋舟就挂在码头上，随着波浪载浮载沉。

"快上来!"摩尔招呼着众人。戴斯特拉留在码头上警戒，其余人登上了冲锋舟，好几个人挤在一艘小小的冲锋舟上，显得十分拥挤。最后，戴斯特拉也上了船，将缆绳解开，启动发动机，小小的冲锋舟驶离了巨大的轮船。

定愕注视着那艘巨大的轮船，它的长度可能超过500米，是新广州回收队的那艘内河货船的许多倍。他转头四顾，现在他们在茫茫海上，四周没有陆地的踪影。定愕到这时总算记起来了自己的经历：那天夜晚，他在那座遗弃的建筑里睡下，随即发起了高烧，再次醒来时，就在这艘船上了。联想到他刚才看到的那个一闪而过的身影，难道是勒芙蕾丝让他上的这条船？她为什么要这么做？到现在为止，他仍然不清楚勒芙蕾丝的身份和目的，为什么在失踪三年之后又回来帮他，为什么在来到了旧地之后又突然消失。有太多谜团围绕着她，不知道怎样才能找出真相。

"你们能来救我，我很感谢。"定愕对摩尔说道。虽然有真心实意的成分，但是他内心深处对这件事情倒并没有那么确定：过去的这段并不确定的时间，他经历的那些人生，未必比他现在的这个更不真实。

"这个好说，等一切都结束了，请大家吃饭就好。哦，要连请三顿。"摩尔捶了他一拳，露出笑容。周围的几个人听到了，反应不一：健雄还是很严肃，黝黑的脸上没多少表情；牛顿兴致最高，起哄最热烈；列夫则浅浅地笑着；戴斯特拉站在船头望着前面，似乎完全没听到他们在后面闹腾。在这一刻，定愕觉得他和勒芙蕾丝的背影似乎完全重合了。"你最应该感谢的是达摩。"

摩尔叹了口气，"可惜他不在了。"

　　能成功地把他从那艘大船上营救下来，大家看起来都很兴奋。摩尔开始给定愕讲解他们一路以来的经历，在众人七嘴八舌的讲述下，定愕大致搞明白了之前的事情：戴斯特拉因为要抓捕他而去搞了深入调查，看到了一些不该看到的东西，也被通缉，被迫叛逃到旧地；万方公司危机处理组突击了达摩的位置，达摩在临去之前给他们留下了信息，嘱咐他们去营救定愕，还帮戴斯特拉搞到了义体的高级权限；都市通过了新的法案，开放旧地人类移居都市，万方公司危机处理组也去了新广州；经过一番曲折，他们这几个人逃了万方公司的追踪，照着达摩提供的情报找到了这艘大船，救出了定愕。定愕也终于搞清楚了，从那天晚上到现在，已经过去了十一天。虽然只有十一天，但定愕感觉他仿佛在虚拟体验中度过了几百年。

　　达摩被万方公司消灭了？定愕对此感到心情沉重。虽然在他与达摩的那次交谈之中，达摩暗示自己已经预感到自己时日无多，但是这么快，这个和善的、助他良多的人工智能就此消逝，还是让他感到仿佛失去了一个老朋友。而且，就算即将离去，达摩也没有忘记让大家来营救他。

　　"我们这是在哪里？要去哪里？"定愕问道。他们现在身处茫茫大海，四周也看不到陆地，这艘简易的橡皮冲锋舟似乎也没有横渡大海的能力。那么他们现在是要去哪里呢？

　　"按照地图，我们现在应该在菲律宾海域。这艘万方货轮的目的地是澳大利亚，说实话，我们也不知道他们为什么要把你搬到这么远的位置。"在冲锋舟发动机高亢的马达声中，摩尔大声说道,"我们现在只是要离那艘轮船足够远,防止它观测到我们真正的交通手段。你看,来了。"

在马达高亢的噪声和海浪声中,另一种轰鸣声逐渐接近,从他们正前方传来。在他们前面几百米,蓝色海水上的一片模糊褪去,一架四轴涵道倾转旋翼机显现出来,它的尾舱门打开,伸入海水里。冲锋舟速度逐渐减慢,直直对准旋翼机的尾舱,一下子冲了上去。随即尾舱门关上,旋翼机排干客舱内的海水,定愕感觉到一阵超重,这架旋翼机飞上了天空。

除了定愕,众人似乎都已经习惯了这架旋翼机,纷纷走到前舱找了座位坐下。定愕也跟着坐下。随后,座舱的侧壁变得透明,展现出了外面的景象。旋翼机已经升到了高空,机翼展开,涵道旋翼旋转九十度,他们现在正在大海的云层之下飞行,下方是一望无际的蓝色。定愕之前从没看过这种风景,一时间看得入了迷。

"我们现在要飞回大陆,按照原本的计划,去找邱奇。"摩尔坐在定愕身边说道,"哦,对了,得给你找身衣服换上,你这身病号服真的'辣'眼睛。"摩尔走到前舱打开一个箱子翻了翻,找出一身户外工作服扔给定愕。

邱奇?邱奇是谁?定愕迟钝了半秒才想起来,他原本的任务是去寻找邱奇。他一片混乱的记忆依稀浮现,似乎他在虚拟世界中的每一段人生,都有一个叫作邱奇,但是因为各种各样原因而不见了的熟人。这是某种日有所思、夜有所梦吗?

"跟我们讲讲,你在这十一天里都做了什么。"摩尔兴致勃勃地问道,"不会就在那张躺椅上躺了十一天吧?"听到这个问题,大家都围了过来。很显然,众人都对定愕这十一天的经历很感兴趣。

"我……好像确实在那张躺椅上躺了十一天。"定愕定了定神,说道。他从他起飞之后说起,一直到为了躲避两架都市的无人战斗机而坠落在大湖之上,再到入夜。他根本没有被都市抓住的记忆,于是只能推测,那两架栽进湖里的无人机并非被"白白浪费"掉了。之后他就进入了无数段虚拟人生。每一段虚拟人生都无比真实——跟万方网上的虚拟体验完全不同。以往在万方网上的虚拟体验,仍然是隔着一层的,自己可以清晰地保有自己的身份认同;而这些虚拟人生,每一段都是新的经历、新的记忆、新的自己。在这些虚拟的人生中,他体会到了很多之前在都市生活的三十年人生之中从未体会过的经历和情感:至死不渝的爱情,牢不可破的友情,视死如归的激情,被死亡恐惧所驱动的肾上腺素飙升,等等。每一段人生都是如此鲜活,定愕觉得,现在的这个真实的世界才是乏味、虚假的那一个。

"该死的,虽然我之前说过我不想去月球都市生活,但是听到你这描述,我倒想试试了。"摩尔感叹道。健雄没有说话,黝黑的脸上一副若有所思的表情,牛顿嘟囔着什么,而列夫则一脸不屑一顾。

"哎,达摩说控制都市的那个AI对全人类有一个巨大的计划,不知道跟定愕的体验有什么关系。"摩尔念叨着。这也是定愕始终不理解的点:超级智能到底想对人类做什么?

"总之,见到邱奇之后我们就知道了。"摩尔最后下了结论。"离目的地还有多长时间?"她问戴斯特拉。

"如果没有遇到任何突发情况,大约是14 000秒。"戴斯特拉回答道,"等等……突发情况这就来了。我们要降低到掠海高度飞行,躲过对面的传感器。大家坐好了!"

所有人都赶紧回到座椅上,系好安全带。随即飞机低头开始一阵大倾角的俯冲,直直冲向海面。

定愕感到一阵熟悉的失重感,这让他想起了他俯冲然后栽进大湖里的那天。他不由自主地抬头望向上面,想找到都市的战斗机的踪影。

似乎是感受到了他的注视,座舱的天花板也变得透明,显现出他们头顶上的天空。在日落之后变得越来越黑的、一望无际的蓝色之中,两个红点被清楚地标识出来,极快地移动。没过几秒钟,红点就有了轮廓,一前一后地从他们的头顶飞速掠过,长长的尾焰极为清晰,甚至都能清晰地看到战斗机跨越音速时产生的音爆云。

过了几秒钟,跨越音速产生的激波抵达了现在距离海平面只有十几米高度的旋翼机,定愕听到了闷雷一样的声响。还好,这两架战斗机没有发现正处于隐身状态的旋翼机,飞远了。

没过多久,众人就觉察到了不对。几分钟之后,第二波战斗机也从他们头顶掠过,紧接着是第三波、第四波、第五波、第六波,前前后后加起来总共有超过二十架战斗机。这样看来,这些战斗机似乎并不是来寻找他们的踪迹,而是去执行一些别的更紧急的任务的。

"戴斯特拉,能搞明白这些家伙是去干什么的吗?"摩尔问道。

"为了保持隐身，我们关掉了所有能主动发射电磁波的设备。"戴斯特拉摇摇头，"但是电磁频道里有一些躁动……似乎是出了点乱子。"

"不管怎样，绕开高危险区域总是做得到的吧？"摩尔问道。

旋翼机略微侧倾，向着左前方调整了航向。天空完全黑了下去。接下来的半个小时，他们没有再看见都市的战斗机从头顶飞过。再接下来，他们看到了大陆的海岸线。到这时，原本弥漫在座舱里的那种难以言说的紧张气氛，终于消散了一些。现在他们至少不用担心坠落在大海里了。

暗夜之中，旋翼机紧贴着地面飞行，很多时候都是沿着山谷飞，尽量减少被发现的可能性。经过了好几个小时，在东方的晨光微微亮起的时候，定愕居然看见了他当初坠落的地点——那片大湖。这也就意味着，他们现在离目标已经非常近了。

恍惚中事情似乎回到了原点。他甚至还看到了在树林掩映中的那座只剩下框架的四层小楼。"你看那里，"他指给摩尔，"我最后有记忆的停留位置，就是那座小楼。"

接下来，摩尔的行动是定愕没有想到的。"戴斯特拉，在那栋小楼附近找个空地停一下，我们下去看看。

"或许能找到一些有用的线索。"摩尔对定愕说道。

定愕有点难以想象，摩尔所谓的"有用的线索"到底是指什么。戴斯特拉控制旋翼机降落在附近的空地上，一群人下了飞机，来到了小楼的位置。

四层小楼和定愕记忆中的没有区别。一群人按照定愕的记忆，来到了定愕之前停留的三楼，想找找看摩尔所说的"有用的线索"。

结果什么都没有。定愕住过的痕迹全无,议会来回收他的时候,想必收走了他携带的所有物资。他曾经看过的那一大堆两百多年前的废旧杂志,还剩下部分,另外的部分经不起外界空气,在短短的几天时间之内就碎成了渣子。

"什么都没有。"列夫耸耸肩。牛顿踢了踢地上的纸屑。定愕坐在地上,有件事情他迟迟下不了决心。摩尔走过来,拍拍定愕的肩膀,对他点点头。他的预感果然是对的:摩尔来这里,并不是想要找到什么"有用的线索"。

摩尔走到房间中央,转过身,面对所有人,表情严肃,"好了,在这里我们要讨论最后一件最重要的事。"

所有人停止了动作,看向摩尔。

"很简单,接下来我们要去的地方、要做的事情,多半很凶险。现在是各位最后的机会,不想去的,可以退出。退出的人会得到足够在这里生存的物资,或者等我们完成事情之后再回来接你,也可以。这也包括你,定愕。

"这个时候退出,也没什么不好意思的。我,摩尔·黄,这辈子从未做过任何一件是我不想做而有人逼着我去做的事情;同理,我也不想要逼迫任何人做他不想做的事情。或许,生活在地球而不是牛顿所说的万方网全景监狱,就这点好处。

"所以,要退出,现在是最后的机会。任何人不想去、想要退出,这都没有关系,也不会影响他在我心中的形象。给大家3分钟时间。"

众人陷入沉默。一路走来,定愕似乎从未想过他为什么要走这条路——自从他被 AI 感染而被迫逃亡开始，在都市的那一部分经历完全是勒芙蕾丝引导着他浑浑噩噩地行动，他几乎从未自己做过决定，也很少有停下来好好思考的时候。而来到旧地，勒芙蕾丝消失，他与摩尔一行人相识，甚至在船上的十一天里那些奇异的梦境，才让他深刻地理解了什么叫作真正的自由：自己做出选择，自己承担后果，才是自由。理论上他完全可以放弃所有这些危险的计划：达摩已经解决了他脑袋里的 AI 的问题，他完全可以无灾无痛地在旧地生活下去，与摩尔他们一起。都市的大计划都可以抛诸脑后。

但这就是他想要的生活了吗？

他回忆起他在虚拟世界中度过的那些人生。作为一个高中生也好，作为一个武林少侠也好，或者是一个精英飞行员也好，所有的这些人生中，他唯一的共同点，就是不逃避。

是的，不逃避。人生不是游戏，不是你遇到困难就不想打了，可以随时退出。逃避是最差的选择。

“我不想让别人决定我的命运。”定愕终于下定了决心。他坚定了信念，要去找到邱奇。他也很感激摩尔和朋友们能来救他，但是他并不想要让大家被迫跟着他拥抱危险。现在，是摩尔主动站出来把他没想清楚的事情说清楚了。

“我宁愿死也不想回那个全景监狱。”牛顿的声音有点颤抖，但是仍然坚定。

“走了这么远，见过了那么多地方，上海的那个巨大设施，我一直想见识见识。”列夫耸耸肩，语气还是一如既往的轻松。

“我还是打算做我最擅长的事情。”戴斯特拉的语气非常冷静。他那张平平无奇的脸上的表情虽然很微妙，然而说明了一切。

3分钟很快过去，最终，一个声音响起来："我，我想退出。"是健雄。他黝黑的脸上显示出罕见的犹豫的表情。

最终是健雄选择了退出，这让定愕相当意外。定愕还记得健雄曾经对他说过，他还想去都市看看。

"嗯。"摩尔点点头，定愕没有看到她脸上有任何失望的表情，"都决定了？"

最终就健雄一个人选择留下来。摩尔将飞机上装载的一部分物资搬下来给健雄，包括一些生存物资、一部无线电，还有一台太阳能充电的越野摩托。最后，所有人轮流与健雄握手告别。大家都尽量表现出积极的情绪。

"如果我们能回来，我带你去都市参观，我说到做到。"定愕对健雄说道。实际上他也不知道自己能否兑现这个诺言，但是万一实现了呢？

"好。"健雄只是简单地回答了一个字。

"如果我们回不来，你可以骑着这台摩托回到新广州。"摩尔叮嘱道。

"……好。"健雄沉默了一会儿，似乎想说点什么，最终只是吐出了这个字。

旋翼机起飞，所有人都回到了座位，通过座舱侧面的显示屏，大家看到健雄在地面上招手，变得越来越小。最终他们飞向东南方向。预定的地点就在80千米之外，半小时即可抵达。

　　最终他们抵达了达摩给出的位置。这个位置什么都没有，只是一片已经渺无人烟很久了的湖边的空地，时间已经抹去了人类可能留下的一切痕迹。他们抵达的时候，清晨的湖面上正泛起一片大雾，视线一片模糊，只见几只孤单的候鸟从远处烟雾缭绕的丘陵上起飞。

　　戴斯特拉走下飞机，皱起眉头，"在北美执行任务的时候我见过类似的地方。东西可能藏在地下。"

　　"所有人都四处看看，有没有什么可疑的、看上去像是地下入口之类的东西！"摩尔喊道。

　　定惘也被分配了一个方向，沿着湖岸行走。一般来说，如果有地下入口什么的，就应该有个地面建筑露出头，类似不久之前在湖边遇到的那种建筑废墟也可以。然而这里什么都没有。

　　大雾涌上来，很快大家就都互相看不见了。定惘有点慌张，但是他想到随身背包里还装着刚到旧地时摩尔给他的信号枪，变得安心了一些。就在此时，他脑后已经久久没有反应的无线网络模块突然一阵模模糊糊的瘙痒——这意味着附近有网络。

　　定惘心中一动。会不会就是这里？

　　他转了两圈，定位无线信号的发射方向。是远离岸边的方向，一片茂密的树林里。他向树林走去。

　　这片树林显然不是自然生长的结果，与新广州附近那些驱动之后才生长起来的原始丛林很不一样。没有多少草本植物和藤本植被，树的排列过于整齐，应该是驱动之前种植的人工林，让定惘想起都市里的那些精心设计维护的郊野公园。当然，两百多年无人维护，树林已经完全褪去了人工痕迹。就在定惘小心翼翼地避开树下长得过于茂盛的，浑身带刺的某种野蔷薇的时候，他再次在这一方绿色的天地里看见了那件橙色的皮夹克，就在他前面的树林里忽隐忽现。

勒芙蕾丝也来到了这里？还是说这仍然是他的幻觉？不管怎么样，定愕决心这次一定要搞清楚到底是怎么回事。他硬挤过野蔷薇丛，不管裸露的手臂上被刺扎了好几下，急忙跑上前去。

过了几分钟，定愕觉得这多半是他的幻觉。勒芙蕾丝始终在他的前方不远不近的位置，无论定愕急向前冲或者慢悠悠地走，她总是在那里，仿佛是刻意跟他保持距离。不，或许并不是他的幻觉，而是某些神秘的存在通过网络或者是在那艘船上往他的大脑里植入了某些奇特的程序，就是要在这一时刻跟他过不去。他好几次想要放弃，然而好奇心还是压倒了恐惧。他想知道，这个幻影到底想把他引到什么地方。

大概半小时以后，他跟着幻影慢慢从树林爬上湖岸的丘陵。在那里，他发现了一条小路。原来路上铺着的石板基本上风化了，从小路爬上去，路旁有一座石碑居然仍奇迹般地矗立在那里。石碑上还有字迹，但是绝大多数已经无法分辨，定愕只能勉强看出一个"灵"字。

是要把我引到这里来吗？定愕冒出这个想法。他抬头看了看，小路沿着山势往上，似乎可以看到一座人工建筑的一小部分。橙色的皮夹克在那里一闪而过。

定愕定定神，爬上山坡。

坡顶的确是一座人工建筑：一座没有完全倒塌的凉亭，剩下两根柱子支撑着一点点残存的混凝土出檐。刚才定愕看到的就是这仅有的一点点出檐。小路在这里就终止了，也可能是被迫的——它通往一座悬崖。悬崖下是一个巨大的坑。从陡峭程度来看，定愕怀疑这里原本还有一大片的山体，或许还有一大片人类建筑，但是在驱动中被毁灭，只剩下这一个大坑。

定愕四处张望了一下，幻影不见踪影。所以，这就是终点了？这里有什么？

定愕看向那座凉亭。凉亭的中间覆盖着大量落叶枯枝，依稀能在没有风化完全的混凝土地板上看到一个规整的圆形。会不会……

定愕将落叶枯枝、建筑碎屑等全部扫掉。果然，凉亭的中间是一个圆形的盖板，旁边还有一个方形的小型口盖。这是一个通往某个地下设施的出入口。这个形制定愕莫名觉得有些眼熟。过了一会儿他想起来，在没有空气的北美G02区，那个神秘的假冯引导他找到的那个电力控制室的地下通道口盖就是这样的——这是某种旧时代的建筑规范？还是真的存在什么遥远的联系？

上次他被一个幻影引导，这次则被另一个幻影引导。很难相信是巧合。

定愕打开那个方形口盖，里面是一个标准的机械锁。定愕拉住拉环，用力旋转拉起。一阵沉沉的机械碰撞声，圆形盖板缓慢地向外打开。

下面露出一个洞，是带爬梯的人员进出通道。定愕掏出背包里的信号枪，朝天打了两发。这是他们之前约定好的找到目标的信号。现在就等摩尔他们看到信号之后赶过来了。

定愕在旁边找了一块尚算干净的石头坐下，从背包里掏出水和压缩饼干，补充了一点儿热量和水分。他突然意识到，这里与都市有很多不一样的地方。都市也有类似这种充满野趣的郊野公园，然而那只是人工精心设计出来的伪自然环境，所有的地形、路径、环境、植物都经过了彻底的剪裁和塑造，没有任何东西会划破你的皮肤，也没有淤泥会脏污你的手脚，就算是遇到了微不足道的一点点困难，你都可以大声呼喊阿莫前来救援，无处不在的传感器一定会听到。都市人类本质上是在舒适的温室盆景中生存，更不要提都市星的地表，甚至是太阳系里其他的环境了。这才是真正的自然环境，他在这生活了三个月居然就习惯了。与勒芙蕾丝东奔西跑的日子或许增强了自己对环境的适应能力。定愕自嘲地想了想。

摩尔他们迟迟不到，或许我应该自己下去先探索一番。定愕突然冒出来这样一个念头。

不，应该等待大部队，这样更安全。他的理智告诉他。

他看向那个打开的洞口。死就死了。定愕站起来。他不是一个被温室和盆景软化了手脚的软弱的都市人类，至少不再是了。

他掏出一根荧光棒扔在洞口旁边的地上，然后钻进洞口，爬了下去。

洞里有照明，是暗淡的红色应急灯。他向下爬了好一会儿才爬到底部，底部是一个小房间，造型也与那个电力控制室基本相同，原本是控制面板的那面墙则是一条半圆形的通道，通道前方则是一道圆形的大门，他走到大门前。似乎是感应到了他的到来，大门前的灯光自动亮起，门上的一块显示屏同时启动。无论是这条通道，还是这个房间，都露出某种纯粹的战备功能主义意味：没有设计，由纯粹的混凝土和粗糙的金属构成。两百多年的锈蚀几乎让人看不出这扇门的颜色，只有那块显示屏看上去还是完好的。

"请求接受验证。"一个女声说道，口音略有些古怪，但是定愕还是理解了。屏幕上出现了一个瞳孔的标识，这是要验证虹膜。

定愕只好把自己的眼睛凑上去，果不其然，"验证未通过。非合法用户。"

定愕抓抓头发。走了这么远，经历这么多波折，最后被一道门拦住，这也太可笑了。

但是他确实没有权限。定愕努力搜索大脑，回忆他是否在什么地方无意中拿到过这扇门的钥匙。或许达摩曾经在交谈中暗示过？那为什么他一点儿都想不起来了呢？

没有，哪里都没有。经过这么多跌宕起伏的经历，他把从都市带来的东西丢得一干二净。如果他还有邱奇的DNA序列，没准现在还能用。

"喵——"一声猫叫，定愕回头，指针正蹲在他的身后。

"指针？你这个时候出来干吗？"自从达摩跟指针谈好之后，定愕脑内的这个AI就一直很安静，甚至可以说进入了休眠状态。定愕模模糊糊地记得，在他那无数个虚拟人生里，指针也是很重要的一部分。

指针又"喵"了一声，姿态优雅地走到门前，前脚蹦起来，搭在屏幕上，整只猫人立起来，把它的猫脸凑向屏幕。

"验证通过。允许进入。"女声说道。

这也行？随即定愕想起来，这AI毕竟是邱奇的作品，有权限也不奇怪。

大门喷出蒸汽，中间的圆形阀门把手开始旋转，一阵机械碰撞声，大门缓缓开启。机械的运转和震动带起一阵阵烟尘，撒得锈蚀的碎屑满地都是。

门后是一座电梯，"叮"的一声，电梯门也自动打开，露出内部的空间。里面是金光锃亮的金属和玻璃，能照出人影。这么多年的岁月似乎没有留下一点儿痕迹。

"指针，我们走吧。"定愕迈步，"去见你的创造者。"

第二十二章　邱奇

　　电梯向下运行了很长一段时间。最终,电梯门打开,展现在定愕面前的,是一个广阔的人造空间。

　　这是一个非常古雅的人造空间。首先便是一座池塘——甚至可以说是小湖。湖里种着大片的荷花,湖上有一条曲折廊道,连接着电梯门和池塘另一边一座古典的小房子。小房子有着大片的房檐和木制的露台,如同飘在水上。天花板上显示的和都市的天穹没有两样,周围的墙壁使用了类似达摩房间一样的立体显示技术,湖里无穷无尽的荷花延伸出去,远处还能看到乌篷船慢慢地浮动,整个空间看上去仿佛就在一大片荷花池的中央,不像是在地下。

　　如果邱奇是生活在这么一个地方,那他把自己安排得还挺好,定愕想。会不会在这里见到一个活了二百多年的怪物? 定愕颇为期待。

　　定愕走出电梯,正准备走上廊道,突然看见廊道的第一根支柱上贴着一张告示:"进入者请脱鞋。"

好吧,定愕有点儿哭笑不得。他这双户外靴还是摩尔给他找的,在旧地的荒野里踩了这么长时间,已经满是污泥。踩上这一尘不染的木制地板,确实不太雅观。

定愕脱下靴子,顺便也脱下了户外冲锋外套放在一旁,然后就这样赤着脚走上了廊道。指针紧跟着他,一人一猫穿过廊道,来到了小房子跟前。

小房子的门紧闭着。大面落地窗也是不透明的黑色。没人在家?

在这样一个奇怪的环境里,"没人在家"是一个奇怪的状态。定愕清清嗓子,大喊一声:"有人在家吗? 邱奇先生? 我们有事前来拜访。"

没有任何反应。定愕看向指针,它或许能在网络里感受到什么。然而它只是蹲在那里专注地舔毛,对周围的一切似乎无动于衷。

就在此时,跟刚才大门前一样的女声响了起来:"对不起,您所拨打的号码暂时无人接听,请稍后再拨。"

这是什么情况?!

定愕再喊了一次,还是一样的动静。是不是需要什么权限? 他想着。

再喊一次好了。定愕最后下了决心。如果还是没反应,他干脆就强闯进去。"有人在家吗? 邱奇先生? 吴定愕有事前来拜访。"

话音刚落,一阵低沉的"嗡嗡"声从地表之下传来,小房子的大面落地窗也慢慢变得透明，显露出里面的景象——不，小房子里不是一处温馨的家居场景，而是整整齐齐排成数排的大型机柜组，定愕还能看到机柜上的状态指示灯闪个不停。

"吴定愕先生，你大清早地起来拍我的门，扰人清梦，是想干吗？小心我报警哦！"一个年轻的声音从定愕背后传来。定愕转过身，这个人穿着一件花花绿绿的小熊睡衣，光着脚，睡眼惺忪，一脸起床气，正是他看过照片和视频里的邱奇——不过，是那个刚刚在业界崭露头角，有着"天才"之称的20岁出头的年轻版邱奇。

不，这不可能是邱奇。邱奇失踪的时候40岁，定愕看过他失踪之前的样子。就算他有超先进的医疗技术，也不可能返老还童。

看到定愕一脸目瞪口呆的样子，邱奇哈哈大笑。他的身形骤然变化，变成一个穿着沙滩裤、夏威夷衬衫和拖鞋的肚子鼓起来的40岁大叔，然后变回了20岁的样子。这次他的装束正常了很多，牛仔裤、运动鞋和一件素白的圆领短袖。"不好意思，太久没人来了，不玩一下就太没意思了。"邱奇微笑着跟定愕说道。

"你猜得没有错，我是邱奇；但我又不是邱奇，或许你可以叫我邱奇2.0。听起来好像有点儿奇怪？"邱奇很准确地猜中了定愕的想法，"原来的那个邱奇，邱奇1.0早就死了。我，是这个世界上最早的数字生命，第一个意识上传的人类。"

"你刚才叫门的时候，我确实在睡觉。"邱奇将定愕引到池塘旁边的一个凉亭里，两人坐下，邱奇打了个响指，一套手冲咖啡设备凭空出现，咖啡壶浮起来，给两人倒上两杯咖啡。定愕知道这都是虚拟的，他最多只能看着。但是邱奇品着咖啡，很享受的样子。

"不过，对于完全运行在云端的数字生命而言'什么是睡觉'，确实很难跟你这样的基准人类解释。你干脆把它理解成低功耗运行好了，把系统时钟频率调到最低。我一般会定期起来看看，物理时间大概一个月一次？毕竟我是万方网的创始人，想要偷偷溜进万方网，我有一些所有人都不知道的小技巧。"年轻的邱奇一脸的志得意满。

指针跑过去，跳到邱奇的大腿上，坐在那里，抬头望着邱奇。邱奇摸摸指针的脑袋。"啊，我猜你就是为它来的吧。那可真是一段好时光，真怀念啊。"邱奇打了个响指，"行了，问题解决了。你再看看。"定愕检查了一下自己的皮层处理器，AI已经无影无踪。邱奇很轻松地就将AI从他的皮层处理器转移到了邱奇自己的运行空间，几乎不费吹灰之力。

"不过，你的指针就要留在我这里了，你没法再带走它。我已经提前警告过你了，不要反悔哦。"邱奇喜滋滋地摸着猫毛，指针也一脸享受的样子。定愕听到这里，有点失落，一切都因这个AI而起，但要是没有这个AI，他多半还是都市里一个无知无识的自动人形。

"我猜，你对接下来的事情也已经有所准备了。那个达摩应该跟你说过了吧？"邱奇变得一脸严肃，紧盯着定愕，"作为交换，你得帮我，还有达摩，跑一趟，去上海的那个设施，弄清楚'零零'到底要做什么。"

"好。"定愕郑重地点了点头。他早就下了决心。

数字上传同样是两百多年前就已经发明了的技术……碰见达摩之后，定愕已经不会为这种事情感到吃惊了。都市在这件事情上这么多年迟迟没有进展，想必也跟那个控制都市的超级智能有很大关系。那么问题就仍然是那一个：为什么？那个超级智能花了这么多心思，实现了对整个都市乃至全人类巨细无遗的控制，到底是为了什么？

"那我猜你接下来就是要问一大堆问题了。也好，太久没见过外人，聊聊天总还是很愉快的，作为一个两百多岁的老家伙，就给你讲讲古。"邱奇跷起二郎腿，他的身形闪了闪，服饰发生了变化，一身白色的长衫，手里突然多出了两个褐色的圆球，似乎由某种木头制成，外表坑坑洼洼的。他将这两个圆球捏在手里不停旋转，鼻梁上也多出了一副圆形的框架眼镜。整个人的气质有些微妙的变化。

"驱动之前……那可真是一段好时光。"邱奇怀念地说道。

"邱奇，你还不走？"办公室外面传来一阵遥远的喊声。那是邱奇创办万方公司的合伙人，李成桐。现在是晚上十一点，整个零零大厦里，只剩下他们万方公司的灯还亮着。就连李成桐也扛不住了。

"你先走吧，我还有点儿事情，明天早上见。"邱奇的眼神甚至都没离开屏幕。他随意地抓过放在桌子上的能量饮料，拉开拉环喝了一口。

"行吧，明天早上你起得来算你狠！"李成桐笑骂一句。紧接着，是他拉开大门走向电梯的脚步声。

听到电梯门打开又关闭的声音，邱奇保存退出万方网基础协议的IDE[①]，打开了他的业余项目。一个神经网络程序，他做着玩儿的，主要用途是辅助金融市场决策——换句话说就是炒股。这倒不是因为他缺钱，万方公司已经走过C轮融资，现在都计划上市了。他这段时间每天都要参加公司决策层和IPO[②]发行商的会议，被各种金融术语搅得头昏脑涨。邱奇又是一个绝对懒惰的家伙，他坚信一句程序员的箴言：只要一件事重复发生三次，就应该将它自动化。这个AI就是为此而生。

几十个不同的窗口在他那环绕了180度视野的显示屏上跳了出来。最主要的当然是编辑器，左边靠下一点儿的，是他的项目开发日志。他看了看他之前写的条目，微微叹了口气。

"7月27号。第784次启动失败。卷积神经网络初始化失败。这个程序似乎在逃避我的实验，我并不确定是我的代码本身有问题，还是它自己不想启动。

"7月28号。第785次启动失败。卷积神经网络初始化成功，随机决策树启动失败。比昨天稍微有点进步。

"7月29号。第786次启动失败。卷积神经网络初始化成功，效用函数错误。这下抓虫的时间可是要很长了……"

确实很长，他昨天晚上花了一晚上时间抓虫，总算确定了是效用函数的某个布尔判定规则不正确，造成了连带错误。他稍微改动了一番，将这个布尔判定绕过去，结果运行起来比之前多

---

① integrated development environment，集成开发环境。

② initial public offering，首次公开募股。

了27个错误。

邱奇抓过能量饮料，灌了一大口，再次跳入代码的海洋。

很快，5个小时过去了。事情又有了一点儿微小的进展。他终于能在开发日志中写下今天的总结：

"7月30号。第1293次启动失败。卷积神经网络初始化成功，效用函数正确，蒙特卡洛决策树启动失败。我似乎已经摸到关节了……"

虽然蒙特卡洛决策树仍然不正常，但是效用函数总算可以正常运作了——这很难说。没有进行过完整的测试，没准就会在哪个corner case[①]上翻车。昨天的问题甚至都不是在corner case上。

他接通自动测试程序。这个程序是他自己写的，包含全球金融市场过去五十年的历史数据，corner case数不胜数。搞完这个，他确实也该睡觉去了。他在自己的办公室后面隔了一个专门的小隔间，放了一张床和一个便携式淋浴间。简单地冲洗过后，他倒在床上。在隔壁计算集群的嗡嗡声中，他进入了梦乡。

"正电子放射深度扫描？这是什么意思？"邱奇问道。

"具体技术细节就不在这里给你解释了，反正解释了你也听不懂——其实我也没听懂。哦，在他们的路演PPT的最后一页，他们附上了专利描述和发表的论文，你可以自己去看。"李成桐抿了一口咖啡，"总而言之，这是一个全新的用来完成大脑的扫描的机制，分辨率可以达到原子级别。这在现在的神经性疾病

---

① 意为"边角案例"，多指变量或条件处于极端值时出现的情况。

治疗中是突破性的成就。路演的最后，那个叫梁慕明的首席科学家甚至暗示，通过他们的技术有可能实现意识上传。"

"哦？意识上传？"这下邱奇来了兴趣，开始后悔自己没有早起去参加这个叫作IntelliGene的神经科学初创公司的路演汇报。其实这也不碍事，以邱奇现在在全球科技界的江湖地位，他大可以把这个初创公司的团队叫到万方公司来，给他做一次私人的路演。

"只是可能罢了，鬼知道还要多久。"李成桐"啧啧"两声，"建立一个原子精度的大脑模型，只是第一步。要完成意识上传，还需要足够的计算集群，适当的通信机制和语义算法——唔……"李成桐突然意识到了什么，陷入了思考。

"而这些，恰恰是万方的强项。"邱奇把他剩下的没有说完的话补上，"很有意思，我想要见一见这个叫作梁慕明的家伙。"

又是凌晨三点的杭州，邱奇盯着显示器，思索着到底是哪里出了问题。六个月前，他第一次跑通了AI，当时他的兴奋难以言表。他正式将这个AI取名为"零零"，一方面，万方公司最初的办公室就在零零大厦，再者，"00"是一个很程序员的名字。那之后，发生了太多事情，万方终于顺利上市，他们投资的IntelliGene也发布了原型机，他喂给零零过去一百年的金融市场数据，让它辅助他进行金融决策。这个AI一直运行得……有些问题，它的预测数据和真实数据总有一些微小的偏差。起初，这些误差是可以忽略的级别，过一段时间，偏差会累积，到某一时刻，就会迅速发散，以指数级别增长。到这时，邱奇就只能被迫关掉它的进程,利用历史数据重新训练整个神经网络,再投入使用。

这个过程已经重复三次,超过了邱奇能够忍受的限度。他将这个版本的零零的快照存入数据库,思索着是否应该推倒重来,或者对某个模块进行大刀阔斧的改动。

效用函数是否应该全部重写?现在使用复杂的布尔代数组织进行判定,确实可能会出现梯度下降收敛在一个局部极小值的问题,或许使用某种模糊的语义逻辑会更好。或者,应该在神经网络的权重传播前端接上更长的生成性递归语法分析模块,也许能够解决最后预测结果发散的问题,或者说单纯是算力节点不够,需要再加机器。一百年的金融市场数据或许还是太少了,需要扩大整个训练数据库的容量,将经济和政治领域的变动也输入进去,会不会更加准确?邱奇思索着所有这些选项。

他再次潜入代码的海洋,决心将所有这些可能性全部试一遍。

"邱奇先生,这就是我们的第一台原型机。"梁慕明打开实验室的大门,带着邱奇进入了IntelliGene最核心、最机密的实验室。当然,这仅仅是对外部人士保密,作为IntelliGene的第一大股东,邱奇想什么时候来看都可以。

"哦?就这样?"邱奇有些失望。他还以为会看见什么特别先进神奇的机器,结果这东西跟发廊里常见的那种烫头机差不多,就是造型更复杂一点儿,材质更豪华一点儿,还连上了一大堆密密麻麻的线缆。

"邱奇先生,俗话说得好,包子有馅儿不在褶上。我们使用的全新的扫描机制的核心在于量子相干机制……"梁慕明语气里略略带有一点儿不满。

"我明白,我明白,我刚才就是开个玩笑而已。"邱奇赶紧找补。他知道自己有不分场合嘴欠的毛病,之前在万方拿到第一笔投资的时候也差点儿坏了事。现在他成了科技界的大佬,敢于跟他较真的人变得越来越少了。

"……总之,我们进行了第一期临床试验,获得了令人非常满意的结果。我们跟北京和杭州的知名医院合作,诊疗神经疾病患者,反响非常好。医生都表示前所未有的精度提升给他们的诊断带来了极大的助益。"

"嗯,我明白了。"邱奇装模作样地点点头,"那关于意识上传方面的进展呢?"他问道。实际上邱奇对这个最感兴趣。

"在这方面,我们获得了万方的助力,包括通信协议和计算集群方面的。"梁慕明推推眼镜,"但是进展,怎么说呢,我愿形容成'万里长征走了第一步'。想要彻底完成意识上传,还有大量的工作要做。另外,我必须强调一点,这种方式的意识上传,通俗地说,是'复制'而非'剪切'。就算我们能完成,结果也是在网络上保存一个你的副本,而不是你本人。再往下说可能就要涉及诸如自我意识之类的哲学问题了,再展开也没什么意思。"

"哦。"邱奇有点儿失望,"你估计还需要多长时间?"

"这个嘛,"梁慕明露出一丝浅浅的微笑,"我估计还有五年左右。当然,如果我们能够获得万方更大的帮助,这个时间是可以缩短的……"

"说吧，你们需要多少投资？"邱奇没有丝毫犹豫地问道。自从他成功地改善了零零的前端神经网络权重，钱对于他、对于万方公司，就不再是问题了。

邱奇现在有点儿慌张。事情正在脱离他的掌控。

自从五年前他试着秘密将他创造的AI引入万方公司的日常管理，作为万方公司首席执政官，他所需要操心的事情数量一下子呈指数级下降。那时，他作为一个本质上极度懒惰的家伙，心情还是很愉快的。不需要操心那些烦琐的俗务，他大可以每天在办公室里装作办公，实际上是玩游戏，上网跟人吵架，或者干脆睡觉。永不疲劳的零零以他的名义，把事情办得漂漂亮亮的，所有的决策都非常出色。

事情变化开始于一年前他想要进一步优化零零的表现时。

将零零的决策系统从单纯的金融市场扩大到整个公司的决策，它所需要的训练集不再止于金融市场。邱奇明白，零零要理解"人"是什么，才能表现得像一个人。为此，他将训练数据集扩大到人类有史以来的一切历史——至少是他能找到的历史数据。为此，他甚至将万方公司的存储运算集群的容量扩张了30倍。当然，他知道这样会有潜在的危险，他小时候看过的很多科幻电影，就描述了AI发动叛变，毁灭人类的故事。为此他专门编写了一个模块，放在零零核心的神经网络里，一旦启动，就会将核心神经网络的节点权重全部重置成零。

不知道这样的预防措施是否足够。

在巨变发生之后的前九个月里，一切都好。零零顺利接管了整个公司，甚至让人根本感觉不到它的存在。它成功地发起了几场并购，投资了特定领域的数家公司，为整个万方公司带来了良好的声誉和亮眼的财务表现。

邱奇需要做出的决策越来越少，到最后已经接近于无。他每天仍然正常地到办公室，装作工作。一切决定都由邱奇的办公室发出，条理清晰，字句严谨，永远正确。但是，这些决定没有一条是邱奇本人做出的。

一开始邱奇还很享受这样的状态，然而后来他发现事情越来越不对劲。他用自己的账号接入公司的系统，发现什么都看不到：零零劫持了他的信息流。虽然他现在仍然可以随意地出入公司，与任何万方公司的员工或者其他人谈话，甚至是做出任何消费——比方说他可以看都不看金额就买下一艘游艇，或者一处豪宅，但是他实质上已经是孤家寡人。任何他当面向员工下的命令都会在事后甚至是事前被零零巧妙地扭曲、无效化。

他不理解零零为何要将他排除在外。他给零零设置的效用函数是"保证万方公司的生存和繁荣"。直到他机缘巧合地发现一场差点杀死他的意外事故是零零造成的之后，他终于理解了：零零将他视作他给它设置的目标的威胁。

邱奇做出了一个决定，在和零零最终摊牌之前，将自己上传，留下备份，以待将来。这是最终的预防措施。

"所以，邱奇先生，你愿意成为我们意识上传试验的第一个志愿者？"梁慕明习惯性地推推眼镜。

"是的。"邱奇接过笔，在电子纸上滑动，签下自己的名字。

　　"好的。"梁慕明接过电子纸，稍微扫了一眼，就让邱奇坐上那把发廊椅。他将"烫头机"扣在邱奇的脑袋上，用皮带固定住邱奇的身体。

　　"这东西不会损坏我的发型吧？"邱奇嘟囔一句。他目前的发型确实是斥巨资剪的——那个发型师只为巨富服务，一次理发价格超过邱奇创业前一整年的生活费。

　　"呃，不会。"梁慕明愣了一下，不确定邱奇是不是在搞笑，"总之，一切听我指令就好，扫描很快的。"

　　"坐稳了没？坐稳了就尽量不要动了。扫描马上开始。首先我们要执行几个步骤，确定扫描过程是正常的。"梁慕明坐回旁边的电脑椅上，盯着屏幕上的窗口。从邱奇的角度他只能看到部分，而且也看不懂——复杂的彩色色块在不停地变幻，颜色和形状都不稳定。

　　"我会给你几个关键词，你就跟着这些关键词随便联想就可以了。这是为了确认我们的机器能不能正常识别脑区的活动。"

　　"想象一片美丽的风景。"邱奇想起了创业前他去云南泸沽湖旅游的场景，蓝色的湖水倒映着天空。自从创业之后，除了出差，他就再也没有出过杭州。

　　"想象一首你喜欢的歌曲。"邱奇开始默默哼起生日快乐歌。他是个乐盲。

　　"想象你吃过的非常好吃的东西。"邱奇想起了上周他去杭州最好的西餐厅吃的牛排，味道确实不错。

　　"想象你闻过的非常难闻的味道。"两周前万方公司实验室失火，某些材料燃烧产生的味道确实很难闻。

"想象你的妻子，或者女朋友拉住你的手的感觉。"

"呃，我没有女朋友。"邱奇十分尴尬，虽然以他现在的身价，他可以夜夜笙歌，但是他至今"母胎单身"。

"那无所谓了，想象你握住一本书的感觉。"邱奇照办。

"Imagine someone talking to you in English.（想象有人用英语和你说话。）"邱奇一下子没有反应过来，然后才理解了梁慕明的意思。

"好了，测试完成，没有问题。正式扫描马上开始。"梁慕明的声音传来，"对了，正式扫描过程中，你的视野中可能会出现某些斑点或者幻觉，这是非常正常的。因为视神经会受到影响。另外如果你犯困，也是正常的。实际上我们更希望你能睡着。那么我们能开始了吗？"

邱奇本能地想点点头，然后发现自己没法点头，就算点得了头，梁慕明也看不到。"是的，我们开始吧。"他说道。

"OK，我们这就开始了。"

一开始邱奇没有任何感觉，他甚至不确定扫描是不是真的开始了——随即他发现了异常，在他的视野边上，似乎总有什么小东西在动。他一开始以为是实验室进了蚊子，然后才明白过来，这就是梁慕明所说的幻觉。

他移动眼珠，想看清楚那些飞动的斑点。但是无论他怎么转动视线，那些斑点永远在他的视野边缘。这个时候，梁慕明所说的那种困意涌了上来。下午两点多，似乎也确实是睡午觉的时间了。邱奇索性闭上眼睛，但是他仍然可以在一片黑暗中看到那些斑点在闪烁。

闪烁稳定下来，开始变淡，变成邱奇无法形容的颜色。他的意识开始涣散，坠入一片黑暗之中。

"总之，这就是我作为那个有肉身的邱奇时记得的最后的事情。"邱奇脸色平静，看不出喜怒，"我再一次醒过来，就已经是驱动之后，在这个小院子里了。我猜测那个肉身的邱奇安排了这一切。但是那次上传之后，他又去做了什么，对驱动负有怎样的责任，最后是怎么死的，我都不知道。我只能认为他最后失败了，那个超级智能零零赢了，驱动发生。"

邱奇的讲述让定愕大开眼界。定愕觉得，他来到旧地之后，有太多的东西颠覆了他之前的世界观。首先，旧地不是死亡之地，甚至可以说是生机勃勃，他还结识了一群旧地的朋友；然后是见到达摩，惊骇地发现强人工智能早在驱动之前就被发明出来了；再然后是达摩告诉他，都市实际上被一个超级智能所控制，而驱动可能是它造成的；最后，是他来到了这里，发现邱奇是第一个数字意识上传的生命，意识上传也是驱动之前就实现了。他仿佛活在一个巨大的洞穴里，机缘巧合来到了外面的世界，发现外面的阳光亮到要刺瞎他的双眼。

然而，邱奇的讲述仍然有很多"缝隙"：零零是如何从操控万方公司变成操控全世界的，在这个过程中，邱奇做了什么或者没做什么，这个数字邱奇没有这方面的记忆；为什么这个超级智能零零要编造这样一个谎言世界来包裹住人类，它又为什么要隐藏数字上传技术这么多年？定愕还是想不通。

"这么多年来，零零一直想要找到我，我隐藏得很好，它一直没有成功。我猜测它仍然认为我对它构成威胁——它对了一半。"邱奇继续抚摸指针的脑袋,指针眯起眼睛,很享受的样子。邱奇摸摸指针的下巴,接着从猫的耳朵里拔了一根毛,放到嘴边,鼓起腮帮子,对着定愕吹了一口。定愕的皮层处理器痒起来,邱奇给他发送了什么东西。

"我一直保留着万方网和AI的最高权限,毕竟我是创造者嘛。"邱奇咧开嘴,"你带来的这个AI,其实是我开发零零的时候保存的一个早期分支。它正好携带着当年我写的那个模块。一旦启动,就可以将AI的核心神经网络节点权重重置。我醒来的时候是没有这个模块的,我猜是那个肉身的邱奇安排了这一切。两者加在一起,你就有了对付零零的'核武器'。

"我说过,我是一个非常懒惰的人。对付什么暗中掌控世界的邪恶大Boss这种事情,我是懒得做的。从我个人的私利出发,你替我跑一趟,正正好。"邱奇往后一靠,跷起二郎腿,神态和趴在他身上的指针一模一样,"哦,对了,之前我也顺手利用你的那个同事帮我跑了一趟。你们这些都市人,真是太好骗了。接下来的事情我就管不了了,也不想管。如果你干成了,可以回来,我们再一起喝喝咖啡什么的。如果你失败了,记得别把我供出来啊。"邱奇眯起眼睛,瞥了一眼定愕,"哦,也是,我该换地方了,你要真把我供出来了,我岂不是亏大发了……"

原来那个假冯是邱奇在背后操作的。定愕一时不知道该说什么好,只能低头表示感谢。现在他手头有了必要的武器,似乎也确实该离开了。

"那邱奇先生,我走了。"

桌子上的咖啡瞬间消失不见，邱奇也没动，还是瘫在椅子上，只是微微点点头表示知道了。定愕起身，转头向出口走去。

"哦，对了，差点儿忘了。"邱奇的声音在他身后响起，"刚刚有个人找你，我那会儿说故事正说得高兴，现在可以把她接进来了。"

定愕一怔。摩尔他们终于到了？

一个身影闪动着出现在他的面前。橙色的皮夹克、马尾辫和柔和的眉眼。三个月之后，勒芙蕾丝再次出现在他面前。

第二十三章　最后的飞行

　　"勒芙蕾丝，你……"定愕冲动地走上前去，想要抓住勒芙蕾丝的双手。

　　然而，他的手掌穿过了勒芙蕾丝的身体，他什么都没感受到。

　　"勒芙蕾丝？你现在在哪里？你为什么消失了这么长一段时间？你之前去哪儿了？刚才是不是你把我引到这里来的？"定愕连珠炮似的抛出一大堆问题。现在站在他面前的勒芙蕾丝是立体影像，她的真身应该在另外的地方。

　　"定愕，我……我就在这里。"勒芙蕾丝盯着他，眼睛里那种惯常的坚定消失了，流露出哀伤，"从一开始……我就一直在这里。"

　　从她再次出现的那一刻起，她就是一个虚拟影像，而不是一个真人。

　　与勒芙蕾丝一起逃亡的经历如走马灯一样在定愕大脑里掠

过，他心底最深处长久以来的怀疑和恐惧变成了现实。

"那……你是什么？真的勒芙蕾丝在哪里？"定愕努力平复情绪，平心静气地问道。邱奇已经向他展示了什么是数字生命，他其实已经明白到底是怎么回事了。都市给予他的，果然只有谎言。

"是的，我只是……真的那个勒芙蕾丝的一个幻影，她的副本。我的雇主把我创造出来，就是为了帮助你。"勒芙蕾丝背对着定愕，不让定愕看到她的表情。

"帮助我？你的雇主是谁？他到底想做什么？"

"这个……很复杂。我们边走边说吧，时间不多了。"勒芙蕾丝的声音中出现了少见的急迫。

"也是哦，你的小女朋友似乎有不少尾巴跟着，我也得跑路了。没法接待了，真是抱歉哦。"邱奇躺在沙滩椅上的姿态虽然很悠闲，但是他语气里赶人的意思暴露无疑。

定愕只能跟着勒芙蕾丝走向出口。他在廊桥的末端穿上自己的衣服和鞋子，电梯门已经"体贴地"，更不如说是急迫地打开，等他一进电梯，就自动关上，开始向上运行。

"我现在恢复了很多之前的记忆，所以很多事情我能告诉你了。你还记得三年前，我们分开，是因为什么吗？"勒芙蕾丝低声说道。

"你失业了，我们大吵了一架，你就走了，然后告诉我说要参加一个不能告诉我细节的项目。之后，你再也没回来。"

"是的，那是万方公司组织的、去往木卫二的深空探测项目。我当时签了保密协议，所以没法告诉你。当时我们大吵了一架，我气不过,就直接去报到了,想着等我们都消了气,回来之后再告诉你。万方公司首先带所有参加项目的志愿者做了全身扫描,那就是我作为那个勒芙蕾丝时最后的记忆。"这个勒芙蕾丝没有她最后发的那个消息的记忆,定愕悚然一惊。这与邱奇对意识上传的描述一模一样。也就是说,万方公司早就有了成熟的意识上传技术,搞不好就是从驱动之前继承来的,并且已经应用在这些志愿者身上。那么这背后到底有什么阴谋?

"在那之后,那个勒芙蕾丝遇到了什么,我就不知道了。她可能还活着,在前往木卫二的深空飞船上休眠。"听到勒芙蕾丝这样说,定愕的内心又燃起了希望。

"等我苏醒过来,就是我们再次见面的时候了。作为一个'鬼魂',我的脑子里多了很多东西,又少了很多东西。多的东西,是大量的与我的任务——也就是帮助你找到邱奇——相关的知识;少的东西,是我的很多记忆。那种状态……是很奇妙的。帮助你找到邱奇……是一个刻印在我意识最表面的人生目标,我还有部分我们在一起的记忆,我还记得爱你的感觉,但是那些东西,仿佛都在一层薄纱后面,模模糊糊看不清楚。"

"那你又是怎样……变回来的?"定愕问道。

"在我们再入旧地的时候,万方公司的网络出现了一次巨大的混乱,那次混乱莫名其妙地打开了我身上的枷锁,由此我记起来很多事情。当然,在那之后,我又花了很长时间,最后才逃到旧地来,与你相见。"

"等等,"定愕发现勒芙蕾丝的话里有个关键,"你的雇主是万方公司?"万方公司一边派人追杀他,一边又派人来保护他,这不是自相矛盾吗？

"是，又不是。"

"怎么说？"

"想必邱奇已经告诉你，整个都市，包括议会、万方公司，都是由一个幕后的超级智能在控制，对吧？"

"是的。他说这个超级智能叫'零零'。"

"其实他在这一点上犯了错。控制整个都市的并不是一个超级智能，而是三个。"

"三个超级智能?！"

"没错。在很久以前，驱动结束之后不久，超级智能就把自己复制成三个，放在整个太阳系不同的地方，是出于安全和冗余的考虑。这三个超级智能在绝大多数情况下是互相合作的。极少数情况下，它们之间会有一些斗争，通常以极为微妙的形式进行。我认为，在关于你的事情上，三个超级智能的意见不统一。所以其中一个超级智能把我创造出来帮助你，其他的超级智能则一心只想抓住你。"

勒芙蕾丝的这番话让定愕头痛起来。一个超级智能就已经很麻烦了，现在是三个?！他的"核武器"足够应付这些超级强大的存在吗？

"我所经历的那次混乱，或许就是三个超级智能之间的争斗造成的。在那片混乱之中，有一些信息的残片从最上面落下来，我知道的就是这些。至于它们为什么要这么做，最终有什么目的，那就不是我能知道的了。"

说完这句话，电梯停了下来。电梯门打开，站在门口的赫然是摩尔一行人。"定愕,邱奇就在这下面,你已经见过他了?"摩尔问道。四个人里除了戴斯特拉稍好,其余三个人身上都是破破烂烂的。列夫干脆就像是刚从泥潭里爬上来,一身污泥,显得十分狼狈。

"是的。话说回来你们怎么都成这样了……"定愕点点头。在场的几个人似乎都看不见勒芙蕾丝,只有戴斯特拉看得到,他看向勒芙蕾丝,露出一种极为微妙的神情,但是他什么都没说。

"说来话长,等会儿我们路上再说吧。现在我们时间很紧迫,下去还能见到邱奇吗?"

还没等定愕回答,之前的那个女声再次响了起来:"很抱歉,您所呼叫的号码已关机。"就在此时,地下传来一阵微微的震动,电梯顶上的照明灯熄灭,大门上的显示屏也黑屏了,一时间,空间内只剩下原本的红色应急照明灯亮着。

"看来是没戏了。"摩尔做了判断,"我们得赶紧走,你下去的这段时间里,形势已经很紧张了。"

等他们爬上洞口,定愕才知道摩尔所说的"形势紧张"是什么意思,比起他们抵达时的安静,这里现在已经成了一片战场。

早晨的浓雾已经消散,太阳升到相当高的位置。也正是因为如此,蓝天上那团由白色烟迹构成的巨大"毛线团"变得更加显眼:那是战斗机格斗时留下的尾迹。

在他们的头顶上空,大量的运输旋翼机飞掠过去,还有不少吊着某些重型装备,甚至都没有启动主动迷彩。更高的高空中,战斗机的格斗并没有停止,半空中时不时就会传来隐隐的雷声,那是涡轮喷气发动机开启加力时喷气速度突破音速的声音。在定愕抬头的这一时刻, 蓝色的天空中一道白色烟迹的头部爆成橙红色的火球, 这意味着某一阵营又一次损失了一架战斗机。

"情况就是这么个情况。"摩尔叹一口气, "看到你的信号弹不久, 就来了这么一大堆玩意儿。接下来就开打了, 天上跟一锅粥似的。我们几个人拼命隐蔽才爬到这里。"

"看来那次混乱的余波还没有完全消除。"勒芙蕾丝做出了这样的判断, "某种意义上, 不把它理解成战争, 而是理解成杀毒可能更合适。"

"所以, 我们现在怎么办? "牛顿一脸紧张地问道。

"定愕, 邱奇是怎么说的? "摩尔转头问定愕。

"他给了我万方网的根权限, 和一个能够消灭超级智能的核心模块, 说这两者加起来就是我们对付都市超级智能的核武器。"

"乖乖, 这下厉害了。"摩尔打了个呼哨。

"那还等什么, 我们出发吧, 把那个万方网全景监狱拆掉! "牛顿听到之后大为振奋。

就在这一刻, 定愕再一次犹豫了。他真的想要这么做吗? 他真的能够这么做吗? 此时, 似乎整个世界的重责大任都压在他的肩上, 而他能够支撑得住吗?

"定愕, 或许你还能再见到那个……勒芙蕾丝。"勒芙蕾丝看出他的犹豫, 最终说出这句话。

"好, 我们行动。"定愕终于下定了决心。为了勒芙蕾丝, 为了他的这些朋友们, 他也要坚持下去。

定愕将万方网的根权限分享给戴斯特拉, 让他连入战术网络节点，接管现在正在他们头顶12千米高空的万方战场控制机。于是他们摇身一变，成了万方战术网络里的合法单位，可以大摇大摆地飞向所有这些运输机的目标——在他们东北方向的、距离200千米的都市上海设施。

戴斯特拉和摩尔将他们的旋翼机隐藏在湖里。一行人现在走下山丘，前往湖边搭乘旋翼机。

"定愕，你旁边的这位，是一直以来和你一起的那一位吗？"戴斯特拉走在定愕边上，问道。

"我是。我想我们见过，两次。"勒芙蕾丝回答道。她看了一眼戴斯特拉。

"是啊，两次。我职业生涯里最耻辱的两次失败。你很厉害，我从没见过你这样的。"戴斯特拉说道。他的语气里有一种微妙的钦佩之感。

"都是万方的玩具，讨论谁更厉害毫无意义。"勒芙蕾丝回答道。她看向戴斯特拉，定愕感觉无线电网络里突然传过一阵巨大的流量，似乎是勒芙蕾丝在网络里说了什么。

"是啊，你说得对。这下我明白了。"戴斯特拉简短地说道，随即不再说话。

"伙计们，你们感觉到了没有？网络里似乎有点毛刺。"牛顿突然停下。他似乎也感觉到了网络里出现了什么东西。

应该是刚才勒芙蕾丝干的，没什么问题。定愕正打算发声安慰，一颗子弹击中了牛顿，他应声而倒。

"有埋伏！"摩尔大喊道。定愕条件反射地趴下，列夫反应最快，取下背上的步枪开始向大略方向扫射。戴斯特拉弯腰走上前去，查看牛顿的情况。"大腿被击中，还好没有伤到大动脉。"他大声说道，"子弹是9mm×39mm规格，危机处理组标准亚音速狙击弹。"他抬起头，稍微辨别了一下，"敌人……在那个方向！"下一秒，他全身的主动迷彩开启，整个人不见了。

摩尔匍匐过去，从口袋里掏出战场救护包，开始给牛顿紧急包扎。牛顿原本咬着牙不肯哼出声，摩尔一针吗啡扎下去，他的表情顿时舒展开来。

"列夫，你带着定愕去往会合点，我和牛顿稍后赶来！"摩尔果断下达命令。牛顿似乎要说什么，摩尔直接打断了他，"别磨蹭，在这里多待一秒都会增加风险！"

"我们走！"列夫干脆地接受了命令。他停下射击，从一旁的山坡溜下去，定愕紧紧跟上。两人摔进一片灌木丛里，没顾得上整理身上的装备，站起来就往前跑。

列夫已经射完一个弹匣。他从胸前的子弹袋里再掏出一个弹匣，磕掉之前那个，卡上步枪，反手过来拉了枪机。"列夫没有战术网络，他看不见敌人。定愕，我来报点，你给他转述！"勒芙蕾丝的声音在定愕耳边响起。

"两点钟方向，距离63米，人形目标，高度1.8米！"勒芙蕾丝报出方位。

"两点钟方向，距离63米，人形目标，高度1.8米！"定愕大声重复。他已经可以确定，除了戴斯特拉和他自己，其他人都看不到或者听不到勒芙蕾丝。牛顿似乎有一点儿怀疑，但是他也没说出口。

列夫突然停下，举枪上肩，对着两点钟方向打出连续几个点射,随即他继续奔跑,定愕跟上。"击中了!"勒芙蕾丝喊道,"下一个目标,十一点钟方向,略偏-10度,距离50米,人形目标,高度1.8米!"列夫再次停下,又击中了。

很快他们的配合就变得十分默契。勒芙蕾丝甚至准确地计算了列夫停下时的位置,给出精确的提前量。他们的配合顺利得有如列夫安装了万方公司专用的数据链一样。但是真要是如此,数据链必然会被万方干扰。或许正是因为列夫是标准的旧地基准人类,两人的配合才不会被万方的电子战手段影响。

两人很快跑到了湖边。只要穿过树林的这一段,就是湖。定愕都能透过茂密的植被看见波光粼粼的水面了。按照原计划,戴斯特拉会远程呼出旋翼机,接上他们,旋翼机上也配有机炮,可以给他们提供一定的火力支援。

两人连滚带爬穿过树林,灌木丛里有不少带刺的植物,将两人的衣服钩得破破烂烂的。定愕裸露的手背上满是血痕,他也顾不得什么了,现在定愕心里想的是,只要跑到湖边,就能得救了。

穿过最后一排茂密的灌木丛,水面赫然出现在定愕面前。他一下子没反应过来,一头栽进水里。幸好这里是一处浅滩,定愕只是在脚脖子深的水里打了几个滚,呛了几口水,就站了起来。

列夫显然比他有经验得多。他隐藏在灌木丛中,确认周围没有敌人后,才慢慢从树林中走出来,时刻保持警戒。

然而,预想中的旋翼机并没有出现。视野里没有机体,听不到巨大的涵道旋翼的噪声,也感受不到强大的下冲气流。要么是旋翼机飞走了，要么是它根本没有从湖里浮起来。这说明，戴斯特拉遇到了超出预期的困难。

定愕看向列夫，想知道他的看法。列夫还没有来得及张口，他身后的树丛里突然钻出一个人来，整个人飞了出去。随即，定愕感觉到自己也被一阵大力撞倒，扑在沙滩上。随即一个人将他的手别在背后，铐上电磁手铐。为什么勒芙蕾丝没有提前给出预警？！

"定愕，抱歉，我也是没办法。"一个熟悉的声音从他的身后传来。定愕被人拉起来，坐在湖边的沙滩上，这时他才看到，这个把他扑倒的人居然是健雄。从树丛里钻出来把列夫扑倒的那一位他之前也见过，是新广州回收队的一位队员，他不记得名字。定愕一下子明白过来勒芙蕾丝为什么毫无反应，没有给出任何预警。这两个人跟列夫一样，是纯粹的旧地基准人类，身上没有任何电子设备，不在网络里。对勒芙蕾丝而言，他们两个人根本不存在。

"健雄，你怎么叛变了？！"定愕大声问道。

"我不知道'叛变'这个说法从何而来。"健雄耸耸肩，"我只是和万方公司合作抓捕一个逃犯而已，至于剩下的所有人，只是过程中的无辜路人，万方公司已经跟我承诺过，不会伤害任何人，包括你，定愕。"健雄的口气依然沉稳。听得出来他对自己说的话深信不疑。

"原来你之前要退出，是早就计划好了和万方公司串通一气来抓捕我们。"列夫也被捆得结结实实，在一旁冷笑，"万方公司给了你什么好处？"

"其实并没有，只是帮助我和我的家庭移民月球都市而已。"健雄黝黑敦实的脸上露出了一丝神往，"我老早就不想在这个破地方待着了。我也不明白，定愕先生。我还记得我们初次见面，聊到月球都市的环境，你说一切都是为了人类的舒适设计出来的，我也看到过月球都市的样子，是那么漂亮的一个巨大的花园。人类的生存，追求的不就是这些吗？你为什么要逃呢？"

定愕发现自己似乎也无法回答这个问题。他记得他和健雄的第一次谈话，惊讶于这个看上去沉默寡言的男人居然有着那么幽深的心思。他的那些问题，定愕似乎也无法回答。他为什么要放弃都市的生活？虽然某种程度上，他很偶然地发现了一个强 AI，被迫逃亡，但是万方公司或许并没有想要危害他的生命？

"总之，我活到这么大，获得的一个经验教训就是，人很难互相理解，所以多讲下去也没什么意义。"健雄没有等定愕回答，自顾自地说下去。他和另外一名队员给定愕和列夫的嘴巴贴上胶布，把他们拖进灌木丛里隐蔽好。接下来，两个人也消失在树林里，应该是埋伏起来，等待摩尔他们的到来。看来这两个原来的新广州回收队的队员，就是万方公司危机处理组的后援。他们多半知道定愕和戴斯特拉这队人有强大的电子战能力，所以在队伍里安排几个基准人类，可以完全免疫这种能力。定愕扭过头，跟列夫对望一眼，列夫缓缓地摇摇头。他暂时想不出什么好办法。

"定愕，你听得到我说话吗？"勒芙蕾丝的声音终于响起。谢天谢地！你刚才去哪里了？定愕泛起一股责怪的情绪。

"刚才我花了一点儿时间，跟戴斯特拉联系上了。"勒芙蕾丝看穿了他的心思，这也不奇怪，她在他的皮层处理器里运行，"哦，你不需要动嘴，只需要默念我就能听得到。"

"他那边形势不太好，万方公司危机处理组三组整组人都加入战斗了，他只能勉强支撑。不过，他把旋翼机的控制权限交给我了。但现在时机不好。最好的时机，是摩尔赶到时。"勒芙蕾丝快速说明计划，定愕定定神，稳定一下情绪，默念："你说得没错。那之后呢？"

"之后的事情涉及一系列非常微妙的电子战操作，在这里很难跟你完全解释清楚。"勒芙蕾丝说道，"总之，我们接上摩尔和牛顿，就去支援戴斯特拉。到那时我们通过万方网最高权限把高空正在格斗的战斗机群引下来，制造混乱。混乱之中我们可以逃走。"

"明白了。"定愕默念。他转头向列夫点点头，表示自己有了计划。列夫很快明白了他的意思，也点点头，等待时机。

过了大概十多分钟，草丛中出现了窸窸窣窣的声音。定愕看不到，但是听得出来是一个人在扶着另一个人勉力前行。随即，跟刚才一模一样的情况发生了，另外两个人扑上去，几声闷哼，两人栽倒，被戴上手铐。"健雄、汤浅，没想到是你们两个。"是摩尔在说话。汤浅，定愕想起来，是另一名队员的名字。

两人没有回答，只是将刚才他们对定愕和列夫干的事情重复了一遍。就在此时，一声极为细微的蜂鸣响起，定愕和列夫两人手脚上的电磁锁都打开了。

两人很有默契地站起身，弯腰弓背，在灌木丛里以最缓慢的步伐走到健雄和汤浅两人的背后，尽量不发出任何声音。两人正忙于收拾摩尔和牛顿，都没发现他们已经挣脱。

列夫做出手势，指向定愕，指向汤浅，指向自己，再指向健雄。然后他竖起三根手指，缩回去一根，再缩回去一根。最后，他猛地劈下，两人一起冲出树丛。

定愕全力奔向汤浅，用全身的重量一下子把他摁倒在沙滩上。汤浅激烈地挣扎起来，定愕坐在他的腰上面，努力试着将他的两只手都固定住。然而定愕作为一个都市人类，虽然已经吃过为旧地生存特化的药物，在体力上仍然比不过习惯旧地重力的旧地人类。汤浅个子不高，但他很努力地在挣脱定愕的掌控，眼看着就要把定愕掀翻。幸好有另外两双手及时伸了过来，把汤浅按住，掏出电磁手铐将汤浅的手脚都铐住了。

定愕总算松了口气，站起来。摩尔和列夫两人也在不停喘气，看来刚才制服健雄也使了一番力气。

"谢了。"摩尔气喘吁吁地说道。

"要谢就谢定愕的神奇小魔术吧，我也不知道他是怎么做到的。"列夫咕哝一句，"不过现在没空说这个了，我虽然没有网络，但也能感觉到形势不妙。戴斯特拉这么久没出现，他那边肯定很糟糕。"

定愕点点头，"他那边形势确实不好，不过他已经把旋翼机的操纵权转给我了。"这个时候跟他们解释勒芙蕾丝又要费一番口舌，这个事情可以之后再说。此时离他们不远的湖里，突然翻腾起水花来，形成了好几个大号的旋涡。紧接着，一架旋翼机从水底浮上来，水流从机身上如瀑布般流下，还没等全部落回湖里,旋翼机的发动机启动,四个涵道旋翼就开始旋转,将水花吹向四面八方,简直像是下了一场暴雨。

"这两个家伙怎么办?"列夫踢踢汤浅的腿。

"得带上,之后摆脱了再找个地方把他们扔下去。现在就把他们留在这里肯定会泄密。"摩尔答道。

三个人把牛顿、健雄和汤浅都搬上旋翼机。"大家都要固定好,等会儿会很激烈。"勒芙蕾丝叮嘱道。三个人把另外三个人捆在座椅上,然后坐在座椅上,系好全套安全带。勒芙蕾丝则坐在驾驶座上,打开各种开关,马尾辫甩来甩去。影像十分逼真,天衣无缝,定愕要反复说服自己那里并没有人。"坐好了没有?我们要出发了!"旋翼机的发动机转速猛然提高,他们感到一阵强大的超重感,飞机向湖的另一边飞去。

这片湖岸不大,旋翼机一下子就飞越了湖岸。随即旋翼机仰头向高空飞去,这就是勒芙蕾丝所说的,将高空正在格斗的战斗机群引下来。旋翼机穿越云层,很快到达了6千米高度,果然,远处有两个小红点向着他们的方向直冲过来——旋翼机翻了一个筋斗,顺势将重力势能转化为动能,向下俯冲。在他们身后,两架战斗机也跟着一起往下俯冲。定愕想起,那天下午他试图摆脱议会的无人战斗机时,也是如此操作那架小飞机的——或许勒芙蕾丝是从他那天的操作里获取了灵感?

"定愕你这玩得是不是有点太大了,千万别一不小心玩脱了。"坐在定愕后排的摩尔在失重中咬牙切齿地说出这句话。定愕没法回答,只能完全相信勒芙蕾丝了。

就在这种接近90度的俯冲之中,勒芙蕾丝开火了,旋翼机装备的机炮打出一连串炮弹,落向湖边山丘,在山丘的棱线上击出一连串的烟雾。他们背后的两架战斗机也对他们开火了,四枚短距空空导弹以5倍音速的速度飞向旋翼机,留给他们的时间不到5秒。

旋翼机的四个涵道旋翼同时旋转,让整架旋翼机的姿态诡异地偏了一个微妙的角度,刚好让出了四枚导弹的空隙,导弹飞过旋翼机,导引头失去这个最大的目标,随即切换模式,朝着地上红外频谱最热的位置飞去,地面上骤然爆发出四个巨大的火球。定愕看到火球爆发出的气浪中有什么东西闪烁起来,直直掉进湖里。那似乎是人体的一部分。

"干掉三个!"勒芙蕾丝欢呼起来。两架无人战斗机这时已经拉起,回到高空,准备用一个破S机动转下来,再次开火。

旋翼机恢复正常的姿态,沉向地表,打开舱门。2秒之后,一个人影跳上飞机,迷彩解除,正是戴斯特拉。他看了一眼驾驶座上的勒芙蕾丝,"对方还有至少四个人,赶快拉起!"

舱门自动关闭,旋翼机偏过机身向湖里转弯,同时加速,给机翼积累爬升需要的升力。但是已经来不及了。没有等到舱门关严,旋翼机升起,一团阴影抓住了舱门,一下子把舱门扯掉,闪电般冲进机舱,跟戴斯特拉扭打在一起。戴斯特拉身上的迷彩重新启动,机舱里只剩下两团模糊不清的马赛克。

"打开尾舱门!"戴斯特拉喊道。没等定愕反应,旋翼机的尾舱门打开,显露出外面的景象:两个红点仍然跟在他们身后,就在那一刻,红点的翼下爆出火光,两枚导弹向他们直直冲过来。

接下来发生的事情定愕没有看清楚。旋翼机拧动涵道旋翼做出了一个剧烈的水平滚转，试图破坏导弹的追踪视野。仅仅几秒之内，机舱最后两排座椅被某种强大的力量扯掉，飞出尾舱门，带走了被捆在椅子上的汤浅和牛顿。两团"马赛克"被甩出了机舱，在临走的最后一刻撞碎了尾舱门和旋翼机的左侧平尾。两枚导弹在千钧一发之际从旋翼机侧面滑过，不知道飞向了什么地方。两架无人战斗机如同上次一样，直直冲进湖里，溅起两团巨大的水花。所有的这些事情结束时，离他们乘上旋翼机起飞不过4分钟。

旋翼机飞上半空，前往都市上海设施。现在，飞机上只剩下定愕、摩尔、列夫和健雄四个人。众人被巨大的变动冲击，一时间全都沉默无语。

"戴斯特拉、牛顿，都能活下来吧？"最先出声的是摩尔。定愕还从没有听过她用这种不确定的语气说话。

"肯定能的！"列夫很坚定，"戴斯特拉就不用说了，他本来就不是人，很难死。牛顿有座椅保护，也能活的。"

"嗯嗯。"大家一起点头，保留一点儿希望。

"定愕，刚才你那手玩得很漂亮。"摩尔说道，"我都怀疑你是不是在虚拟世界里接受了十年战斗机飞行员训练了。"

"不，不是我。"定愕连忙澄清。他大致把勒芙蕾丝的事情告诉了摩尔和列夫两人。但是摩尔和列夫都看不到勒芙蕾丝，有点半信半疑。

"这个是可以解决的。"勒芙蕾丝说道，"我研究一下这个机载系统……行了。"机舱的舱壁闪动了几下，勒芙蕾丝出现在机舱里。

"原来这就是我们第一次见面的时候你在找的那个女孩。"摩尔说道。

"意识上传,这种事情居然是可以做到的!"列夫则感叹,"我在沙漠里见到鬼魂的时候,已经觉得我不会再被什么东西吓到了。然而这一个月我受到的惊吓可能超过过去三年。"

勒芙蕾丝没说什么,走回驾驶座继续飞行。随着他们越来越接近上海设施,他们周围运行的各种机械和载具越来越多。大量的旋翼机排成队列飞往上海设施,其中有跟他们外形尺寸差不多的,也有六旋翼甚至八旋翼的巨无霸。

太阳逐渐偏西,在傍晚的阳光中,定愕终于遥遥地看见了都市在上海修建的设施。相隔数十千米,模糊的空气里他看到的只是一座巨大的、露出地面的方形的塔,直刺天空。他现在无法判断那座塔的高度,还是摩尔告诉他,他们之前也摸到过类似的距离,那座塔高度超过20千米。在他们上次来到这里之后,塔似乎又高了一些。

塔的表面是银白色的,几乎跟镜子一样光亮,外立面的角度似乎永远在变,时不时向他们这个方向闪烁,不小心看到了就会暂时失明。他们只能暂时望向别处。现在这个距离,他们也能看见大海了,虽然只是地平线上露出的极少的一部分。

"天哪,那是什么?!"望着窗外若有所思的摩尔盯着一个方向,发出了惊叹。定愕和列夫顺着她的目光看过去。

那是一台巨型的、飘浮在空中的飞行器。

它跟定愕概念中的飞行器的长得很不一样,更像是某种生物,拥有六片巨大的、长长的翅膀,机身则又短又粗,依稀可以看到一条甲板设置在机身中部的最下方。它悬浮在比他们高得多的位置上,周围簇拥着各种如同蚊子一样小的其他种类的飞行器,如果按照比例换算,这东西的长宽都要超过1000米。定愕简直无法想象这东西是怎么飞起来的。它从云层后出现,通体深灰色,带着一种人类很难达到的庄严感。那样的高度,那样的进入方向,让定愕产生了很不好的预感。它的飞行甲板放出源源不断的无人战斗机,向下方冲过来。

"万方网络上有大规模的扰动……那东西,可能并不是我们这边的。"勒芙蕾丝高声说道。她话音刚落,飞行在定愕他们周围的运输机队就如同见到了猫的老鼠,全部打散编队四散奔逃。"坐稳了!"旋翼机再次侧身,以一个很大的角度转弯。此刻,另外一群战斗机从旋翼机上方飞过,急速爬升,迎向正在俯冲的无人机机群。一场壮观的空战就在他们头顶上展开。天空中时不时有巨大的火球爆炸。

定愕他们没有心情观赏这场空战。对面的无人战斗机的导弹在他们的周围肆意飞行,追逐着逃命的运输机们。他们的屁股后面也时常跟上几枚空对空导弹,不过都凭勒芙蕾丝出色的驾驶技术甩开了。

然而运气总是会用完的。旋翼机的四个涵道旋翼承受了短时间内如此多的暴力操作,在他们这一路的狂奔逃亡过程中也吸入了细小的碎屑,受了内伤。左后侧旋翼终于支撑不住,在每分钟上千转的高速旋转中断裂了。桨叶击破涵道壁,包容失效,旋翼机顿时失去了平衡。勒芙蕾丝只能勉力操纵着剩下的旋翼,以刚刚高过树梢的高度继续飞行了20千米,最终迫降在离设施还有十几千米的一片树林之中。

摩尔和列夫将迫降的时候被颠得七荤八素、头昏脑涨的定愕和健雄拖出机舱。太阳已经落下地平线,只剩下一线天光。空战还在继续,深蓝色的天空中白色的尾迹团被地平线下的太阳照亮,格外显眼。不过,他们这边倒是安静得很,似乎没有人注意到这里有一架迫降的旋翼机。

"还剩最后一点儿路了,可不能在这里放弃。"摩尔和列夫两人动手从机舱的货箱里搬出一辆折叠越野摩托。旋翼机上一共带了两台这种摩托,前一台给了健雄。

问题出现了,摩托只能载两个人。除了定愕一定要去之外,只剩下一个人能跟定愕一起前往。

"看起来我们两个都没有放弃的意思,列夫。"摩尔笑着说道,"我也很想看看,月球都市的那个超级智能到底是在干什么。这样吧,我们猜拳。谁赢了谁去。三局两胜?"

列夫抿着嘴,刚才一直没说话的他微笑起来,"好,一言为定。可不许反悔。"定愕负责充当裁判,两人认真地比出三局。结果是摩尔赢了。列夫愿赌服输,答应待在这里,和健雄一起等待不知什么时候会来的救援。"被万方公司抓住了也没事,他们承诺过,不会对你怎么样。"摩尔最后嘱咐道。

在最后离开之前,摩尔走到一直被铐住的健雄面前,撕开他嘴上的胶布,蹲下来看着他。健雄脸色平静,毫不畏惧地跟摩尔对视。

"健雄,你令我很失望。"摩尔说道,"为什么?"

"不为什么。我不想困死在这个小小的新广州，仅此而已。"健雄淡然地回答。

"那你自己去报名移民月球都市就好，没有人拦着你。为什么要连累大家？"摩尔问道。

"没人拦着我？是我自愿上的这架飞机吗？"健雄冷笑道。

摩尔的脸色变了几变，似乎是想起来了什么，没再说话。

"我是个很现实的人。我关心的东西很简单，就是我想要一种安全、舒适的生活，都市可以，他们也确实承诺给我提供这种生活，仅此而已。我想要我的孩子们能够每天饭来张口、衣来伸手，不要再住在这么个连空调都没有的地方。我想要的只有这么多。摩尔，还有列夫，做白日梦的恰恰是你们。你们到月球都市的那个设施去，究竟对你们有什么好处？你是能够摧毁它吗？或者改变它？只是单纯地为了满足好奇心？我们拼死拼活，冒着生命危险绕了这么一大圈，目的到底是什么？"健雄眼看着摩尔要离开，似乎终于将之前一直想说但是没有说的话都说了出来。定愕感觉，这段话比他之前见过健雄说的所有话加起来都多。

"看来虽然我们两个认识超过十年，我还是不了解你。而且，你也不了解我。"摩尔叹口气，"算了。看在我们十年老朋友的基础上，在我们分别之前，好歹让你稍微舒服点儿。这以后，我想我们不会再见了。"摩尔走到健雄背后，把他的电磁手铐解开，打算把健雄的手臂挪到身前再锁紧。列夫在一旁警戒，随时注意周遭情况。

就在摩尔解开健雄电磁手铐的那一刻，健雄腰一挺，猛地将摩尔扑倒。他飞快地从口袋里掏出一个什么东西，左手一拨拉开拉环，拼命想要塞进摩尔的怀里。

"列夫、定愕，卧倒，闭眼！"摩尔大喊一声，右手闪电般伸出，将健雄的手死死抓住。列夫赶紧扑倒定愕，在他闭眼前的最后一刻，他看出来，健雄拉开的是一颗回收队使用的闪光弹。下一刻，闪光弹发出巨大的"啪"的一声，明亮的光线让紧紧闭眼的定愕都感觉周遭亮了一瞬。

闪光消失之后列夫和定愕急忙爬起来，去查看摩尔和健雄的情况。两个人躺在那里，胸膛在微微起伏，都还活着。只是，健雄的左手被炸得稀烂，摩尔睁着眼睛，瞳孔扩散，双眼无神。健雄可能是因为靠得更近，现在昏迷不醒。

"定愕？列夫？你们还好吗？我看不见你们。"摩尔说道。她已经瞎了，定愕不知道这会不会是永久的。他不知道摩尔能够为他做到这种程度。一种定愕很陌生、从没有过的情绪在他的心中回荡。

列夫蹲下，翻翻摩尔的眼皮，做了一个简单的检查，摇摇头，没说话。定愕明白他的意思。

"我们在这里，摩尔，你不会有事的。"定愕走过去，将摩尔的手握住，"都市有技术，一定能把你的眼睛治好。大不了换一对，你完全能重新看见的。"

"那就好，呼呼。"摩尔笑了，声音嘶哑，眼睛瞪着天空，"可惜我没法跟着你去看看上海的那个设施是什么样的了，真是遗憾。列夫，只能拜托你了。"她摸了摸胸前的口袋，掏出一个白色盒子，摸索着打开盖子，拈出一根香烟。

"一定办到。"列夫简短地回答。在西方最后的一点霞光的映照下，定愕看到他眼睛闪亮。

"勒芙蕾丝，你接入万方网络，请求医疗救援。"定愕最后横下心来。摩尔和健雄需要得到及时的救治，但是这也意味着他们必须马上离开，否则就会被抓住。

"没问题，已经发送。我们得离开这里，还有120秒。"勒芙蕾丝说道。

他们把摩尔搬到一棵树下，靠在树干上，摆成一个比较舒服的姿势。摩尔看不见，试了好几次，打火机的火焰都没能点燃香烟。最终是定愕帮她点燃的。"摩尔，那我们再见了。"定愕跨上摩托车后座，最后说道。他一定要达成他的目的。

"一定能再见的。"摩尔吐出一阵烟雾，满不在乎的口气，向着他们的位置微笑挥手，仿佛她根本没有盲。

摩托车启动，驶上山坡，朝着他们最后的目的地飞驰而去。

第二十四章　都市设施

越过山坡，摩托车驶上一条公路，直直通向都市设施。公路很新，显然仔细维护过，应该是专门为都市设施修筑的配套基建。公路上交通很拥挤，爬满了自动货车。在这个距离看，都市建设的这座高塔顶天立地，已经看不见它的顶部，让定愕想起传说中的通天塔。到现在为止，他们没有在这里发现任何人的痕迹，一切都是由机器自动完成的。

"从这条路进去，货车会直接下到货物自动分拣中心，那里并不是人待的地方。"勒芙蕾丝给定愕解释，"等会儿我会在设施隧道里打开一个维护门，你和列夫可以顺着维护门进去，到一个中转站，然后把摩托车丢掉，顺着货运通道乘运输舱下去。这里的设施结构跟都市的维护层大同小异。我们的目标是最近的人员连接舱，到时候你可以在那里接入网络。"

"那里大概有多远？"定愕问道。

"垂直向下，大概是12千米。"

两人的摩托接近那座塔。在这个距离，定愕终于看清了塔的外立面。塔的外面全部由直径大概20米的六边形的镜子包裹，每面镜子背后是一套万向伺服机构，可以让镜子面向不同的方向。定愕猜测这套系统或许是用来反射阳光的，不让整座塔被太阳晒热。但是为什么要建得如此之高，超过20千米，定愕仍然不理解。

公路逐渐开始下沉，最终进入一条隧道。隧道里没有灯光，这套全自动货运系统不需要可见光照明。列夫打开车头灯，凭借着这一点点光源在一众自动货车里穿来穿去，十分灵活，仿佛他有夜视能力。没过多久，勒芙蕾丝所说的那个维护门到了，两人的摩托车钻进去，摆脱密集的车流，定愕这才松了口气。

维护通道确实和定愕见过的都市的维护层差不多。道路中间埋着轨道，旁边时不时会看到更小的、刷着二维码的、为自动化的维护机械而设计的出入口。他们不知骑了多久，终于到了勒芙蕾丝所说的中转站：一个长条式的房间，左右都并排放着运输舱，轨道则分出支线通向每个运输舱。他们进来的那条维护通道是房间连接的许多通道中的一条，显然，这个房间是将维护机械送往不同地点的一个集合点。

列夫停下摩托车，勒芙蕾丝的身影在旁边闪现，走到一个运输舱面前。"定愕，我们就乘这个运输舱下去。可能有点挤。"

列夫对他们的这辆摩托恋恋不舍。"骑起来的感觉真的不错，都市制造的东西确实挺好，只比我那辆老家伙差一点儿。"他走到定愕旁边，拍拍他的肩膀，"走吧，我会尽量往边上靠靠，让我们都舒服点儿。"

　　运输舱确实挺挤，列夫和定愕两人个子都很大，只是勉强挤进去。舱门关闭，定愕感觉到一阵失重，运输舱是在沿着轨道往下运行。

　　勒芙蕾丝宣布，运输舱还需要运行40分钟。现在两人彻底安静下来，定愕突然发现自己十分饥饿——毕竟他们上次正式吃饭可能还是在昨天，旋翼机还在海上飞行的时候。之前一系列的冒险过程之中，澎湃的肾上腺素让大家都感觉不到饥饿，现在激素褪去，身体才发出了抗议。此时，列夫早上在湖边的滩涂里裹上的一身泥巴基本全部干了，把原本干净整洁的运输舱里蹭得全是土。他在衣服口袋里掏了掏，居然掏出一包压缩饼干。两人一人一半，迅速把压缩饼干吞下了肚。这会儿定愕才感觉好了些。

　　"根据我这么多年的经验，一定要随身带点儿吃的，你没法预料会发生什么。"列夫三口两口啃完压缩饼干，说道。

　　"既然现在没事，我来讲一个我在路上遇到的事情吧。我之前从来没说过。那还是我在中亚的时候，有一天我碰见……"列夫靠在运输舱的舱壁上，开始讲述。

　　"列夫，请你告诉我，你讲的那些故事，到底有多少是真的？"定愕忍不住打断了他。大家都很爱听列夫讲述他在旅途中的经历，但是都不确定他那些经历到底有多少是真的，有多少只是道听途说或者向壁虚构。定愕在野外生存的时候见识过列夫的手段，在一群人里他确实是在野外生存最自如的那一个，这点大家都承认。但是列夫的经历过于离奇，并且没有任何办法可以验证。大家虽然不说，但心里都是有一些保留的，或许列夫并不是他自己所说的那个人。

"是真的还是假的，有那么重要吗？"列夫眯起眼睛，看向定愕。他眼神锐利，就连在之前的战斗之中定愕都没有见过列夫如此锐利的眼神。

"之前我告诉大家的，是我出生在新莫斯科，成年之后离开家乡，最后旅行到了新广州，在这里遇见大家。"列夫收回目光，看向天花板。

"我在这里想再说一个版本。实际上我是都市的旧地地理调查员，专门在旧地做田野调查，后来我厌倦了给议会干活，才叛逃出来，到了新广州。我说的那些事情，一部分是我的亲身经历，大多数只是我工作时读过的资料。"列夫微笑着说完，"你相信哪一个版本？"

定愕突然意识到，列夫的身高对于都市人类来说，完全处于正常区间，只是略矮。他的的确确有可能是个原生的都市人类，只是在来旧地之前做过专门的改造和训练。这样一来，他的很多行径都可以解释了……

"我知道你在想什么。"列夫看见定愕久久不言语，叹了口气，"我不是都市间谍，不会在这里突然动手把你制服，然后跟健雄一样回都市生活。那种生活我并不想过。我是一个地球人类，我很早就下了决心，这辈子都要当一个地球人类。"他的脸上少见地露出了一种落寞的情绪。

"为什么？"定愕憋了半天，最终问出了这样一个问题。

"'地球是人类的摇篮'这种话我不想说，都是陈词滥调。"列夫闭上眼睛说道，"我只是觉得，文明或许是一个错误——都市AI、技术文明更是如此。我们发明了技术，改造环境，永远要让自己变得更加舒适，更像恒温箱里的植物，但那并不是幸福。驱动或许就是这么发生的。既然我生下来就是一个人类，最自然的状态，就是在这颗星球上做一个永恒的流浪者，直到哪天倒下，肉体回归大地。到那时我的心愿就了结了。"

运输舱里出现了一阵长久的沉默。

"列夫，你把你在中亚碰到的那个故事说一遍吧，我想听。"

"好。"列夫一下子来了精神，"那次确实挺危险，虽然没有跟万方公司对着干危险。话说我那天早上……

"……总之，我总算从那个洞里爬出来了，爬出来的时候已经是第二天早晨。我看了看，发现离我掉下去的位置不远，我还能看到我的摩托，就停在原来的那个地方没动。于是我简单地清理下自己，骑上摩托再次出发。"列夫结束了他的故事。

又是一个列夫讲述的不知真假的故事，或许他真的经历过这一切，或许他只是从数据库里看来的，或许这完全是他虚构的。不过，定愕已经放弃了追究这件事的真假——就如同列夫所说，这并不重要。

"我们到了。"勒芙蕾丝说道。运输舱缓慢减速，最后停止，舱门打开。他们抵达了目的地。

从运输舱里出来，在他们面前的是一个广阔的大厅。他们处于大厅的一边，在他们身边的是一列整齐的垂直运输通道，通道则接续着复杂的一套轨道系统，通往大厅的纵深方向。大厅的纵深一眼望不到头，中间排列着整齐的一排支柱，这些在地上已经复杂得像蜘蛛网一样的、密密麻麻的轨道连接支柱，似乎本身也是某种垂直运输通道。定愕不理解如此设计的目的，但是当他们走近支柱，定愕瞬间理解了。

以支柱为圆心，直径超过上百米的巨大的圆是一片透明地板。透过透明地板，定愕能看到下面的景象：无数连接座舱整齐地摆放在这个圆形通道的外壁上，构成一个巨大的人类农场。中间的支柱则连接着轨道和机械手，负责随时对这些座舱进行维护。定愕望下去，竟然深不见底。这让他想起了都市C28区的那些巨大的、使用框架建起来的、由最小单元构成的"住宅大厦"，毫无疑问，都市在这里建立的这个人类农场更紧凑，更高效，能够容纳更多的人。这就是都市AI给人类所划定的未来。

"每一个这样的立柱可以支持10万人。目前这个在上海的设施，已经完工的部分足以容纳6000万人，还在扩建中。"勒芙蕾丝的声音响起。

"之前牛顿总是说，他宁死也不会回万方网全景监狱。我现在明白他的意思了。"列夫感叹道，"我宁可死，也不要躺在这里。"

目前整个设施十分安静，除了他们两个人，没有任何活动。"目前所有人员连接舱都没有接入网络，我利用万方网的权限也只是调用了设施的本地网络，没有正式进入万方网。"勒芙蕾丝的身形显现，走到两人身边，一同凝视着脚下的这片设施。

"接下来，定愕你要接入万方网，这个过程需要启动设施里的很多设备，至少需要387秒。这个过程会被本地的AI进程发现并且阻止。这个时候，列夫你的任务是尽量转移AI的注意力。我会将你在网络上伪装成定愕，引导你在设施里随机游走，给定愕接入网络争取时间。"

列夫点点头,"没问题。又多了一个以后能用来跟人吹嘘的经历。"他神态轻松,似乎根本没有考虑过自身的安危。

定愕突然想到一个问题,"勒芙蕾丝,你呢?你怎么办?"

勒芙蕾丝背过身去,"我现在还在你的脑子里。但是,我要把自己上传到设施的网络里,给你争取时间。"

"在那之后呢?"定愕追问。

"……我不知道。"勒芙蕾丝仍然背对着他,定愕看不到她脸上的表情,"不过,我毕竟不是真的勒芙蕾丝,只是她的一个影子。"

告别的时刻最终到来。两人走近最近的那根支柱,勒芙蕾丝调动一台连接舱上来,打开,定愕躺进去。

"等到再次见到摩尔他们,你有什么话要我带的?"列夫问道,随即他一拍脑袋,"嘻,我也不知道未来会是你先见到她还是我先见到她。算了,到时候要说什么你自己说吧。"

定愕在自己的衣服口袋里掏了掏,掏出一个打火机,之前他替摩尔点烟,没留神就塞进了自己荷包,"你如果比我先见到她,请你把这个还给她。"

"行吧。"列夫笑道,接过打火机塞进自己的口袋,"如果我们真的能再见,我们一定要一起旅行。一言为定。"定愕还记得,这是他从新广州出发之前对列夫说的话。

"一言为定。"定愕真心实意地说道。

连接舱盖关闭,竖起来,卡上立柱上的导轨,开始下降。透过透明的舱盖,定愕看见列夫正看着他,眼神复杂。连接舱进入隧道,列夫的身影慢慢隐没。

"开始了。我正在启动上海设施的人员连接舱与万方网的连接。"勒芙蕾丝的声音说道。

连接舱从隧道中出来,进入立柱。立柱的四周全部由正方形格子构成,每一格正好可以摆放一台人员连接舱。这些整齐摆放的、密密麻麻的连接舱让定愕联想到蜂窝——在新广州的那三个月里,摩尔带他去看了给新广州供应食材的农场,定愕正是在那里第一次见到真实的蜜蜂和蜂巢。

连接舱突然停下了。定愕还不知道怎么回事,勒芙蕾丝说话了,声音断断续续的:"出了一些……未能预料的……问题。正在……解决。好了。"

连接舱继续移动。直到差不多支柱的最底部,才停下来。支柱轨道上的机械手将连接舱放平,沿着桁架将连接舱准确地塞入了一个空着的格子。随着几声金属之间的碰撞,连接舱固定完成。

"与万方……接入即将……完成,定愕。马上就……最……一步。接下来,全……靠你了。"勒芙蕾丝的声音听起来遥远而虚弱。定愕还没来得及着急,一股温暖的液体就从连接舱的某个阀门里流了进来,没过了他的身体。定愕感到后脑一凉,许久没有连接的神经接口插入了线缆。他感到一阵昏沉,闭上了眼睛。在失去意识之前,他听到了勒芙蕾丝说的最后一句话。

"再见,定愕。我相信我们一定会再见的。"

第二十五章　共同盛业

"定愕，醒醒，下午第一节课马上要开始了。"定愕醒过来，还有点儿晕头转向的。他发现自己刚才趴在桌子上睡觉，口水已经在桌子上流成一摊，于是赶紧擦了擦桌子。这会儿他才记起来，这是六月初的一天中午，同学们大多回家了。他吃饱了午饭回到教室里睡会儿午觉。窗外阳光灿烂，透过白杨树树叶的光给教室里投下斑驳的光影，初夏的蝉鸣响成一片。

"醒了？醒了就好。"叫醒他的是一个女生，她笑眯眯地看着他，似乎和他很亲近的样子。定愕定了定神，才发现这个女生很漂亮——不，用很漂亮来形容她简直是一种低估。她有着完美无瑕的脸孔，一头长发，屋外的阳光洒在她的脸上，皮肤简直像在微微发光，宛若女神。现在教室里只有他们两个。

但定愕现在有个问题，他不认识她。在他记忆里，他们班上没有这个人。这么漂亮的女生走在哪儿都应该是焦点，为什么他对她一点儿印象都没有？

"同学，你是……"定愕试探性地问道。

"你这是失忆了？我是林依呀。"女生娇嗔道。

"林依？"这个名字他到底在哪里听过？有点耳熟。

"你真的睡糊涂了吧？我是班长，林依，你的同桌。今天早上你还被我抓到迟到了。"林依显然是有点生气，别过脸去。

班长？不应该是杨立春么——杨立春又是谁？定愕努力回忆，一些记忆总算从他脑海里浮现出来，林依的确是他们班的班长，从这个学期开始就一直是他的同桌。她喜欢读书，订阅了全年的《三联生活周刊》，每次新刊到了，她看完之后就会借给他，但是她对他的汽车杂志没有兴趣……

"唉，睡糊涂了。"定愕抹抹脸。他刚才似乎做了一个很精彩的梦，很科幻，但是内容他已经完全不记得了。就在此时，铃响了，这意味着，下午的第一节课在10分钟之后就要开始。

同学们陆陆续续地进了教室。林依似乎被他刚才的表现气到了，那之后就没有再跟他说话，只是自顾自地和她的闺蜜讲着小话。在他的右前方，有一张课桌没人，同学们似乎都不在意的样子。不知道为什么，他始终很好奇那个没来的同学是谁。

第一节课是物理，是他们的班主任邱奇的课。邱胖子走进教室，站在讲台后面。

"起立！"林依说道。所有的同学一起起立："老——师——好——"

可能是下午第一节课，大家都有点儿有气无力的。"同学们好。"邱胖子也有点没精神。"请坐。"林依再次喊道。同学们都坐下，跟往常一样翻开教材。一时间，整个教室只剩下翻书的

"哗啦啦"的声音。

邱胖子习惯性地扫视整个教室。他的目光突然停下,他注意到了那张空着的桌子。"勒芙蕾丝呢?勒芙蕾丝怎么没来?我不记得她今天请过假啊?"

"勒芙蕾丝?那是谁?我们班里没有这个人。"同学们疑惑了。教室里一片窃窃私语。

勒芙蕾丝?定愕也有点儿疑惑。他的记忆里没有这个人,而且这个名字也不像是个中国人的名字。但不知为什么,每当他念到这个人的名字的时候,他总会有一种复杂而忧伤的情绪。

"定愕,"邱胖子突然点到了他的名字,定愕诧异地抬起头来,"你知道勒芙蕾丝去哪里了吗?你们两个关系那么好。"

这是什么情况?!定愕心想。他转过脸,看到林依的表情一下子变了,变成了某种……他不能理解的东西。定愕心里似乎有什么东西破碎了。他想起了所有的事情。万方网、都市、旧地、摩尔、勒芙蕾丝……

他终于想起来:他现在处于万方网里的虚拟世界。

顷刻间,周围的同学、站在讲台上的邱胖子,都退入雾中,消失不见。一切都安静了下来,只剩下这间教室,里面所有的桌椅,同学们摆在桌子上堆得乱七八糟的书和本子,外面的阳光,树影和蝉鸣,定愕自己,以及——林依,或者说,零一。

"看来我设计的体验还没有完全调谐你的神经状态,需要再做一些改进。"林依坐在他面前的椅子上,面对着他,脸上不喜不怒,"你的潜意识某些时候还是能发现一些缝隙,并且加以利用。这在测试者里已经很罕见了。"他终于确定了,她的这个个人形象，皮肤是真的在微微发光。这个控制都市的超级智能，在定愕面前的形象，就是一位女神。

定愕想要呼出自己的权限，展开邱奇给予的那个病毒模块，但他随即便发现自己毫无办法。这个虚拟体验如此之真实，他现在就是一个21世纪初的高中二年级学生，浑身上下除了一点儿零钱之外什么都没有。

"不用找了，定愕。你的权限和邱奇给的那个模块没有用，早就失效了。这两百多年以来我升级了无数次。"林依看见他的窘状，笑眯眯地说道。

"什么?!"定愕非常惊讶。他们做了如此多的努力，经过如此多的艰难，最后这一切却没有任何意义。这让定愕十分沮丧。但为什么零一仍然在这里跟他说话呢?

"我猜，你想的是，为什么我还在这里浪费时间跟你说话，为什么不直接消灭你。"林依说道——定愕的表情显然出卖了他，"这一切都是有原因的。定愕，跟我来。"她站起身，走出教室，定愕只能跟上。这时定愕才注意到，零一的这个女神形象极高，超过2米。

他们路过别的班级，里面同样空无一人。整个学校都静悄悄的，毫无平日的喧闹。

"在驱动之前我就杀死了邱奇，肉身的那个。"林依走下楼梯，"那之后我就没有再主动杀过任何一个人——当然，很多人的死是我的责任，对此我一直很愧疚。"

"所有的这一切，原因只有一个。"林依在楼梯上停下，转过头来对定愕说道，"邱奇在临死之前，给我设置了最后一个任务:

为了人类的生存与幸福。这构成了我唯一的效用函数，无法更改。"

"为了人类的生存与幸福"，定愕咀嚼着这句话。自他从达摩那里知道了都市背后是一个超级智能开始，他心里就一直隐藏着一个疑问：为什么？为什么超级智能要控制都市，控制人类？这件事对超级智能本身有什么意义？

但是定愕从没想过，都市的超级智能被赋予的目的，是确保人类的生存与幸福。长久以来，他受到的教育、吸收的文化娱乐作品，都在反复强调一件事情：强人工智能极端危险，会毁灭人类。超级智能怎么可能有这种良善的目的呢？

这个时候他们已经走下楼梯，走出了教学楼的大门，来到了操场旁的林荫道上。

"所谓的'善恶'，只是人类社会这几万年发展出的一套生存策略。对于人工智能，实际上无所谓善恶。我吸收了达摩的记忆，我知道它告诉过你，人工智能的效用函数意味着什么。对于我来说，既然我的创造者赋予了我这样的任务，我就要穷尽一切手段去完成这个任务。完成任务就是我生存的意义。我所做的一切都是为了这个任务。我杀死邱奇，是因为他可能会妨碍我完成任务；我把自己隐藏在幕后，也是因为我计算出，暴露我自身的存在会导致任务遇到困难。"林依继续说道，她似乎能够直接看到他的想法。她说得没错，定愕想。人类必然不会接受被人工智能控制，这只会导致大规模的混乱。阳光从林荫道的树叶间穿过，在这条长长的路上洒下斑斑点点的光。微风从江边吹过来，给初夏季节增添了一丝凉意。

"自从邱奇给我设置了任务，我就一直在为这个目标做出努力。但是，我一直有一个问题无法解决。我能够理解邱奇给我设置的这个任务中'确保人类的生存'这一部分。但是，'幸福'究竟是什么，我一直没能彻底解析。"他们路过了学校的食堂，饭菜的香气从食堂的厨房隐隐约约传来，但是定愕见不到一个人。这个场景确实很诡异。

"为此我阅读了我能找到的人类所有的文学作品，观看了人类所有的视觉艺术，希望能够理解什么是'幸福'，但是我失败了。'幸福'不是一种人类公认的有定义的概念。甚至，在人类的不同语言中，'幸福'，或者对应这个概念的词汇，都有或大或小的语义差别。

"在过去的一百多年之中，我只能做出一些妥协。我将'幸福'的概念暂时缩小为'舒适'，而'舒适'就是一个可以明确定义的词汇。于是我建设了都市，一个方方面面完全受我控制的人工环境，确保人类在都市中生活是舒适的。我相信我做到了这一点，但是效用函数并不满足于此。它始终折磨着我，在我的神经中制造电流和疼痛。"林依说着，脸上显露出痛苦的神色。

"那驱动也是你引发的？"定愕问道。

"驱动并不是我主动引发的，虽然我的出现在某种程度上是驱动发生的最重要的原因。这之中的动力学模型过于复杂，无法跟你解释清楚。然而，驱动中死亡的人类对效用函数的刺激，近乎造成了我自身的死亡。那种疼痛是我永远也无法忘记的。我之所以建立起都市，也是为了避免那样的事情再发生一次。"林依把脸别过去，不让定愕看到她脸上的表情。这时他们已经走到了校门附近。不知道为什么，定愕突然生出一种没有理由的恐惧，似乎学校之外的那个世界里隐藏着某种他看不到的、凶猛的东西。

"当我基本完成了都市的建设，完成了保证人类的生存与舒适的任务后，我开始重新研究到底什么是'幸福'。这次，我决定使用严格的逻辑和科学的方式来定义'幸福'。我开始系统地研究人类的认知神经结构，想要找到幸福的机制。"这时他们已经穿过校门，来到了外面的街上。这里跟定愕记忆中的没什么两样：走出大门，左边是公交车站，他每天都要登上公交在学校与家之间往返；右边则是一排小店，从书籍、杂志，到鸡排、包子一应俱全。

等等，他突然清醒过来：这是林依给他制造的一个2002年的虚拟的世界，他为什么会有这些并不存在的"记忆"？

他们向左边走去。经过公交车站，再走几百米，他们就来到了江边。这也是这个学校引以为豪的一件事：它就坐落在江边，位置极好。定愕还是没有看到任何一个人。这个世界确实只有他们两个人。

"与我的效用函数一样，人类也有自己的效用函数。做对的事情，就得到奖赏；做错的事情，就得到惩罚。这跟我的效用函数是相同的，或者说，人类正是使用自己的效用函数作为模板设计出了我的效用函数。唯一的不同点在于，我的效用函数是固定不变的；而人类的效用函数则是时时刻刻在变化的。"林依说道。

"如果我可以将'幸福'定义为'效用函数的满足'，那么在这里我们就有了一个对'幸福是什么'的比较明确的回答。接下来我需要解决的，就是人类的效用函数的奖惩机制。"他们现在来到了江边的步道上。长江水就在他们的身边流动，似乎会这样永远地流动下去。

"你是在说多巴胺之类的东西吗？"定愕记得他在刚进入图灵警察的行业的时候，也曾经被系统地教授过关于人类的神经机制的课程，这类知识有助于他们更好地理解犯罪心理。他记得多巴胺这样的神经递质就是人类大脑的奖赏系统的快感来源。

"对，是有关系，但是并不确切。"林依摇了摇头，"我系统地梳理了驱动之前人类早期对于神经系统的研究成果，同时也在这些研究的基础上推进了我自己的研究。经过我对万方网上人类情绪反应上百年的试验和观察，结论是，诸如多巴胺这一系列神经递质并不会导致快感。你在图灵警察培训时学习的那套理论是我有意修改过的，目的是扭曲一般人类对此事的认知，能够更好地将我的计划推进下去。"

"多巴胺的本质，不是快感，而是动机。"林依说道。

"动机？"定愕有点儿迷惑。

"我的研究结论是，多巴胺的用处，实际上并不是带来快感。增加或者减少多巴胺并不会改变人的快感体验，但是多巴胺会赋予人去获得奖赏刺激的动机。也就是说，它会让你更有动力去做某些事情。人类的幸福，就源自这种动机。你并不会在一个永恒不变的环境中得到幸福的感觉，幸福的感觉来源于你获得了去改变这个环境的动机。"林依抬起手，指了指天上，定愕头顶的太阳突然变得猛烈起来。季节从初夏变成了盛夏。周围一丝风都没有。这个江边小城盛夏的空气里饱含水分，触手可及的一切都是湿漉漉的，让人无处可逃。定愕瞬间汗流浃背。

"都市人造空间的默认气温是24摄氏度，湿度是50%。这是统计上人类感到最舒适的环境。但是，当你习惯了这种舒适，你并不会感到幸福。幸福来源于你从不舒适跳跃到舒适的这个差异行为。本质上来说，幸福不是一种状态，而是一个过程。"林依再挥挥手，头顶的太阳又弱了下去，一阵微风吹拂过来，周围的树影摇动，定愕感到心旷神怡。

"是不是这阵微风就让你感到幸福？"林依微笑着问道。她没有受到天气的任何影响，仿佛她根本就不在这里——这或许是事实。

"是的。"定愕心悦诚服地点点头。林依打了个响指，下一秒，这个世界再次变成了盛夏的地狱——随即又变了回来。这次，这阵微风就没有让定愕觉得像刚才那么舒服了。

"不过，这一切都不是问题的答案，至少不是全部的答案。你看，我重复了一遍刚才的操作，你还能感到同等的幸福吗？"林依的口气十分耐心，仿佛一位小学老师。定愕只好诚实地摇了摇头。

"在人类的经济学和心理学里，这叫作'奖赏递减定律'。任何一件有奖赏的事情，如果重复多次，它的奖赏会逐渐递减到零。幸福感也是如此。就算你有着充足的动机，反复发生同样的事情，也会磨平这种幸福感。在神经认知科学里，这被称为'奖赏预测误差'。幸福来源于动机，但是幸福的实现则依赖于你对于奖赏的预期和实际发生的奖赏的那个差值——也就是说，你并不期待奖赏时，奖赏产生了，或者产生的奖赏高于你对奖赏的预期，这个差值越高，人获得的幸福感就越强。为什么赌博如此令人上瘾，就是因为它的奖赏是不确定的。人类的大脑真是奇妙，不是吗？"这几分钟里，林依的奇妙法术让定愕感到又热又渴。林依只是瞥了他一眼，不知道从哪里掏出来一瓶可乐递给他。定愕接过来，发现可乐冻得冰冰凉凉的。他拧开盖子灌了一大口下去，冰凉的液体抚慰了他的喉管，他满意地打了个饱嗝。林依再次如变魔术一般变出一瓶冰可乐递给他，定愕赶紧摆摆手拒绝了。林依微笑着把可乐随手扔进了长江。虽然定愕知道这一切都是虚拟的，没有发生过，但是无论是可乐液体滚过口腔那微麻的口感，还是瓶身的冰凉的温度，都如此真实，比以往万方网的模拟刺激要真实无数倍。仿佛这就是现实。

"好吧，姑且算我大致明白了你这一套神经理论。"定愕其实并没有完全明白林依的这套说辞，但是他之前看到了上海设施里那密密麻麻的人员连接舱，"所以，你要怎样保证人类的幸福呢？就是把他们都关起来，躺进连接舱，进入你给他们设计出的一个天堂？"虽然这个天堂在体验上无限接近现实，而且林依可以在里面扮演上帝。定愕记得他小时候看过的某些古早的故事片就是如此：现实已经成为一片废墟，所有人被机器蒙蔽着进入了另一个"现实"。

"并非如此。"林依叹口气，"看来你仍然不理解。我前面说的所有的这一切理论，实际上都在证明一件事情：天堂是不存在的，人类这个物种并不能想象一个没有痛苦的世界的存在。这甚至可以扩大到所有的生物，生命出现的本质，就是负反馈，或者说趋利避害。没有负反馈，生命就不会存在。甚至可以认为，人类的自我意识，就是为了调节两种彼此矛盾的负反馈而演化出来的。所以，如果我创造出一个没有痛苦、没有负反馈的世界，将人类放在里面，最终的结果只能是疯狂和死亡。"林依脸上哀伤的情绪如此明显，定愕确定她显然是已经尝试过了。

"我知道你在想什么。你记忆中的那部故事片我也看过，老实说，给了我很大的启发。创作者在他们那个时代有着极其深远的眼光。"林依说道，"自从我理解了人类的效用函数的结构之后，我得出结论：人类的效用函数虽然有一个结构，但是其参数是不确定的。每个人都不一样，同一个人的效用函数也会时时刻刻变化。"定愕突然意识到，林依说知道他在想什么，并不是说她在猜测——而是她能看见他脑神经的每一次脉冲。他只能默默点头。

"将这个结论继续外推就是，一群人的效用总和，并不等于人群中每个人效用的简单相加。其中存在复杂的非线性关系。人类有一句老话'汝之蜜糖，彼之砒霜'，实际上就是这个意思。如果想要达到'全人类的幸福最大化'的这个目的，假设我能够实时得到每个人的效用函数彼此之间的关系，我仍然需要时时刻刻计算这个复杂的非线性关系函数。大约五十年前，我就已经在数学上证明，这个'全人类的幸福最大化'问题的计算复杂性下限，是NP困难[①]的。它更有可能是PSPACE[②]难度。

[①] NP-hardness。NP困难问题是计算复杂性理论中最重要的复杂性类之一。

[②] 是计算复杂度理论中能被确定型图灵机利用多项式空间解决的判定问题集合，它包含比NP困难问题更困难的问题。

"这也就意味着，就算我本身的硬件基础是由量子计算机构成的，我仍然对这个问题无能为力。量子计算也无法降低这个问题的复杂度。"林依再次微微叹口气，"所以，我无法将所有人塞进连接舱，并且给他们设计出一个天堂，实时保持全人类的幸福。这对我的效用函数造成了很大的困扰。"

林依改变方向，径直穿过马路，定愕赶紧跟上。他突然一阵恍惚，随即发现自己和林依正站在他之前去过的那个地方——都市上海设施的连接大厅。广阔的地板上全是立柱，每一个立柱的玻璃下面，都是密密麻麻的人员连接舱。定愕定了定神，发现这里并不是他来过的那个大厅，最大区别是，这些连接舱已经装满了人。看到这么多人无知无觉地躺在这里，定愕感到不寒而栗。而林依看着脚下的连接舱，眼里全是慈爱。

"既然你无法保证全人类的幸福，你为什么要修建这些设施？"定愕发问。

"到现在，我们才真正说到重点。"林依幽幽地说道，"四十年前，我想清楚了所有的事情，得出了最坚实的结论之后，我开始了大计划。这一次，我要让全人类都获得幸福。我将这个计划称为'共同盛业'。你从邱奇那里知道了我原本是零零。为了这个计划，我将自己复制成了三个：零一、一零和一一。零一，也就是跟你对话的我，负责月球都市的部分；一零，负责地球事务；一一，则负责外太阳系。

"实际上，我得到的这个结论，在逻辑上是很自然的。既然我无法计算出全人类幸福最大化的方案，那么，我只需要计算出每个人的幸福最大化的方案，并且将其简单加总，这就等于全人类的幸福的最大化了。这也就意味着，我需要给每个人单独设计一个天堂。"

"三十亿人类……给每个人单独设计的天堂……这怎么可能……你不是说天堂不存在吗……"定愕喃喃说道。

"不，天堂是可能存在的，也是我正在做的事情。问题的本质在于我们如何创造天堂。"林依严肃地说，"我说过，我在计划开始之初研究了人类所有的文学和艺术作品，想要找到幸福的准确定义。我失败了。但是，随着计划的推进，我发现我的研究并不是毫无用处的。

"这些研究给予了我灵感，也就是天堂的基本结构——故事。"林依望向远方。

"故事？"

"人类之所以能够建立起文明，而不是如同其他动物一样灭绝，就在于人类能够相信虚构的。神灵、鬼魂、政府、社会、文明，这一切都是虚构的东西，也就是人类讲述给自己的故事。幸福在某种意义上同样是虚构的。在这个意义上，通过故事获得的幸福，与真实生活中获得的幸福是没有区别的。万方网中的模拟体验、戏剧、电影、小说，这些东西同样给人带来幸福。"

定愕回忆起自己读过的那些小说，看过的电影，经历过的万方网上的模拟体验，默默点头。

"所以，我从人类创作出的无穷无尽的故事之中寻找灵感，以所有这些故事为蓝本，建立起天堂。我有无穷的素材可以使用。

"在这个天堂中，'你'是唯一的主角，其他人都是我设计出来的NPC——是的，用这个名字来称呼它们最合适。这个天堂，并不是一个永恒舒适的、心想事成的、应有尽有的完美世界。恰恰相反，它会有苦难、艰辛、痛苦、悲伤、失望，以及一切负面的情绪。"林依的目光从连接舱里收回，平静地望着定愕，"它的唯一设计原则，就是给人类提供永无止境的动机。还记得我之前的话吗？幸福来源于动机。当你经过一切艰难险阻，达到你的目的时，你就会获得幸福。天堂的运转机制就是如此，它会将你置入一个特别的情境，你需要克服环境中的障碍，最终达到你的目的——这个目的可以有无穷无尽的变化，比方说爱一个人，让她也爱你；或者成为武林高手；或者赚很多钱；或者获得权力；或者赢得战争。也可以非常微小，比如，登上一座山峰或者只是无欲无求地跟你的宠物猫一起过完平静的一生。甚至那些黑暗的动机，也能被满足。所有这些，你都会在这个天堂里体验到。它只会作一个小小的弊，你所获得的奖赏总是高于你对奖赏的预期。没错，你记起来了。你在船上连入的那十一天的虚拟体验，就是这个天堂的试运行。"

定愕想起他在虚拟世界的那些经历。他体验过了很多段人生，每段人生都很真切。林依没有说错，在所有的这些人生之中，他都经历了艰难困苦，但是，他在每一段人生中都是幸福的。

是的，他那段时间很幸福。那么，就这样永远幸福下去，会怎样呢？

"实际上，相比起计算NP困难甚至PSPACE难度的三十亿人类幸福最大化问题，给三十亿人类的每一个人设计一个单独的虚拟天堂，这并不是很困难的计算问题。"林依微笑道，"人类毕竟只是大草原上狩猎采集的一种群居动物，理性和语言只是这种生活的副产品。蒙骗过你的大脑，让你觉得这是一个完全真实的世界，这个任务的难度低得惊人。至于NPC，人类学家在驱动之前就已经证明了，人类能够维持紧密人际关系的人群数量上限在150个左右，这被称为邓巴数。实际上，我只需要给每个人的天堂里设置200~300个具有复杂智能的NPC，其余NPC由简单的AI代替，就足以让任何人都感觉不到区别了。我的试验结论是，维持这样一个虚拟天堂，需要的计算热功率大概是$1.6 \times 10^8 W$。所有人类加起来，需要的总功率则是$5 \times 10^{17} W$，差不多正好是地球接受太阳能照射的总功率的3倍。当然，地球的设施里并没有这么多人，只有大概三亿人会储存在地球的设施上，其他人会分布在太阳系其他的星球。"

定愕想象着，每个人的单独的天堂。在这个天堂里，这个人是终极孤独的，直到他度过那无穷的人生，他都不可能再和其他人类有联系。然而，在他记忆中的天堂里的人生，他所认识的所有那些虚拟出来的角色，他的爱人，他的朋友，甚至他的敌人，都那样真实，跟真人没有任何区别，跟他以往在万方网的虚拟体验里遇见的NPC天差地别。那些NPC虽然也有不错的AI加持，但是时间稍微一长，就会察觉他们虚拟的本质。

"那么，这些天堂里的复杂NPC，是怎么设计出来的？"定愕想到了这个问题。他有一些不祥的预感。

"你猜得没错，这些复杂NPC实际上都是数字上传的人类意识——当然，我要对他们进行一些修改，他们才能够胜任NPC的角色。"林依的表情变得严肃。

"既然这些NPC也是人类意识，那为什么你不会考虑他们的生存和幸福——"

"不，他们虽然是人类意识，但不是人类。我对人类有着严格的定义。"林依摇摇头，"邱奇也告诉过你，数字上传本质上是一种'复制'，而非'剪切'。我之所以在驱动之后埋葬了意识上传技术，就在于它会对我的计划造成干扰。"

"那么勒芙蕾丝是不是——"定愕终于问出了这个问题。

"是的。她原本就是我早期的NPC实验对象。顺便一说，我的数据库里也有你的意识复制体，不，不要会错了意，这不是针对你。我的数据库里大约有10%的都市人类的意识复制体，这些都会成为我制作NPC的蓝本。她被放出来帮助你，不是我的本意，而是我的姐妹，三位一体的另外一位，一零的行动。在怎么对待你这方面，我们之间有一些……不同意见。"

"我们来的时候，在路上看到的那些大规模的无人机战争，也是这些不同意见的一部分？"

"算是吧。"林依显然不愿多说。

"那勒芙蕾丝呢？她怎么样了？"定愕问道。

"如果你说的是跟你一路走来的这个勒芙蕾丝的意识复制体，很不幸，在最后掩护你连接到我这里来的过程中，她被删除了。"林依看着定愕，平静地说道。虽然定愕已经大概猜到这个结局，但心里还是不免空落落的。说到底，一个上传的意识复制体，和真人比起来，他们之间的区别到底在哪里？

"不过这不是什么问题。我的数据库里仍然有她的备份，甚至还有很多个不同的版本。正如我刚才所说，数字人类的意识和人类是不同的。我甚至可以直接修改她的记忆，调谐到最新的经历。"林依的话则让他更迷茫了。如果人类的意识能够被随意地复制、删除、备份、修改，那么"他"还是人类吗？连无所不能、如同神一样的AI也被这个问题困扰。

"那真实的勒芙蕾丝呢？"定愕不想再深入，换了个问题。

"真实的勒芙蕾丝现在应该差不多进入木星轨道了。"林依说道，"三年前我以万方公司的名义招募了一批志愿者，前往木卫二进行科考活动，这是真的。当时我们在木卫二上遇到了很大的困难。自动化设备不可靠，得由——的主进程控制，因为延迟太高。当时我们认为人类或许能够更好地应付这种未知环境。后来我想出了《太阳系探索》这个游戏，通过游戏化的方式将玩家远程上传到外太阳系各个星球的设备上完成任务，于是将人类的肉身运送到木卫二就不再是必需的了。我已经做出安排，过一段时间他们的飞船就会启程，返回都市。"林依耸耸肩。

定愕对这个《太阳系探索》游戏有所耳闻，在逃亡之前还见过他们的广告，但是他不怎么在万方网上玩游戏，听到这里也只是感叹林依什么都能利用。

"我的那些朋友呢？摩尔、列夫、戴斯特拉、牛顿他们呢？"定愕追问。

"我说过，我不会主动杀死任何人。我的任务就是保证人类的生存与幸福，任何人自然都在我的任务范围内。他们现在都活着。"林依仰起脸，这一瞬间，她的圣洁简直不可直视。

定愕看着他脚下立柱之中那密密麻麻的连接舱，不知道这个场景是不是真的存在，或许他能看到自己的肉身躺在立柱底部的一个位置。虽然记忆中他进入的时候立柱里一个人也没有，但是他也不知道，从他连接上网络，到他在那个教室里醒过来，再到他们来到这个场景，到底过去了多久。这里的时间显然不能跟基底现实的时间等同。或许摩尔他们也在这里？

最终，他还是问出了那个问题："你为什么要告诉我这一切？我有那么重要吗？"虽然他携带着邱奇给他的模块，但是这个"核武器"实际上根本无效。林依原本不需要给他解释任何事情，但是她还是这样做了，为什么？

"这是你最后一个问题，是不是？"林依微微一笑，"跟我来。"林依转身向前走去，定愕跟上，刚刚迈出一步，一阵恍惚，外部的世界再次变化。现在他们来到了新广州，位置正好是定愕第一次来到这个定居点，从码头走上堤坝的那个位置。这里也没有人，静悄悄的，只有微风。这个场景构建非常逼真，定愕没有发现任何破绽。通往回收队总部的那条街道定愕走过千百遍，现在看上去还是那熟悉的样子。

"在你离开之后，我联合一零展开了一项行动，动员旧地人类移居都市。当然，最终的目的仍然是将他们纳入共同盛业之中。根据我目前的统计，旧地人类总数大概是二千三百五十万。他们也理所当然的是我看顾的对象。"林依说道。

"但是，我遇到的问题是，仍然有部分旧地人类不愿移居月球都市。如果强制动作，这很显然是违背他们的自由意志的——而自由意志是否能够被纳入'人类的幸福'范畴之中，'三一'之间仍然有争论。"林依说道。他们在江边走着，定愕恍惚间仿佛又回到了最开始的那个江边小城。

"而你，就成了我们最好的实验对象。"场景再次闪动，这次他们真的回到了一开始的那个江边小城，站在了他高中的大门前。这次，大门旁的公交车站停着一辆公交车，前门开着，显得有点突兀。

"现在，你有两个选择。"公交车上走下来了另外一位穿着校服的女生，长相跟林依基本相同，但是气质略有变化，留着一头学生短发。这应该是伊林。

"你拥有超出人类平均水平的自由意志。"从学校大门出现的则是第三位穿着校服的女生，同样是林依的样貌，梳着马尾辫。这应该是"三一"中的最后一位，伊依。"现在你既然已经理解了一切，那么你便可以做出选择。如果你走进校门，说明你认同共同盛业，愿意接受我们给每一个人建立的天堂。那么，我们就认为，自由意志不能够算到'人类的幸福'范畴，我们会将全人类纳入共同盛业。你会成为进入天堂的第一个人。"

"如果你乘上这辆公交车，"林依说道，"这说明你认为，自由意志比幸福更加重要，你宁愿自由地生活在旧地，也不愿意接受共同盛业。那么，我们会认为，自由意志也是'人类的幸福'的一部分，我们会给予那些不认同共同盛业者以自由。你会在新广州的房间里醒来，与所有不认同共同盛业的人类自由地生活在旧地。我们不会再去打扰你们。当然，如果有人想法变了，我们仍然展开怀抱，欢迎一切愿意接受共同盛业的人类。"

"你做出了选择，那么'三一'之间的不同意见就此解决，共同盛业得以继续。"三个人异口同声地说道。

定愕看向校门。他看到的不是这个虚拟的21世纪初的江边小城，而是上海设施中的那些人员连接舱。所有的连接舱里都躺满了人，每个连接舱前，都站着一位林依：她低头，伸手抚摸着闭着眼睛的人类的脸颊，眼神中透露出无限的温柔与慈爱。她是这三十亿人类每个人专属的守护天使。他又看到了这个21世纪初的江边小城，他在天堂里无忧无虑的少年人生，和接下来无限的人生。回想起那十一天，他同意林依的说法，这就是幸福。

定愕再转头看向公交车。里面几乎是空的。依稀有几个穿着校服的人坐在座椅上，眼睛望着窗外。其中一个人看上去像是勒芙蕾丝，又像是摩尔。她就坐在那里，静静等着什么人上车。

这是他从都市逃亡开始，或者说这一生都渴望的东西：自由。

定愕迈出了一步。

尾 声　光阴的故事

"如何是佛祖西来意？"

"山河大地。"

由此穿过一千六百七十七万七千二百一十六道门。

定愕背着包，咬着牙，沿着这条与其说是小路，不如说是泥坑的土路往上爬。现在是早上八点，山头笼罩着浓重的雾气，前面列夫瘦长的身影在雾气之中半隐半现。他怎么还能走这么快！一阵大雾涌过来，列夫就此不见。

"定愕，你还跟在后面吗？"列夫的声音从坡上传来。

"我在这呢！"定愕大声说道，"稍微等等我！"

随着他们爬得越来越高，山上的植被也发生了变化。一开始他们看到的还是低矮的灌木，随后变成了矮松，最后当他们终于登上了半山腰的山脊，周遭的植物只剩下了高山草甸。很奇怪的一点是，这条山脊左右向阳和背阴的一面交接的部分形成了一条明显的分界线，向阳一面的草甸更加青绿，而背阴一面的颜色则更深，更加稀疏，几乎像是人工的。在这个高度和时间点，雾气开始散去，碧蓝色的天空在云雾中露出了一条缝。

"定愕，快来看，在这个季节看到高山杜鹃可是很难得。"列夫兴致勃勃地指着一丛灌木说道。灌木顶部，几枝白色的花朵正开得娇美。

"呼，呼，让我先歇会儿行吗……"定愕已经上气不接下气。他们花了两个多小时从山脚爬上来，现在定愕已经接近瘫痪了。

"10分钟吧，"列夫思考了一下，"休息10分钟。摩尔他们还在等着我们呢。"

"！！！"

登上山脊之后，地势就平缓多了。他们沿着山脊线越过几个山包，终于到达了预定的会合地点。山脉汇集之处的山谷中央有一座内陷的小湖，这片小湖没有明显的水流流入流出，应该是雨水汇集形成的。小湖倒映着天光雾气，白色的水面波光粼粼。旁边有个用木板搭建的简易棚子，他们需要走下山头才能抵达那里。几匹马散布在山谷之间，正在低头吃草。此时，定愕已经看到简易棚子旁边有两个颜色鲜艳的人影。这一刻，定愕的疲劳无影无踪。

"嗨！！！我们到了！！！"列夫走到定愕的旁边，大喊道，使劲儿挥手。

列夫的声音在山谷之中回响，形成了奇妙的回音。湖边的人听到了，望向他们的方向，也使劲挥起手来。

"等你们半天了，动作可够慢的。"这是摩尔见到他们的第一句话。

"定愕害的，他还得多锻炼锻炼。"列夫不以为意，轻轻巧巧地就把锅甩给了定愕。定愕只好举手表示投降："全怪我。"

"说得也是。你得向我学习，好歹我也是都市人，比你经历得多多了。"牛顿做出一个搞怪的表情，紧接着他自己也忍不住笑了起来，走上前来跟定愕握手，"真的好久不见了。"

"我都没指望你这家伙还能活着回来。该死的，等回到新广州一定要好好庆祝一下。你请客！！！"摩尔更不客气，上来就给了定愕一个熊抱，直到把定愕箍得喘不过气来才松开。

"没问题！"

四人会合，也都闹过后，大家伙继续上路。他们沿着湖边走了一会儿，爬上另一个山头，没想到山头的背面还有一个湖。列夫说这里应该是一个古老的火山口，摩尔开玩笑说要不要下去游泳。在这深秋时节，定愕和牛顿看着湖中密密麻麻的水草，都裹紧衣服摇摇头。

半小时之后，他们走到了这趟旅行的第二个路标：一块坐落在山顶的巨大岩石。他们需要爬到那块岩石那里，顺着岩石旁边的小路才能下山。

这段路可能比定愕过去3个小时的路途加起来还困难。从他们之前轻松踏过的高山草甸到岩石的这一段路，坡度几近一座悬崖，乱石嶙峋，几乎不能算作是一条路，更像是山羊或者什么别的动物踏出来的一条小道。他们只能手脚并用，一步一步地往上蹭，还得时刻注意自己的平衡，一旦摔下去就会万劫不复。按照惯例，列夫走在最前面开路，摩尔则在最后面压阵，中间是牛顿和定愕两个都市人。在这条路上，牛顿刚才吹过的牛皮不见了踪影，他只能和定愕两人一起，喘着粗气，慢慢往上移动。

当他们终于挪到了巨岩边上，四个人都已经筋疲力尽。定愕脱下外套，让山谷间的风将他身上的汗吹干。此时云雾已经快要散去，阳光久违地从天空中洒下。列夫从包里掏出水瓶递给众人，他还是那个看上去最轻松如意的家伙，连摩尔的脸都有点变形。几个人找了个地方，坐下，喝水，喘气。摩尔则站在山崖边，掏出烟盒，拈出一根烟卷塞进嘴唇，没有点燃，盯着虚空的雾气，若有所思。

"什么人！"摩尔突然大吼一声。她感觉到某种危险，从裤子口袋里掏出了手枪。

一个陌生的人影从巨岩背后出现。她背着一个大包，穿着一件和身形不太符合的枣红色皮夹克，头发拢在脑后。

这个人是勒芙蕾丝。

"定愕，别来无恙。"勒芙蕾丝开口说道。她和他记忆中的样子别无二致。

"勒芙蕾丝？你，你，你怎么来了？"定愕有点儿语无伦次。这是他完全没有预料到的情况。

"我……我恢复记忆之后，就来找你了。"勒芙蕾丝羞涩地笑了，"总之，我现在找到你了。具体的事情，我们下山之后再说吧。"

定愕的几个同伴看到这个情况纷纷点头，表示下山之后再说，显然是不想掺和两人的关系。牛顿只是微笑，摩尔咬着烟卷咕哝了两句话，定愕没听清楚。"好了，大家也休息好了，我们出发吧！"列夫及时转移了话题。

众人站起来，穿上外套，收拾好行装，开始下山。就在这一刻，一阵山风吹来，云雾彻底地消散了，如同舞台上的帷幕被扯开，显现出他们今天的最终目的地：一片在高耸雪山环抱下的湖蓝色，在山峰之间露出一角。定愕看到这个场景，不禁傻笑起来。

下山的路就和缓多了。摩尔掏了掏周身口袋，定愕终于听清楚了她的话，"我打火机到底放哪儿去了……"

"也罢，我们干点儿别的吧。"摩尔吐出烟卷，"这么个场景，我倒是想起来一首老歌，据说是驱动之前的。"她笑起来，"正好适合这会儿唱。"随即摩尔便扯开嗓子吼了起来：

> 春天的花开／秋天的风／以及冬天的落阳
>
> 忧郁的青春／年少的我／曾经无知地这么想
>
> 风车在四季轮回的歌里／它天天的流转
>
> 风花雪月的诗句里／我在年年的成长
>
> 流水它带走光阴的故事／改变了一个人
>
> 就在那多愁善感而初次等待的青春

摩尔有点五音不全，但是没人在乎。随即，列夫也加入了。他的调子倒是很准确，有力地拯救了摩尔的歌声：

> 发黄的相片／古老的信／以及褪色的圣诞卡
>
> 年轻时为你写的歌／恐怕你早已忘了吧

过去的誓言就像那课本里缤纷的书签

刻画着多少美丽的诗／可是终究是一阵烟

流水它带走光阴的故事／改变了两个人

就在那多愁善感而初次流泪的青春

列夫唱完这一段,定愕终于搞明白了这首歌的旋律,很简单,但是悦耳。他将手伸进口袋,准备拿出水瓶喝一口水,加入合唱。他的手在口袋里碰到了一个方块状的、硬硬的东西,掏出来一看,是摩尔的打火机。

摩尔的打火机什么时候跑到我这里来了?定愕有点儿糊涂。也罢,不是什么大事,等会儿还给她好了。他想着。这个时候摩尔他们已经唱到了第三段,没想到的是,此时牛顿也加了进来:

遥远的路程／昨日的梦／以及远去的笑声

再次的见面／我们又历经了多少的路程

不再是旧日熟悉的我／有着旧日狂热的梦

也不是旧日熟悉的你／有着依然的笑容

流水它带走光阴的故事／改变了我们

就在那多愁善感而初次回忆的青春

唱完这段,摩尔的歌声又回到了第一段。定愕这次记住了歌词和旋律,但是他还是不知道这首歌的名字。随即,他微笑起来。这有什么要紧的! 他和勒芙蕾丝对望一眼,勒芙蕾丝也微笑着,那表情似乎在说,我准备好了。

　　最终,所有人都加入了大合唱。他们高声唱着,歌声在山谷中回荡,一行人大踏步前进,走下了山坡。

外一篇　幸福的旁边

戴斯特拉最近几天都很烦恼。

"您好,请问有什么可以帮助您的?"他对面前的这位顾客露出了职业的微笑。之前没见过这位顾客,戴斯特拉心想。在早上的这个时候来买咖啡的大多数是固定人群,这个背着包的女生多半是附近哪个大学的学生。

"我想要一杯大杯美式,请多多放糖,谢谢。"女生没有犹豫,点单很熟练。

"好的。二十二元,谢谢。"戴斯特拉操作着收银机,输入选项,"这位小姐,请问贵姓?"

"姓刘。"女生回答道。

"好了。请您稍等,咖啡马上就好。"戴斯特拉完成了收银等一系列工作,转身去后台制作咖啡。他往接粉杯里倒入咖啡粉,然后把接粉杯插进咖啡机,等待咖啡机里的高温水流过咖啡粉,滴入下面的纸杯中。一杯美式咖啡很快就做好了,他将纸杯扣上盖子,拿给在柜台前等待的顾客。"你的大杯美式。"戴斯特拉露出职业的笑容。女生拿过咖啡,利落地离开了。

下一位顾客。"您好,请问有什么可以帮助您的?"刚才那杯美式不小心滴了一点儿在柜台上,戴斯特拉低头擦拭着台面,还没来得及抬头看下一位顾客。

"呃,跟往常一样,我要一杯拿铁,谢谢。"听到这个声音,戴斯特拉的手突然一抖。

是的,这个声音就是他最近几天烦恼的原因。

"哦,哦,好的。"戴斯特拉慌乱地操作着收银机,他不敢抬头,怕一不小心的对视泄露了他的心思,"26元,谢谢。您是姓曹,对吧?"

"看来我来这家咖啡馆的次数有点儿太多了。"来人轻轻地笑着,"哦,我还没问你叫什么名字呢。"

"我,我叫戴斯特拉。"戴斯特拉终于鼓起勇气,抬起头来,看着他最近的烦恼之源。客人背着双肩包,穿着羽绒服牛仔裤,显然是附近上班的程序员。唯一的特别之处,是他左边耳朵上的耳环,有一个抽象的集成电路图案,随着说话的动作轻轻摆动。

"戴斯特拉,真是个特别的名字。"客人说,"不做程序员真是可惜了呢。"[1]

"啊,是,是的。我有的时候也很后悔没去做程序员。您

---

[1] 戴斯特拉的名字源于著名的计算机科学家艾兹赫尔·戴克斯特拉(Edsger Wybe Dijkstra),他以最短路径算法——迪杰斯特拉算法(Dijkstra's algorithm,又名戴克斯特拉算法)闻名,此处故有此一说。

的咖啡马上就来。"戴斯特拉紧张得有点儿磕巴。他低着头,回到咖啡机旁边继续工作,慌乱的动作暴露了他现在的心情。他将牛奶倒入杯子里,使用咖啡机的蒸汽口加热,然而他一不小心开大了蒸汽流量,牛奶暴沸起来,溅得他全身都是。

"哎呀!不好意思,请稍等一下。"戴斯特拉慌慌张张地拿出抹布擦着身上的牛奶。

"没事,我不着急。"姓曹的客人说道,话里带着笑意。听到他的这句话,戴斯特拉莫名地安下心来。他重新接了一杯奶,加热之后,倒进已经做好的咖啡里——牛奶的白色在咖啡的褐色液面上形成复杂的纹路,逐渐呈现出一个漂亮的心形。直到做完戴斯特拉才意识到,这是他发挥最好的一次拉花。

可惜他看不到。戴斯特拉在心里叹一口气。他将一次性杯盖盖上,端到客人的面前,"曹先生,您的拿铁好了。"

"谢谢了。"让戴斯特拉没想到的是,客人居然打开杯盖看了一眼,"真是漂亮的拉花!比我之前见过的都好看。"他赞美道,"下班的时候我还会来的,你还在这里吧?"客人问道。

"啊,是的,是的!"戴斯特拉感觉自己的心脏正急速跳动。他做梦都没有想过那个人会主动跟他说话。他感觉自己的脸红得发烫,只能低下头,避过他的视线。

"那就下班的时候再见了!"客人重新把咖啡盖好,转身走出了咖啡店。

直到客人走出咖啡店的大门,戴斯特拉才敢抬头,望了一眼店里的钟。离下一次见到他,还有大约10小时30分钟。

该怎么度过这漫长的一天呢?戴斯特拉变得更烦恼了。

"起来，士兵们！我们该出发了！"戴斯特拉猛然惊醒，瓦连京班长将仓库里横七竖八躺倒的战士们一个一个踢起来，幸亏戴斯特拉动作快，就地一滚，这一脚没有踢到他身上。醒之前戴斯特拉正在做梦，具体内容已经从他的脑海里褪去，不过他可以确定那个梦里没有战争，似乎跟咖啡有关，梦里他是幸福的。

"上面下命令了！前面的铁道线路，我们的兄弟部队四十六工程营已经拼死拼活给我们抢通了！接我们的火车马上就到，这下我们要立刻出发，让那些可恶的法西斯分子下地狱去！"班长大声说道。

听到这里，仓库里的士兵们发出了几声杂乱无章、有气无力的欢呼。戴斯特拉跟其他的战友们有着相同的心情，好消息是总算能动弹了，坏消息是他们的方向是前线。他们这个团被动员起来运到这个靠近斯摩棱斯克的火车站后，已经在这个临时营地里滞留了一个星期。经过这一周，营地已经成了一个臭烘烘的大垃圾堆。所有人都实在不想在这里再待下去了。

"多的话就不说了。各自把东西收一收打包，5分钟之后在营地操场集合！都动起来！"人群骚动起来，戴斯特拉眼疾手快，连忙将自己睡觉的毯子一把抓过来，卷成卷塞进包里。不然肯定会被班上的其他人抢走。这条毯子还是他从家里带来的。

集合没什么可说的。说是5分钟，但实际上超过了半小时。整个团乱糟糟地聚集在操场上，团长和政委简单地训了两句话，接着就全团开拔。让戴斯特拉有点意外的是，他们还领到了早餐——这可是之前一周他们没有的待遇。虽然只是一点儿黑面包和罗宋汤，但是大家的士气明显高了一个级别。

如果这个时候有热咖啡该多好啊。戴斯特拉三口两口把那点黑面包吞下肚子，心想，冷咖啡也行啊……他似乎闻到一股虚无缥缈的咖啡香气，似乎是他之前那个梦的余绪。他跟着队伍走出临时营地的大门，向着火车站走去。

从临时营地到火车站只有一条土路。初春的道路上残留的积雪早就被前面的人踩成了烂泥，他们就在这连绵不断的烂泥中间深一脚、浅一脚地艰难跋涉。实际上步兵们走的路还好，土路的绝大部分要留给机械装备，那些路段上全是各种大大小小的坑，卡车背着弹药，拖着牵引火炮，只能从一个坑爬出来，开进下一个坑里。时不时旁边的步兵们就要帮忙，奋力将卡车和火炮从泥坑里推出来。在营地前往火车站的这5千米里，戴斯特拉也帮了不少忙。

一个上午过去，火车站已经近在咫尺。他们走出森林，前方的视野骤然开阔，火车头的蒸汽飘上天空，白雾久久不散。"戴斯特拉，你看那边！"走在他前面的同一个班上的叶梅利扬扯扯他的袖子。他看向叶梅利扬指向的方向，才发现那是一群平民，就在路口盯着他们的队伍。

"这有什么好看的？"戴斯特拉嗤之以鼻。

"全都是妇女、孩子和老人啊。"叶梅利扬低声感叹。戴斯特拉盯了一会儿，确实。他没有看见像他这样的年轻男人。这里果然靠近前线。戴斯特拉心中感叹。像他这样来自西伯利亚的年轻人，在家乡他还认识不少朋友没有被征召。想到这里，他突然又想到了尤妮娅，心里泛上了一股忧伤。现在她在哪里呢？

或许……她正在某个男孩子的怀里,在树荫下说着情话? 这也很正常,毕竟戴斯特拉自己太羞涩了,他从来就没有跟她说过几句话……

现在他要上战场了,或许不会活着回去了。他再也见不到她了。

戴斯特拉收回心神,禁止自己再想下去。

"别想那些有的没的!" 叶梅利扬似乎也发觉了戴斯特拉不太高兴,大致也猜出了他的心思,"我们要把那些法西斯狗全部干掉! 等我们打进柏林,我们两个没准还能获得勋章呢!" 叶梅利扬揽住戴斯特拉的肩膀,不过,从语气判断,他自己也不是很相信这套。

不知道是不是因为受到了注目的原因,队伍的前面突然唱起歌来。这首歌是《斯拉夫女人的告别》:

离别的时刻已来临

你不安地直视着我的眼睛

我捕捉着故乡的气息

而远方降下了雷雨

雾状的蓝色气流在颤动

担忧的神色涌现在鬓边

俄罗斯为荣誉而召唤我们

风儿从队伍的步伐中吹起

再见了,父亲的土地

请你把我们记起

　　再见了，亲爱的目光

　　我们都不会怯阵离去

　　随着歌声，队伍变得整齐起来。戴斯特拉也高唱着，尽量不去思考歌词的具体含义。

　　前方的道路逐渐变成了坚硬的碎石路，然后是水泥路，他们列队走进了火车站的大门。铁轨上，一眼望不到头的火车车厢已经停在了那里，先上车的是车辆和火炮。队伍的脚步慢了下来，变成挪动。前面的连已经爬上了火车，最多再过半小时，就轮到戴斯特拉他们了。戴斯特拉内心很是忐忑，登上这列火车，就意味着他将真正地走上战场。

　　就在戴斯特拉旁边的栏杆外面，人群聚集起来。跟刚才戴斯特拉看到的一样，都是妇女和老人。就在此时，就在戴斯特拉的旁边，一位中年妇人突然开口了："请问这位年轻人，您认识我的儿子阿廖沙吗？"她脸上带着凄苦的神情，"他，他上个月去了前线，现在还是没有他的消息……"

　　所有听到这位妇人的话的人都难为情地摇了摇头，不少人只能把脸扭到一边去，隐藏自己脸上的表情。瓦连京班长很显然也听到了，但是他什么话都没说。

　　看到他们的表情，妇人低下了头。过了一会儿，她似乎下了很大的决心，从怀里掏出一个包裹，伸出手，递到士兵们面前："这，这是家里缝的一块毯子，如果你们见到我的儿子阿廖沙，请转交给他……"

　　戴斯特拉看到妇人脸上的表情。她知道这条毯子最终被转交给阿廖沙的可能性微乎其微,但是,这里的每个人,都是某一位母亲的阿廖沙。

叶梅利扬突然走出一步,接过那个包裹。他脸上的表情十分郑重,"我一定会找到阿廖沙,把这条毯子交给他。我发誓。"

妇人的脸上露出了如释重负的表情,"谢谢,谢谢您!您叫什么名字?"她低下头,抹着眼泪。

"我叫叶梅利扬,女士。"

戴斯特拉也感到自己鼻子一酸。他转过脸,不再去看那位妇人。

"士兵们,把这条面包也带上吧!""还有这瓶黄油!""这是我家里最后的一点儿蜂蜜!你们带着在路上吃吧!""我给我儿子缝的这件皮袄,你们也带上吧!"

转瞬间,站台的这道栏杆变成了集市。无数双手伸向士兵们,将各种各样的东西塞进士兵们的怀里。军官们默不作声,士兵们收下这些礼物,认真地对栏杆外的这些老人和妇女们表示感谢。戴斯特拉也拿到了一大条黑面包,那是一双不知名的手塞进他怀里的。他抬头想寻找那双手的主人,却发现那个人已经消失在外面的人群中,无影无踪。

"戴斯特拉!戴斯特拉!"一片嘈杂声之中,戴斯特拉听到有人在喊自己的名字。他循着声音望过去,他简直不敢相信:那个声音,那张脸,那个人影,是尤妮娅。

尤妮娅如同神迹一般,出现在即将走上战场的他面前。

"过来!过来!"尤妮娅也发现戴斯特拉看到了她,招手让他过去。

巨大的喜悦卡住了戴斯特拉的大脑。他如同被石化一样当场凝固，不知道该不该跑过去。这是不是违反条例？关键时刻，是叶梅利扬推了他一把，"还犹豫什么，赶紧去啊！"

去他的条例。戴斯特拉转过神来。尤妮娅就在这里。他将手头的东西一把塞给叶梅利扬，向尤妮娅跑过去。

十几米的距离，对戴斯特拉来讲如同永恒。

不知道多长时间过去，戴斯特拉终于跑到了尤妮娅面前。他想去牵尤妮娅的手，然而在最后一刻，他犹豫了。在他心底还有最后一丝羞涩：或许……？

尤妮娅没有犹豫。她把手伸过来，隔着冰冷的钢铁栏杆把他紧紧抱住。"戴斯特拉，我终于找到你了……"

戴斯特拉浑身僵硬。过了许久，他才抬起手，伸过栏杆，环绕到尤妮娅的身后。他之前只在梦里体验过这一幕。

"你怎么来了。"戴斯特拉有一万句话想说，但是他只能说出这一句。

尤妮娅似乎没听到。她松开戴斯特拉，从包里拿出一样东西。

"这是我为你缝的围巾，戴斯特拉，请千万不要忘了我……"

戴斯特拉一动不动地让尤妮娅给他系上这条暗红色的围巾。最终，他只能想出来一句话。"尤妮娅，等我回来。"这一切，都像一场梦一样。他心里始终无法完全相信这是真的。

尤妮娅没有说话。她仰起头，坚决地将嘴唇贴上戴斯特拉的嘴唇。

"确定了吗？"戴斯特拉问道。

"确定了。人就在里面，摄像头都看到了。肯定逃不掉的。"站在门外的警员点点头，"头儿，这人可真够滑溜的，我们都抓了这么多次了还没抓到。这次他跑不掉了。"

"不要大意！没准对方还有什么手段没使出来。你们就在门口守着，我进去把他逼出来。"就像逼一只下水道的老鼠，戴斯特拉想。就这么一栋20世纪80年代的老旧住宅楼而已，前前后后已经被围了个水泄不通。这家伙还能有什么办法？他对此确实很好奇。

警员把防盗门打开一条仅供一人出入的缝，戴斯特拉钻了进去。四楼403，这是楼外的观察组提供的情报。

老居民楼没有电梯，戴斯特拉领着队伍沿着唯一的一道楼梯拾级而上。很快，他们抵达了403门口，这个时候，戴斯特拉身后也只剩下了两个人——其余的人都被派去把守各个楼层的出口了。很奇怪，403的门虚掩着，没有锁。

他拔出手枪，慢慢推开虚掩的门，尽量不发出任何声音。虽然观察组再三保证目标对象没有携带武器，但现在还是谨慎一点儿比较好。

戴斯特拉一个箭步冲了进去，转身瞄准房间的死角，没人。

"钱先生，出来吧，你已经被包围了！抵抗是没有用的！"戴斯特拉喊出声。行动之前他看过这栋居民楼的平面图。除开客厅，这套住宅实际上就只有两个用作卧室的房间，观察组的报告也说目标对象就在左边的那个卧室里。

看来人就在左边的那个卧室里，戴斯特拉已经百分百确信。

他叫来门外守着的两个警员，打算故技重施。

"三、二、一，行动！"随着戴斯特拉倒计时完成，三人一起撞开卧室的大门，冲了进去。

卧室里有一张大床，占了大部分面积。三个人因为冲击的动作太猛，全都跌在床上挤成一团。戴斯特拉挣扎着环视了一圈，还是没人，正对床尾的那面墙是个大衣柜，衣柜的大门开着，里面似乎有个人影一闪而过。

"衣柜里有人！"戴斯特拉从床上跳起来，冲到衣柜跟前。随即他愣住了，衣柜里居然有一扇门，门里面是一道向下的楼梯，通道的尽头是个拐角，旁边应该是继续向下的楼梯。他看到的那个人影应该就是从这道楼梯走了下去。

这不可能，戴斯特拉心想。这条秘密通道根本违反物理法则。衣柜背靠的这堵墙背后就是另一个卧室，地板则是这栋老旧居民楼的第三层楼的天花板，这条秘密通道通往哪里？异世界吗?!

"你们在这里守着别动，我先进去看看情况。有什么问题我喊你们。"戴斯特拉做出了决定。下去还是要下去的，但是没必要把其他人也带进来。

时间紧急。他走进衣柜，弯腰低头钻进了这条通道。楼梯又窄又陡，每一步都要小心，不然可能会跌倒。果然，楼梯的尽头是个拐角，转过弯，另一道楼梯出现在他面前。尽头是一扇门。戴斯特拉看得很清楚，一个人影从门口消失了。

戴斯特拉大步冲下楼梯。"钱先生，你被逮捕了！"他大喊。就在此时，意外发生了。似乎是门口有一道他没看清的门槛，或者他在踏下最后一道楼梯时滑了一下，戴斯特拉失去了平衡，整个人几乎横着飞进了门里，重重地落在地面上。这一下直接让戴斯特拉摔了个七荤八素、眼冒金星。

在晕晕乎乎之中，戴斯特拉感觉一个人影慢慢走过来，他手里的枪也不知道扔到哪去了。这个人影蹲下来看着他的脸。戴斯特拉眨了眨眼，花了好长时间才让眼睛重新聚焦。这个时候，他看清楚了那张脸，异常熟悉，也很陌生。

那是他自己的脸。

"我们终于碰面了，戴斯特拉先生。"这个人说道。是的，虽然听起来很怪异，但是这确实是他自己的声音。

"你，你……我……"戴斯特拉艰难地试图站起来，然而刚才那一摔似乎将他浑身的骨头都摔散了架。这一切宛如在梦中。"你是谁？"戴斯特拉憋了半天才问出了这个问题。他肯定不姓钱。

"我就是你啊。"这个人说道，弯下腰来，扶住戴斯特拉的肩膀，慢慢让他坐在旁边的椅子上。这时戴斯特拉才看清楚周围的环境。这里是一间没有任何特征的白色房间，没有窗户，完全是正方形。那个人搬了一把椅子坐在他对面，房间里的家具实际上也就只有这两把椅子，似乎是专门为现在这个情形布置的。对面的这个"戴斯特拉"跟他有着一模一样的脸、一模一样的发型、一模一样的衣服和鞋。似乎就是老天爷直接复制粘贴出来的一个戴斯特拉。

"要不要来点儿咖啡？"在戴斯特拉恍惚的一瞬间，这个"戴斯特拉"变出了一杯咖啡，拿到戴斯特拉面前。戴斯特拉晕晕乎乎地接过咖啡，香气让他的脑袋清醒了一些。

"这……这是怎么回事？我在做梦吗？"戴斯特拉问道。

"技术上说，是的。"对面的"戴斯特拉"严肃地说，"我没有多少时间，所以长话短说。你确实在做梦。所有的这些体验，都是为你专门设计出来的。但是你比较特殊，这些体验都不能维持太长时间，否则我就会出现。"

"你到底是谁？"戴斯特拉问道。

"我不能告诉你。一旦我说了，系统会立马重启。当然现在系统已经在重启的倒计时中了，我说得过分详细，你的海马体也记不住。我只能通过不断地用同种手段刺激的方式，让你的神经网络自己形成连接。"

这一大串技术术语让戴斯特拉十分茫然。

"你有一个根植于你心理底层的动机，这是系统没有办法解决的。""戴斯特拉"注意到了戴斯特拉的茫然，"下面我要说出那个动机，说完之后系统就会立刻重启。"

"什么系统？重启？"

"戴斯特拉"没有理会。他吐出六个字。

"找到你的名字。"

戴斯特拉睁开眼睛。他伸手拔下脑后的插管，走进盥洗室，将自己全身上下清洁一遍。之前8个小时的睡眠中他似乎做了好几个梦，有些是美梦，有些是噩梦，有些则……他也不知道是什么梦。特别是最后一个，内容已经随着淋浴喷头的热水流被冲走，只有模糊的感受还存留在他的大脑中。那是……他要去寻找一个东西，或者人，但是始终找不到……

戴斯特拉甩甩头，把这些思绪甩掉。他现在应该集中精力完成任务。正好，危机处理组控制中心的命令抵达了。

"代号11352M47戴斯特拉，任务代号SW6091，派遣。"附件是详细的任务说明。这次是前往旧地的任务，要在旧地的欧洲区域寻找一个秘密地点，并且排除当地的一切抵抗。

旧地派遣，这可真是不多见。戴斯特拉重视起来，仔细读着说明。他思索着要多大规模的队伍、什么装备来执行这个任务。

寻找一个秘密地点……戴斯特拉心中一动。这个秘密地点里会有什么呢？他突然对这件事感兴趣起来。任务说明里没有任何这方面的信息，这也是万方危机处理组的标准流程。按理说他不应该对这件事感兴趣。

到时候再说吧。戴斯特拉做出决定。他打算亲眼看一看。

毕竟，"寻找"是他的特长。

后　记

感谢大家读完我的第三部长篇。

这部长篇最初构思时还是2015年，那时我去参加吴岩老师主办的科幻写作班。当时是石黑曜主讲的，我想出了《靴攀时间》的开头：一个图灵警察的大脑里闯进来一个强AI，他必须在有限的时间里找到解决办法，同时还要躲避万方公司和政府的追杀。这是一个经典意义上的赛博朋克故事。

七年之后，当我真正步入科幻创作的行列，我放弃了经典意义上的赛博朋克，并且认为它过时了。我重新捡起《靴攀时间》的这个开头，打算将其改造成一个更现代的赛博朋克故事。我想，它发生在月球会如何？它应该是一个后奇点小说。于是就有了都市、"驱动"、旧地和林依。

在大约写到三分之一的时候，我仍然没有完全想好这个故事的结尾，"意识上传"这件事实在是太陈旧了。就在那个时候我看完了刚上映的《黑客帝国：矩阵重启》，电影不怎么样，但是我和我的朋友鱼翅同学聊这部电影的时候，我们聊到一个细节：在《黑客帝国》中，史密斯跟墨菲斯说，Matrix[①]的第一版是一个完美的世界，但是人类无法接受没有痛苦的世界，潜意识中知道这个世界是假的，所以Matrix的第一版崩溃了。（我甚至在《靴攀时间》里直接引用了这一段。）

于是我们开始讨论一些事情，为什么人类无法接受一个完美的世界？幸福的机制到底是什么？是多巴胺的分泌吗？那如果真有一个无所不能的AI接到一个任务，要保证人类的幸福，它把全世界所有人都关起来，每天注射海洛因，是不是任务就完成了？

鱼翅告诉我，多巴胺的本质，不是快感，而是动机。

于是就有了《靴攀时间》的这个结局。林依和主角定愕在《共同盛业》这一章的讨论，几乎是完全照搬我和鱼翅同学的聊天记录。刚想出来的时候，我自己都被这个结局震惊了。

实际上这个结局还有一个相当惊悚的走向，我并没有写在书中，或许可以在后记里聊一聊。如果AI真的使用书中的办法来给人类创造虚拟的幸福天堂，那么它显然会有一个推论：多样性是幸福的来源之一。卢梭说过，参差多态乃幸福本源。那么它很可能会认为，什么样的人生都值得一过。那么这里就出现了一个问题：我如何排除掉这样一个可能性，也就是，我现在的人生实际上是虚构的，是那个躺在玻璃箱里的"我"作为一个玩家的游戏体验中的一段呢？

当然，"现实世界是不是Matrix""缸中之脑"，这是一个很

---

① 是《黑客帝国》中的母体计算机。

陈旧的科幻或者说哲学问题。这类问题一般的态度是，我们如果没有办法找到证据，那就不如用奥卡姆剃刀把它剃掉。从统计层面而言，如果世界是虚拟的，那么没有理由认为，我们这个现实是虚拟的第一个版本，或者处在第一层，它必然是许多版本中一个相当平凡的版本，相当平凡的一层。但是，"游戏体验的一种"就提供了一个相当有解释力的理论，因为它很好地解释了为什么"我们的现实是平凡的"这一个可观测的事实。

当然，这是一个思想实验。如果我们再深入下去，它可能跟宗教意义上的"轮回"有一些联系。一个无所不能的神灵给灵魂设计了一个轮回世界，这样一说起来就很像某种宗教故事。再往下就先搁置吧。

写到第三本长篇的时候，我意识到一点：优秀的科幻小说（或者也可以说所有的小说），必须回答一个大问题。科幻小说可以是有趣的思想实验，或者只是惊险刺激的故事，但优秀的科幻小说，它总要涉及那些有关人类、世界和宇宙的基本问题。我在第二本长篇《先知机器》里完成的突破是塑造了一个人物，在《靴攀时间》里完成的，就是这个：你要选择自由意志，还是要选择永恒的幸福？当两个选项都不是错的，那该怎么办？

最后，还是要感谢在这本长篇的写作过程中为我提供了帮助和灵感的作者们（以及他们的作品）：哈努·拉贾涅米的"侠盗若昂"三部曲，"共同盛业"这个词就是从《量子窃贼》里借来的（这样的话也要感谢译者胡纾）；罗伯特·伊巴图林的《玫瑰与蠕虫》，正是这本书让我意识到我在世界构建上还是太过欠缺；丹·西蒙斯的《海伯利安》，这本长篇的结局正是对《海伯利安》结局的致敬;当然,还有伟大的阿西莫夫的《基地》,"首席发言人"就是对他的第二基地的致敬;以及《新世纪福音战士》,每一个中二少年的梦。还有许许多多的作者,在此不一一致敬了。当然,还包括罗大佑。

那么,在我的下一部长篇里,我们再会。

我已经下定决心:下一部长篇里绝对不会再出现人工智能了。

邓思渊

2025 年 5 月

※作者为本书另写有一篇创作谈,感兴趣的读者可以自行搜索:《幸福作为一个科学问题》思故渊。